格林童話

Philip Pullman

Grimm Tales

For Young and Old

作者|菲力普・普曼　譯者|柯惠琮　剪紙|古國萱

REVIEW

◆

導讀：普曼重說格林童話

◆

文/ 幸佳慧

（兒童文學創作、評論、研究者）

現代人聽到「童話」，必聯想到童年、魔法、公主王子等，或者更直接的迪士尼卡通。兩、三百年來，童話故事的傳播方式，從說書人到動畫電影，已變成每個孩子必要的成長配方，故事中許多內在聲音陪著孩子長大，一代一代的持續積澱在大眾文化裡，在流行文化或文學藝術上的表現，童話的母題越顯強大，變體也越加豐富。

而當代最擅長說故事的大師之一，也是獲得英國成人文學首獎的普曼，作品向來以原創、懸疑、深刻著稱，怎會反其道而行，重說格林故事呢？

普曼選在格林童話出版的兩百週年做這件事，除了表達他對格林兄弟的致敬，更是要我們回頭看格林童話裡最直樸的藝術性，從而思考它們與我們的關聯。而我認爲這個版本的珍貴處，還在於它讓我們看到一個故事大師對每則童話的私房想法，不管是讚美或批判的，甚至他進行修潤的用意與改善的建議，都讓我們看到一個偉大的創作者與童話之間，存在著既是臍帶相連、又有獨立思辨的雙向關係。

普曼的版本，提醒我們格林童話從來不是兒童專屬。幾百年前它來自民間大眾，至今能持續運作而且更強大，是它原有的敘述魅力一直令人著迷，因而它所夾帶的思想價值也一直在我們身上運作著。

從成人到兒童：被窄化的童話故事？

格林兄弟受到文學與語言學的啓發，以研究角度進行民間故事的採集與出版。他們雖然將書名定爲「兒童與家庭故事」（*Kinder-und Hausmärchen*），其實訴求的是家庭成員的成人。

但故事集剛出版時，讀者抱怨情節或故事不適合兒童，要求他們處理。起初格林兄弟以採集的中立立場，堅持原有的選集；直到一八二三年出版的英譯本《德國暢銷故事集》，因為搭配精緻插畫而大受歡迎，格林兄弟也改變立場，考慮增加兒童版。他們挑選五十幾則故事進行編修，強調它的教育性，於一八二五年出版。

該版有大眾耳熟能詳的〈灰姑娘〉、〈白雪公主〉、〈睡美人〉、〈小紅帽〉和〈青蛙王子〉等故事。兒童版的興起，其實另有社會因素。在那之前，大眾普遍認為故事裡的怪力亂神會腐蝕兒童心靈，但一八二〇~三〇年代，此種保守觀點已大幅退潮，加上這些故事含有基本的社會正義訊息，倫常符合當時脫離天主教的基督新教，故事人物也是父權體制所需的角色，因此格林故事的兒童版反而獲得市場大規模的認同。

儘管這些故事裡沒有仙子（Fairy），但劇情常有的超現實力量，類似於仙子故事（Fairy Tales），英文就借用該詞，將這些被格林兄弟用文學敘述修飾過的口傳稱為仙子故事。原本仙子故事的讀者便以兒童或中下階層的成人為主，隨著格林故事、安徒生故事等作品的加入，兒童逐漸成為仙子故事的當然讀者。而後，中文譯詞「童話」才又進一步窄化了它原有的屬性與讀者。

迎合與同情：童話故事的價值觀

格林兄弟從布爾喬亞階級採集口傳故事時，很清楚他們出版的訴求對象也是當時大量興起的資產階級。這從他們版本的修訂脈絡上可確認，他們雖保留故事中的驚奇與趣味，也把情節修得更具社會規範，顧及大眾期待，符合階級認同，並加強道德教化的功能。

舉〈青蛙王子〉一例，在他們一八一〇年的手寫版本裡，只是關於一個國王的女兒與一隻青蛙相遇的簡單劇情，青蛙以當公主的伴侶、和她同床作為回報條件，這單純的暗示兩性的性成熟與婚姻儀式。但後來的首印與改版卻逐漸長出繁華裝飾：強調公主享有的物質條件，添加皇宮大宅、珠寶首飾以及她驕寵的個性等。劇情上也強化公主對父王的服從，以符合封建時期傳下來的規範。

雖然格林兄弟討好資產階級的脈絡相當明顯，但因兩人出身並不優渥，採集故事的來源也間接含括農民階級。因此，他們也設法在編修中取得平衡，一方面讓底層農民的掙扎與渴望被資產階級聽見，如〈漢賽爾和葛麗特〉裡貧窮的樵夫；另一方面則讓資產階級能在權力與身份認同的晉級上，獲得投射。

因此，故事裡的階級可被打破流動，小裁縫以機智當上國王，被後母虐待的女孩可嫁給王子跟國王，如〈灰姑娘〉和〈小姊姊跟小弟弟〉，磨坊女兒也可變成皇后。農樵、工匠、小商人皆能以自身良善的品德或機智，獲得權力與財富的晉升，如〈水牛皮靴子〉裡的弟弟與〈勇敢強健的漢斯〉裡的兒子。

保守與顛覆：童話的雙面刃

童話有它獨有的特質與基本結構，其中一組最為人熟悉的類型是，主角受到阻礙威脅，被放逐或賦予任務，這當中主角會遇到惡勢力挑戰，神祕人物會贈與協助性的禮物，受益者若需回報便有第二輪情節。主角完成歷練，解除障礙的結局，往往是完美婚姻、富足而樂的生活。

孩子從這類故事理解到，作爲生命的主角必須接受挑戰，離家是爲了重建自己的家，在歷練中必須學習積極主動、競爭力、勤勞進取、機靈勇敢等能力，才能因自助而他助，終得善報。而這種「在各方權力運作中求生存，以獲得獨立的自治個體」訊息，在當代資本社會裡依舊很適用。

然而不可諱言，幾位知名的童話收集編撰者如佩洛、格林兄弟，甚至安徒生，他們筆下的故事所映照出該時代地域的社會習俗、律法、道德、信仰，的確有諸多地方顯得保守不合時宜，例如至高的國王權力、英明的國王、陰險的母后／後母、殘弱的美女子等固著形象揮之不去。女角總是強調其被動、勤勞與自我犧牲的美德；男角則著重在行動、競爭與財富的累積。

不管是權力或性別，君主族長制的意識形態皆爲鮮明。故事裡的後母一定極其惡毒，下場也悽慘，如〈白雪公主〉和〈杜松樹的故事〉。但懦弱的男人，大多沒獲得該有的譴責，如〈漢賽爾和葛麗特〉裡的父親、〈沒有手的姑娘〉裡的磨坊主人。公主或女兒的幸福，則常淪爲國王與家父交換某種東西的籌碼，必須在父權支配下才能成全。

〈泉邊的牧鵝女〉這則算是少數的特例，它的精緻與訊息跟多數廣爲流傳的童話不同，它傳達即使身世優渥的貴族男人，也需置換成勞力者去試煉品格德性，才能獲得眞正的幸福。而故事裡那個老婆婆也是少見的女角，既有個性、詼諧、明智又位高如神祉。但這種柔性顚覆的故事，其普遍性遠遠不及父權型的故事。

對於童話歷經數百年得以存活且壯大的現象，研究者傑克．載波以生物學與流行病學觀點來解釋，頗有意思。他認爲童話就像一個生物菌種，在口傳歷史中慢慢延伸擴展，先是遇到印刷業興起而瞬時浮出了表面，而後又跟上強大的傳播媒體，尤其是迪士尼與好萊塢的動畫與電影，因而被大量傳播。而它能持續在民間被播種收成，則是基於童話的內在基因，因爲它們符合了一般社會在性別、倫理、宗教、階級等偏好保守的族長制度。

因此，童話的顛覆者必是童話的忠實讀者，喬治．麥克唐納、王爾德，乃至普曼、尼爾．蓋曼等人，都因看到傳統童話的內在問題，在欣賞的前提下做了顛覆性修復。這也是爲何過去數十年內，大眾文化的改編或顛覆版本，從兒童繪本到成人動畫電影，都展現了延燒性的再生力量，像是凸顯女性實現自我的動畫《冰雪奇緣》，與近年電影《黑魔女》，主演的安潔莉娜．裘莉就顛覆〈睡美人〉裡的邪惡女巫，讓刻板女角有延伸的自我辯護。

普曼的重說與筆記

普曼很懂童話的價值所在，其基本的驚奇元素（wonder，如青蛙變王子、哥哥們變成烏鴉）不僅有它的魅力也有其藝術性。他早期幾個作品《發條鐘》、《卡斯坦伯爵》與《我是老鼠！》都是長篇型的童話小說，這些作品本身就在對傳統童話的好壞，同時做致敬與顛覆的展現，由他來重說格林童話便有其時代的意義。

普曼表明他純粹想讓童話的敘述之美被看見，所以他的重說是忠於原著的，只局部的將敘述修潤得更符合當代讀者的理解，並對一些邏輯鬆散的段落補強。這當中，他急公好義的個人特質不免參與在內，普曼對〈小農夫〉裡頭的騙子，就做了基於公平正義該有的調整，也對偷情牧師做點交待。又如〈萵苣姑娘〉，對女性主義上頗具文學貢獻的普曼，也將萵苣姑娘後來被格林兄弟修改成愚蠢的版本，再改回天眞的版本，讓女主角平反，畢竟隔絕在高塔裡的長成，「天眞」是必然，但「愚蠢」顯然是污衊性的添加物了。

除了增修，本書另一大特色是普曼對每則童話發表他個人的意見，筆記雖精簡但不乏重點，除了分析故事結構也對故事提點。如〈魔鬼頭上的三根頭髮〉一則，他指出主角獲得報酬是品格上的勇氣，而不是運氣；對於故事中懦弱的人，他也不掩其厭惡。故事結構上若有瑕疵，如〈雜毛女孩〉因爲亂倫一事有頭沒尾，普曼也在筆記裡添上他認爲可彌補的劇情。

普曼的筆記，重點雖然放在故事的整體性與敘述性，但幾個寓意頗深的童話，他也在筆記進行剖析。像是別具藝術渲染、哲學隱喻的〈黃金鳥〉，普曼便承認原本不採信精神分析法的他，也不得不從人類集體的潛意識原型去讚賞童話的深奧處。

另外，普曼在筆記裡提及版本的異同也頗重要。如〈小紅帽〉一則，佩洛版與格林版結尾有出入，他雖然沒深入論及，但此種訊息提供線索，讓讀者思考兩版本是否反應了百年之差的社會變異。由於這則故事，男性玷污女性的影射一直備受討論，從佩洛版可知，他對女角不表同情，反怪罪她的不愼與輕率而導致她的誤入歧途。可是，格林版在末了加了獵人一段，小紅帽轉爲天眞的無辜者，她和奶奶因此從受害深淵中重生，也因見證掠奪者的惡果而獲得救贖。像這樣的差異，對當代讀者來說，尤具反思的深意。

總之，格林故事從來不只是兒童事，我們身上有許多童話基因，需要我們好好重新檢視。這，不僅是場文學藝術的欣賞享受，也是對自身參與數百年的文化基因演化，進行一趟深度的回溯之旅。不可否認的，它與它的變體，不管是延續或顛覆，都將繼續附著在我們與下一代的身上。好好看待它，來時路的回首，總孕藏了新去向的思索。

目錄

導讀：普曼重說格林童話　文／幸佳慧……3
序言……13
1 青蛙國王……27
2 貓鼠湊一家……36
3 傻小子離家學顫抖……42
4 忠實的尤翰內斯……58
5 十二兄弟……70
6 小弟弟和小姊姊……79
7 萵苣姑娘……91
8 森林裡的三個小矮人……100
9 漢賽爾和葛麗特……112
10 三片蛇葉……126
11 漁夫和他的妻子……133
12 勇敢的小裁縫……147
13 灰姑娘……160
14 謎語……175
15 老鼠、鳥和香腸……180
16 小紅帽……184
17 布萊梅的音樂家……191
18 會唱歌的骨頭……198
19 魔鬼頭上的三根金髮……202
20 沒有手的姑娘……212
21 小精靈……221
22 強盜未婚夫……227
23 死神教父……233
24 杜松樹的故事……239

25 睡美人……256
26 白雪公主……264
27 名字古怪的小矮人……282
28 黃金鳥……288
29 小農夫……299
30 雜毛姑娘……310
31 約琳德和約林格爾……320
32 六人闖天下……325
33 賭鬼漢斯……333
34 又唱又跳的雲雀……338
35 放鵝女孩……346
36 熊皮人……355
37 兩個旅伴……362
38 漢斯——我的刺蝟……376
39 小壽衣……385
40 偷藏的硬幣……387
41 驢子高麗菜……390
42 一隻眼，兩隻眼和三隻眼……399
43 跳舞磨破的鞋……412
44 鐵漢斯的故事……418
45 澤姆西山……430
46 懶人海因茨……435
47 勇敢強健的漢斯……440
48 月亮……450
49 泉邊的牧鵝女……454
50 池塘水妖……467
51 十二個獵人……474
52 水牛皮靴子……480
53 金鑰匙……489
參考書目……493

Introduction

序言

對於當代繁複而華麗的敘述手法
我早已感到不耐，
我渴求只出現在傳說和童話裡
未經調味的說故事方式。
某種
已被流傳幾世紀的溫和老舌尖舔淨
的說書口吻，
也許透過老婦之口，也許是幼獸的嘴，
平靜而不具名地娓娓道來。

……因此我說的故事
要清澈而不零碎
我的主角，都是傳統的定型角色
不受過往經驗和性格的影響—
巫師、隱士、無邪的年輕戀人，
那些我們從格林童話、榮格、威爾第和義大利即興喜劇中
回憶起的角色。

美國詩人詹姆斯・梅里爾（James Merrill）的長篇史詩鉅作《桑多佛的變幻之光》（*The Changing Light at Sandover*, 1982），其中第一部曲〈以法蓮書〉（Book of Ephraim）是這麼開場的。他在詩中談論將以何種方式述說故事。這篇開場白點出童話中最重要的兩個特性：一是童話是以「平靜而不具名」的口吻來敘述；二是童話建構於「傳統的定型角色」之上。

當梅里爾提到格林童話，他無需贅言，我們就明白他所指為何。過去兩百年來，對於大多數的西方讀者和作家而言，格林兄弟的《兒童與家庭童話集》（*Kinder-und Hausmärchen*）是西方童話的活水源頭，也是最偉大的童話選集，它被翻譯成無數語言，是同性質的敘述中最獨樹一格的作品。

然而，即使格林兄弟沒有蒐集這些故事，也會另有其人來做這件事。事實上，老早就有人在蒐羅民間故事了。十九世紀初，德國知識份子圈掀起了一陣風起雲湧的思潮。當時的德國，是三百多個由神聖羅馬帝國分裂出來的城邦，包括王國、公國、大公國、侯爵領土、封地、選區、教區等所組成。當時所有的德國學者，包括法律、歷史和語言等各領域的知識份子，都在探討並尋求身為德國人的定位。

格林兄弟的一生並無特出之處。雅各（Jacob Grimm, 1785-1863）和威廉（Wilhelm Grimm, 1786-1859）的父親菲利普・威廉・格林（Philipp Wilhelm Grimm），是赫斯（Hess）公國哈瑙城（Hanau）一位頗有名望的律師，兄弟倆是父親和母親多洛希雅（Dorothea）的倖存子女中最年長的兩個。他們接受古典教育，成長於歷經改革的喀爾文教會。兩兄弟既聰明又勤奮向學，他們的目標是跟父親一樣成為專業律師，他們倆的確也在這個領域逐漸嶄露頭角；然而父親卻在一七九六年驟逝，全家的財務立即陷入困境，必須仰賴母親娘家的資助才能度日。他們的姨媽亨麗葉・齊莫爾（Henriette Zimmer）在卡塞爾（Kessel）宮廷當王子的侍女，她慷慨相助，替雅各和威廉找到適合的高校，讓兩兄弟繼續求學，兩兄弟也不負眾望，以第一名成績畢業於該所高校。此時，他們的財務依舊處於捉襟見肘的狀況，當兄弟倆順利進入馬堡大學（University of Marburg）就讀時，仍過著貧困的生活。

他們在馬堡大學就讀法律時，受到法學史教授佛瑞佐區・卡爾・凡・薩威尼（Freidrich Carl von Savigny）影響甚深，薩威尼教授認爲法律不應脫離語言和歷史脈絡而獨自存在，因此格林兄弟逐漸對語言學產生興趣。透過薩威尼教授和妻子庫妮昆蒂・布倫塔諾（Kunigunde Brentano）的介紹，他們結識師母的兄長克雷門・布倫塔諾（Clemens Brentano），與阿金姆・凡・亞寧（Achim von Arnim），他娶了布倫塔諾家族另一位女兒，也就是作家貝提娜（Bettina）。這群人相當熱中於德國民俗學。他們對此一主題的熱情，促成《少年的神奇號角》（*Des Knaben Wunderhorn*）一書的誕生。這是一本蒐羅德國民間歌謠和詩作的選集。此系列的第一冊於一八〇五年出版以來，就獲得相當大的迴響，很受讀者歡迎。

格林兄弟自然而然受到這個主題的吸引，但他們並非毫無批判地全盤接受。雅各於一八〇九年五月寫給威廉的信上提到，他不同意布倫塔諾和凡・亞寧依照自己的喜好，把蒐集到的民俗資料任意增刪、改寫，並把內容現代化。然而，這點也是格林兄弟在出版《兒童與家庭童話集》時，被批評最厲的地方。

無論如何，格林兄弟蒐集童話並將之出版的決定，並非獨立事件，而是當時社會集體意識的一環。

格林兄弟所蒐羅的故事來源既有口述部分，也包括書面資料。但是有件事他們並沒有執行，就是實際走入田野，把鄉下農夫農婦的口述故事，逐字逐句抄錄下來。他們蒐集到的部分故事，是直接來自書本，其中最好的兩個例子〈漁夫和他的妻子〉（頁一三三）和〈杜松樹的故事〉（頁二三九）是由畫家菲利普・歐托・朗格（Philip Otto Runge, 1777-1810）以方言「低地德語」寫成的。格林兄弟拿到文稿後，將之稍事修改，亦以「低地德語」收藏於選集中。至於格林兄弟所蒐集的其他故事，多數來自中產階級的口述，包括家族朋友如藥師之女竇爾琴・威樂德（Dortchen Wild, 1793-1867），後來她也成了威廉・格林的妻子。兩百年後的現在，我們很難斷定某些文稿的來源爲何。在錄音機發明以前，任何民間故事或詩歌選集都面臨這種溯源的困境。不過，當初出版的版本所展現的活力和熱情，才是我們最應看重的。

格林兄弟繼續在語言學上做出偉大和長遠的貢獻。雅各提出的「格林定律」（Grimm's Law），描述了日耳曼語某些特定語音的遞變史；兩兄弟亦合力編寫第一本德語字典。一八三七年發生的歷史事件，在格林兄弟的生命劃下戲劇性的一頁。兄弟倆和其他五名在大學任教的教授同僚們，因國王非法解除憲法，而拒絕效忠新任的漢諾威國王恩斯特・奧克斯特（Ernst August），結果格林兄弟慘遭所屬大學革職，被迫轉至柏林大學任教。

然而，眞正讓格林兄弟名留青史的，是他們共同編撰的《兒童與家庭童話集》。首版於一八一二年出版，這部童話選集又陸續增訂了六版（到這階段，威廉已經接手所有的編輯工作），直到一八五七年出版最後的第七版爲止，格林兄弟的童話選集已大受歡迎，廣爲流傳的程度只有《天方夜譚》可堪比擬，兩部童話成爲當時同類出版品中，最重要、也最具影響力的作品。格林兄弟的童話選集隨著版本的增訂，蒐錄的故事越來越多，故事本身也隨著整個十九世紀的推進而有所改變，在威廉的編輯下，故事長度稍微增加，敘述較爲詳盡，時而顯得拘謹，但肯定比原始的版本更具道德教化意味。

這套總共有兩百一十則童話的選集，題材豐富多元，無論是文學、民俗學、政治和文化歷史學的學者，亦或是各種理論學家如佛洛伊德學派、榮格學派、基督教徒、馬克斯主義者、結構主義者、後結構主義者、女性主義者，甚至是後現代主義者，都會從中獲得豐富的研究內容。我在改寫過程中，找到一些相關的書籍和文章。我把其中最有用以及最有趣的部分羅列於參考書目中。這些和其他的參考資料，總是無意間影響我的閱讀和改寫。

但是我對童話的最終興趣，始終在於故事如何能說得通又說得漂亮。我撰寫這本書的初衷，是將這些故事以最好，最有趣的方式呈現給讀者，並在書寫過程中，清除所有阻擋故事自然發展的障礙。我無意將故事場景改爲現代，也不打算注入個人解讀，或將原作改寫爲理想化的版本。我只想創造一個清澈如水的版本。引導我寫作的案頭詰問，始終是：「如果我從別人那兒聽到一個故事，進而想要傳播出去，我會如何述說？」我對情節所做的任何修改，都是爲了讓故事能更自然地以我的口吻流洩而出。偶爾，如果認爲故事能加以改善，我會在內文裡做一兩項變動，或乾脆在筆記中續寫一段銜接原作的內容，讓故事更形完整。（本書頁三一〇的〈雜毛姑娘〉就是我爲了讓故事更完整而續寫的例子，因爲這個故事的原版在我的眼裡，似乎只是個半成品。）

「傳統的定型角色」

童話中沒有心理學。童話角色的內在世界乏善可陳；他們的行事動機清楚明瞭。好人永遠是好人，壞人永遠是壞人。即使在〈三片蛇葉〉（頁一二六）中，作者完全沒有解釋爲何公主會不知感恩地背棄她的丈夫，我們在情節推展至此時，就能瞬間理解。沒有事情是隱而不彰的。任何關於人類意識的幽微與謎題、關於回憶的竊竊私語，或是現代小說關注的主題，如對於悔恨、懷疑或慾望一知半解的提示，在童話中一概缺席。你大可形容童話中的人物，是毫無意識地活著。

他們很少有姓名。他們通常以職業、社會地位，甚至是他們所穿的衣著當作稱呼，如磨坊主人、公主、船長、熊皮人、小紅帽。如果非得要有個名字，通常就叫「漢斯」，如同在英國就叫「傑克」一樣。

若以圖畫的形式來描述童話主角，我認爲最好的詮釋，並非眾多爲格林童話特別繪製的精美插圖，而是來自玩偶劇場，那些經切割而成的紙娃娃。他們形狀扁平，不是立體的。只有面向觀眾的正面，而我們也只需要那一面，另一面則是空白。他們被刻劃的模樣，總是密集的行動，或強烈的情感，因此，即使觀眾距離遙遠，他們的角色依舊很容易在戲劇中被辨識出來。

有些童話角色是以複數呈現，譬如拿來當作故事標題的十二兄弟、〈十二個跳舞的公主〉中的十二個公主，以及〈白雪公主〉中的七個小矮人。作者幾乎沒有刻意分辨彼此，若有，也不多見。詹姆斯・梅里爾所提到的義大利即興喜劇（Commedia dell'arte）正好可以作爲複數呈現的註腳。喜劇角色「普欽內拉」（Pulcinella）原是畫家吉安多門尼科．提耶波羅（Giandomenico Tiepolp, 1727-1804）筆下一系列畫作的主題名稱。在提耶波羅的畫作中，普欽內拉從未單獨現身，通常是一群長相一致的傻瓜，同時出現在畫面裡，譬如十幾個普欽內拉，在某幅畫裡，正同時試著煮湯；在另一幅畫中，他們都面露驚色地注視著一隻鴕鳥。寫實主義並不能處理多重呈現的概念。十二位每天夜裡都外出把舞鞋跳到支離破碎的公主，以及七個睡在並排小床上的小矮人，只存在於另一個時空，一個介於神祕與荒謬之間的國度。

迅速

迅速是童話故事的一大美德。優秀的童話故事通常以夢境般的速度，一個事件銜接到另一事件，該提的情節才會停下來說，其餘一律迅速帶過。最好的童話爲讀者提供如何將情節去蕪存菁的完美範例：如同拉笛亞德．吉卜林（Rudyard Kipling）的作品所呈現的樣貌：一旦灰燼被全數耙出，火就能燒得更旺。

童話的開頭，只需要安上「從前」一詞，故事就此開展：

從前有一個很窮的人，他連自己的獨生子都養不起，兒子察覺父親的困難之後，就對父親說：「爸爸，我們的日子過得太苦了，我成了您的負擔。我這就離家去，設法賺錢養活自己。」

幾個段落之後，主角已經娶了國王的女兒。

（〈三片蛇葉〉，頁一二六）

再舉另一個例子：

從前有個農夫很富有，想要多少錢財或田地都能如願。不過，儘管他這麼有錢，生活還是有缺憾——他們夫妻沒有孩子。他在城裡或市集遇見其他農夫時，他們經常取笑他，問他和妻子為何不能像他的牲口那樣頻繁生下後代，難道他們不知道怎麼生孩子嗎？有一天，他氣過了頭，回家後對著妻子說：「我一定要有個孩子，哪怕是個刺蝟也沒關係。」

（〈漢斯－我的刺蝟〉，頁三七六）

速度令人振奮。然而你若想走得快，行李就得輕盈，因此童話不需要當代小說中的那些如名字、外表、身家背景、社會脈絡等資訊。當然，這也解釋了童話中的角色為何如此平板。童話關注的是主角們發生什麼事，如何發生，至於主角的性格，反而不在關注之列。

撰寫童話時，我們總是無法確定哪個事件是故事所需，那個又是多餘。想知道故事該怎麼說才說得好，大可好好研究〈布萊梅的音樂家〉這篇童話。這是一則無厘頭的軼事，同時也是篇童話傑作。整篇故事無一贅詞，每個段落都扮演推進故事發展的重要角色。

比喻和描述

童話不做比喻，除了最明顯的意象，譬如「像雪一樣白」或「如血一樣紅」。童話也不會仔細描述角色所處的自然世界。森林永遠是深的，公主絕對是美麗的，她的頭髮一定是金黃色；其他的描述在童話中皆屬多餘。我們只想知道接下來發生什麼事，描繪優美、敘述性強的文字遊戲只會引發不快。

只有一個故事除外。故事中優美的文字描述，與事件的推移巧妙地結合在一起，很難將其一分爲二。這故事就是〈杜松樹的故事〉。我所說的橋段，就是妻子許了一個願，希望自己生出一個紅如血，白如雪的小孩之後的整個懷孕過程。妻子的孕期和季節遞嬗的描述，在此呈現完美連結：

一個月過去了，雪融了。
兩個月過去了，外頭開始轉綠。
三個月過去了，遍地開滿鮮花。
四個月過去了，森林裡所有的枝幹都茁壯了，盤結在一起。鳥兒高聲鳴叫，啁啾聲在落英繽紛的森林裡迴盪。
五個月過去了，女人站在杜松樹下。香甜的氣味使她的心躍動不已，她因喜悅而屈膝跪下，難以自制。
六個月過去了，樹上結實纍纍，女人內心變得十分平靜。

七個月過去了，女人摘下杜松漿果，吃個不停，結果吃得太多，突然一陣噁心難受，心情也跟著陰鬱起來。

八個月之後，她把丈夫叫來，一邊流淚，一邊說：「如果我不幸死了，把我埋在杜松樹下。」

優美的描述和故事推進一氣呵成，讀來實在美妙，任何一位說書者已很難更動任何文句語意，使這個橋段更上層樓。說書人非得按照這裡的方法推演故事不可，或至少應隨著女人子宮裡的孩子以及杜松樹的逐月成長，而賦予每個月份對等意義的敘述。因爲這部分對後來主角的復活而言，是相當重要的伏筆。

這是個完美的例子，卻是少見的例外。如同童話人物總是平板的，童話對人物和周遭環境不做詳細描述。格林童話的增訂版本在威廉的編輯之下，的確有越見華麗和創新的趨勢，但故事主軸依然著重在發生什麼事，以及接下來要發生的事情上。此一童話配方相當普遍，而且大家也熟知童話對事物的特殊性漠不關心，因此當〈約琳德和約林格爾〉（頁三二〇）出現以下敘述時，著實令人吃驚：

這是一個美好的傍晚：溫暖的陽光灑在樹幹上，映照著綠色森林的幽暗；斑鳩在古老的櫸木林間，悲戚地叫喚著。

突然間，童話故事不再，讀起來反而較像浪漫派作家如諾瓦利斯（Novalis,1772-1801）或尚・保羅（Jean Paul, 1763-1825）所寫的文字。原本是以平靜而不具名的口吻來敘述事件，因爲這句話，而轉變爲抒發個人感受的描述，這個轉折，好似一心一意講述故事情節的人，突然對大自然有所感懷，而將之記錄下來。作家的比喻功力和描述事物的天賦，是獨一無二的。但是童話並不出自任何一位個體作家，畢竟，獨一無二和原創性並非童話所追求的特性。

這不是文本

無論是威廉・華茲華斯（William Wordsworth）的長詩《序曲》（*Prelude*），或詹姆斯・喬哀斯（James Joyce）的《尤里西斯》（*Ulysses*），亦或是其他任何文學著作，都是先以文本留存於世。作家寫下的文字即是文本，變動不得。編輯或文學評論家的責任，在於關注這些文字的意義爲何，並釐清各版本間解讀上的歧異之處，以確保讀者能讀到完整而精確的文本。

但是童話並不屬於這種文本。童話是在一個或多個場合裡，將眾人傳頌的故事，透過某位說書人的講述而記錄下來。所有相關細節，都會影響最後被記錄下的文字。也許說書人很疲倦、或者情緒不佳，當場的故事就不如其他時刻所說的版本來得豐富或誇張。而記錄者當天可能也有狀況，像是因爲風寒或頭疼，無法好好傾聽故事，或因咳嗽和噴嚏的干擾，而無法盡情記錄。另外還有一個閃失，好故事若交由差強人意的說書者講述，效果絕對大打折扣。

說書者對故事的影響層面很大，因爲他們有不同的天分、技巧，處理訴說過程的態度也大相逕庭。格林兄弟對其中一位口述故事的說書者非常驚豔，她名叫多洛希雅·維曼（Dorothea Viehmann）。即使是第二次敘述故事，維曼夫人的用字遣詞都和第一次的一模一樣，這點帶給記錄者許多作業上的便利；而且她所說的故事都經過精心建構，因而能準確地傳達故事精神。我在處理她所傳述的故事時，也對她說書的功力印象深刻。

有的說書人對喜劇有天分，有人對懸疑和劇情類的故事興趣較濃，有人則較擅長詮釋悲傷的故事。說書者自然而然會選擇能發揮所長的故事來講。譬如某甲是位偉大的喜劇演員，當他講述故事時，一定會發明讓人印象深刻的滑稽細節或趣味橋段，這個故事因爲他的詮釋就被更改了一些。試想某乙是懸疑故事之后，當她講述一則恐怖故事時，她可能會加油添醋，這些發明和修改會成爲故事傳統的一部份，直到它被人遺忘、潤飾或改善爲止。

童話故事永遠處於幻化和改變的狀態。若要童話獨尊於某個版本或某一譯筆，無疑是將知更鳥關入牢籠[1]。如果本書的讀者想要傳播書裡的故事，我希望你能以自己的方式盡情揮灑，對於你想加油添醋的情節，你有絕對的自由。事實上，你有絕對的義務，把童話改成屬於你的版本[2]。童話故事並非文本。

「被舔淨的口吻」

著手書寫童話的作者們，能以接近詹姆斯·梅里爾所說的理想口吻，「平靜而不具名」地說故事？當然可以，不過作者可能不願意這麼做。很多童話版本已經洋溢著作者炫目的才華、隱晦的執迷，或對政治的熱忱。這樣的童話以後肯定會再出現。童話經得起這些外力的考驗。然而，即便我們力求以平靜而不具名的口吻書寫，我認爲依舊很難達成。我們還是會在不知情的情況下，將個人風格有如指印般留在每個段落。

所以，我們能做的，似乎只有努力把故事清楚呈現，然後不再憂慮。說故事是愉快的，因焦慮而破壞書寫樂趣則相當可惜。在〈泉邊的牧鵝女〉中，年輕男爵最後終於躺下來休息，溫和的空氣讓他精神爲之一振。當作者發覺自己不再需要創造情節，因爲童話的本質足以引導作品進行，他就會感受到如年輕男爵呼吸舒服的空氣時，那種徹底的放鬆和愉悅。童話之於童話書寫者，就像曲子特定的和弦行進之於爵士樂手一樣，樂曲和童話已爲你準備好框架，等著你來發揮。如同爵士樂手將和弦按照順序一個接著一個即席演奏出來，我們作者的任務，是將事件和事件，輕盈地以故事賦予的節奏串連起來。說故事是一項表演藝術，就像爵士樂是一場表演，而寫作也是。

最後，我要對想傳播這些故事的人說，別拒絕迷信。如果你有支信手拈來皆文章的神奇筆，就拿出來用。如果你一腳穿紅襪，另一腳著藍襪時，最能把故事說得機智精彩，那就這麼打扮吧。我寫作時是相當迷信的。我對於故事本身所發出的聲音非常迷信。我相信每篇故事都由一位專屬精靈守護，每當我們述說故事，就是在替精靈發聲。若我們創作者帶著應有的尊敬和禮貌來接觸故事精靈，故事就會說得更成功。精靈有老有少，有男有女，有的感性，有的憤世嫉俗，有的多疑，有的耳根子軟。他們的共通點是超乎道德：就像在〈勇敢強健的漢斯〉中，空氣精靈幫助漢斯逃離洞穴一樣，故事精靈非常樂意幫助手執指環之人，也就是說故事的人。若有人把這些斥爲無稽之談，並言明說故事需要的只是想像力云云，那麼我會這麼回答：「沒錯，我的想像力，就是這麼運作的。」

但是，即使我們努力把童話說到最好，仍會感到有所不足。我猜想，童話故事最精微之處，特質上恰是偉大的鋼琴家阿爾圖．施奈貝爾（Artur Schnabel, 1882-1951）對莫札特奏鳴曲所形容的：「對兒童來說太容易，對成人來說又太困難。」。

本書選出的五十則童話，是格林兄弟的《兒童與家庭童話集》中，我認爲最精湛的故事。我盡力揣摩並傳達故事精靈所發出的聲音，如同多洛希雅．維曼、菲利普．歐托．朗格、竇爾琴．威樂德，以及傳述作品被格林兄弟保存下來的其他說書人所做。我由衷希望，無論是說故事者，或是讀者，從此之後，都能過著幸福快樂的日子。

菲力普．普曼，寫於二〇一二年

作者注

1 此句來自英國詩人威廉．布雷克（William Blake）所寫的詩〈純潔的徵兆〉（Auguries of Innocence）：「牢籠中的知更鳥，怒襲整片天空」（Redbreast in the cage puts all Heaven in a Rage）

2 伊塔羅．卡爾維諾在他的著作《義大利童話》的序言中，曾引用托斯卡尼地區的俗諺：「沒被加油添醋的故事，一點都不美麗。」

1

The Frog King, or Iron Heinrich

青蛙國王
（又名：鐵箍亨利）

在遙遠的古代，人們衷心祈求的願望，都會成爲現實。當時住著一位國王，他的女兒們個個生得美極了，尤其是最小的女兒，更是美若天仙，連見多識廣的太陽，每當照耀她的臉龐時，都會被她的美麗所震懾而驚訝不已。就在國王皇宮不遠處，有一座幽暗的森林，森林裡的某棵椈樹下有一口井。天熱時，公主會走進森林，到井邊坐下來，享受井裡傳來的陣陣涼意。

爲了排解無聊，小公主常拿出她的金球，往空中拋，然後接住。這是她最鍾愛的遊戲。有一次，她丟球丟得心不在焉，所以金球飛遠了，往井口的方向飛去。最後金球掉入井裡，不見蹤影了。

小公主跑到井邊，朝井中一探；但井實在太深了，她根本看不到球，井底更是深不可測。

她開始嚎啕大哭，越哭越大聲，好似任誰也無法安慰她。當她的哭聲漸漸轉爲啜泣，她聽到有個聲音在對她說話：「公主，妳怎麼了？妳哭得如此傷心，連石頭聽了都會心疼。」

她環顧四周，想搞清楚聲音是從那裡傳來的。不料她卻發現一隻青蛙，從水裡伸出他那其醜無比的大腦袋。

「原來是你呀，跳水高手，」她說。「我在這裡哭，是因爲我的金球掉到井裡去了，而井太深，我連看都看不到它，更別說把它找回來了。」

「原來如此，妳別哭了，」青蛙說。「我可以幫妳把球找回來。但是如果我替妳把金球撈上來，妳要拿什麼回報我？」

「青蛙，你要什麼，我都可以給你！任何東西都行！我的衣服、我的珍珠、我的珠寶，甚至我戴在頭上的皇冠，全都是你的！」

「我不要妳的衣服。妳的珠寶和皇冠對我來說，也一點都不重要。但是如果妳能喜歡我，讓我當妳的玩伴，在妳身旁，形影不離，吃飯的時候，允許我坐在妳旁邊，吃妳盤子裡的食物，喝妳杯子裡的飲料，並睡在妳的床上。那我願意潛到水裡去，幫妳把金球撈回來。」

公主內心想著：「這隻笨青蛙在做什麼白日夢呀？無論他想怎麼做，他頂多只能待在水裡，那才是他的棲身之所。但是，也許他眞的可以幫我把金球找回來。」當然，小公主沒把內心話說出來。她只是說：「沒問題，只要你幫我把金球找回來，我就答應你所有的要求！」

青蛙一聽到小公主說「沒問題」，就一股腦地把頭鑽進水裡，潛到水底最深的地方。不一會兒功夫，他就帶著金球游回水面，把它扔到草地上，還給公主。

看到失而復得的金球，公主簡直喜出望外。她立刻把球抱在懷裡，一溜煙就跑走了。

「等等我啊，公主！」青蛙大喊。「帶我一起走，我的青蛙腿只會跳，沒辦法像妳跑得那麼快！」

但是公主卻置之不理。她趕緊跑回皇宮，並且把對青蛙的承諾忘得一乾二淨。而可憐的青蛙，只能獨自回到他的井裡去。

第二天，公主與國王和大臣們一起坐上餐桌，才開始要以金餐盤進食時，她聽到大理石台階傳來「拼碰拼碰」的聲音。某種東西正一階一階地跳上來，當牠來到皇宮門口，這傢伙一邊敲著門，一邊大聲嚷著：「公主啊，最小的那位公主！幫我開門！」

小公主跑到大門邊一探究竟。沒想到，她一開門，看到的就是昨天那隻青蛙。她嚇壞了，趕快用力地關上門，迅速奔回餐桌。

國王見小公主心臟怦怦跳個不停，就開口問她：「我的孩子，妳在害怕什麼？門外站著的是巨人嗎？」

「哦，不，」她說，「不是巨人，是一隻嚇人的青蛙。」

「青蛙為什麼要找妳？」

「哦，爸爸，昨天我在森林裡的井邊玩，我的金球掉進井裡，所以我開始放聲大哭。因為我哭得太傷心了，青蛙就幫我把球撿回來。在他的堅持之下，我答應他當我的朋友。但是，我壓根沒想到他可以遠離井水這麼久。現在他就在門外，他想進來皇宮。」

又是另一次的敲門聲，接著他們聽到有人高喊著：

「小公主呀我的愛，
打開門兒讓我來，
水邊承諾不兌現，

話語尚比鏽鍋賤，
快把承諾來實現，
打開門兒讓我來。」

國王說：「做人不可言而無信。快去開門，讓青蛙進來。」她開了門，青蛙馬上跳進大廳，他跳呀跳，最後跳到公主的椅子旁。「抱我上去，」青蛙說，「我要坐在妳旁邊。」公主極不樂意，但國王吩咐：「照他的話做。」她只好把青蛙抱到椅子上。但是他一坐上椅子，又說想蹲在桌子上，所以她又得把他抱上餐桌。「把妳的金餐盤拉近一些，我才能跟妳一起吃。」她照做了，但大家都看得出來她一點也不情願。青蛙倒是開心極了；他津津有味地吃著公主的菜餚，只是，現在對於公主來說，每一口飯都讓她食不下嚥。吃到最後，青蛙說：「我吃飽了，謝謝妳的招待。現在我想睡覺了。帶我去妳的房間。鋪好妳的絲質被縟，等下我們一起睡吧。」

公主開始大哭，因爲青蛙冷冰冰的皮膚把她嚇壞了。一想到青蛙即將睡在她整潔漂亮的床上，她不禁直打哆嗦。但是國王皺了皺眉，訓誡她：「我們絕不可以看不起在我們有難時，對我們伸出援手的人。」

她以指尖抓起青蛙，把他帶到房間外面的地板上放著，接著她就獨自進房，把房門關得緊緊的。

青蛙在門外不斷地敲門：「讓我進去！讓我進去！」

她無計可施，只好開門：「好，讓你進來，但你只能睡在地板上。」

她把青蛙平放在床尾的地板上，但青蛙還是不滿意：「讓我睡床上，我跟妳一樣累垮了。」

「好，看在老天爺的份上！」她把青蛙抓起來，放在枕頭遠遠的另一邊。

「太遠了，再靠近一點！」青蛙說。

這要求實在太過份了。公主湧上一股怒氣，一把抓起青蛙，把他朝牆壁一扔！當青蛙從牆壁彈回床邊時，發生了一件令人吃驚的事！他不再是一隻青蛙，他變成一個年輕人，一位有著美麗藍眼珠的王子，他的眼睛還在微笑呢。

公主立刻愛上他，願意做他的妻子，如同國王一直希望的，能把女兒許配給王子。王子告訴她，有位邪惡的巫婆對他施了魔法，公主把他丟往牆上，是解救了他，也只有公主才能辦到。更棒的事會發生在第二天，有輛馬車將前來迎接公主和王子，把他們帶回王子的國度。當夜，他們同枕而眠。

第二天早上，當太陽才剛剛甦醒，一輛八匹馬拉的大馬車，已經停在皇宮外等候他們了，就像王子說的一樣。每匹馬的頭上都插著鴕鳥羽毛，隨著馬頭的律動而一晃一晃的，馬匹的身上也套著閃閃發亮的金色馬具。站在馬車後面的，是王子的僕人——忠心耿耿的亨利。亨利的主人被變成青蛙之後，他傷心欲絕，於是他請鐵匠幫他打造三個套在胸口的鐵箍，以免他的心因爲過度悲傷而碎裂。

忠心耿耿的亨利攙扶主人和他的王妃上馬車，然後又站回到馬車後方的位置。再次見到主人，亨利開心極了。

當馬車行進一段時間之後，王子聽到從馬車後方傳來劈劈趴趴的碎裂聲。他轉頭，對著車尾喊著：「亨利，馬車壞了！」

「喔，不，主人，那是我的心。當你被變成青蛙，住在井裡時，我過得很痛苦，所以我就把我的心用鐵箍套緊，以免心臟碎掉，因爲鐵是比憂傷更堅強的東西。但愛又比鐵更堅強。現在你又變回人類，鐵箍就自行碎裂了。」

之後，他們又聽到兩次相同的碎裂聲，每次發生，他們都以爲是馬車出了問題，但他們兩次都猜錯：那聲音，是來自忠心耿耿的亨利的心。把他的心牢牢套住的鐵箍，已逐一碎裂，因爲他的主人已經平安歸來了。

童話類型——ATU[1] 440，〈青蛙國王〉(The Frog King)

故事來源——威樂德家族[2]口述故事

類似故事——凱薩琳・M・布麗格（Katherine M. Briggs, 1898-1980）的〈青蛙〉(The Frog)、〈青蛙王子〉(The Frog Prince)、〈青蛙甜心〉(The Frog Sweetheart)、〈佩多〉[3]（收錄於《大英民間故事》）

這是最家喻戶曉的故事之一。故事基調——討人厭的青蛙變成人的部分，非常引人入勝，且深具道德意涵，因此這個故事形塑出某種人類核心經驗的暗喻。一般人對故事的印象，是公主的吻讓青蛙變成王子。不管是把故事提供給格林兄弟的人，或是布麗格聽到的版本，都很清楚青蛙必須在哪個環節惹惱公主，被公主處罰，最後才能變身人類。以親吻作爲故事轉折，是最廣爲人知的版本。不過別忘了，青蛙想與公主同床共枕代表什麼意義？光是這個版本，就又是另一個民間故事的素材了。

雖然這篇故事的標題稱青蛙爲國王（Der Froschkönig），但畢竟青蛙變身時，身份是王子（ein Königssohn），這點無庸置疑。或許因爲他繼承王國前，曾是隻青蛙，而讓他擁有青蛙國王這個封號。這種奇特的經歷，任誰也忘不了。

鐵箍亨利這個角色一直到故事結束前才出現，而且他跟整個故事的其他部分的關連性甚低，幾乎是個可輕易被遺忘的角色。但是他應該具有某種重要性，才會把他的名字當作標題。而他的鐵箍實在太令人印象深刻了，值得另外爲這形象寫篇故事。

1 爲了理解民間故事在各國以及不同年代的相似和相異處，三位民俗學學者安提·阿爾奈（Antti Aarne, 1867-1925）、斯蒂斯·湯普森（Stith Thompson, 1885-1976）和漢斯—約爾格·烏特（Hans-Jörg Uther, 1944-）相繼推出故事類型編碼系統，以利研究者編排查詢。漢斯—約爾格·烏特（Hans-Jörg Uther）於二〇〇四年出版《國際民間故事類型：根據安提·阿爾奈與斯蒂斯·湯普森系統爲基礎的分類與參考書目》（*The Types of International Folktales: A Classification and Bibliography Based on the System of Antti Aarne and Stith Thompson*）爲集各家大成之作，他結合三位作者姓氏的第一個字母ATU，來稱呼此系統。目前國際間著名的民間故事均遵循ATU系統來編碼。編按：本書正文的注釋爲譯者注，以下同。

2 威樂德（Wild）家族爲格林兄弟的鄰居，有六個與格林家孩子年齡相仿的女兒，雖然家境懸殊，但兩家孩子關係很好。其中以哈麗葉·「竇爾琴」·威樂德協助格林兄弟採集民間故事最力，並於一八二五年與威廉·格林共結連理。

3 原文Paddo，蘇格蘭語的「青蛙」之意。

2

The Cat and the Mouse Set Up House

貓鼠湊一家

從前有一隻貓，他和老鼠當起朋友。只要一說起老鼠的優點，他就開始滔滔不絕，說個沒完。他說自己對老鼠有種溫暖的情愫，他稱讚老鼠對人仁慈，做事謹慎，她連捲起尾巴的模樣，都那麼整齊俐落。最後，老鼠終於同意與貓一起建立家庭。

「我們得開始爲寒冬做準備了，」貓說。「如果什麼都不做，我們會在最需要食物的冬天，活活餓死。妳這麼瘦小，是不可能在冰天雪地裡外出覓食的。即使妳沒被凍死，也肯定會被捕鼠器抓起來。」

老鼠覺得這個建議很有道理。於是兩人拿出各自的積蓄，合購了一大罐豬油。但他們不知道要把豬油放置何處。他們花了很久的時間討論，最後貓說：「妳知道嗎？我認爲沒有一個地方比教堂更安全，因爲大家才不敢偷教堂的東西呢。我們就把豬油藏在祭壇底下，若非情不得已，絕對不去動它。」

於是他們把豬油藏在教堂裡。可是沒過多

久，貓就動了歪念，想吃鮮美的豬油，所以他對老鼠說：「喔，對了，我忘了告訴你，我的表姊剛生下一個男寶寶，小寶寶全身雪白，還帶著棕色的斑點。」

「太美妙了！」老鼠說。

「是呀，而且他們請我當小寶寶的教父。妳不介意我把家務交給妳一天，抱小寶寶去受洗吧？」

「當然不介意，」老鼠說。「受洗禮之後一定有好吃的食物。如果你吃到什麼山珍海味可別忘了我。我很想嚐嚐那甜滋滋的受洗酒。」

貓說的受洗故事當然是個天大的謊言。他根本沒有表姊，認識的人裡面，也沒人有興趣請他當教父。他撒了謊後，就直奔教堂，蹲到祭壇下，打開那罐豬油，一口氣把最頂層的油霜舔得乾乾淨淨。

然後他心情平靜地走出教堂，照常爬到民宅的屋頂去尋找可能的獵物。他躺在屋頂上曬太陽，舔著自己的鬍鬚，回想豬油的甜美滋味。直到天黑，他才打道回府。

「歡迎回家！」老鼠說。「今天過得愉快嗎？他們給小孩取什麼名字？」

「沒了頂層！」貓檢查自己的爪子，冷冷地回答。

「沒了頂層？對一隻小貓來說，這眞是個怪名字，」老鼠說。「你們家族常取這樣的名字嗎？」

「我看不出這名字有什麼奇怪的，」貓說。「會比你們每個教子都取名做『麵包屑偷兒』還奇怪嗎？」

沒過多久，貓的嘴又饞了，他又想吃豬油了，他對老鼠說：「親愛的朋友，可以幫我一個忙嗎？我又被請去當教父了，剛出生的貓寶寶頸子上有一圈白毛，我實在無法推辭。妳能再獨自接手家務一天嗎？天一黑我就回來。」

善良的老鼠答應了，她一點也不介意看家，並祝福貓一切順利。貓立刻出發，他從城牆後溜進教堂，一下子就又舔掉半罐豬油。

「沒有比獨享的食物更美味的了，」他這麼認爲。

當貓回到家，老鼠問他，「他們幫小孩取了什麼名字？」

「吃了一半，」貓回答。

「吃了一半？這是打哪來的名字？我長這麼大，從沒聽過有人這麼取名的。我敢說，這名字絕對不可能出現在聖人年曆上。」

但是脂鮮味美的豬油，滋味實在太迷人，沒過多久，貓又開始流口水了。

「好事成三，」他對老鼠說，「你猜怎麼著？又有人請我去當教父了，這回是隻渾身黑黝黝的小寶寶，除了爪子以外，他身上沒有一絲白毛。你知道的，這種貓非常罕見，好幾年才會碰上一隻。你會同意我帶小寶寶去受洗吧？」

「這次貓寶寶會叫什麼名字？沒了頂層？吃了一半？你們家族給孩子取的名字，眞是引人遐想。」

「喔，你又來了，」，貓說。「你從早到晚坐在家裡玩弄你的尾巴，成天只會胡思亂想。你應該出門去透透氣才對。」

老鼠對貓的說法不置可否，不過老鼠趁貓不在家，好好地把家裡打掃一番，東西也排得整整齊齊。

老鼠在家裡打掃的時候，貓正在教堂裡，忙著把那罐剩下的豬油舔得一乾二淨。最後，他把貓爪深入罐子裡，挖出最後一口豬油，然後對著被吃得精光的罐底，欣賞自己的倒影。

「掏空豬油罐，爲我帶來一股甜蜜的憂傷，」貓想著。

直到半夜三更，貓才步履蹣跚地回到家。當他一踏進家門，老鼠馬上前來詢問這第三隻貓寶寶被取了什麼名字。

「我想這個名字也不會合你的意，」貓說，「他叫做『吃個精光』。」

「『吃個精光』！」老鼠驚呼。「老天爺保佑啊，我實在很替這個孩子擔心。我從來沒在書上看過這個名字。這樣的名字到底有什麼意思呢？」

然後他把自己蜷曲在尾巴裡睡著了。

從此之後，再也沒有人找貓當教父了。當冬天來臨，他們不能再到野外覓食，老鼠想起了被他們安全藏在教堂祭壇下的那罐豬油。

她對貓說：「走，我們去把那罐珍藏的豬油拿出來吧。在這冷天吃豬油，一定是無比美味。」

「沒錯，」貓說。「那滋味之鮮美，就像你把你那細緻的舌尖探出窗外，去嚐嚐新鮮空氣一樣。」

隨後他們就動身前往教堂。當他們抵達教堂，看到豬油罐還在那兒，但是罐子裡卻空無一物。

「哦！哦！哦！」老鼠說，「我終於明白這是怎麼一回事了。你可眞是夠朋友啊，你去當教父，其實是溜到這裡把豬油全部吃光。先是把頂層給吃了……」

「當心你講的話！」貓嚷著。

「然後吃了一半……」

「我警告你，馬上給我閉嘴！」

「最後，整罐吃個……」

「再囉唆，我就連你也吃了！」

「……精光！」老鼠吐出最後兩個字。然而一切都太遲了，沒等老鼠說完，貓已經撲過去，一口把老鼠給吞下肚。

是的，你還能期待什麼？這世界就是這樣運作的。

◆ ◆ ◆

童話類型——ATU 15，〈假扮教父，以竊取食物〉（The Theft of Food by Playing Godfather）

故事來源——葛雷琴・威樂德（Gretchen Wild）口述故事

類似故事——伊塔羅・卡爾維諾（Italo Calvino）的〈狐狸太太和狼先生〉（Mrs. Fox and Mr. Wolf，收錄於《義大利童話》）；喬・錢德勒・哈里斯（Joel Chandler Harris）的〈兔先生偷吃奶油〉（Mr Rabbit Nibbles Up the Butter，收錄於《雷莫斯叔叔故事集》）

這是一則簡單，而且非常普遍的寓言。有好幾則類似的故事，都提到主角使用骯髒的手法來抹黑他人：主角，也就是那位罪魁禍首，通常會把偷來的奶油抹在沉睡同伴的尾巴上，以便將罪過嫁禍給同伴。我故事裡的貓在吃完豬油後，把見底的罐子當鏡子，欣賞著自己的倒影，這點子是借自《雷莫斯叔叔故事集》的〈兔子偷吃奶油〉。〈兔子偷吃奶油〉的結論與我的處理方式相仿，對世界上的不正義之事，也僅是莫可奈何，聳肩以對：「煩人的鳥事，總是躲在角落，等待天賜良機，把你我一一擊倒。」（《雷莫斯叔叔故事集》，第五十三頁）

3

The Boy Who Left Home to Find Out About the Shivers

傻小子離家學顫抖

從前有一個父親，膝下有兩個兒子。大兒子性格聰慧，腦子靈光，任何事都能應付自如。但是小兒子卻呆頭呆腦，什麼也不懂，什麼也不學。認識這家子的人都說：「這孩子的父親可有得操心了。」

如果有事情要辦，一定要大兒子才能辦妥。但是大兒子有一個致命傷，如果父親要他在入夜後，或在黑暗中辦事；或在辦事途中會經過墓園等令人毛骨悚然的場所，大兒子就會說：「喔不，爸爸，我才不要去那裡。我會怕到不停地顫抖。」

夜晚時分，當大家圍坐在壁爐旁說鬼故事，聽故事的人聽到寒毛直豎時，都會情不自禁說：「這故事嚇得我不停地顫抖！」

小兒子也常坐在角落聽故事，但他老是不明白「顫抖」是什麼。「每個人都說：『我會顫抖個不停！我會顫抖個不停！』但是他們嘴裡說的「顫抖」，到底是什麼意思？這些故事我也認眞聽進去了，但是爲什麼我都不會顫抖呢？」

有一天，他的父親對他說：「兒子，你聽著，

你長大變強壯了，是該去學學養活自己的本事了。看看你哥哥！他勤奮好學，而你卻不學無術。」

「喔，爸爸，」傻小子說，「我很想學點本事，是眞的。我想學會顫抖，我一點顫抖都不會呢。」

他的哥哥聽到這話，哈哈大笑。「眞是隻呆頭鵝！」他心想，「他這輩子沒指望了，破銅爛鐵是煉不出金磚塊的。」

他的父親聽了只有嘆氣的份。「學會顫抖沒什麼壞處，」他說，「但是光會顫抖是不能養活自己的。」

過了幾天，教堂的執事剛好到家裡拜訪，父親忍不住將內心憂慮和盤托出，抱怨他的小兒子傻里傻氣，什麼也不會，還什麼也不學。他對執事說：「舉個例子給您聽，當我問他打算拿什麼來養活自己，他卻說要學會顫抖。」

「如果他想的只是這個的話，那他很快就能學會的，」執事回答，「把他交給我吧，我一定讓他學會顫抖。我幫你調教他。」

「眞是個好主意，」父親答應了。心裡一邊想著，「易子而教也許行得通，反正對他百利無一害。」

於是，執事把小兒子帶回家，讓他在教堂敲鐘。等他大略掌握敲鐘的技巧，執事在某天半夜把小兒子搖醒，叫他爬上教堂的鐘塔上去敲鐘。

「待會兒就讓我教教你什麼是顫抖，」執事心裡想著，然後趁小兒子著裝時，先一步偷偷溜上鐘塔。

小兒子來到鐘塔，當他轉身去抓敲鐘的繩子時，卻發現一個白色的人影正對著窗，站在樓梯口。

「你是誰？」他問道。

那人影什麼話也沒說，紋風不動站在原處。

「快給我回話！」小伙子扯起嗓子大喊，「大半夜的，這不是你該來的地方。」

執事仍一動也不動地站在那裡。他認為小伙子肯定上鉤了，把他當成鬼魂。

小伙子又吼了一聲：「我警告你，再不回話，我就把你扔下樓去。」

執事心想：「他絕對不會這麼做的。」因此他依然不動聲色，如石頭般堅定地站著。

小伙子第三次衝著人影吼叫，仍然得不到回應，他大喊一聲：「你這是在自找麻煩！」然後他猛撲過去，一把將人影推下樓梯。鬼魂沿著樓梯翻滾而下，落地後，躺在牆角呻吟。小伙子確定鬼魂已被驅離，便依照吩咐敲了鐘，然後回到床上倒頭就睡。

執事的太太左等右等卻不見丈夫回來，她開始擔心丈夫安危，於是她去把小伙子叫醒。

「你知道我的丈夫在哪裡嗎？」她問。「你有沒有看到他？他在你之前上了鐘塔。」

「不知道，」小伙子說。「我沒看到他。不過，我倒是看到一個人，披著一條白色的布，正對著窗口站在樓梯上，他不回我話，也不願離開，我想不出他在這裡有什麼用，所以就一把將他推下樓。妳去看看，他應該還在躺在樓下。如果真是妳丈夫，那我很抱歉。他落地的那一跤，可摔得不輕啊。」

執事的太太急忙跑了出去，結果發現丈夫正痛苦地哀嚎著，這一大跤，把他的一條腿給摔斷了。她使力把丈夫背回家，隨後跑去找小伙子的父親理論，衝著他大吼大叫：「看你兒子做了什麼蠢事！他把我丈夫從鐘塔的樓梯口一把給推下樓，腿都摔斷了，不知他那身老骨頭還有幾根健在。快去把那個廢材從我家領走吧，我這輩子不想再見到他了。」

父親聽了驚慌失措，趕緊跑到執事的家，把兒子從床上揪起來。

「看你幹了什麼好事？」他說。「你是著魔了嗎？怎能對執事做出如此不敬的事？」

「可是呀爸爸，」兒子開始爲自己辯護。「我是無辜的，因爲我當時根本不知道那人就是執事。他在身上披了一條白布，一動也不動站在窗口，我看不出他是誰。而且我已經警告過他三次了，他還是不回應，所以我只好動手了。」

「我的老天爺！」父親嘆氣說。「兒子，你只會爲我帶來麻煩。你走吧，離開我的視線。我已經不想再見到你。」

「我樂意離開父親，」兒子說。「等天一亮，我就去世界闖一闖，不會再打擾你。我要學會顫抖，然後學得一技之長，起碼我要學會養活自己的本事。」

「學顫抖？好，你想學什麼就去學吧，反正對我來說都一樣。來，給你五十個銀幣，帶著他們去闖蕩世界吧。但千萬別告訴別人你出身何處，你的父親是誰。有你這樣一個兒子，我的臉都丟光了。」

「好吧，爸爸，如果您沒有別的要求，我就照您的話去做了，還好這不太難記。」

天一亮，小伙子把五十枚銀幣放到衣袋之後就出發了。他沿路不停地複誦著：「希望我快點學會顫抖！要是我會顫抖該有多好！」

小伙子遇到一位同路人，恰巧聽到他這些自言自語。他們一塊兒走沒多久，就看到一排絞架。

同路人遂對小伙子說：「來，我來給你一點建議。你看到那些絞架了嗎？絞架上有七個男人，他們都娶了繩索店老闆的女兒爲妻。現在他們正在那兒學飛。你去坐在絞架下，等到天一黑，你一定會嚇得開始不停地顫抖！」

「眞的？」小伙子說，「眞有那麼簡單？要是我這麼快就學會顫抖，我這五十塊銀幣就通通送你。明天早上回來找我拿。」

小伙子說完就走向絞架，一股腦坐在絞架下，等待黑夜降臨。他越坐越覺得冷，所以就生了火取暖。但是夜半風起，雖然他烤著火，還是感覺寒冷難耐。寒風把那幾個倒掛的男人吹得搖來晃去，相互碰撞。小伙子心想：「我在這裡烤火都還覺得冷，那他們吊在那裡不就凍僵了，太可憐了。」小伙子在絞架上架起梯子，爬上去把七個男人的繩索一一解開，並把他們抬到地上平放。

小伙子又加了幾塊柴火，讓火勢更旺。然後他讓七具屍體圍坐在爐火四周，方便他們烤火取暖。靠火太近的屍體，即便身上的衣服著了火，還是不動如山地坐在那兒。

「小心，別被火燒到呀！」他說，「如果你們自己都不注意，我只好把你們再吊起來。」這些被絞死的男人當然沒把他的話聽進去，他們仍一聲不吭，讓自己的衣服被火苗吞噬。這會兒小伙子生氣了。「我叫你們小心一點的！」他說，「我可不想因爲你們懶得躲開火苗，而跟你們一起送死。」

所以他又把屍體吊掛成一排，然後躺在火堆旁睡著了。

第二天清早，他一醒來，就看到那個前來跟他索取銀幣的男人。

「過了昨晚，你應該知道什麼是顫抖了吧？」他說。

「不知道耶，」小伙子回答說，「我怎麼可能從那些蠢蛋身上學到顫抖？他們總是不發一語，連褲子著火了也懶得動一下。」

聽了這話，那個人心裡有數了。無論如何，他是不可能得到小伙子的五十個銀幣的。他把手一攤，便離開了。「眞是個大笨瓜，」他說，「我長這麼大，還沒見過這麼傻的人！」

小伙子繼續上路，在路上還是不斷自言自語：「要是我會顫抖該有多好！要是我會顫抖該有多好！」

一位車伕從後面趕上他，聽見小伙子在喃喃自語，就問他：「你是誰？」

「不知道，」他回答。

「你打哪兒來的？」

「不知道。」

「你的父親是誰？」

「這我不能告訴你。」

「你剛才嘀嘀咕咕在說些什麼？」

「喔，」小伙子回答說。「我想學會顫抖，但沒人能教我。」

「別說蠢話了，」車伕說。「跟我走吧，我先給你找個住的地方。」

傻呼呼的小伙子就跟著車伕走。當晚，他們決定在一家客棧投宿。當他們走進客棧時，小伙子又情不自禁開始自言自語：「要是我會顫抖該有多好！喔！要是我會顫抖該有多好！」

客棧主人不經意聽到這話，就放聲大笑，接著他對小伙子說：「如果你眞的想要顫抖，這裡倒是有個好機會。」

「噓！」主人的妻子說話了，「別說了。想想那些送了命的可憐冤魂吧。要是這小伙子那雙漂亮的眼睛，再也見不到陽光，那有多可惜呀。」

「但是我一定要學會顫抖，」小伙子說，「這就是我離家的主要目的。你們剛才說的好機會是什麼？在哪裡？」

由於小伙子死纏著店主不放，店主只好跟他透露，所謂的好機會，指的是不遠處一座鬧鬼的城堡。若有人想知道嚇得不停地顫抖是怎麼一回事，只要在那裡待上三個夜晚就能明白。

「國王許下承諾，辦得到的那位勇士，就能獲得國王的首肯，娶公主爲妻，」他繼續說道。「我敢打賭，那位公主是開天闢地以來最美麗的女孩。更棒的是，城堡裡有成堆的金銀財寶，正被邪靈控制住。如果你在城堡裡待三天都沒事，那些金銀財寶就全歸你所有，到時就算你是窮光蛋也會瞬間變富翁。已經有不少年輕人冒險進入城堡去試試運氣，但至今還是有去無回。」

隔天，小伙子去見國王：「我希望得到您的允許，到鬧鬼的城堡去守夜三天。」

國王對小伙子上下打量一番，頗喜歡他的模樣，所以他回答：「好，你就去吧。我特准你帶三樣東西到城堡裡去，但必須是沒有生命的東西。」

小伙子回答：「那麼，我要生火的工具、一個木匠工作台，和一臺帶刀的車床。」

國王吩咐人把小伙子要求的東西，在天還亮時就送進鬧鬼的城堡裡。當夜幕低垂，小伙子走進城堡，在房間裡生起一把熊熊烈火，接著他把帶刀的車床拉到火堆旁，最後在木匠工作台前坐了下來。

「喔，要是我會顫抖該有多好！」他說，「倒是看不出這個地方學得了顫抖。」

夜半將至，小伙子爲火堆添柴。正當他使勁吹氣讓火勢更旺時，突然聽到房間傳來的叫聲：「喵，喵，我們好冷啊！」

「你們在叫什麼呀？」他轉頭對那聲音說，「覺得冷的話，來坐在我旁邊烤火吧。」

兩隻碩大的黑貓，瞬間從黑暗裡走來，在他身旁坐下，一邊一隻，瞪大雙眼惡狠狠地盯著他看。

「我們來玩牌吧！」他們提議。

「好啊！」他回答。「但是呢，得先讓我看看你們的爪子。」

兩隻貓果眞把爪子伸了過來。

「我的老天爺，」小伙子說，「你們的爪子未免也太長了吧。我幫你們修一下，修完再來玩牌。」

然後他掐起貓的脖子，把他們抓到木匠工作台上，用鉗子將他們的爪子牢牢夾緊。

「我不喜歡你們的爪子，」他說。「看到他們，我一點玩牌的興致也沒了。」

說完，小伙子把兩隻貓活活打死，扔到外面的護城河裡去。

兩隻貓收拾完，小伙子回到房間，才剛坐定，就發現從房間各個角落竄出成群的黑貓和黑狗。脖子上圍著燒得火紅的項圈，身上拖著燒得火紅的鍊條，這群面露凶光的動物從四面八方蜂擁而來，越來越多，多到連小伙子的藏身之處都沒有。他們咆哮、狂吠、發出瘋狂的尖叫聲，然後全部跳到火堆上，把燒紅的柴火打散，企圖把火消滅。

起初小伙子因爲好奇，而在旁觀看了一會兒，但最後他終於失去耐心，他拿起刀，一邊揮一邊大喊：「你們這群無賴，快給我滾出去！」

在他揮刀大肆劈砍之下，有的貓狗被他砍死了，其餘的則逃之夭夭。他把屍體丟到護城河裡以後，就回到房裡取暖。

這時，他的眼睛已經累得睜不開了，所以他走向房間角落那張大床。

「這床看起來好舒服，正是我現在最需要的！」他想著。

誰知他才剛躺上床，床就開始抖動，整張床竟開始往門的方向飛去，門也突然彈開，這張床穿過門之後就越滾越快，在城堡裡四處亂竄。

「床會這樣滾來滾去還眞不賴，」他說，「讓我們滾得再快一點！」

這床好像被六匹駿馬拉著，快速地穿梭走廊，上下樓梯，忽然「轟」的一聲，床竟然翻轉過來，小伙子被扔到地上，床像一座大山一樣，壓在小伙子身上。

但他把棉被和枕頭猛然一掀，就鑽出來了。「我不想再跟床玩了，」小伙子大喊，「誰想要就請便吧。」說完他便躺在火堆旁，安穩地進入夢鄉。

隔天一大早，國王來到房間，見他倒在地上，就說：「眞可惜，城堡的鬼魂把他的命奪走了。多麼英俊的年輕人啊！」

小伙子聽到國王的話，馬上醒過來：「國王敝下，他們還沒把我殺死。」

「哦！你還活著！」國王說，「很高興見到你，小伙子，你還好嗎？」

「我好得很，謝謝，」小伙子說，「過了一晚，還剩兩晚。」

小伙子回到客棧。客棧主人見到他，驚訝得目瞪口呆。

「你還活著！我從沒想過還能見到你。你學會顫抖了嗎？」

「還沒，我希望今晚有人可以教會我怎麼顫抖。」

這是到城堡守夜的第二晚，小伙子回到城堡，照例在房間坐下來，並生了火。

「喔！」他又開始老調重彈，「要是我會顫抖該有多好！」

夜半將近，小伙子突然聽見由煙囪傳來的鼓譟聲。隨後是一陣撞擊、喧嘩、尖叫，終於在一聲哀嚎後，一個只有下半身的人，咻地從煙囪掉到壁爐裡。

「你來這裡做什麼？」小伙子說，「你的上半身呢？」

半截人沒有眼睛和耳朵，當然看不到，也聽不到。他慌亂地在房間裡跑來跑去，不是撞到東西，就是跌得狗吃屎，最後他跌跌撞撞離開爐火。

接著，煙囪傳來更大的鼓譟聲，隨著一團煤灰，這人的上半身也轟地一聲掉在壁爐裡，他落地後，也開始跌跌撞撞地，試著走避爐火。

「對你來說還不夠熱嗎？」小伙子問道。

「我的腿呀！這裡，我在這裡！」上半身大叫。但是下半身聽不到，他只是笨拙地移動身軀，直到小伙子一把抓住他的膝蓋，將之倒吊著。上半身趕緊跳過來跟下半身接合，他們終於合而爲一，變成一個面目猙獰的傢伙。他一股腦坐在火爐邊的工作台上取暖，而且霸佔著不讓小伙子坐。小伙子一氣之下，把他踢走，取回自己的位置。

但是壁爐還是不得安寧，這回從煙囪又落下的是六具活屍，他們隨身帶了九根大腿骨和兩顆骷顱頭。一落地，這群人即開始把大腿骨一一排好，用骷顱頭玩起保齡球遊戲。

「我可以加入你們嗎？」小伙子問。

「有錢才能玩。」

「錢我多的是，」他回答，「但是你們的保齡球不夠圓。」

說完他抓起骷髏頭，放在車床上，隨手把兩顆骷髏頭車得圓滾滾。

「這樣好多了！」他滿意地說。「滾起來多滑溜，一定很好玩！」

他跟這群活屍玩了好一會兒，輸了一些錢。當時鐘敲了十二下，午夜來臨時，這些活屍竟然全都消失無蹤，一個也沒留。小伙子只好默默地躺下來睡大覺。

第二天，國王再度駕到，來察看小伙子第二晚的情況。

「你是怎麼活下來的？」國王問。

「我就玩了一場保齡球賽，結果輸了一些錢，」他回答。

「你有沒有嚇得渾身顫抖？」

「沒有，連一個顫抖也沒有。保齡球倒是好玩得很，但也僅止於此。唉，要是我會顫抖該有多好！」

第三晚，他坐在火爐邊的工作台上，嘆息著：「只剩下一晚了，我希望今晚能學會顫抖。」

將近午夜時，他聽到重重的腳步聲朝他的房間前來，屋子裡來了六個高大的男人，他們扛著一副棺木。

「喔，所以有人死了？」小伙子說，「我猜是我表哥，他幾天前才剛過世。」

他吹著口哨，召喚著表哥：「起來吧表哥，起來跟我打招呼！」

六個男人把棺木放下後就離開了。他打開棺蓋，看著棺木裡的屍體。他伸手摸摸死者的臉龐，當然那觸感跟冰塊一樣冷。

「別擔心，」他說，「我會讓你暖和起來的。」

他把雙手伸到火爐旁烤火，然後把溫熱的手貼到死者的臉頰上，但是他的臉依舊冷冰冰。

隨後小伙子將屍體移出棺木，橫放在爐火邊烤火，他把死者的頭枕在自己的大腿上，不停地用雙手去揉搓屍體的手臂，想讓屍體恢復血液循環。但這招也沒有奏效。

「我有辦法了！」他說，「人只要緊緊躺在一起，就可以互相取暖。我帶你上床跟我一起睡，就這麼辦！」

所以他把死去的男人帶上床，躺在他旁邊，並且蓋上同一條被子。過了幾分鐘以後，這具屍體竟然真的動了起來。

「這就對了！」小伙子興奮地鼓勵著這具男屍，「加油，表哥。你快要活過來了！」

屍體突然起身而坐，憤怒地對小伙子大喊：「你是誰啊？我要把你勒死，你這個小惡魔！」

他作勢要掐住小伙子的脖子，但小伙子的動作比他還快，不一會兒功夫，就把活屍制伏於棺木之內。

「原來這是你報答我的方式！」小伙子一邊說，一邊把棺蓋牢牢釘上。

棺蓋就位之後，六個男人又出現了。他們把棺木抬起，緩緩步出城堡。

「眞不妙，」小伙子陷入絕望。「人都走光了，我永遠學不會顫抖了。」

話音一下，一個老頭兒突然從房間轉角的陰暗處裡現身。他的身形比抬棺木的男人更爲魁武。老頭子留著長長的白鬍鬚，眼神有如惡魔般可怕。

「你這隻可憐蟲，」他咆哮著，「你馬上就知道什麼是嚇得不停地顫抖了，今晚你必死無疑。」

「你這麼想喔？那你得先抓到我才行，」小伙子說。

「不管你跑得多快，你是逃不出我的手掌心的！」

「我力氣跟你一樣大，而且可能比你更大。」

「你等著瞧吧，」老頭子說，「我們來比劃比劃，如果你贏了，我就放你走。但你不會贏的。跟我來。」

老頭子帶小伙子穿過城堡，經過伸手不見五指的長廊和樓梯，最後他們來到地底的一座鐵匠爐前。

「我們來看看誰的力氣大，」老頭子說完，便拿起一把鋤頭，猛力一揮，就把一塊鐵鉆嵌進土裡。

「我會做得更漂亮，」小伙子一邊說著，一邊拾起同一把鋤頭，往地上用力一揮。小伙子不但把另一座鐵鉆擊入土裡，鐵鉆還被劈碎成兩半，同時，小伙子也將老頭子白花花的鬍子順勢卡進鐵鉆裡，老頭子瞬間動彈不得。

「這下我可逮到你了！」小伙子歡呼著，「我們來瞧瞧到底是誰必死無疑。」

小伙子順手抓起一根鐵棍，毫不留情往老頭子身上猛打一陣，打得他哭天搶地，哀求他住手：「別打了，別打了，我投降！」

老頭子答應小伙子，如果放了他，就給他一大筆財富。於是小伙子將斧頭自裂縫中拔出，放開老頭子的長鬍子。重獲自由的老頭子也履行諾言，帶小伙子到城堡的另一個地窖裡，那裡藏著三大箱黃金。

「這些黃金，一箱捐給窮人，」老頭子解釋道，「一箱給國王，第三箱是你的。」

話才剛說完，午夜的鐘聲響起，老頭子立即消失無蹤，留下小伙子獨自一人站在黑暗中。

「待在黑暗中也夠久了，」小伙子喃喃地說，「還好我會自己找路回去。」

小伙子沿著牆，摸黑回到自己的房間，並在爐火旁沉睡過去。

次日早晨，國王再度駕到。

「你現在應該學會顫抖了吧？」

「還沒呢，」小伙子回答，「我還是不知道顫抖是什麼。我跟我死去的表哥躺在床上，然後來了一個老頭子，給我看一大堆黃金，但他並沒有告訴我顫抖是怎麼一回事啊！」

國王請人把黃金自地窖中抬出來，發送給老百姓，小伙子也與公主成婚了。最後他也繼承了整個王國。他深愛著妻子，日子也過得無比幸福，但是這位年輕的國王還是不停叨唸：「要是我會顫抖該有多好！要是我知道顫抖是怎麼一回事該有多好！」

對此他的年輕妻子終於惱火了，於是她的貼身侍女對她說：「我來想個辦法，包准他馬上明白什麼是顫抖！」

她到溪邊抓了一整桶的小鰷魚。晚上當國王就寢時，侍女告訴皇后把被子掀開，將整桶的滑溜小魚，倒在國王身上。

皇后照做了。國王先是覺得這水冷冰冰，而後這些活潑的小魚在他身上動來動去，跳來竄去。

「唉呀！唉呀！」國王驚叫，「這是什麼玩意兒，讓我全身打顫！哦，老天爺！我在顫抖！我終於會顫抖了！親愛的妻子，妳做到其他人無法做到的事。這下我可知道顫抖是怎麼一回事了！」

◆◆◆

童話類型——ATU 326，〈想知道害怕爲何的年輕人〉（The Youth Who Wanted to Learn What Fear Is）

故事來源——一八一二年出版的格林童話初版，收錄的版本較本篇短。我根據的版本是加長版，格林兄弟收到來自卡賽爾地區的費迪南・希伯（Ferdinand Siebert of Treysa）的手寫版本後，才將加長版收錄於一八一九年出版的格林童話二版中。

類似故事——亞歷山大・阿法納西耶夫（Alexander Afanasyev）的〈不識恐懼的男人〉（The Man Who Did Not Know Fear，收錄於《俄羅斯童話》）；布麗格的〈啥都不怕的小伙子〉（The Man Who Did NotKnow Fear）、〈大無畏的女孩〉（The Dauntless Girl）、〈獲勝的賭注〉（A Wager Won）（收錄於《大英民間故事》）；卡爾維諾的〈無畏的小喬凡尼〉（Dauntless Little John）、〈死人手臂〉（The Dead Man's Arm）、〈無畏的傻瓜〉（Fearless Simpleton）、〈三座金山的女王〉（The Queen of the Three Mountains of Gold）（收錄於《義大利童話》）

這是個流傳甚廣的故事。格林兄弟於一八五六年出版的《格林童話》（*Children's and Household Tales*）註釋版中，亦收錄本故事的另一版本。卡爾維諾的〈死人的臂膀〉是他寫的四個相似故事中，最生動，娛樂性也最高的一篇。他筆下的主角，並沒有被設定爲要去尋找顫抖，因此故事就不需要那桶鰷魚幫他上最後一課。布麗格的〈大無畏的女孩〉是來自諾福克郡（Norfolk）的趣味故事，主角同樣沒有找顫抖的設定，因此故事也不需以那桶鰷魚做結。無獨有偶，這則故事也出現了那名倒楣的執事，以及鬼魂告知有黃金藏在地窖的橋段。我認爲，格林兄弟的這個版本是同類故事之中，寫得最好的。

多數版本都瀰漫著快樂的氣氛；鬼魂和死人的情節也都顯得非常滑稽，而不是那麼可怕。馬瑞娜．華納在她的《從野獸到金髮尤物》[1]書中，認爲那桶鰷魚蘊含性暗示。

---

1 馬瑞娜．華納（Marina Warner, 1946-），英國文化評論家、小說家和神話學家。早年撰寫過聖母瑪麗亞和聖女貞德的專業書籍，研究主題涵蓋女性主義、比較文化學和各國民間故事。《從野獸到金髮尤物》（*From the Beast to the Blonde*）是華納對古典童話及其創作者的反思，曾獲一九九六年的神話傳說獎（Mythopoeic Award）。

4

Faithful Johannes

忠實的尤翰內斯

從前有個生了重病的老國王，當他痛苦地躺在病床上時，他心裡想著：「我將在這張床上迎接死亡了。」然後他吩咐僕人：「幫我傳喚忠實的尤翰內斯，我有話跟他說。」

忠實的尤翰內斯是老國王最鍾愛的僕人。老國王之所以如此稱呼他，是因爲他窮其一生一直是國王既忠心又可靠的好僕人。當他來到國王的臥房，國王請他靠近床邊說話：「我忠實的好尤翰內斯，我的時日不多了。我最放心不下的，就是我的兒子。他稟性善良，但畢竟還太年輕，有時會不明事理。請答應我，當他的乾爹，待他如子，把他所應知道的事，全都傳授給他。你若不答應，我不能安然瞑目。」

忠實的尤翰內斯回答：「我很樂意這麼做。我保證不會離他而去，我一定會忠實地輔助他，就算獻上性命也在所不惜。」

「聽你這麼說，我就放心了，」老國王說，「我終於可以安心地走了。我死後，請帶著他把整座皇宮，包括所有的房間、地窖、廳堂，以及城堡

裡所有的財寶都看過一遍。要注意，畫廊走到底的那個房間不能讓他進去，裡面掛了一幅黃金國公主的畫像。如果他看到那幅畫，一定會深深地愛上公主。你知道接下來會發生的事，他會暈眩過去，然後爲了她而陷入萬劫不復的險境。拜託你讓他遠離慘劇，這是我對你的最後請求。」

忠實的尤翰內斯愼重地答應老國王的請託之後，老國王就躺回枕頭，安然死去。

喪事辦完以後，忠實的尤翰內斯對他的小主人說：「國王陛下，現在你該看看你所繼承的財產了。你的父親要我帶你看看他的城堡，從現在開始，這就是你的城堡，你必須知道城裡的財寶都放在哪裡。」

接著，忠實的尤翰內斯引導小主人把城堡包括閣樓和地窖，上上下下都巡視過一遍。他看過所有豪華絕倫的廳堂和房間，唯獨畫廊底部的那個掛著畫像的房間，忠實的尤翰內斯謹守諾言，沒有讓他進去。因爲裡面展示的畫像只要一打開門就會馬上看得到，而且那畫像畫得實在太美了，讓人看了有種呼之欲出的感覺。世上再也沒有任何事物，比畫中的公主更可愛迷人的了！

年輕的國王察覺到忠實的尤翰內斯每次都直接走過這個房間，沒開門讓他看；靠近房門時，也會找藉口分散他的注意力，所以他說：「尤翰內斯，我看得出你總是故意不讓我看這個房間，爲什麼不開門讓我進去？」

「國王陛下，這房間裡有令你感到恐懼的東西。你不會想看的。」

「我當然想看！整座城堡我都看完了，當然也想知道這房間裡有什麼。」

他試圖用蠻力推開房門，但被忠實的尤翰內斯勸阻：「我答應你的父親不能讓你進去這個房間。房裡的東西只會爲我們帶來不幸。」

「你錯了，」年輕的國王說，「對我來說，最大的不幸就是不能進去這個房間。只要不進去看，我會日日夜夜不得安寧。尤翰內斯，快打開門讓我進去。」

忠實的尤翰內斯無計可施，只好抱著沉重的心情，從一大串鑰匙裡取出這個房門的鑰匙，他嘆了一口氣之後，打開了門。門一開，尤翰內斯便先行走了進去，硬生生站在畫像和國王之間，希望能擋住國王的視線，但這招行不通，國王見狀立即踮起腳尖，眼神穿過他的肩頭，一下子就看到了公主的畫像。果然如老國王所預測的，年輕人一看到公主的肖像，馬上就暈厥過去。

忠實的尤翰內斯趕緊將小主人抱起，帶他到房間躺下，此時他不禁想著：「唉，不幸已經降臨到我們的頭上。上帝啊，接下來該怎麼辦呢？」

然而，當小國王恢復意識之後，他馬上讚嘆：「好美的一幅畫！好美的女孩！她是誰？」

「她是黃金國的公主，」忠實的尤翰內斯回答。

「喔，我愛上她了，尤翰內斯！就算是所有的樹葉都變成了舌頭，也難以傾訴我對她的愛。尤翰內斯，我忠實的僕人，你一定要幫我！我怎樣才能找到她？」

被主人這麼一問，忠實的尤翰內斯陷入沉思。公主是出了名的遁世，要找到她，並吸引她的注意可不容易。但忠實的尤翰內斯很快想到了一個辦法，他趕緊前去告訴主人。

「據說，公主周遭的一切用具，都是用金子做的，」他解釋著自己的計畫，「包括桌椅、沙發、餐盤、刀叉，全都是用黃金打造的。國王陛下繼承的財產裡，有五噸重的黃金。我建議您拿出其中的一噸，請皇家工匠製作各式各樣精美的奇珍異獸，也許這些特殊的工藝品會吸引公主的目光，我們就帶著這些珍寶去碰碰運氣吧！」

國王召集了所有的工匠，命令他們日以繼夜趕製各種工藝珍玩，完成了數量龐大、又無比精美的成品，年輕的國王看了之後非常滿意，他相信公主肯定從未見過這樣的稀世珍品。

忠實的尤翰內斯和國王把所有的工藝品都裝到一艘大船上，然後他們將自己喬裝成商人，以免別人認出他們。等一切準備就緒，他們就揚帆出海了，最後他們終於航行到黃金國。

忠實的尤翰內斯對國王說：「國王陛下，請待在船上等。我上岸去看看能否將黃金國公主帶到船上。你們將船內收拾整潔，把金器珍玩擺設出來，並設法將船身妝點美麗。」

國王等不及要開始把金器拿出來了，忠實的尤翰內斯挑了幾件小型的金製工藝品，放入他的衣襟裡，就上岸到皇宮找公主去了。當他來到城堡的中庭時，看到一位漂亮的少女，正用兩個金色水桶在兩口井裡打水，一口井汲出的水有氣泡，另一口的則不含氣泡。當她汲好了水，正要轉身進屋時，剛好撞見這位陌生人，她問他是誰。

「我是一個商人，」他說，「自遙遠的國度而來，這些是來自我家鄉的金子，不知您是否有興趣？」他打開衣襟，拿出準備好的金製工藝品。

「好漂亮的東西呀！」少女放下水桶，把一件又一件的金器看過一遍。「我一定要告訴公主。你知道她非常喜愛黃金，她會把這些全都買下的。」

她拉著尤翰內斯的手，帶他上樓，因爲她剛好是公主的貼身侍女。當公主看到這些金製工藝品，簡直喜出望外。

「我從來沒有見過如此美麗的作品，」公主讚嘆著，「我實在無法抗拒，出個價錢吧，我要把他們全部買下。」

「尊貴的公主殿下，我只是一名富商的僕人，價錢的事情要問問我的主子。事實上，我帶的這些和他放在船上的比起來，根本不算什麼。他那兒收藏了全世界最精緻最昂貴的金製工藝品呢！」

「把他們都帶來給我看吧！」公主說。

「嗯，我也想如您所願，但是東西實在太多了，要花好幾天才能卸完。而且就算您的宮殿已是又大又雄偉，也放不下我主子所有的收藏。」他說得如此誇大，是希望能把公主引到船上去，而這招果然奏效，因爲她說，「帶我到你們的船上去吧，我想親自看看你主子的貨物。」

尤翰內斯欣喜地帶領公主來到岸邊，國王一看到公主，覺得自己的心臟快要跳出來了，因爲她比畫像中的人看起來更美。他上前引領公主進入船艙，而忠實的尤翰內斯則留在甲板上。「把全部的風帆都張開，即刻啓航，」他吩咐水手長，「讓船像飛鳥般，儘速前進！」

當商船飛快離岸的同時，國王正在船艙裡，把金製工藝品一件一件拿給公主過目，其中有各式各樣精緻的器皿、珍奇異獸、鳥樹花草，有寫實有想像，造型和手藝都令人目不暇給。時間不知不覺地過了，公主完全沒有察覺船已離岸航行。當她賞玩了所有的物件之後，她心滿意足輕呼了一口氣。

「謝謝您，先生。您的收藏眞是美不勝收，前所未見，每件都是稀世珍寶！但是我該下船回家了。」

她不經意透過舷窗往外看，發現船隻竟然航行於海中央。

「你們在做什麼？」她驚聲大叫，「我們現在在哪裡？我被你們騙了！我竟然會落入商人的……等等，你們不是商人，你們一定是海盜，你們這是綁架我嗎？喔，我死也不肯跟你們走。」

國王執起她的手，深情地說：「我不是商人，我是一位國王，跟妳一樣出身於皇室。若說我把妳騙上船，完全是因爲我已經不可自拔地愛上妳了。當我在我的皇宮裡看到妳的畫像時，我就已經不可自拔地昏倒在地了。」

國王溫柔的舉動，讓黃金國公主放下心來，而她也被國王的一片痴心所感動，因此她答應國王，願意成爲他的妻子。

當他們的船在茫茫大海中航行，忠實的尤翰內斯剛好坐在船頭，拉著他的提琴。忽然間，海上飛來三隻吱吱喳喳的烏鴉，停在船頭的斜桅上，忠實的尤翰內斯懂得鳥語，他馬上停止拉奏音樂，側耳傾聽烏鴉的對話。

第一隻烏鴉說：「嘎！嘎！你看！那就是黃金國公主。他要把她帶回家去！」

第二隻烏鴉說：「沒錯！但他還沒得到她！」

第三隻烏鴉說：「會的，他會娶到她的！嘎！你們看，那個倚在他身旁的，就是她。」

「那沒用啦！」第一隻烏鴉說，「待會兒等他一上岸，會有一隻栗色馬跑來迎接他們，國王一定會設法騎上牠。嘎！如果他眞的這麼做，那匹馬會載他跳到空中去，他就再也見不到他的新娘了。」

「嘎！」第二隻烏鴉又開口了：「這事情有辦法避免嗎？」

「有！當然有！只是他們不知道罷了。如果有人在國王上馬之前，跳上馬鞍，拔出馬鞍上的匕首，把牠刺死，那他就有救。嘎！但是這麼做的人，絕對不能透露原因給國王，如果他說了，他的腿從腳趾到膝蓋都會變成石頭。」

「我還知道更多，」第二隻烏鴉又說：「即使馬被殺了，國王還是沒有脫離險境。當他們走進皇宮時，會看到一套絕美的結婚禮服，放在金色托盤上，這套禮服看起來像是用金線和銀線縫製而成，其實是一些硫磺和瀝膏。只要他一穿上禮服，身體就會被灼燒，一路燒到骨髓去。嘎！」

「那這次國王肯定沒救了，」第三隻烏鴉接著說。

「還有救，只是他們還不知道罷了。必須有個人戴上手套，搶上前去，把禮服抓起，扔到火盆裡。禮服燒了，國王就得救了。嘎！但是如果他向國王洩漏得救的原因，他的身體從膝蓋到心臟都會變成石頭。」

「命運多舛的國王！」第三隻烏鴉說：「但是他悲慘的命運還沒結束，就算是禮服燒了，我不覺得國王就可以得到公主。婚禮儀式結束，舞會開始的時候，年輕的皇后會突然倒在地上，臉色發白有如死人一樣。」

「那她還有救嗎？」第一隻烏鴉好奇問著。

「當然有，只是他們還不知道罷了。只要有人趕緊將她抱起，在她的右乳房吸出三口血後吐掉，她就會活過來。但是如果他告訴國王這麼做的原因，那他全身從腳尖到頭頂，都會變成石頭。嘎！」

烏鴉們說完就飛走了。忠實的尤翰內斯把每個字都聽進去了，但從那時起，他開始變得憂傷，而且越來越沉默了。如果他沒有按照烏鴉所說的去做，他的主子就難逃一死。但是如果他跟國王解釋，爲何要做這些奇怪的舉動，他就會被變成石頭。

思考到最後，他對自己說：「他是我的主人，就算犧牲自己的生命，我也要誓死捍衛他。」

當船到岸時，果然如烏鴉所說，一匹氣宇軒昂的栗色馬，身上配戴著金色的馬鞍和馬具，朝國王飛奔而來。

「眞是個好預兆！」國王說，「這匹馬可以載我回皇宮去。」

他正要跨上馬鞍時，忠實的尤翰內斯搶先把國王推開，自己跳上了馬背，抽出匕首把馬給殺了。

國王的其他僕人早就看不慣尤翰內斯的作爲，他們趁機在旁加油添醋。「這麼漂亮的一匹馬，死了多可惜！況且，如此無禮地把國王推開，自己騎上駿馬，他以爲自己是國王呀！」

「閉嘴，」國王說，「不准你們這麼說他。尤翰內斯對我非常忠實，他這麼做一定有他的原因。」

隨後他們走進皇宮，大廳裡果眞備有一套華美的結婚禮服，放在金盤上，就跟烏鴉所說的一模一樣。此時的忠實的尤翰內斯提高警覺，等國王準備要走上前去穿禮服時，尤翰內斯迅速地戴上手套，一把將禮服搶先拿到手，扔到火堆裡。禮服在烈焰中化爲烏有。

其他的僕人又開始交頭接耳，竊竊私語：「你看，你看，他把國王的禮服燒成灰燼了！」

年輕的國王聽了馬上喝止這些僕人：「夠了！尤翰內斯這麼做一定是爲我好，別再胡說了。」

結婚盛典正式展開。觀禮儀式過後，舞會就開始了。此刻的尤翰內斯佇立在舞池邊緣，全神貫注地看著年輕的皇后。突然，皇后的臉色開始發白，整個人暈倒在地。尤翰內斯馬上跨步向前，把她抱住，帶她到臥房躺下。然後他蹲在床前，從皇后的右側乳房吸出三滴血吐掉。皇后竟然馬上張開雙眼，環顧四周，輕鬆地呼吸，她又活過來了。

國王將一切看在眼裡，不明白尤翰內斯為何要這麼做，只是對於他的膽大妄為大為光火，所以下令將尤翰內斯押入牢房。

次日，忠實的尤翰內斯被判處死刑，當他被押到絞刑台，頭和手都釦上了絞架時，他說：「每個被判處死刑的人，在死前都能說一件事。我也有這個權利嗎？」

「有的，」國王說，「你可以執行這項權利。」

「國王陛下，您對我的判決是不正確的，」忠實的尤翰內斯說，「因為我自始自終對您都忠誠如一，就像對待您的父王一樣。」於是尤翰內斯把他在船頭聽到烏鴉的對話，與決心做出奇怪的舉動，以拯救國王和皇后的性命等事情的經過，完整地告訴國王。

聽完尤翰內斯的解釋，國王大聲呼喊：「喔，我忠實的尤翰內斯，請原諒我！請原諒我！快把他放下來！」

但是尤翰內斯一說完最後一個字，怪事就降臨在他身上，先是他的腳掌，然後是小腿，大腿，再來是手臂，最後是他的頭，竟然慢慢地變成石頭了。

國王和皇后看著石像，悲痛欲絕。

「我竟然以忘恩負義，來回報你的忠誠！」他傷痛地命令僕人將石像帶到他的臥房，放在他的床邊。每當他看到尤翰內斯的石像，他就哀傷地淚如雨下，情不自禁地說：「唉，我最親愛、最忠誠的尤翰內斯，但願我能讓你起死回生。」

過了一段時間，皇后產下一對雙胞胎男孩。男孩生得健康又快樂，是媽媽最大的喜樂來源。有一天，皇后去上教堂，兩個雙胞胎兒子在爸爸的臥房裡玩，他們的父王又如往常般，看著石像嘆著氣說：「喔，我最親愛、最忠實的尤翰內斯，但願我能讓你起死回生！但願我能讓你起死回生！」

石像竟然出乎意外地說話了：「如果你犧牲此生最愛的話，就能讓我起死回生。」

國王回答：「爲了你，我願意犧牲所有。」

石像繼續說：「如果你能砍掉你雙胞胎兒子的頭，將他倆的鮮血灑在我身上，我就能起死回生。」

國王一聽簡直嚇壞了。要殺掉他最喜愛的一雙兒子！多大的代價呀！但是他一想到忠實的尤翰內斯總是毫不猶豫地爲他的主人奉獻所有，連犧牲最寶貴的生命，也在所不惜，他馬上站直了身，拔出佩劍，一把將他雙胞胎兒子的頭顱取下。當他把鮮血灑在石像上時，石像從頭頂到腳趾，慢慢變回血肉之軀。忠實的尤翰內斯復活了！

他對國王說：「國王敝下，您對我的眞心誠意，必將得到報答。」尤翰內斯隨即以兩位王子的鮮血，巧妙地把他們頭顱接回身體，接著，兩個小孩竟然坐起身，眨眨眼，又開始活蹦亂跳了！

國王簡直高興得說不出話來。他聽到皇后從教堂回來的聲音，想試試皇后的反應，所以請忠實的尤翰內斯和雙胞胎兒子躲在衣櫥裡。當她進到臥室時，國王對她說：「我親愛的皇后，你去教堂禱告了？」

「是的，但我總是思念著忠實的尤翰內斯，想著他對我們付出的忠誠。」

「事情是這樣的，」國王說，「我們可以讓尤翰內斯起死回生，但我們必須以雙胞胎兒子的死當作代價。」

皇后聽了臉色倏地發白，一陣陣恐懼讓她差點無法呼吸。但是最後她堅定的說：「就這麼做吧。這是我們虧欠他的。沒有他的犧牲，就沒有現在的我們。」

國王聽到皇后跟他有相同的想法，心情既歡喜又激動。他馬上去打開衣櫥，把兩個孩子和忠實的尤翰內斯放出來。他接著說：「上帝也會爲此而感到驕傲！忠實的尤翰內斯恢復肉身，兩個孩子也活過來了！」

國王把事情的原委全部告訴皇后。自此之後，他們過著幸福快樂的生活，直到終老。

◆ ◆ ◆

童話類型——ATU 516，〈忠實的約翰〉（Faithful John）

故事來源——多洛希雅．維曼（1755-1816）的口述故事

類似故事——阿法納西耶夫的〈不死者柯胥契〉（Koshchey the Deathless，收錄於《俄羅斯童話》）

這則故事有不少有趣的主題：不能被看見的畫像，從鳥的對話偷聽到重要訊息，尤翰內斯可憐又可怕的命運，以及國王所面臨的駭人兩難。

阿法納斯耶夫的版本〈不死者柯胥契〉在情節的安排上，不如格林的版本來的緊湊流暢。相較之下，格林版本中事件與事件之間的轉換，敘述技巧更為高超。這點得多虧多洛希雅．維曼，從她口述給格林兄弟聽的故事當中，讀者可以觀察到她卓越的故事組織力。（請參閱我在頁一七五〈謎語〉篇的筆記）

5

The Twelve Brothers

十二兄弟

從前有一個國王和皇后，他們過得很幸福，也把王國治理得非常好。他們總共有十二個孩子，而且全是男孩。

有一天國王對他的妻子說：「你現在懷著我們第十三個孩子，如果他是個女孩，我就下令把十二個兒子殺了。我要她繼承我的王國和所有的財富。」

爲了展示他的決心，國王訂製了十二口棺木。每口棺木都裝滿了刨花，而且裡頭還放了一個羽毛壽枕和一套折好的壽衣。他讓人把十二口棺木鎖在一個房間裡，並把鑰匙交給皇后，「絕不能把這事告訴別人。」

自此之後，身爲母親的皇后終日以淚洗面，直到有一天，她最小的兒子便雅憫，是她以《聖經》人物起的名字，問她「媽媽，您爲何如此傷心欲絕？」

「親愛的孩子，」她說，「我不能告訴你。」

母親的答案他一點都不滿意，他一直纏著皇后要答案，終於皇后拗不過兒子的哀求，打開密

室，讓他看到排成一列的十二口棺木，和裡頭的刨花、壽枕和壽衣。

皇后一邊啜泣，一邊說：「我親愛的便雅憫，這些棺木是給你和你哥哥用的。如果我懷的這個孩子是女孩，你們就會被父王殺死，然後埋葬在這些棺木裡。」

便雅憫一聽馬上抱住他的母親：「別難過，媽媽。我們可以逃走，並好好照顧自己。」

「對呀！」她收起眼淚，「眞是個好點子！你們逃到森林去，找一棵最高的樹躲起來，並且密切觀察城堡高塔的動靜。如果我生的是個男孩，我會在塔上升白旗。如果生女孩，就升紅旗，一看到紅旗，你們就想辦法逃得越遠越好。願天神護佑你們！我每晚都會爲你們祝禱，祈求你們冬天有爐火可以暖身，夏天不受燠熱之苦。」

接受了母親的祝福之後，十二兄弟就躲到森林裡去了。他們輪流到一棵高高的橡樹上守哨，過了十一天之後，輪到便雅憫守哨了，他看到高塔升上一面旗；但那旗子不是白色，而是血紅色的。

他趕緊爬下樹，把消息傳達給哥哥。哥哥們都氣憤極了。

「爲什麼我們必須爲了一個女娃兒而受苦？我們一定要報仇。任何在我們面前出現的女孩終將後悔，我們要讓她流出鮮紅色的血。」

於是他們一行人往森林更深處走去，直到走到森林最幽暗處，他們發現了一座小木屋。屋外坐著一位老婆婆，她身旁放著一個行李箱。

「你們總算來了！」老婆婆開口說話，「我把這間小木屋打掃乾淨了，裡頭也很溫暖，你們就在這裡住下吧！我在窗口種了十二株百合花，只要花開著，你們就安全無虞。現在我得走了。」

男孩們還來不及回應她，她就拿著行李箱，消失在森林的盡頭。

「我們就在這兒住下吧，」他們說，「這裡看起來很舒適，而且她也說過，這裡是要給我們住的。便雅憫，你年紀最小，也最瘦弱，你就留在家裡看家。出門打獵覓食的事情就交給我們吧！」

十一位哥哥每天都出門打獵，他們獵回了兔子、鹿和鳥禽，只要能吃的他們都帶回來交給便雅憫，讓他烹煮之後給大家填肚子。時光飛逝，他們平安地在小木屋生活了十年。

皇后生下的女娃兒如今也長大了。她心地善良，美麗可愛，額頭上還有顆金色的星星。這天皇宮大掃除，全部的衣物都拿出來清理，公主瞧見了十二件麻襯衣排掛在晾衣繩上，一件比一件還小。她好奇地問她的母后：「媽媽，這些襯衣是誰的？爸爸應該穿不下這些衣服。」

皇后心頭一沉，回答道：「親愛的女兒，這些衣服是你十二個哥哥的。」

「我不知道我有十二個哥哥！」公主顯得非常吃驚。「他們在哪兒？」

「他們在森林裡流浪，只有老天爺知道他們在哪裡。親愛的女兒，跟我來，讓我告訴你發生了什麼事。」

皇后帶著女兒到那個上鎖的密室，她一進門就看到那十二口棺木，每口棺木裡放著滿滿的刨花，一個壽枕和一套壽衣。

「這些棺木原本是拿來埋葬你的哥哥，」皇后一邊流淚，一邊解釋，「但是他們在妳出生之前就逃走了。」然後皇后把事情的原委都告訴公主。

女孩安慰道：「媽媽，別哭！我去把哥哥找回來，我相信我一定可以找到他們。」

公主將哥哥的十二件襯衣熨燙好，放入行李，便往森林的方向出發了。她走了一整天，終於在天黑前來到哥哥住的那座小木屋。

她進到屋內，看到一位年輕人。年輕人一見到她就吃驚地問：「你是誰？你從哪裡來？」

由於她身上穿著做工精緻的洋裝，他一看便猜出她是一位出身高貴的公主。然而，令他最爲讚嘆的是她的美，以及她額頭上的那顆金色的星星。

「我是公主，」她說，「我在找尋我十二個哥哥。我對天空發誓，一定要找到哥哥，那怕是走到天涯海角。」

然後她拿出一件比一件小的十二件襯衣給他看，便雅憫看到自己的襯衣，就知道眼前這位美麗的小姑娘，是他的親生妹妹。「妳找到我們了！我是妳最小的哥哥，我的名字是便雅憫。」

兄妹倆喜極而泣，互相親吻擁抱，他們終於相認了！

但是便雅憫想起哥哥們發過的毒誓，於是他對妹妹說：「親愛的妹妹，我必須給妳一個警告，我們的哥哥曾經發過誓，要殺掉看到的每個女孩，因爲我們是爲了一個女孩而被迫逃離王國的。」

「如果可以讓哥哥們免於流亡之苦，我願意放棄自己的生命！」

「不，妳不能死！我不會讓這事發生的。妳先躲在這個桶子下面，等哥哥們回來，我來說服他們。」

於是公主照辦了。哥哥們在夜晚降臨前回到小屋，他們把獵物交給便雅憫後便開始吃飯。「家裡有發生什麼事嗎？」

「難道你們什麼都不知道？」他說。

「知道什麼？」

「你們整天都待在森林裡，而我是終日待在家裡，但我知道的卻比你們還多。」

「知道什麼事，快告訴我們！」

「好，我告訴你們，」他說，「但是你們得答應我，不能殺掉下一個你們見到的女孩。」

他們非常好奇便雅憫的葫蘆裡賣什麼藥，所以很快地答應他的要求。「好！我們答應你！我們會手下留情，到底什麼事快告訴我們！」

便雅憫說：「我們的妹妹來了！」說著，他提起木桶，公主從裡面走了出來。

公主穿著皇室華麗的洋裝現身，看起來非常美麗動人，額頭上還閃爍著一顆耀眼的星星，整個人顯得非常雅緻而完美。

他們見了公主都喜極而泣，立刻上前擁抱她親吻她，並真心誠意地愛上她。

從那天起，公主和便雅憫留在家裡，幫忙處理家務。哥哥們則每天出門打獵，他們把獵到的鹿、鴿子和野豬等野味都交給妹妹和便雅憫，由他們將獵物烹調成美味的佳餚。兄妹倆會到附近撿些木頭當柴火，收集香草當蔬菜，然後準備好晚餐等哥哥回家一起享用。其他的時間，他們會把家裡打掃整潔，掃掃地，並把床鋪好。洗衣服的工作總是妹妹來做，她總是把一件比一件小的十二件襯衣洗好，拿到陽光下曬乾。

有一天，他們準備好一桌豐盛的菜餚，正準備開飯時，妹妹想讓燉肉更美味，就到屋外的香草花園採了一大把荷蘭芹，打算灑在食物上提味。忽然間，她看到花園裡有十二株美麗的百合花正盛放著，她心想，取回這些百合花來佈置小屋的餐桌，哥哥用餐時一定會很開心。

正當她剪下百合花時，奇怪的事情發生了，小木屋一轉眼消失不見，而她的十二個哥哥竟然變成十二隻烏鴉，飛上枝頭，絕望地嘎嘎叫了幾聲，然後就消失無蹤了！可憐的女孩，一個人被留在空蕩蕩的樹林裡，舉目無親，無依無靠。

她環顧四周，看到不遠處站著一位老婆婆。

「我的孩子，看妳做了什麼傻事！」老婆婆說，「現在妳的哥哥們被變成十二隻烏鴉，他們是不可能再變回人類了。」

「一點辦法也沒有嗎？」女孩抖著身子問道。

「辦法是有，」老婆婆說，「但是非常困難，從來沒有人成功過。」

「告訴我！告訴我是什麼辦法！」女孩央求道。

「妳必須保持沉默，長達七年之久，」老婆婆回答，「不能說話，也不能笑。如果妳忍不住講出一個字，即使那是在最後一年最後一天的最後一分鐘才說出口，妳的努力還是會前功盡棄，妳的哥哥會因妳而死！」說完之後，老婆婆不等女孩的回應，就匆忙地走入森林的暗道裡，消失不見了。

但是女孩在心裡暗自下定決心：「我一定要辦到！我知道我可以！我要以沉默把哥哥們救回來。」

她選中一棵高大的樹，爬到樹枝上坐著紡紗，心裡默唸著：「我不說話，也不笑！」

巧的是，正好有位國王到森林的這頭來打獵。國王最鍾愛的獵犬突然跑到公主的樹下，使勁的吠呀吠，不停地想爬到樹上。國王跟著獵犬來到樹下，當他看到額頭上有著金色星星的公主時，一下子就被公主的美貌迷住，立即愛上她了。他大聲地向公主求婚，希望公主能當他的妻子。

她一句話也沒說，只是點點頭。國王高興地爬到樹上把公主攙扶下來，然後將她抱上馬。他們一起回到國王的皇宮。

婚禮舉辦得極爲盛大隆重，但是大家都注意到新任皇后不尋常的沉默。她不但不說話，臉上也沒有笑容。

然而他們的婚姻非常的幸福美滿。他們一起快樂地度過好幾年，但是好景不常，國王的母親開始對國王嚼舌根，說年輕皇后的壞話。她會跟國王說：「你帶回來那個女人是個要飯的，誰知道她心裡在盤算什麼邪惡的事？也許她不會講話，但凡正經的人，至少偶爾會笑一笑吧。可以這麼說，不笑的人總是在算計些什麼。」

起初，國王不相信他媽媽的嘮叨，但是這個老女人不斷地在國王耳邊碎念，編出各式各樣控告皇后的邪惡理由。時間一久，國王竟然聽信母親的饞言，把皇后送到法庭受審，任由充斥著母親眼線的法庭，判決皇后死刑。

皇宮的內院裡點燃了大火，皇后就要被處決了。國王倚在二樓的窗邊，邊看邊落淚，因爲他還深愛著皇后。皇后被綁在火刑架上，火勢越來越大，當火舌即將吞噬皇后的衣裳，這七年的最後一刻終於過去了。

這時天空突然傳來鳥禽拍動翅膀的聲音，皇宮內院飛來了十二隻烏鴉。當他們的鳥腳一落地，馬上變回公主的哥哥。十二個兄弟趕緊跑向火堆，把柴火踢散，然後解開妹妹的繩子，最後把妹妹洋裝上著火的火苗給撲滅。他們帶妹妹遠離火場之後，對妹妹又親又抱，他們終於和妹妹團聚了！

至於年輕的皇后，她開始又說又笑，國王看了好驚訝。現在她終於可以說話，她把事情的原委一五一十地說給國王聽，告訴國王爲何她必須保持沉默。國王聽了皇后的說明，非常開心，原來他的母后對妻子的控訴都是子虛烏有。

現在，反倒是那個老女人要受到審判了，法庭毫不費吹灰之力，就找到判刑的罪證，她被放進大油桶裡，裡頭裝滿毒蛇和滾燙的油，一番掙扎後她就挺不住了。

童話類型——ATU 451，〈尋找哥哥的少女〉（The Maiden Who Seeks Her Brothers）

故事來源——茱麗亞・拉穆斯（Julia Ramus）和夏綠蒂・拉穆斯（Charlotte Ramus）口述故事

類似故事——阿法納西耶夫的〈神奇的天鵝〉（The Magic Swan Geese，收錄於《俄羅斯童話》）；布麗格的〈七兄弟〉（The Seven Brothers，收錄於《大英民間故事》）；卡爾維諾的〈長金角的小牛〉（The Calf with the Golden Horns）和〈十二頭牛〉（The Twelve Oxen）（《義大利童話》）；格林兄弟的〈七隻烏鴉〉（The Seven Ravens，收錄於《格林童話》）

這則故事有許多血緣相近的表親，原因顯而易見。「哥哥們集體發聲，最後被變成鳥類」，這樣的故事在敘述上有其不滅的魅力。當然，不小心造成哥哥們厄運的妹妹，也經歷了一場幾乎不可能達成的任務。故事中有許多耐人尋味的片段，如妹妹對哥哥的忠誠、她無與倫比的勇氣、幾乎要吞噬她的悲慘命運，以及哥哥們的即時搭救，還有鳥禽振翅飛來的聲音，這些，都是形成一篇美麗故事不可或缺的重要橋段。

格林兄弟的原版故事，在森林小木屋和百合花那部分的安排上稍顯粗陋。我提早把老婆婆引入故事，是爲了調整這項敘述上的瑕疵。

原版故事中還有個細節很有趣，值得一提。國王的母親原本被稱爲mutter，也就是德文的「母親」之意，但幾句話之後，卻被稱做stiefmutter——「後母」。這麼做可能是爲了修正之前的口誤。格林兄弟的其他故事也常出現這樣的問題。至於要使用哪一個說法，則端看說書人的決定。

6

Little Brother and Little Sister

小弟弟和小姊姊

小弟弟拉著小姊姊的手，輕聲地說：「自從媽媽去世之後，我們沒有過過一天好日子。繼母每天鞭打我們，她的獨眼女兒一見到我們靠近，就把我們踢開。更糟的是，我們每天只吃乾乾的麵包屑度日。連躲在桌子下的狗吃的都比我們好，起碼牠還有肉末可吃。但願在天之靈的媽媽，能親眼看到我們悲慘的生活！我們一起逃走吧。就算當流浪漢，一定都比住在這裡好。」

小姊姊點頭答應了，因爲小弟弟所說句句屬實。

他們靜靜地等著，等繼母睡午覺之後，才輕手輕腳地關門離家。他們一整天走呀走，走過了草地和原野，走過了牧草地和石岩地。突然天空開始下起大雨。小姊姊說：「老天爺在哭泣，我們的心也跟著哭泣。」

傍晚，他們進入一大片森林。一整天走下來，他們實在是又累又餓，加上他們心情沉重，夜色又將他們團團包圍，小姊弟害怕極了。於是他們趕緊爬入一棵空心樹，好好的睡一覺。

第二天早上當他們醒來的時候，太陽早已高掛天上，陽光溫暖地灑入這棵空心樹裡。

小弟弟說：「醒醒啊，姊姊！今天是個溫暖的大晴天。我好渴，我好像聽到溪流的聲音，走吧，我們去找水喝！」

小姊姊跟著醒了，她也聽到樹叢裡的溪水聲。於是他們手牽著手，一起去找水喝。

問題出在他們的繼母。她是個女巫，有一雙透視眼，即使閉著眼睛睡覺，也看得到姊弟兩人躡手躡腳地逃出家門。就像所有的女巫一樣，她用巫術把自己變得又扁又長，爬在地面上跟著這對姊弟，爬回家前，她又將所有的溪流都施以妖術。

過沒多久，小弟弟和小姊姊找到了樹叢裡的小溪，清澈冰涼的溪水流過岩石時閃閃發亮，看起來眞好喝。他們倆馬上蹲下來準備喝水。

然而，小姊姊聽得懂流水的語言，她聽到溪水說的話。正當小弟弟要把手裡的水，靠近他乾枯的嘴唇時，小姊姊大喊：「別喝！這水被施魔法了，誰喝了這水就會變成老虎。把水放掉！把水放掉！你變成老虎會把我撕成碎片的！」

雖然口很渴，小弟弟聽了小姊姊的話，沒把水喝下去。他們繼續往前走，又發現了另一條溪流。這回小姊姊先跪下來，把耳朵靠近溪水聽聽說什麼。

「這溪水也不能喝！」她說。「溪水說：『喝下我的人，會變成一匹狼！』我想，繼母一定也對這條小溪施以魔法了。」

「但是我好渴，」小弟弟說。

「如果你變成一匹狼，你會把我一口吃掉的。」

「我發誓我絕對不會把你吃掉！」

「狼是不會記得承諾的。一定有沒被繼母施魔法的泉水，我們繼續找吧！」

沒多久他們又找到第三條小溪。小姊姊趕緊趴下來，仔細地聽著泉水說的話：「喝下我的人，會變成一頭鹿！喝下我的人，會變成一頭鹿！」

她正要轉頭告訴弟弟，卻發現已經來不及了。小弟弟太渴了，他已經把整個臉浸到溪水裡去大喝特喝了！果不其然，喝完水，他的臉開始變形，慢慢拉長，還長起細毛，他的四肢變成了鹿腳，最後他搖搖晃晃地站起身。他已是一隻鹿，一隻年幼的鹿。

小鹿不安地看著四周，正要逃跑時，小姊姊趕緊張開雙臂抱住牠的脖子。「弟弟，是我啊，我是你的姊姊！不要跑走，不然我們會在森林裡走散！我可憐的小弟弟，別再做傻事了！」

她開始啜泣，小鹿也跟著哭起來。哭到最後，小姊姊終於收起眼淚：「別哭了，我親愛的小鹿。我永遠不會離你而去，走，我們來想想怎麼辦才好！」

說著，她解下腿上的金色襪帶，套在小鹿的脖子上。然後又拔了一些燈芯草編成繩子，再把繩子繫在小鹿的襪帶上，牽著牠走入森林的深處。

他們在森林裡走了很久，終於來到一塊平地，平地上有一座小屋子。

小姊姊看了看房子四周，這裡的環境很安靜，房子外的花園也整理得很好，房子的門是敞開的。

「有人在家嗎？」她向房裡大叫。

沒有人回應，所以他們就走進屋裡。屋內非常乾淨，是他們見過最整潔的房子了！他們的巫婆繼母不重視家居環境，所以他們的家總是又骯髒又冷清。但是他們眼前的這個房子就不一樣了，它非常的舒適宜人。

「我們就在這裡住下吧！」她對小鹿說。「不管這是誰的房子，只要我們好好照顧它，讓它保持乾淨，就算是它的主人回來了，也不會介意我們住在裡面的。」

她總是不厭其煩地對小鹿說話，所以牠很能瞭解小姊姊的想法，當小姊姊告訴他：「別去吃花園裡的植物，還有，無論你想小便，或是想跑想玩，都要到戶外去。」他都能明白，並欣然遵守。

小姊姊在爐炕上放了許多樹葉和青苔，幫小鹿鋪好一張柔軟的床鋪。每天早上，小姊姊會到森林裡去採集漿果、榛果、和甘甜的根莖類植物，當作自己的伙食。菜園裡有紅蘿蔔、高麗菜和豆子可供他們採用。她也會採回甜美的野草，拿在手上，讓小鹿慢慢享用。小鹿非常喜歡小姊姊的陪伴。晚上小姊姊梳洗並祈禱完畢後，她總會把頭枕在小鹿的背上，安然入睡。如果小弟弟能變回人身，他們的生活就完美無瑕了！

他們如此快樂地生活了一段時間。有一天，國王在森林裡舉辦狩獵大賽。樹林裡四處迴盪著號角聲，和獵犬的吼叫聲，獵人們精神抖擻的歡呼聲也此起彼落，此刻的森林眞是熱鬧非凡。小鹿豎起耳朵，仔細聆聽森林的一切動靜，心情也隨之興奮起來，牠也好想到外頭一探究竟！

「姊姊，讓我去外頭看看吧！」牠哀求著，「只要讓我去，你說什麼都答應。」

禁不住弟弟的苦苦哀求，小姊姊終於答應了。

當小姊姊開門時，她對小鹿說：「但是，你要保證天黑前回到家。你走之後我會把門鎖上，以防瘋狂的獵人闖入。你回家敲門時記得說這句：『姊姊親愛的，弟弟回來了！』沒說這句話我是不會開門的。」

門一開，年輕氣盛的小鹿一溜煙就鑽進樹叢裡，不見蹤影。牠從來沒有感到如此快樂，如此自由。牠盡情在野地裡奔跑，獵人們看到自由自在的小鹿都追了過來，但是沒有人抓得到牠。每次他們靠近小鹿，以爲這次可以逮到牠，牠就馬上跳到樹叢裡，消失無蹤。

等到天色漸暗，小鹿跑回小屋子，敲了門之後說：「姊姊親愛的，弟弟回來了！」小姊姊聽到這句話馬上開門，小鹿開心地跳進屋內，並把今天在森林裡發生的打獵追逐情形，一五一十地告訴小姊姊。這天，牠睡得很沉。

第二天早上當小鹿醒來時，又聽到號角聲和獵犬聲。小鹿又想出門了。

「拜託嘛，姊姊！求求你開門讓我去參加嘛！如果不能去，我也不想活了！」

小姊姊滿心不悅地開了門，她提醒小鹿：「晚上回家時，別忘了說出那句暗語。」

門一開，小鹿一句話也沒說，馬上溜出去加入追逐的行列。當國王和獵人們看到繫著金色項圈的小鹿，立即又跟了上來。被追著跑的小鹿，一路穿過荊棘和叢林，平地和丘陵，彷彿牠帶著大家瘋狂地跑了一整天。有好幾回他差點被抓住，終於在夜幕低垂時，牠被射中了腿，跑不快了，只好慢慢跑回家，而一個獵人悄悄地跟著牠回到家，並聽到牠說：「姊姊親愛的，弟弟回來了！」接著他看到一個女孩開門讓小鹿進去，獵人趕緊把所見所聞稟報國王。

「當眞有這樣的事？」國王說，「明天我們得把小鹿看緊一點！」

屋裡的小姊姊看到小鹿受傷的腳簡直嚇壞了，她洗去傷口的血跡，再幫小鹿塗上療傷用的膏藥。事實上，這傷口並不嚴重，因爲第二天一早小鹿起床時，把受傷的事情忘得一乾二淨。牠第三度哀求姊姊讓他出去。

「姊姊，我對打獵活動有著難以形容的熱情！我一定要去，不然我會發瘋！」

小姊姊聽了小鹿的話哭了出來。「昨天他們將你射傷，今天他們會殺了你！這麼一來，我就只能一個人孤伶伶的待在森林裡了。你好好想一想！我怎能再讓你去送死？」

「我在屋裡會憋死的！」小鹿急切地說。「當我聽到號角聲聲響起，我身上的每一個細胞都跟著跳起來，我再也忍不住了，讓我去吧，姊姊！」

她禁不住弟弟的苦苦哀求，只好抱著沉重的心情開了門，讓弟弟出去。門一開，小鹿欣喜若狂，頭也不回地跳進森林裡。

國王下令，獵人們在圍獵金項圈小鹿時，不能讓牠受半點傷。「如果你們看到牠，槍桿朝上，不准放獵犬去追。第一個看到牠跟我稟報的人，可獲得十個塔勒爾金幣！」

國王說完，便和獵人們開始在森林四處，找尋小鹿的蹤跡。夕陽西下時，國王將那位跟蹤過小鹿的獵人叫來跟前。

「快告訴我那座小屋在哪裡。如果我們獵不到牠，起碼可以設陷阱抓牠。牠在小屋前說了那個密語是什麼來著？」

獵人把押韻的密語告訴國王。他們一行人到了小屋前，國王上前敲門，並且說：「姊姊親愛的，弟弟回來了！」

門一下子就開了。國王走了進去，卻發現一位他所見過最美麗的女孩站在那兒。當她看到的是一個男人，而不是小鹿進到屋裡，臉上馬上露出恐懼的表情。男人頭戴皇冠，溫和地對著女孩微笑。他伸手握住女孩的手。

「你願意跟我到皇宮去，」他說，「做我的妻子嗎？」

「我……願意，」小姊姊說。「但是我的小鹿必須跟著我。我不能離開牠。」

「當然可以，」國王說。「牠就待在妳身邊，要住多久，就住多久。而且我保證牠什麼都不缺。」

國王才剛許下了承諾，就看到小鹿跑進門。小姊姊抓住牠的金項圈，幫牠繫上燈芯草繩。國王把女孩抱上馬，帶她回到皇宮。小鹿則由小姊姊牽著，快樂地跟在國王的馬後。

皇宮舉辦了盛大的婚禮之後，小姊姊成了一國之后。而小弟弟變成國王的小鹿，有一個皇家花園讓牠跑跳，還有一大群僕役供牠使喚，譬如「牧草侍從官」和「鹿蹄暨鹿角的貼身侍衛」，還有一位「皇家梳毛女僕」，她的工作就是在睡前幫小鹿把毛髮梳整乾淨，並把小鹿身上的蝨子或寄生蟲處理掉。姊弟倆在皇宮裡，都過著幸福而快樂的日子。

至於他們那位壞心腸的繼母，她一直以爲姊弟倆已經被森林裡的野獸撕成碎片，直到有一天，她得到消息，才知道小姊姊竟然當上了皇后，而她身旁有一隻形影不離的小鹿。巫婆繼母一推敲，很快就知道事情的前因後果了。

「那該死的男孩一定喝了我施了巫術的溪水，所以變成了一頭鹿，」巫婆對自己的女兒說。

「不公平！」女兒聽了埋怨道，「當皇后的人應該是我，不是她！」

「別再抱怨了，」老女人對女兒保證，「時候到了，自然會讓妳當皇后的。」

過沒多久，皇后生下一個可愛的男嬰。她生產時，國王正在森林裡打獵。巫婆和女兒趁機喬裝成皇后的貼身侍女，潛入皇宮裡。她順勢溜進皇后的寢宮，皇后剛生完產，正虛弱地躺在床上休息。

「皇后陛下，請跟我們來，」巫婆對皇后說，「您的洗澡水已經準備好了，泡個澡會比較舒服，這邊請。」

她們倆帶皇后到浴室，把她放進澡缸。然後她們在澡缸下放一把火，火勢越燒越大，濃煙嗆鼻，不一會兒年輕的皇后就窒息而死。爲了掩藏罪行，她用魔法把浴室的門變成一道牆，牆上還掛了一條避人耳目的壁毯。

「妳現在去躺在皇后的床上，」巫婆對著她的女兒說。當女兒躺妥之後，巫婆便施了妖術，讓女兒的身材和容貌跟皇后一模一樣，只是無法給她一隻新的眼睛。

「妳側躺在枕頭上，這樣別人才看不到妳的眼睛。如果有人跟妳說話，妳就含糊帶過。」

國王打獵歸來，得知皇后爲他生了一個兒子，眞是高興極了！他連忙到寢宮去看他親愛的妻子，正當他要拉開簾子時，巫婆喬裝的侍女馬上開口阻止：「國王陛下，千萬別掀開簾子！皇后需要休息，不能被打攪。」

國王悄悄地離開，他根本沒發現躺在床上的是冒牌皇后。

這天晚上，小鹿說什麼也不肯睡在牠的專屬鹿棚裡，牠爬上樓，走到新生兒的房間，待在那裡不肯離開。牠無法解釋自己爲何非得這麼做，因爲自從皇后死了之後，牠就失去說話的能力。現在牠守在小嬰兒身旁，終於可以安然入睡了。

午夜時分，小嬰兒的奶媽突然醒來，因爲她感覺到有人進入屋內，而那人不是別人，正是死去的皇后！她從頭到腳都濕淋淋，好似才剛出浴。她逕自走到搖籃邊，親吻她的小寶貝，又撫摸那頭小鹿，然後開口說：

我的孩子你好嗎？我的小鹿你好嗎？

我會再來看你兩遍，然後我得消失不見。

說完，她就默默的離開了。

奶媽看了整個過程，吃驚得說不出話來，也不敢告訴任何人。她以爲剛生完孩子的皇后，還躺在床上休息。

但是第二晚同樣的事情再度發生，只是這一次，皇后好似被一層火焰圍住，她來的時候說：

我的孩子你好嗎？我的小鹿你好嗎？
我會再來看你一遍，然後我得消失不見。

這次，奶媽決定把她看到的怪事向國王稟報。國王聽了，決定第二天要跟著奶媽在小嬰兒的房間等候，看看到底會發生什麼怪事。午夜時分一到，皇后果然又出現了。她全身黑漆漆，好似被籠罩在黑色的煙霧之中。

國王見狀大喊：「天呀，那是什麼？」

皇后沒聽到國王的呼喊，她循例走向她的孩子和那頭小鹿，然後說：

我的孩子你好嗎？我的小鹿你好嗎？
這是最後一遍，我得消失不見……

國王試圖上前擁抱她，但她卻在國王的懷裡幻化成一縷黑煙，消失在空氣中。

小鹿上前碰了碰國王的袖子，然後拉著國王，走到那面掛著壁毯的牆前面，用嘴把壁毯扯下，再用一雙小鹿角頂了頂那道堅固的牆。國王馬上聽懂小鹿的意思，趕緊命令僕人把牆打掉。工程進行時，床上的那位冒牌皇后，便趁亂逃走了。沒了牆壁以後，他們發現原來這是一間浴室，整間浴室被骯髒的煤灰覆蓋，而皇后的遺體卻乾淨地躺在浴缸裡，全身發白。

國王看到皇后，忍不住大聲地喊著：「我的妻子！我親愛的妻子！」

他彎下腰抱起皇后的身體，上帝垂憐，皇后竟然活過來了！皇后告訴國王巫婆和獨眼女兒所犯下的罪刑，國王一聽馬上差遣一位最迅捷的信差到達皇宮的大門，讓城堡守衛即時將巫婆和她的女兒逮捕起來，繩之以法。

兩位犯人被帶到法庭審判。法官宣布他的裁定：巫婆的女兒被帶入森林，讓野獸將她撕成碎片；巫婆則應被活活燒死。當老女人被燒成灰燼時，她的法力也隨之消失，小鹿又變回小弟弟了。從此以後，姊弟倆就一起過著幸福又快樂的日子。

◆ ◆ ◆

童話類型——ATU 450，〈小弟弟和小姊姊〉(Little Brother and Little Sister)

故事來源——哈森弗魯格家族[1]口述故事

類似故事——阿法納西耶夫的〈阿利昂姊姊與依凡弟弟〉(Sister Alionushka, Brother Ivanushka，收錄於《俄國童話故事》)；強巴提斯塔·巴斯雷(Giambattista Basile)的〈尼尼諾和尼勒拉〉(Ninnillo and Nennella，出自傑克·載波(Jack Zipes)編輯的《童話故事傳統》)；格林兄弟的〈小羊和小魚〉(The Little Lamb and the Little Fish)和〈森林裡的三個小矮人〉(The Three Little Men in the Woods)(《格林童話集》)；亞瑟·蘭塞姆(Arthur Ramsome)的〈阿蕾諾絲卡和她的弟弟〉(Alenoushka and Her Brother，收錄於《古老俄國故事》)

這是格林童話裡少見涉及鬼魂的故事，格林收錄的另一個鬼故事是〈森林裡三個小矮人〉(頁一〇〇)。

大衛·路克(David Luke)爲《格林兄弟：童話故事選集》(*Brother Grimm: Selected Tales*)寫的引文裡，提到在一八一二年《格林童話》初版中，被巫婆施魔法的小溪只有一條，所以弟弟馬上就喝了水，變成一頭鹿。但是威廉·格林在後來的版本又加上兩條溪，以符合童話處處成「三」的法則。

格林兄弟筆下的這則故事起頭起得很好，但收尾卻顯得潦草。故事後半段有數個橋段銜接得很勉強，情節轉換處也疑點重重，令人困惑。舉幾個例子：如果巫婆和她的女兒在皇后的浴室裡謀殺了皇后，那麼她的遺體最後到哪兒去了？爲什麼小鹿看到姊姊的鬼魂，不會想跟姊姊講話？爲何小鹿毫無反應？爲何奶媽看到皇后出現了「好幾晚」之後，才想到要稟報國王？

也許有人認爲童話故事不需要回答這些問題，想打破沙鍋問到底則是庸人自擾。但我不認爲如此，我以爲這些懸而未決的問題之所以存在，是因爲故事說得不好。我修飾了故事的部分細節，希望敘事的流暢度得到改善。

---

1 哈森弗魯格（Hassenpflug）與格林家族爲世交。兩家原居於哈瑙地區，後來相繼移居到卡賽爾地區。哈森弗魯格家族三姊妹：瑪麗（Marie Hassenpflug）、尤漢娜．珍妮特（Johanna Jeanette Hassenpflug）和艾瑪琳（Amalie Hassenpflug）與格林家唯一的女兒夏洛特感情甚篤，也都是說故事能手，爲格林兄弟提供原始而多樣的故事來源。小妹艾瑪琳博學多聞，後來亦協助格林兄弟編寫《德語辭典》。

7

Rapunzel

萵苣姑娘

從前有一對夫妻，他們渴望一個孩子，但是始終沒有如願。有一天，妻子發現了一個好兆頭，上帝終於要實現他們的願望了。

他們家房子的牆上有一個小窗戶，窗外正對著一個種滿各式蔬果的大花園。花園有一堵高高的圍牆，沒有人敢走進去，因爲這個花園屬於一位法力高強的巫婆，每個人都對她敬畏三分。有一天，妻子看到花園裡長出又鮮又綠的大萵苣，很想嘗一嘗，她的渴望一天比一天強烈，最後竟悶出病來。

丈夫注意到妻子一天比一天憂鬱，所以對妻子說：「親愛的老婆，妳怎麼了？」

「喔，」妻子說，「如果我吃不到花園裡的萵苣，我也活不久了。」

丈夫非常疼惜他的妻子，他心想：「我不能讓她死。無論付出什麼代價，我一定要幫她達成願望，吃到花園裡的萵苣。」

夜晚來臨時，他爬過那堵高牆到達巫婆的花園，迅速摘了一大手的萵苣。摘完萵苣，他又匆

忙地翻牆回到家裡，把萵苣拿給妻子。妻子接過萵苣之後，馬上用萵苣做沙拉，狼吞虎嚥地吞下肚。

萵苣好吃極了。事實上，她嚐到甜頭之後，想再吃的慾望又更強了。她祈求丈夫再去摘些萵苣給她吃。所以天一黑，丈夫再度鋌而走險，翻牆到巫婆的花園幫妻子摘萵苣。不料等他正準備開始偷菜時，眼前出現了一個人，他嚇壞了，傳說中的巫婆正站在他面前。

「原來就是你這可惡的傢伙，偷了我的萵苣！」她怒氣沖沖地說，「你要為此付出代價。」

「妳說的對，」男人說，「妳的指控我無可反駁，但請妳憐憫我的處境。自從我太太從窗戶裡看到妳花園裡的萵苣，就開始朝思暮想，想出病來了，所以我才來偷菜。如果沒吃到萵苣，她也活不了了。請妳可憐可憐我，我實在別無選擇。」

聽完男人的理由，巫婆不再憤怒，還點了點頭表示理解。

「我明白了，」她說，「若真如你所說，那萵苣你就盡量摘去給太太吃吧。不過我有一個條件：妳太太身上懷的小孩將屬於我。他會很安全；我會像母親一樣照顧他。」

在懼怕之下，男人答應了巫婆的要求，說完便趕緊把萵苣帶回家給妻子。妻子剛生下一名女孩的時候，巫婆就依照約定出現在她的床前，把女嬰抱在懷裡。

「我要將這孩子取名為『萵苣』。」說完，她就帶著孩子消失了。

「萵苣」漸漸長大，成為太陽升起以來所照耀過的最美麗的臉龐。她十二歲那年，巫婆把她關在森林的一座高塔裡。高塔既沒有門，也沒有樓梯，只是在塔頂上有一個小小的窗戶。每當巫婆想進去，她就在塔下大叫：

「萵苣，萵苣，
快把妳的長髮垂下來。」

萵苣姑娘有一頭金絲般濃密的美麗長髮。一聽到巫婆的呼喊，她便把髮辮解開，把頂端繫在窗鉤上，然後全長二十碼的頭髮就這麼從高塔垂放到地面，巫婆再順著長髮，爬上她的小房間。

就這樣，萵苣姑娘在高塔中孤獨地生活了好幾年。有一天，一位王子騎馬經過森林，聽到有人在唱歌，曲子唱得非常悅耳動人，王子不由得停下來靜靜聆聽。唱的人正是萵苣姑娘，她正藉由歌唱來打發寂寞的時光。

王子很想上塔去找這聲音的主人，但他四處找不到門，因而感到非常的挫折。他一邊騎馬回家，一邊下定決心，一定要再回來找尋其他上塔的方法。

隔天王子又回到塔下，想方設法要上塔，但還是徒勞無功。怎麼會聽到如此優美的歌聲，卻見不到唱歌的人？正當他百思不得其解時，他聽到有人來了，所以先躲在樹後。女巫一到塔下，照例對著高塔大喊：

「萵苣，萵苣，
快把妳的長髮垂下來。」

接下來的景象讓王子吃驚得說不出話來，一條如瀑布般美麗的金色頭髮，從高塔的小窗傾洩而下。然後巫婆一把抓住頭髮，爬上高塔，從小窗進入塔內。

「原來如此，」王子說，「明天我也來試試我的運氣。」

第二天，夜晚即將來臨的時候，王子來到塔前，對著高塔喊著：

「萵苣，萵苣，
快把妳的長髮垂下來。」

頭髮立刻垂下來，髮梢散發出芬芳的香氣。王子馬上順著長髮往上爬，到了小窗時便一腳跳進去。

剛開始萵苣姑娘簡直嚇壞了，她從來沒有看過男人。男人和巫婆沒有一處是相同的，王子對萵苣姑娘來說是既奇怪又陌生，他長得很好看，這讓萵苣姑娘更困惑了，她不知道要說什麼才好。然而一名王子總是懂得如何進退應對，他連忙請求萵苣姑娘別害怕，然後跟她解釋聽到萵苣姑娘的歌聲後，他是如何地被迷住了，又如何地無法入睡，直到找到歌聲的主人為止。而現在他看到了萵苣姑娘本人，她的面容又比歌聲更加美麗。

現在換萵苣姑娘被王子的一切給迷住了，她漸漸不再害怕，甚至喜歡上有王子為伴，希望他再來拜訪。過沒幾天，他們的友情已經轉為愛情，當王子請公主嫁給他時，她毫不猶豫地答應了。

巫婆剛開始完全沒有發覺有什麼異常，直到有一天，萵苣姑娘告訴巫婆：「妳知道嗎？太奇怪了，我所有的衣服都好緊，穿不下了。」

巫婆馬上明白發生了什麼事。

「妳這邪惡的女孩，」她對萵苣姑娘咆哮，「竟敢欺騙我！原來妳趁我不在時偷偷款待男人，現在後果來了，是該劃下句點的時候了。」

極爲憤怒的巫婆，左手高舉萵苣姑娘金黃色的美麗髮辮，右手拿著一把剪刀，喀嚓！喀嚓！那條王子爬過、泛著美麗光澤的辮子，一下子就被剪斷，墜地了。

巫婆用法術把萵苣姑娘送去遙遠的荒野。可憐的女孩在野地孤獨求生，受盡折磨。過了幾個月，她產下一對雙胞胎，一個男孩，一個女孩。他們身無分文，居無定所，過著乞丐般的生活。萵苣姑娘以歌聲換取路人的微薄賞賜，是他們唯一的收入來源。母子三人經常餓肚子，冬天差點被凍死，夏天則飽受酷暑的煎熬。

把故事拉回高塔。

萵苣姑娘的長髮被巫婆剪下的那個夜晚，王子照例來到塔下，他再次呼喊：

「萵苣，萵苣，
快把妳的長髮垂下來。」

巫婆正耐心地等著。她把萵苣姑娘的頭髮在窗鉤上繫好，一聽到王子的叫聲，她馬上像萵苣姑娘一樣將長髮垂放到塔下。王子立即抓著髮瀑往上爬，然而等他爬到窗戶，迎接他的並非摯愛的萵苣姑娘，而是一個醜陋的老女人。她火冒三丈、幾近瘋狂、眼神中燒著熊熊怒火，大聲地斥責王子：

「你就是她的情人吧？偷偷摸摸爬上塔，偷偷摸摸博得她的歡心，又偷偷摸摸上了她的床，你眞是個不知羞恥的無賴！這種王子，不過是隻出身高貴的雜種！你的小鳥現在已不在巢裡，因爲她被貓抓走了！而這隻貓會在小鳥斷氣之前，順道把你漂亮的眼珠給挖走。萵苣姑娘已經不在了，你懂嗎？你永遠不會再見到她。」

巫婆一邊說，一邊將王子逼到窗邊，王子只能一直後退，最後摔出窗口，所幸塔下的一叢荊棘將王子接住，雖然撿回一條命，但也付出了慘痛的代價：王子的一雙眼，被荊棘刺瞎了。王子帶著一雙盲眼和受傷的心，倉皇地逃離。

失明的王子四處流浪，乞討度日，惶惶不知自己身處何處。但是有一天，他突然聽見熟悉的歌聲，那是他最愛的聲音，他一跛一跛地走過去，然後他又聽到兩個童稚的聲音加入歌聲，那是孩子的聲音；突然間，歌聲嘎然停止，因爲孩子的母親，也就是萵苣姑娘認出了王子，她朝他飛奔過去。

他們擁抱彼此，喜極而泣；萵苣姑娘的兩行眼淚，滴入王子的雙眼，王子的視力竟然漸漸清明起來。他終於看見親愛的萵苣姑娘了，隨後他也第一次看到自己的親生骨肉！

一家人團圓了，他們回到王子的國度，受到大家熱烈的歡迎。從此以後，王子和萵苣姑娘一家人過著幸福快樂的日子，並歡度餘生。

童話類型——ATU 310，〈塔裡的少女〉（The Maiden in the Tower）

故事來源——弗里德里希・舒瓦茲（Friedrich Schultz）的口述故事。舒瓦茲講述的版本，是來自法國的拉福絲夫人（Charlotte-Rose de Chaumont de La Force）的童話故事選集《最好的故事》（*Les Contes des contes*）。書中的〈香芹姑娘〉即是舒瓦茲的口述故事來源。

類似故事——巴斯雷的〈香芹姑娘〉(Petrosinella，引自載波編輯的《童話故事傳統》)；卡爾維諾的〈普萊澤莫利娜〉(Prezzemolina，收錄於《義大利童話》)

如同〈青蛙國王〉（頁二十七）一樣，〈萵苣姑娘〉在一般大眾的心中，絕對不只是故事選集中的一篇，而是個可以獨立存在的單一事件。一頭瀑布般的長髮，自高塔的窗口傾洩而下，這樣的意象著實令人難忘。但是，攸關這個長髮橋段的前因後果，卻常被遺忘。譬如說，可有人記得萵苣姑娘那對窮苦的父母？他們盼一個孩子盼了好幾年，等她終於出世，就被巫婆帶走，然後讀者再也沒聽到他們的消息。就某方面來說，這也是童話與小說大異其趣的地方。

在《格林童話》後期的版本裡，威廉・格林將巫婆與萵苣姑娘的對話潤飾修改，拿掉他認爲猥褻不堪的部分，包括《格林童話》於一八一二年初版的原始版本。在原版裡，萵苣姑娘因爲衣服太緊洩漏了懷孕的事實，而威廉・格林將此段刪除，改成萵苣姑娘詢問巫婆，爲何王子拉起來比巫婆還重得多。這並不是高明的修改，因爲這麼一問，並沒有彰顯萵苣姑娘的天眞無邪，反而凸顯她的愚昧。另外有個細節值得一提：這個故事從頭開始就有懷孕的隱喻。馬瑞娜．華納在她的童話分析作品《從野獸到金髮尤物》中提到，在〈萵苣姑娘〉更早的法國或義大利版本中，讓妻子朝思暮想的作物，其實是香

芹，而香芹是眾所皆知，會造成流產的作物。而〈萵苣姑娘〉是依據拉福斯夫人版本而來，法文故事原名爲Persinette，中文正是「小香芹」之意。

8

The Three Little Men in the Woods

森林裡的三個小矮人

從前有一個喪妻的男人，和一個喪夫的女人，男人有個女兒，女人也是。他們的女兒彼此相識，有一天，她們相偕一起去散步，最後散步到女人的家裡。

女人等自己的女兒沒注意時，把男人的女兒拉到一旁，對她說：「妳知道嗎？我想嫁給你爸，妳幫我告訴他，看他怎麼說。如果他答應了，我保證妳每天都有牛奶可以洗臉，牛奶對妳的皮膚很好。此外，妳還每天有葡萄酒喝，而我女兒只能喝清水。這樣妳就知道我有多想要嫁給你爸了。」

女孩回家將這件事告訴爸爸。

男人說：「她要嫁我？真是要命啊，我該怎麼辦？妳知道的，結婚是好事，但也會帶來痛苦。」

他做不了決定，最後只好拿出他那雙皮靴，告訴女兒：「這雙靴子的鞋底有個破洞，把靴子裝滿水，掛在閣樓裡。如果水沒漏光，我就娶了她。如果水漏光光，我就拒絕這門婚事。」

女孩照爸爸的意思做了。靴子的皮革因爲泡水而膨脹，最後壅塞堵閉了洞孔，女孩灌再多水，水也沒有流出。女孩把結果告訴父親，男人也親自跑到閣樓去查看。

「眞是如此，那我就娶她吧！」男人說，「一旦發了誓，就得說到做到。」

他穿上最好的衣服，登門向寡婦求婚。於是他們就開心的結婚了。

婚禮之後的第一天早上，男人的女兒面前果然放著供她洗臉的牛奶，和讓她飲用的葡萄酒，而女人的女兒只有清水。

第二天早上當兩個女孩醒來時，她們倆都是只有清水。

第三天早上，男人的女兒只有清水，但女人自己的女兒卻有牛奶可以洗臉，葡萄酒可以喝。而且第三天之後，每天都是如此。

事實上，女人厭惡她的繼女，每天她都有新方法來虐待她。她對繼女的厭惡，出於一股難以忍受的嫉妒，因爲她的繼女長得花容月貌，而且個性溫和討人喜歡，而她自己的女兒卻是生得既醜陋又自私，即使用了乳脂最多的牛奶來洗臉，也沒讓她的皮膚好看起來。

冬季裡天寒地凍的某一天，女人用紙做了一件衣服，然後把繼女找來：「把這件衣服穿上。到森林裡去給我採些草莓回來，我只要草莓，其他都不要。」

「可是冬天不長草莓，」女孩說，「而且大地都覆蓋著白雪，土壤跟鐵器一樣硬，不可能挖得到草莓。還有，爲什麼我在這種天氣只能穿紙做的衣服？寒風會把我的衣服吹透，荊棘也會把衣服刮爛。」

「妳竟敢反駁我！」後母說，「妳現在就上路，籃子沒塡滿草莓就別回來。」然後她交給女孩一片跟木頭一樣硬梆梆的麵包。「這是妳今天的食物，」她說，「這麵包得撐上一整天，我們家可沒什麼閒錢了。」

她偷偷地想著：「如果她沒被凍死，也會餓死，這樣我就再也見不到她了。」

女孩還是遵照後母的話去做，她穿上薄如蟬翼的紙衣服，拎著籃子出發了。大地理所當然地被雪層層覆蓋，放眼所及看不到任何一片綠葉，更別說草莓了。她實在不知道打哪兒去找草莓，所以就沿著一條沒走過的步道，穿入森林。沒多久，她發現自己走到一座小木屋，小木屋與她的頭等高，屋子前面的長凳上，還坐著三個抽著煙斗的小矮人，他們大概跟女孩的膝蓋一般高。當她看到三個小矮人時，他們同時起身，對她一鞠躬。

「早安，」女孩說。

「好有禮貌的女孩！」其中一個小矮人說。

「好教養！」第二個小矮人說。

「請她進來，」第三個小矮人說。

「她穿著紙衣裳，」第一個小矮人又說。

「很時髦，我覺得，」第二個小矮人說。

「但是不保暖，」第三個小矮人說。

「小姐，妳想進來屋裡坐坐嗎？」三個小矮人齊聲地說。

「你們人眞好，」女孩感激地說，「我想進去。」

他們把煙斗弄熄。「紙的旁邊不能有火，」第一個小矮人說。

「一不小心就著火了，」第二個小矮人說。

「太危險了，」第三個小矮人說。

他們帶她進門，給她一張小椅子坐，他們自己則合坐在一張火爐邊的長凳上。

「你們介意我拿早餐出來吃嗎？」女孩問道。

「吃什麼？」

「一片麵包。」

「那我們可以吃一點嗎？」

「當然可以，」女孩一邊說，一邊把麵包分成兩半。由於麵包實在太硬了，她還必須把麵包靠在桌緣，才順利地敲斷。她把大塊的那一半分給小矮人們，自己則拿著小塊的麵包慢慢啃著。

「冰天雪地的，妳來這森林野地裡做什麼？」他們齊聲問道。

「我是來採草莓的，」女孩回答，「但是我不知道哪裡可以找到草莓。如果沒有採到整籃的草莓，我就不能回家。」

第一個小矮人聽了，馬上在第二個小矮人的耳邊竊竊私語，接著，第二個小矮人又在第三個小矮人的耳邊竊竊私語。最後，他們的視線集中在女孩身上。

「妳可以幫我們掃雪嗎？」他們說，「牆角有一副掃把，只要把後門旁邊的那條小路的積雪掃乾淨就好了。」

「我很樂意，」她說完，就拿著掃把往外走。

當她離開之後，他們說：「我們能給她什麼呢？她這麼有禮貌，還跟我們分享她那一小片麵包，把大塊的給我們吃。既慷慨又有禮貌的女孩，我們能給她什麼呢？」

第一個小矮人說：「我要送她一個禮物：她會一天比一天美麗。」

第二個小矮人說：「我要送她一個禮物：每當她一開口說話，就會吐出一塊黃金。」

第三個小矮人說：「我要送她一個禮物：有個國王會娶她當皇后。」

女孩這時正按照小矮人的吩咐，把後門的積雪掃掉。然後她看到了什麼？雪下面露出了紅通通的草莓，數量好多，莓果熟成，如同夏天盛產時那麼鮮嫩欲滴。她回頭看了看小屋，三個小矮人正從窗戶看著她，他們對她點點頭，示意她儘量採。

她摘了整籃的草莓之後，回到屋裡謝過三個小矮人。他們三人排成一列，對她鞠躬，並一一握手道別。

「再見！再見！再見！」

她回家把整籃的草莓拿給繼母。

「妳從哪裡摘到這麼多草莓？」繼母厲聲地問。

「我在森林裡發現一座小屋……」她開始要把今天遇到的事情告訴繼母時，一塊黃澄澄的金子從嘴裡掉出來。她繼續把所經歷過的事情說完，而黃金也繼續嘩啦嘩啦地掉到地上，不一會兒，黃金已經堆滿她的腳踝四周了。

「她根本在炫耀！」她那沒有血緣關係的姊姊說。「我也可以做到，甚至做得比她更好。那根本沒什麼！」

後母的女兒此刻妒火中燒，等她和母親單獨相處時，她對母親說：「我也要去森林採草莓！我要去！我一定要去！」

「不，親愛的女兒，」她的母親說，「外頭太冷，妳會被凍死的。」

「拜託嘛！我會把從嘴裡掉出的金幣，分一半給妳。拜託讓我去嘛！」

母親禁不住女兒再三懇求，只好讓步。她拿出自己最好的毛皮大衣，修改成女兒的尺寸，另外還替她準備雞肝醬三明治，以及一大片巧克力蛋糕，讓她帶在路上吃。

她走進森林，找到了那間小木屋。三個小矮人正在屋裡，透過窗戶看到她。但女孩沒看到他們，她逕自開門，走進屋內。

「移過去一點，」她說，「我也要坐在火爐邊。」

三個小矮人坐在火爐邊的長凳上看著她，女孩把雞肝醬三明治拿出來吃。

「那是什麼？」他們問道。

「我的午餐，」她滿嘴三明治。

「可以分一點給我們嗎？」

「當然不行。」

「那塊蛋糕呢？妳該不會要把整塊大蛋糕都吃下肚吧？」

「這塊蛋糕還不夠我塞牙縫呢，你們去吃自己的蛋糕吧！」

當女孩終於吃完午餐，小矮人對她說：「妳可去掃雪了。」

「我怎麼可能去掃雪？搞清楚，我又不是你們的僕人。」

他們只是抽著煙斗，盯著她看。很顯然小矮人並沒有想要送她任何東西，所以她就離開小木屋去採草莓了。

「眞是個沒有禮貌的女孩！」第一個小矮人說。

「而且很自私，」第二個說。

「跟上一個女孩簡直相差十萬八千里，」第三個小矮人說。「那我們能給她什麼呢？」

「我讓她一天比一天醜陋。」第一個小矮人說。

「我讓她每次一開口說話，嘴裡就吐出一隻癩蝦蟆。」第二個小矮人說。

「我讓她不得好死。」第三個小矮人說。

女孩四處找不到草莓，只好回家抱怨給母親聽，不料她只要一開口，嘴裡就掉出一隻癩蝦蟆，沒多久，家裡的地板就擠滿了各處爬行、蹲坐、彈跳的癩蝦蟆，連母親都覺得她噁心極了。

自此之後，繼母就更氣了，她成天盤算著要如何讓繼女過得更爲悲慘，彷彿有隻嫉妒小蟲在齧咬她的腦子，強迫她這麼做。她的繼女卻生得一天比一天美麗，讓她更加痛苦。

最後，她在鍋子裡將一綑毛線燒滾，然後將毛線掛在繼女的肩膀上。

「妳聽好，」她對繼女說，「拿一把斧頭，在冰凍的河面上敲個洞，用洞裡的水把這綑毛線清洗乾淨，天黑前給我做完回家。」

她希望繼女會跌入洞裡，被冰冷的河水淹死。

繼女遵照她的吩咐，把斧頭和毛線帶到河邊。正當她要一腳踏上結冰的河面時，一輛路過的馬車在河邊停了下來，而馬車裡坐著的正好是一個國王。

「別踏上去！妳在做什麼？」國王從馬車的窗口大叫，「這浮冰不安全！」

「我必須將這綑毛線洗乾淨，」女孩解釋道。

國王看到女孩長得如此美麗，遂打開車門。

「妳願意跟我走嗎？」他問道。

「是的，」她說，「我非常樂意，」因爲她早就想離開繼母和她的女兒了。

於是她上了車，馬車載著兩人出發了。

「我剛好得討個老婆，」國王說，「我的內臣提醒我成家的時候到了，妳還沒成親吧？」

「還沒，」女孩說著，嘴裡隨即吐出一塊黃金。

國王看得興味盎然。

「眞是個有趣的女孩！」他說，「妳願意嫁給我嗎？」

她同意了，他們立即舉辦盛大的婚禮，女孩所發生的一切，正如小矮人所應允的那樣。

一年之後，年輕的皇后產下一名男嬰。全國上下都開心無比，報紙也報導了這個好消息。繼母得知這個消息以後，與女兒一同入宮，假意要拜訪皇后親自道賀。國王這時剛好不在皇宮，繼母和女兒見四下無人，就馬上一把抓住皇后，將她丟出窗戶，皇后掉入城外的小河，淹死了，她的屍體沉到水底，被水草團團蓋住。

「快去躺在她的床上，」女人跟她的女兒說，「妳做什麼都行，就是別開口講話。」

「爲什麼不行開口？」

「癩蝦蟆，」女人說著，隨手蹲下來撿起一隻從女兒嘴裡掉出的癩蝦蟆，然後把牠像皇后一樣丟出窗外。「快躺下，照我的話去做。」

女人順道把女兒的頭遮住，除了癩蝦蟆的因素之外，女兒長得是一天比一天醜陋。當國王回到皇后的寢宮時，女人向國王說明皇后發燒了。「她必須保持安靜，千萬別讓她說話。讓她好好休息。」

國王靠近床鋪，對著被子底下的冒牌皇后耳朵，輕聲說了幾句溫柔的話之後，就離開了。第二天一早，國王又來探望妻子，女人來不及提醒女兒別開口，她就急忙回了國王的話，結果她嘴裡跳出一隻癩蝦蟆。

「我的老天，」他吃驚地說，「那是什麼？」

「我忍不住了，」冒牌皇后說道，一隻癩蝦蟆又從她嘴裡跳出。「不是我的錯！」

「怎麼會發生這種事？」國王說，「到底發生什麼事？」

「她得了癩蝦蟆型感冒，」女人趕緊說，「這病很容易傳染，但是只要國王陛下不要打攪她，她很快就會好了。」

「希望如此，」國王說。

當天夜裡，當廚房小幫工正在擦拭最後一批鍋具時，看到一隻白色鴨子從下水道游出來。白鴨說：「國王沉睡了，我只能啜泣。」

廚房小幫工不知道該回答什麼。

然後白鴨又說話了：「我的兩位客人呢？」

「他們正在休息，」小幫工回答。

「我親愛的兒子呢？」

「他應該也在睡覺吧。」

接下來，白鴨的身體發出微光，身形逐漸轉變爲皇后的模樣。她往樓上去，飄到小王子的搖籃旁，將他抱起來餵奶，等小王子飽足後再溫柔地將他放回搖籃的被窩，並親了親他。最後她飄回廚房，變身回白鴨，游入下水道去。

廚房小幫工跟蹤了鬼魂，把一切看在眼裡。

第二天她又來了，而且又發生一模一樣的事。第三天，鬼魂上前告訴小幫工：「告訴國王妳所看到的，請他帶一把寶劍，將劍朝我的頭部揮三次，然後把我的頭砍下。」

小幫工趕緊到國王跟前，將所有的事情跟國王稟報。國王嚇壞了，他輕手輕腳地走到皇后的寢宮，好奇地掀開皇后的被縟，一張醜陋的面容讓他倒抽一口氣，這位冒牌皇后不止呼聲大作，身旁還擠滿了癩蝦蟆。

「帶我去找鬼魂！」國王一邊背上他的寶劍，一邊說道。

當他們到達廚房時，皇后的鬼魂馬上出現在國王面前，他抽出寶劍，朝鬼魂的頭部用力揮了三次，鬼魂發出微光，瞬間變成白鴨。國王見狀，立即拿劍把白鴨的頭部砍斷。白鴨接著就消失了，而站在面前的，是重生的皇后。

重逢的國王和皇后開心極了。這時國王心生一計，他讓皇后先躲在另一個寢宮，等到星期日小王子受洗時再現身。小王子受洗的那天，冒牌皇后圍著厚重的頭紗現身，母親站在身旁，兩個人都佯裝皇后因病而不便出聲。

國王開口問在場的觀眾：「如果有人把無辜的受害者從床上架起，一把推出窗外，那我們應該給這樣的人什麼懲罰？」

後母一聽馬上回答：「這人真是罪孽深重啊！他應當被放到插滿鐵釘的木桶裡，從山坡上滾到河裡去。」

「好，我們就這麼辦，」國王說。

他命令工匠製作同一款式的木桶，桶子一做好，就把繼母和女兒放進去，並把桶蓋釘死，讓木桶從山上一直滾到河心。這就是他們的下場。

◆◆◆

童話類型——ATU 403，〈黑白新娘〉（The Black and the White Bride）

故事來源——竇爾琴．威樂德口述故事。

類似故事——卡爾維諾的〈美麗的蜜，美麗的太陽〉（Belmiele and Belsole）和〈孔雀國王〉（The King of the Peacocks）（《義大利童話》）；格林兄弟的〈小弟弟和小姊姊〉（Litte Brother and Litte Sister）和〈黑白新娘〉（The White Bride and the Black Bride）（《格林童話》）

本故事的後半段與〈小弟弟和小姊姊〉（頁七十九）神似，但前半段有三個小矮人作爲喜劇角色，因此整個故事的語氣與〈小弟弟和小姊姊〉大不相同。相較於格林兄弟的版本，我讓筆下三個小矮人多發表此意見。

9

Hansel and Gretel

漢賽爾和葛麗特

在大森林的邊緣，住著一個貧窮的樵夫，妻子和兩個孩子與他相依爲命。他的兒子名叫漢賽爾，女兒叫葛麗特。他們家原本糧食就不多，而現在正値飢荒，情況就更糟了，這位父親連每天的麵包都難以保證。

這天夜裡，他躺在床上，爲貧困的生活輾轉難眠，他嘆了口氣，對妻子說：「我們該怎麼辦？我們連自己都得餓肚子了，怎麼養活那兩個可憐的孩子？」

「我來告訴你怎麼做，」妻子說，「明天一早醒來，我們就帶小孩到森林最深處，我們把那裡弄得舒服點，生火讓他們取暖，給他們一些麵包，然後把他們單獨留在那兒。他們一定找不到回家的路，這樣就可以成功擺脫他們，就這麼辦吧！」

「不！不！」丈夫說，「我不能這麼做，我怎麼忍心把孩子丟在森林裡，絕不！他們會被野獸撕成碎片的！」

「你眞是個傻瓜，」妻子說，「如果不擺脫他

們，我們一家四口會全部餓死，你乾脆現在開始砍柴，爲自己準備棺木好了！」

接著她一直在旁喋喋不休地想要說服丈夫，樵夫禁不住妻子再三要求，最後只好答應了。

「但是我一點也不喜歡這樣，」他說，「我覺得孩子實在太無辜了。」

睡在隔壁房間裡的孩子是清醒著。他們餓得睡不著，也因此把父親和後母之間的對話，聽得一清二楚。

葛麗特傷心地哭了，她小聲地對哥哥說：「喔，漢賽爾，這下我們倆完蛋了！」

「噓，小聲點，」漢賽爾說，「妳別擔心，我有辦法了。」

等大人睡著了之後，漢賽爾下床穿上他的舊外套，打開大門下方的小開口，爬到屋外。月光皎潔，將地面上的白色鵝卵石照得無比晶亮，就像發光的銀幣。漢賽爾趴在地上撿拾石頭，直到口袋裝滿爲止。

然後他回到房間，上床時跟葛麗特說：「別擔心了，去睡吧！上帝會看顧我們的，而且我已經計畫好了。」

天剛破曉，太陽都還沒升起地平線，女人就進到孩子的房裡，迅速地把他們的被子掀開。

「你們這兩個懶惰蟲，快起床！」她說，「我們得去森林裡撿些柴火！」

她給兩個孩子一人一小片乾麵包。

「這是你們的午餐，別一下子就吃完，因爲吃完就沒了。」

葛麗特把兩塊麵包放到自己的圍裙裡，因爲漢賽爾的口袋已經裝滿鵝卵石。他們一起出發到森林裡，漢賽爾不時停下腳步，回頭看著自己的家，直到父親對他說：「兒子，你老是回頭看什麼？專心走路吧！」

「我在看我的白色小貓，」漢賽爾說，「牠正高坐在屋頂上跟我說再見呢。」

「笨小子，」他的後母說，「那不是你的小貓，那是陽光照在煙囪反射出的光線。」

事實上，漢賽爾並沒有在看貓，他是沿路丟下一顆顆白色鵝卵石，他回頭看，是為了確定這些石頭是否能看得清楚。

當他們抵達森林的中央，他們的父親說：「去找些火種，我來生點火，這樣你們才不會凍僵。」

孩子們收集枯枝，堆成一座小山，他們的父親則負責把火升起。當枯枝點燃了，火焰也越來越高，繼母對他們說：「把這裡當作像家一樣舒服，我親愛的孩子。躺在爐火旁邊取暖吧，我和你爸現在要去砍柴，等工作結束後，我們會來接你們回家。」

漢賽爾和葛麗特坐在火堆旁，當他們認為是日正當中時，就拿出那一小塊乾麵包來吃。他們一直聽到斧頭砍柴的噠咑聲，以為父親就在附近工作。但那聲音並不是砍柴聲，而是他們的父親將樹枝綁在附近一棵枯樹幹上，風一吹，樹枝就隨之搖來晃去，發出好似砍柴的聲音。

孩子們坐在火堆前好長一段時間，眼皮變得越來越重，下午過後，日光漸漸黯淡下來，兄妹倆的身體也越靠越近，最後他們一起墜入夢鄉。

他們在黑暗中醒來，葛麗特害怕地哭了起來。她啜泣著說：「我們回不了家了。」

「等月亮出來，」漢賽爾說，「我們就可以找到回家的路了。」

不一會兒，一顆明亮的滿月冉冉升起，漢賽爾沿路丟在地上的白色石子，被月光照得跟剛鑄好的硬幣一樣，閃閃發光。兩個孩子手牽手，在暗夜裡循著白石子指引的路回家。他們

走了一整夜，終於在天剛破曉前，回到父親的小屋。

小屋的門鎖著，他們用力地敲門。當門被打開，來應門的後母雙眼也睜得好大，一臉驚訝。「你們這兩個可憐蟲，讓我們擔心死了！」後母把他們抱得很緊，緊到無法呼吸。「你們怎麼睡那麼久，我們以為你們不想回家了！」

她捏捏孩子的臉頰，彷彿她真心歡喜地再見到他們。不一會兒，父親也下樓了，孩子回家讓他的臉上露出真切的欣喜與安慰，因為他先前完全不想拋棄他們。

所以這次孩子安全抵家，沒有被遺棄。但過沒多久，整個地區的糧食又開始短缺，許多人飽受飢荒之苦。一天夜裡，孩子又聽到後母對父親說：「糟糕，我們家只剩半條麵包了，再來我們就只能等死。我們必須把兩個孩子給扔了，而且這回我們得想得周全些。他們上回肯定耍了些伎倆才順利回家，這次我們要把他們帶進更深的森林裡去，叫他們再也找不到回家的路。」

「喔，我並不喜歡這樣，」父親說，「你知道的，森林裡不只有野獸，還有妖精、巫婆和一些我想都不敢想的生物。難道我們就不能跟孩子同甘共苦，一起分享最後那塊麵包嗎？」

「別傻了，」那個女人說，「你還是不懂嗎？那樣我們全家都會餓死！你就是心太軟，懦弱和愚昧就是你這個人最大的問題。」

妻子無情的批評讓他痛苦萬分，但他毫無招架之力，因為樵夫已經對妻子做了第一次讓步，此後就只能讓步到底。

兩個孩子清醒著，父母的對話他們全都聽在耳裡。大人入睡之後，漢賽爾起身想到屋外去找白石子，但後母把門鎖住，還把鑰匙藏起來。但是當他回到床邊，還是照常安慰葛麗特說：「別擔心，葛麗特。去睡吧，上帝會看顧我們的。」

隔天一大早，後母跟上回一樣把孩子叫醒，給他們一人一塊比上次更小的乾麵包。當他們進入森林時，漢賽爾把麵包捏碎，並將麵包屑灑在他們走過的路徑上。他不時停下來，回頭探看是否能看得清楚這些麵包屑。

「漢賽爾，走快一點，」父親說，「別再回頭了。」

「我在看我的鴿子，」漢賽爾說，「牠正站在屋頂上跟我說再見呢。」

「笨小子，」他的繼母說，「那不是你的鴿子，那是陽光照在煙囪反射出的光線。別再找藉口磨蹭了。」

漢賽爾再也沒有回頭，但他還是繼續暗中把口袋裡的麵包碾碎，灑在走過的小徑上。後母不斷催促他們走快一些，他們一行人越走越深入，進入他們此生從未到過的森林。

終於走到一處她滿意的地方，她對孩子說：「就在這裡停下吧！」父親和後母再次生了火，讓孩子舒服地坐在火堆旁取暖。

「來，好好待在這兒坐著，」那女人對孩子說，「我們回來之前不要離開。我們要煩惱的事已經夠多了，你們倆別再搞丟，給我們添麻煩，天黑前會回來接你們。」

孩子一直乖乖地坐在原地，等到他們認為是中午時分，葛麗特拿出他們僅剩的一小塊麵包出來分著吃，因為漢賽爾已經把他的麵包都灑完了。然後他們相繼墜入夢鄉。一整天過去了，沒有人回來接他們。

他們在黑夜裡醒來。「噓，別哭了，」漢賽爾對葛麗特說，「月亮升起的時候，我們就可以沿著麵包屑，找到回家的路了。」

當月光照耀大地，他們四處尋找麵包屑的蹤跡，找半天卻遍尋不著。原來是森林和田野裡上千隻野鳥，把麵包屑全都啄走了。

「我們一定可以找到路的，」漢賽爾說。

但是不管他們怎麼找，即便已經走了一天一夜，就是找不到離開森林的路，兩兄妹在森林裡迷路了。除了累，他們也餓得頭昏眼花，因爲除了幾顆在森林裡發現的漿果之外，他們什麼都沒吃。這時的他們實在太累了，只好隨意找棵樹，躺下來倒頭就睡。第三天早晨當兄妹倆醒來的時候，他們一點力氣也沒有，連站都站不太穩，而且他們依舊深陷林中，不知道自己身在何處。如果不馬上求救，他們必死無疑。

正午的時候，他們看到一隻雪白色鳥兒，高坐枝頭。牠的歌聲美極了，所以兄妹倆忍不住停下來聽。唱完，牠又飛往另一個枝頭，他們也緊跟著鳥兒，等牠停穩後，又開始放聲高歌，然後又飛往更遠的枝頭停歇。牠移動的速度比孩子們走的還快，好似在引導他們往某處前進。

追趕到最後，他們發現眼前佇立著一座小屋。鳥兒就停在小屋的屋頂上。這屋頂看起來有些奇怪。事實上……

「屋頂是用蛋糕做的！」漢賽爾說。

至於那些牆壁……

「是用麵包做的！」葛麗特說。

而那些窗戶，可是用糖霜做的呢。

這兩個可憐的孩子們實在太餓了，還沒來得及敲門獲得屋主的首肯，他們就忙不迭地吃了起來。漢賽爾撕下一片蛋糕屋頂，葛麗特則敲破一塊甜窗戶，他們就地坐下，狼吞虎嚥吃了起來。

他們吃了好幾大口之後，就聽到從屋子裡傳來輕柔的聲音：

啃吧，啃吧，小老鼠，
誰在啃我的糖果屋？

孩子們回答：

是風，是狂野的風，
是天堂裡的幸運童。

他們繼續吃，因爲他們實在餓壞了。漢賽爾非常喜愛屋頂蛋糕的滋味，所以他又撕了一條像他的手臂那麼長的屋頂來吃。葛麗特則小心翼翼地推下另一扇甜窗，並開始大口大口的啃食。

突然間，門打開了，一位很老很老的老太婆步履蹣跚地走出來。漢賽爾和葛麗特吃驚極了，馬上停住手邊的動作，盯著老太婆瞧，嘴裡還塞滿食物。

老太婆見他們如此驚慌，立刻搖搖頭說：「不要害怕，我親愛的孩子！是誰帶你們來這裡的？進來休息吧，我的小甜心，屋裡還有好多小巧的糖果盒，等著安慰你們疲憊的身心，這裡就像家一樣安全！」

她慈愛地捏捏他們的臉頰，並牽著他們的手，把他們領進屋裡。屋裡早已擺好兩套餐具，好似她早就知曉他們的到來。老太婆拿出牛奶給他們喝，後來又端出加了糖、香料、蘋果和榛果的煎餅來款待他們，眞是美味無比的一餐。

老太婆讓他們吃飽喝足之後，帶兄妹倆到一間小巧的臥房，那裡已經準備好兩張小床，床上鋪著雪白的床單。漢賽爾和葛麗特感覺自己有如置身天堂，上了床之後，很快就進入夢鄉。

然而，老太婆的友善是僞裝給孩子看的，其實她是個邪惡的巫婆，那座美味可口的糖果屋，完全是她爲了吸引小孩而設下的圈套。一旦她成功吸引小孩上門，不管是男孩或是女孩，她都會把他們殺害，再煮來吃，讓自己飽餐一頓。就像其他的巫婆一樣，她的一雙紅眼看不清楚遠的事物，但她有靈敏的嗅覺，只要一有人類靠近，她就聞得出來。當漢賽爾和葛麗特開心地鑽進被窩，她也搓揉她那長滿瘤的枯乾雙手，不懷好意地狂笑。

「又有兩個小孩自投羅網了，」她嘎嘎地笑著，「我不會讓他們逃出我的手掌心。」

第二天清早她等不及走去孩子的臥房，看著他們熟睡，她得努力克制自己，不伸手去摸那紅通通、圓滾滾的小臉頰。

「看起來眞好吃！」她想著。

她將漢賽爾從床上一把抓起，在他還來不及發出求救聲之前，就把他拖到屋外的工具棚裡，關進一口大籠子。他在籠子裡大聲求救，但沒有人聽到。

然後巫婆回到屋裡把熟睡的葛麗特搖醒，「起床了，你這懶丫頭！快去弄些井水，燒菜給你哥吃。他在工具棚裡。我要妳把他養胖一點，等他長得肥嘟嘟，我就要吃掉他。」

葛麗特聽了驚慌地哭了，但是哭也沒用，因爲她眼下別無選擇，只能聽從巫婆的指令行事。於是漢賽爾每天都吃著豐盛美味的食物，而可憐的葛麗特卻只能以蝦殼裹腹度日。

每天早上巫婆都會拄著枴杖，一跛一跛地走到工具棚，對籠裡的漢賽爾說：「小子，把手指伸出來，我要看看你夠胖了沒。」

聰明的漢賽爾早想出因應之道：他從籠子裡伸出一根骨頭，讓視力不佳的巫婆誤以爲那是他的手指。所以巫婆總是很納悶，爲何漢賽爾老是瘦巴巴不長肉。

四個星期過去了，漢賽爾依舊瘦骨嶙峋，但巫婆一想到他紅通通、圓滾滾的臉頰，決定不再等待，她對葛麗特吼道：「喂！去井裡多打些水，水裝在大鍋子裡，放到火爐上煮滾。不管你哥哥是胖是瘦，骨瘦如柴還是白白胖胖，我不想再等了，明天我就要把他煮熟，拿來當燉肉吃。」

多可憐的葛麗特！她傷心地哭了起來，但是她還是得聽命於巫婆，迫不得已去提水。「親愛的上帝，救救我們吧！」她啜泣著說，「要是在森林裡被野獸吃了，我們至少還能死在一起。」

「你別再哀嚎了，」巫婆說，「現在誰也幫不了妳。」

第二天一大早，葛麗特就得到外頭架鍋子生火。

「我們先烤麵包，」巫婆說，「我已經把麵糰揉好了。妳去看看火燒得夠不夠熱。」

她把可憐的葛麗特拖到大烤爐前，爐火燒得旺，熊熊烈焰竄出鐵爐門。

「妳爬進去看看爐火夠不夠熱，」巫婆厲聲地說，「快給我進去！」

巫婆的如意算盤，當然是想等葛麗特進去之後關上爐門，把她也烤來吃。但是葛麗特察覺到巫婆的意圖，所以她說：「我不懂。妳要我進去爐子裡？怎麼可能鑽得進去呢？」

「蠢丫頭，」巫婆說，「走開，我來示範給妳看。這麼簡單也不會。」

她彎下腰，把頭伸進爐門，葛麗特見狀立即用力推巫婆一把，老太婆重心不穩，踉蹌地跌進爐子裡。葛麗特趕緊把爐門關起來，用鐵桿閂住爐門。爐子裡傳來可怕淒厲的尖叫聲，葛麗特蓋住耳朵，死命地往外跑。巫婆就這樣被活活燒死。

葛麗特跑到屋外的工具棚，大聲地喊著：「漢賽爾，我們得救了！那個老巫婆死了！」

門一開，漢賽爾就像出了籠的小鳥般，開心地蹦出籠子。他們倆簡直欣喜若狂，他們張開雙臂，熱情相擁，又是互吻臉頰，又是高興地跳上跳下。他們終於無須再恐懼。他們跑回巫婆的小屋，看到屋裡各個角落都堆放著一箱箱珍貴的寶石。

「這比鵝卵石好多了，」漢賽爾說著，一邊掏了一些到口袋裡。

「我也來拿一些，」葛麗特把寶石放進圍裙，直到裝滿。

「現在我們該走了，」漢賽爾說，「讓我們離開這片巫婆住的森林吧！」

走了幾個小時之後，他們來到一座大湖。

「我們過不去了，」漢賽爾說，「我沒看到湖上有橋。」

「我也沒看到船。咦，你看！」葛麗特說，「那邊有一隻白鴨，我來問問她，可不可以載我們過湖。」

她對著白鴨大喊：

小白鴨呀小白鴨，
請你好心來幫忙，
水深，水廣，水又冷，
你的白背載過湖。

小白鴨游向他們，漢賽爾馬上爬上牠的白背。「快上來，葛麗特！」他說，「過來跟我一起坐。」「不，」葛麗特說，「這對小鴨子來說太重了，我們應該一個一個過去才對。」這隻善良的鴨子這麼做了，他們平安抵達對岸之後，又走了一會兒，附近的林子就漸漸熟悉起來。終於他們遠遠望見父親的小屋，他們飛奔過去，衝進屋裡，緊緊摟住爸爸的脖子。這個男人自從把孩子丟在森林之後，沒有一刻快活過。後來他的妻子也死了，他便孤苦無依的生活，而且日子過得窮愁潦倒。現在葛麗特把圍裙一抖開，所有的珠寶散落一地，漢賽爾也從口袋將寶石一把一把往外扔。他們的苦難終於結束，他們自此過著幸福愉快的日子。

老鼠逃跑，
故事終了，
如果你逮到了牠，替自己做頂毛皮帽。

童話類型——ATU 327，〈漢賽爾和葛麗特〉（Hansel and Gretel）

故事來源——威樂德家族的口述故事

類似故事——阿法納西耶夫的〈芭芭雅嘎和勇敢的年輕人〉（Baba Yaga and the Brave Youth，收錄於《俄羅斯童話》）；巴斯雷的〈尼尼諾和尼勒拉〉（Ninnillo and Nennella，引自載波編輯的《童話故事傳統》）；卡爾維諾的〈奇克〉（chick）和〈菜園裡的老嫗〉（The Garden Witch）（《義大利童話》）；夏爾．貝侯（Charles Perrault）的〈小拇指〉（Thumbling，收錄於《貝侯童話全集》）

著名的童話故事，總會以各種故事選集、繪本和戲劇改編的形式出現，〈漢賽爾和葛麗特〉也不例外，而且它還曾被改編爲歌劇。大量改編的危機，在於讀者容易因爲對故事太過熟悉，而忽略了其優美的敘述特質。〈漢賽爾和葛麗特〉本質上就是個偉大而厲害的經典故事。舉例來說，可以吃的房子就是個很棒的發明，而在角色設定上，殘酷不仁的巫婆和機智多謀的葛麗特之間的對手戲，也讓整個故事生色不少，令人難忘。

那麼，到底是「母親」還是「後母」？格林兄弟在一八一二年的初版童話中，女人的角色僅是「母親」。而在一八五七年的第七版中，「母親」則被改爲「後母」，之後就一直沿用。馬瑞娜．華納在她撰寫的《從野獸到金髮尤物》一書中，對格林兄弟這項更改的原因極有興趣（格林兄弟的理由是爲了保存「母親」的理想形象，所以將女人的稱謂撤換成「後母」）。她在書中也提到，布魯諾．貝特罕[1]對這項轉變也做了佛洛伊德學派的詮釋：孩子對母親較具威脅性的一面會產生憤怒，而「母親」與「後母」的分野，恰好幫助聽故事的孩子，毫無罪惡感地處理這部份的憤怒。而站在說書人的角度，我覺得簡單就好。

傑克．載波在他的著作《童話何以揮之不去》（*Why Fairy Tales Stick*）中提到，這則故事看似出於想像，隱藏在故事底下的眞實面貌，是鄉下地區不幸的貧困現實，以及許多家庭面對飢荒時的預設反應。非常時期，只能運用非常手段，這點我們可以理解，不過，難道這故事不能多責備父親一點？後母之死是個便利的寫法，尤其不少現代說書人（包括我自己）在文字敘述上，都刻意將後母和巫婆等同化。孩子經歷千辛萬苦回到家，若還看到後母仍在家中呼風喚雨，將是個遺憾的結局。也許後母是被父親殺了。若由我來執筆，把這則童話改寫成小說，我會讓故事裡的父親這麼做。

在故事的最後加入鴨子的橋段，是相當奇特的作法。格林兄弟是一直到最後一版才添上的，之前的版本都沒有出現。我覺得行得通，所以也把鴨子加入故事。故事中的湖水，是危險的森林和安全的家之間不可橫越的障礙，也是一道你會渴望跨過的障礙，除非你站錯邊。只要結合自然界的善意和人類的靈巧，就可以成功跨越這道障礙，到達彼岸。

1 布魯諾．貝特罕（Bruno Bettleheim, 1903-1990），美籍奧地利裔的精神分析學家、兒童心理學家和作家。其一九七六年的著作《魔法的用途》（*The Use of Enchantment*）以格林童話爲範本，精神分析爲理論，來探討童話對兒童的影響和重要性。

10

The Three Snake Leaves

三片蛇葉

從前有一個很窮的人，他連自己的獨生子都養不起，兒子察覺父親的困難之後，就對父親說：「爸爸，我們的日子過得太苦了，我成了您的負擔。我這就離家去，設法賺錢養活自己。」

父親沒有別的辦法，只好祝福兒子一路順風，然後憂傷地送他上路。

鄰國有位強大的國王，此刻正在進行一場戰役，年輕人便到國王手下替他效命，上了戰場。沒多久，他就被分發到最前線去對抗敵軍。戰場上槍林彈雨，情況非常危急，他的戰友們紛紛被子彈射中，應聲倒下，最後連將軍都不幸爲國捐軀。將軍被擊倒時，最後一支防禦隊伍也想作鳥獸散，但此時年輕人站出來，登高一呼：「我們不能讓祖國滅亡！跟著我，天佑吾王！」

所有的人都跟著他衝了上去，年輕人挺身在前，勇敢地與敵軍搏鬥，最後他們成功地將敵國的軍隊擊退。

國王聽說，他是贏得這場戰役的大功臣，便提拔他爲大元帥，賞賜他許多金銀珠寶，一下

子，他就成了全國地位最顯赫的人。

國王有個女兒，雖然人長得美，性格卻非常古怪，她曾向天發誓，只嫁給願意在她死後，活埋在她身旁的人。「如果他眞心愛我，」這位公主說，「我死後，他一個人活著有什麼意思？」反過來，如果丈夫先去世，她也會願意與他同葬。

這個古怪的誓言，嚇退了不少年輕的求婚者。但這位年輕人被公主的美貌迷住了，他不顧一切，請求國王把公主嫁給他。

「你知道要答應她什麼條件吧？」國王擔心地問。

「如果她比我早死，我必須跟她一起進墳墓，」年輕人說，「因爲我深愛著她，這個危險我不在乎。」

於是，國王同意他們的婚事。婚禮舉辦得盛大又隆重。

他們在一起過了一段幸福的日子。但是有一天，公主突然生了重病，任何醫生都無法醫治她。公主去世了，年輕的駙馬想起自己曾經許下的誓言，忍不住打了好幾個哆嗦。即使他想逃走，也無路可去，因爲國王已經派衛兵守住王室的陵寢和所有的出入口。公主的屍體下葬到王室陵墓的那天，駙馬也被一起帶進了陵墓。然後，國王親自把墓門閂上，並牢牢鎖住。

墓室裡的棺木旁放了一張桌子，桌子上擺了四支蠟燭、四大塊麵包和四瓶葡萄酒。他鎭日坐在公主的屍體旁，每餐只吃幾口麵包，喝一小口酒，盡量節省食物，以延長性命。當他嚼著最後一片麵包，喝下最後一口酒，蠟燭剩下最後一吋，他知道自己大限將至。

但是當他絕望地坐在墓室，突然看到一隻蛇從墓穴的角落鑽出，朝屍體的方向前進。他以爲蛇要去咬屍體，所以趕緊拔出劍。「只要我還活著，你別想碰她一下！」說完，他大劍一揮，砍了三次，把蛇切成好幾段。

過一會兒，又有一條蛇從角落爬出來，那條蛇看到前一條蛇死了，牠把屍體的傷口好好端詳一遍，然後就退了回去。不一會兒那條蛇馬上又回來了，嘴裡含了三片綠葉。牠小心地把死蛇被斬斷的身子接在一起，將葉子敷在傷口上。接著，分裂的蛇身馬上兜攏起來，牠動了動，又變回一條活蛇。兩條蛇一起迅速溜走了。

那三片葉子仍然留在原地。年輕的駙馬心想，如果這三片葉子擁有讓蛇死而復生的神奇力量，是不是也能救人？於是他撿起葉子，將之平放在公主蒼白的臉上，一片放在嘴上，另外兩片則放在眼睛上。

他才剛起手，血液就開始在公主的血管裡流動起來，公主的臉色瞬間轉爲紅潤，她吸了一口氣，張開雙眼。

「啊，上帝，我這是在哪兒？」

「你跟我在一起呀，親愛的妻子，」接著他把發生過的一切全部告訴公主。他把最後一口麵包，最後一滴酒給公主充飢之後，他們一起走向墓門，一邊捶門，一邊大喊。防守在外的衛兵聽見墓穴裡的喊叫聲，趕緊向國王報告。

國王聽了馬上來到女兒的陵墓，親自打開墓門。門一開，公主就興奮地跳到國王的懷裡，國王握著駙馬的手，公主的死而復生讓大家開心不已。

年輕的駙馬是一個謹慎的人，他並沒有把蛇葉讓公主復活的事情告訴任何人。他身旁有個正直守信用的僕人，他把三片蛇葉託付給這位僕人。「好好保管這三片葉子，」他對僕人說，「隨時帶在身邊，也許有一天，這三片葉子能夠幫助我們脫困。」

公主重獲新生之後，整個變了一個人；她對丈夫滿腔的愛意，現在已經乾涸消失。然而，她還是假裝愛他，當丈夫提議要乘船跨海去探望他的老父親時，她滿心歡喜一口答應。「喔，我親愛的、高貴的公公，能與他見面是我莫大的榮幸！」她說道。

等他們一上船，公主把丈夫對她忠誠的愛全都忘得一乾二淨，因爲她的內心湧起一股對船長的強烈渴望，只想睡上他的床。果然沒多久，他們倆就親親我我，成爲一對戀人。有一天，躺在船長臂彎裡的公主，悄聲對他說：「如果我丈夫死掉就好了！我們倆個會是一對神仙眷侶的！」

「包在我身上！」船長說道。

他拿出一長段繩子，帶著公主偷偷地溜進駙馬的船艙。見他正熟睡，公主握著繩子的一端，另一端由船長拿去纏繞駙馬的脖子，繞完以後，他們倆合力拉緊繩子，這可憐的人不斷地掙扎，最後還是被勒死了。

公主抱著死去丈夫的頭，船長抱著腳，他們倆合力把屍體扔到海裡去。「我們現在就回家去，」公主說，「我會告訴爸爸，丈夫在航行中不幸喪生，並在他面前大力誇獎你，稱讚你，讓他同意我們的婚事，如此一來，你就可以等著繼承他的王國了！」

但是這一切都沒有逃過忠實僕人的眼睛。等公主和船長一轉身，他就悄悄地從大船上放下一支小船，坐船回航，去尋找他的主人。他很快就發現主人的屍體，他將屍體打撈上船，解開屍體脖子上的線繩，最後將隨身攜帶的蛇葉放在他的眼睛和嘴上，主人即刻恢復了生命。

主僕二人不分日夜地奮力搖槳，中途也不作任何停留。小船乘風破浪，行駛的速度飛快，最後他們比大船早一天回到皇宮。國王看到只有他們兩人回國，非常吃驚。

「發生了什麼事？」他問道，「我的女兒呢？」

他們把事情的經過，一五一十地告訴國王，國王聽了女兒醜惡的行徑非常震驚。

「我不敢相信女兒會做出這種事，不過很快就會眞相大白的。」

當公主的大船抵達岸邊，國王讓年輕人和他的僕人先躲進密室，就可以聽到所有的對話。

公主穿著全身黑，一臉哀戚來到國王跟前。

「你怎麼一個人回來了？你的丈夫呢？為什麼你身著喪服？」國王問道。

「喔，親愛的爸爸，」她回答說，「因爲我傷痛欲絕啊！我的丈夫得了黃熱病，後來不幸死了。船長和我不得不將他葬在海裡。如果沒有船長的幫忙，我不知道該怎麼辦，船長眞是個好人，他在親愛的丈夫病危時隨侍在旁，不顧危險細心照顧他，他可以告訴你事情完整的經過。」

「所以，你的意思是你的丈夫已經死了？我來看看能否讓他起死回生，」國王接著說。

他打開密室的門，邀請另外兩位神祕聽眾進到大廳。

公主一見到自己的丈夫，如同遭雷擊一般，昏倒在地。她忙不迭地爲自己的行爲找理由：可能是丈夫黃熱病時產生幻覺；也可能是他那時僅是全身癱瘓，卻被誤認爲病死了。但僕人馬上拿出那條線繩當作謀殺的證據，由於舉證歷歷，公主只好承認自己的罪行。

「是的，人是我們殺的，」公主啜泣著，「但是請父親高抬貴手，饒了我們吧！」

「這是不能饒恕的，」國王說，「你的丈夫甘願與你同葬，他又給你新生命；而你卻趁他熟睡之際殺害他。你應該得到報應。」

兩個罪人被裝上一艘底部有漏洞的船，運往大海，不久就被巨浪吞沒，再也沒有回來。

童話類型——ATU 612，〈三片蛇葉〉
故事來源——來自尤翰．費得瑞奇．克勞斯（Johann Friedrich Krause）和凡霍克斯豪森（von Haxthausen）家族的口述故事。
類似故事——卡爾維諾的〈上尉與將軍〉（The Captain and the General）和〈獅子草〉（The Lion's Grass）（《義大利童話》）

這是則生動且趣味十足的故事。故事可區分爲前後兩半，前半段氣氛魔幻，後半段則是浪漫與寫實交錯。格林兄弟的版本將前後兩段故事，藉由故事標題的蛇葉，巧妙地連結在一起。我只更動年輕駙馬遭謀殺的一小片段，其餘的則忠於格林兄弟的原著。格林兄弟的原版故事，僅把男主角丟入海中，但是卡爾維諾所寫的兩個類似故事中，男主角都有被處決的描述。在〈上尉與將軍〉中，男主角是被槍決而死，而在〈獅子草〉裡，男主角則是被判絞刑而死，他們的死都是毫無爭議的，因此才能利用神奇的藥草讓他們死而復生。我認爲故事中的年輕人，必須以一種戲劇性而又必死無疑的方法死去，所以我選擇讓他被繩子勒斃，而繩子的存在，也可當作僕人提供的謀殺證據。

那條蛇到底被砍成幾段？這問題困惑了所有人，包括格林兄弟。德文的原文'und hieb sie in drei StÜcke'寫得非常明確，就是「把牠砍成三段」的意思。無論是大衛．路克、萊夫．曼罕姆（Ralph Mannheim）或是傑克．載波的英譯本，都直接保留故事原意。不過，若砍成三段，那年輕人只需砍兩刀，而兩個傷口只需兩片葉子，而非三片。因此我們必須想想重點爲何，才能決定如何下筆。數字「三」絕對是重點（三片葉子，

分別放在公主的眼睛和嘴巴上，是古典童話中「三的法則」之體現），因爲我們需要三個傷口，讓第二條蛇來放置葉子，所以劍要

砍三次，把蛇砍成四段，而非三段。但如果寫成「砍成四段」又無益於劇情發展。我認爲最好的解決方法，就是我如上的處理。

11

The Fisherman and His Wife

漁夫和他的妻子

從前有個漁夫，他和妻子住在一個簡陋的小棚子裡。小棚子污穢極了，又臭又髒，簡直和尿壺沒兩樣。漁夫每天都去釣魚，釣呀釣呀。有一天，他手持魚竿坐在那兒，等呀等呀。他看著清澈的海水，忽然，他的魚線往下沉，沉到海底。他起竿拉線，釣上來的，是一條巨大的比目魚。

比目魚對他說：「漁夫，放了我好嗎？你看看我，我不是普通的比目魚，我是一個中了魔法的王子！你殺了我有什麼用？我的味道一點也不好。把我放回水裡，讓我自由吧！」

「沒問題，」漁夫說，「你不用多說，我很願意把一條會說話的魚放生。」

說完，他把比目魚放回海水中，比目魚朝海底游去，身後拖著一條長長的血絲。

漁夫回到他骯髒的小棚子。

「你今天什麼都沒釣到？」妻子問道。

「有啊，」漁夫回答，「我釣到一條比目魚，非常巨大。但他告訴我他是一個中了魔法的王子，所以我就把牠放生了。」

「唉，你每次都那麼傻，」妻子說，「為什麼沒跟他要點東西？」

「我哪知道，」漁夫說，「那我要向他要什麼？」

「中了魔法的王子能給你一切，」妻子說，「看看我們住的這個小棚子，又髒又臭，下雨會漏水，牆上的架子一直掉落，眞是個糟糕的住處。你回去把比目魚叫上岸，告訴他你想要一間乾淨漂亮的小屋。快去！」

漁夫並不眞的想這麼做，但他深知違背妻子意思的下場，所以他硬著頭皮回到海邊。他發覺海水不再清澈，大海呈現出深綠色和混濁的黃色。

他站在岸邊呼喊：

大海裡的比目魚，
請你上岸把頭舉，
伊爾施比爾是我妻，
她說放走你太可惜。

比目魚果然朝他游了過來：「那麼，你的妻子想要什麼？」

「唉，你來了，」漁夫說，「你知道我並不想這麼做，但她說我應該向你要個東西。妻子有個願望，她厭倦了我們那間像尿壺一樣又髒又臭的小棚子，她要一間乾淨漂亮的小屋。」

「回去吧，」比目魚說，「她的願望已經實現。」

漁夫回到家，發現妻子站在一間乾淨漂亮的小屋前。

「你看！」妻子開心的說，「這間房子好多了！」

屋子前有個小花園，屋子裡有一間漂亮的起居室、一間擺著羽毛床鋪的臥房、一個廚房，還有一間拿來放食物的儲藏室。每個房間都擺設著高雅的家具，廚房裡的錫碗和銅鍋都被擦得發亮。屋後有個小院子，院子裡有個池塘，養了一群雞鴨，還有一個種滿蔬菜和果樹的小菜園。

「你看吧，我就說他無所不能，」妻子問道。

「沒錯，」漁夫說，「就這樣吧，我們可以生活得相當舒服了。」

「我們還得再想想，」妻子說。

隨後他們就吃晚餐睡覺了。

他們就這樣生活了一兩個星期。有一天，妻子說：「聽著，丈夫，這間屋子太窄了，我甚至無法在廚房轉身，菜園也很小，走沒幾步就逛完了。這房子不夠好。比目魚可以給我們一幢大一點的房子，對他來說沒有差別。我要住在一座大理石打造的大宅院裡。你回去找比目魚，叫牠給我們一座宮殿。」

「不，妻子，」漁夫說，「這間小屋已經夠好了，我們不必住在宮殿。妳要一座宮殿做什麼？」

「宮殿裡可以做的事太多了，」妻子說，「唉呀，你眞是個失敗主義者。快去，去跟他要一座宮殿。」

「噢，親愛的，我不知道……」漁夫說，「比目魚已經給我們這棟小屋子，我不想再麻煩他了，他會生氣的。」

「別這麼軟弱，這事對他來說輕而易舉，他不會在意的，快去！」

漁夫心情低落，他實在不想再去。「這樣是不對的，」他對自己說。但是最後他還是去了。

他來到海邊，海水又轉變顏色，呈現出深藍色、紫色和暗灰色。他站在岸邊，大聲呼喊：

大海裡的比目魚，
請你上岸把頭舉，
伊爾施比爾是我妻，
她說放走你太可惜。

「這次她想要什麼？」比目魚問道。

「嗯，她說你給的屋子太小了，她想要一座宮殿，」漁夫老實回答。

「回家吧，她已經站在宮殿門口了。」

漁夫回到家，發現小屋已經不見了，取而代之的是一座大理石打造的豪華宮殿。他的妻子站在樓梯的頂端，正準備開門進去。

「快上來！」妻子對他喊道，「別拖拖拉拉的，我們進去看看！」

他跟著妻子進入宮殿。迎面而來的是一座雄偉的大廳，地板鋪著黑白交錯的石磚。每一面牆都有好幾扇大門，每扇門邊都站著一位恭敬的僕人，他們彎身鞠躬，把門一一打開。門開了之後，他們往裡頭瞧，四面八方都有房間，房間的牆壁漆成純白色，牆面上掛著美麗的壁毯。每個房間的桌椅都是以純金製成，天花板懸掛著水晶吊燈，燈裡的一千顆鑽石相互輝映，富麗堂皇！地毯很厚，漁夫和妻子一腳踏下，地毯軟毛竟長達腳踝。餐廳裡一席盛宴，大餐桌上擺滿各式佳餚美酒，桌子得用橡樹樁支撐才不致於癱塌。宮殿外有個鋪滿純白色鵝卵石的大庭院，每顆鵝卵石都被擦拭得晶亮無比。庭院裡停著一排大大小小的緋紅色馬車，白色駿馬串連其間。當漁夫和妻子走出宮殿時，所有的馬兒都很有禮貌地低頭致意。庭院外延伸出一座花園，園子裡的花朵散發出迷人的氣味，香味綿延至好幾英里之遠，另外還有結實纍纍的蘋果樹、梨子樹、橘子樹和檸檬樹。花園外還有一個至少一英里長的大公園，公園裡放養著梅花鹿、麋鹿、野兔和各式各樣的珍奇異獸。

「這一切看來很理想吧？」妻子說。

「很好啊，」漁夫說，「就這樣吧。我們可以舒服地住在這宮殿裡，不需要別的了。」

「我們還得再想想，」妻子說，「先睡上一晚，明天再說。」

第二天一大早，妻子第一個起床。太陽剛升起，她坐在床上，欣賞著宮殿外的花園、公園，以及更遠的山陵。她身旁的丈夫還在滿足地打呼，就被她用指頭猛戳肋骨。她說：「丈夫，快起床！我要你看看窗外。」

他伸個懶腰，打個哈欠，勉強拖著身子到窗邊，「看什麼呀？」他問道。

「有花園是不錯，有個寬廣的公園也很好。但是你看看後頭的山林！我想要當國王，這樣我就可以擁有那片山林。」

「噢，妻子啊，」漁夫說，「我不想當國王，為何要當國王？我們連這宮殿的房間都還沒看完呢。」

「你這人的毛病，」妻子說，「就是一點野心也沒有。你不想當國王無所謂，我想。」

「唉呀，」漁夫說，「我不能再跟他要東西。他對我們已經很慷慨了，我不能這麼做。」

「你當然可以，別囉唆，快去！」

「噢，」漁夫嘆了一口氣，硬著頭皮去找比目魚。他心想，比目魚一定不喜歡這樣，但他還是去了。

當他抵達海邊，發現海水的顏色是深灰色，從海底升起的浪越堆越高，翻湧出陣陣惡臭。

漁夫對著海呼喊：

大海裡的比目魚，
請你上岸把頭舉，
伊爾施比爾是我妻，
她說放走你太可惜。

「這次是？」比目魚問道。

「很抱歉，這次她想當國王。」

「回家吧，她已經是一國之君了！」

當他回到家，發現宮殿已經是昨天的兩倍大，城門的入口還有一座高塔，塔上飄揚著緋紅色的國旗。大門口站著守衛的崗哨，當漁夫小心翼翼地走近宮殿，他們馬上鳴槍歡迎，他嚇一大跳，差點跌倒。接著鼓號手開始擊鼓吹號，城門應聲打開。

他躡手躡腳地走進宮殿。他發現宮殿裡所有的用品都鑲金，而且內部空間比之前大上一倍。只要有把手處都會安上流蘇。每一面牆壁都掛著漁夫和妻子的金框肖像，有的是他們穿上羅馬皇帝皇后的服飾，有的裝扮有如國王和皇后，也有打扮成天神和女神。牆上的每一座鐘在他走過時，都敲打出聲來歡迎。最後，一對大門打開了，朝中大臣都在門後的大廳等候著他。

「漁夫親王駕到，」皇家大總管以低沉的聲音喊道。

當他走了進去，上百位王公貴族對他打躬作揖，之後又切開一條通道，讓他走向王座。他一眼望去，王位上坐著的正是他的妻子。她身上穿著縫滿珍珠、藍寶石和翡翠的紅絲袍，頭戴金皇冠，手握鑲著紅寶石的權杖，那紅寶石起碼跟漁夫的腳拇指一樣大。她的身旁各站著一排宮廷侍女，個頭一個比一個矮小。她們在漁夫經過時，都屈膝行禮致意。

「妻子，」漁夫說，「你現在當上國王了吧？」

「是的，我當上國王了，」妻子說。

「我很替妳開心，」漁夫說，「這太好了，我們就沒什麼好再要求的了。」

「嗯，」妻子用手指敲打著王座的扶手，「我還不確定。我當國王當得很厭煩了，你回去找比目魚，跟他說我想當皇帝。」

「噢，妻子，妳想想看，」漁夫說，「他無法讓妳成為皇帝的，因為一個國家只能有一個皇帝，而現在已經有個皇帝了。」

「你竟敢這樣跟我講話！你別忘了，我是國王，你快遵照我的指示，去找比目魚。如果他能讓我當上國王，就能把我變成皇帝。快去！」

他上路了，但他很心虛。他邊走邊想，這樣下去肯定沒完沒了；總有一天比目魚會厭煩於這些永無止盡的願望。

當他到達海岸時，發現海水的顏色變得更深更濃了，海面波濤洶湧，海水自底層不斷翻湧上來，一陣強風將浪潮打碎爲泡沫。漁夫站在那兒對著海面說：

大海裡的比目魚，
請你上岸把頭舉，
伊爾施比爾是我妻，
她說放走你太可惜。

「好，你說吧，」比目魚說。

「她想當皇帝。」

「回家去吧，她已經是個皇帝了。」

男人回家了。他發現皇宮比上次的更高大，更雄偉，皇宮的四周建有砲塔，砲塔前架著整排的大砲。一整團的軍人正在皇宮外行軍，當他們見到漁夫，便畢恭畢敬地停下來對他行軍禮，此時，空中也響起震耳欲聾的禮炮。大門應聲敞開，他走了進去。眼見所及的建築物內部都鑲著金邊。他和妻子的雪白石膏雕像，威風凜凜地佇立在牆邊。漁夫所到之處，都有公爵和王子幫他開門，並恭敬地鞠躬。當他走進皇宮會客室，他看到妻子坐在一個巨大的王座上，以黃金打造的皇座足足有兩千英尺高。他大老遠就看到妻子，因爲她頭上戴著一頂三碼高，兩碼寬的大型皇冠，皇冠是黃金打造，上頭還鑲著紅寶石和翡翠。她一手握住權杖，一手拿著象徵帝國的聖球。兩列衛兵在她身旁一字排開，一個比一個矮小，從最前面高如王座的巨人，到最後比我的指頭還小的矮人，個個手持武器，站得筆直。成群的王公貴族也在場等候傳喚。

漁夫走到高聳的王位下，朝上呼喊：

「妻子，你現在是皇帝了？」

「我看起來如何？」

「你看起來氣勢十足。這麼一來，你應該可以停止發願了吧。」

「你眞是沒救了，一點進取心也沒有。我告訴你，當皇帝還不夠好。」

「唉呀，妻子，你又來了。」

「去找比目魚，說我想當教皇。」

「你怎能當教皇？在基督的世界裡，只能有一個教皇！」

「我是皇帝！」她咆哮著：「我現在命令你，去找比目魚，叫他讓我當上教皇。」

「不，妻子，這要求太過份了，我辦不到。」

「廢話少說！我命令你去你就得去！現在馬上出發！」

漁夫很害怕，他感覺糟透了，膝蓋不停地發抖。此時皇宮外狂風大作，抖落了樹上的葉子。當他抵達岸邊時，天色異常昏暗，海上波濤洶湧。狂風巨浪拍打岸頭岩石的聲音，有如大砲轟隆作響。遠處的船隻在翻騰起伏的海面上，鳴槍呼救。天空中僅剩的一小片藍天，也被血紅色的雲和閃電層層包圍著。

漁夫絕望地對著海面呼喊：

大海裡的比目魚，
請你上岸把頭舉，
伊爾施比爾是我妻，
她說放走你太可惜。

「這次她想要什麼？」
「她想當教皇。」
「回家吧，她已經是個教皇了。」
漁夫回到家，發現原本的城堡，已經變成一座高聳的教堂。教堂四周被大大小小的宮殿圍繞，但教堂的尖塔一枝獨秀，巍然佇立於宮殿之中。人群正如潮水般湧入，而門內更是人山人海，漁夫必須使力擠過人群才能進去。教堂裡燈火通明，上千盞燭火閃爍著光芒。教堂裡每個角落，都有神父在包廂裡傾聽人們的懺悔。教堂正中央，有一座巨大的金色寶座，而他的妻子正坐在上頭。她頭戴三頂大金冠，足登緋紅色禮鞋，身旁站著一排主教，等著跪地親吻她的右鞋尖；另有一排修道院院長，等著親吻她的左鞋尖。她的右手戴著一個如公雞一樣大的戒指，左手的戒指則像鵝一般大。她跟前站著一排樞機主教等著親吻她的右指環，另外一排大主教則排隊等著親吻她的左指環。
漁夫抬頭對妻子呼喊：「妻子，你現在當上教皇了。」
「我看起來如何？」
「我不知道，我沒看過教皇。你現在應該滿意了吧？」

她紋風不動地端坐著，不發一語。那些敬畏的親吻，聽起來有如成群結隊的麻雀在泥地上啄食。漁夫以爲妻子沒聽到他的問題，所以又再次大聲地問：「你現在應該滿意了吧？」

「我不知道，我也不確定。我再想想看。」

於是他們倆上床入睡。漁夫睡得很沉，因爲他白天忙壞了。他的妻子卻整夜輾轉難眠，她不能決定自己究竟滿意了沒，也想不出自己當了教皇後，還能當什麼。她睡得很糟。

太陽終於升起，當她看到第一束陽光，馬上起身坐在床上。

「我想到了！」她說，「丈夫，快醒醒！快點醒過來！」

她以指頭戳弄丈夫的肋骨，直到他一邊咕噥著，一邊張開雙眼。

「怎麼了？妳要做什麼？」

「快去找比目魚，我想當上帝。」

他一聽完全清醒了，立即坐起身。

「我想像上帝一樣，主宰日昇月落。我無法忍受自己看著日昇月落，卻對他們一點辦法也沒有。如果我是上帝，就能創造一切，也能讓一切倒轉。快去找比目魚，告訴他我想當上帝。」

他揉揉眼睛，定睛看著妻子。這女人瘋狂到令他害怕，他趕緊下床。

「現在就去！」她扯著嗓子，「快去！」

「噢，妻子，」這可憐的男人一腳跪下，哀求著，「妳再想一想吧，親愛的。比目魚讓妳當上皇帝，又讓妳成爲教皇，但他不能把妳變成上帝。這是不可能的事。」

聽到丈夫說的話，她氣得衝下床，發瘋似地踢他。她的髮絲狂亂地直豎起來，眼睛睜得又圓又大。她把睡袍撕裂，用盡全力嘶吼：「我受不了了，不能再等了，你簡直快把我逼瘋！快出門去找比目魚！」

漁夫緊張地一邊穿褲子，一邊跳出房門，跑向海岸。此時的海邊狂風暴雨，刮得他站立不穩，風雨無情地刮傷他的臉，樹木和房屋拔地而起，峭壁的落石翻飛於天際。海面上閃電雷擊。如教堂，如城堡，如高山般巨大的海浪奔騰而上，在浪尖上翻出白光閃閃的浪花。

大海裡的比目魚，
請你上岸把頭舉，
伊爾施比爾是我妻，
她說放走你太可惜。

「她想要什麼？」

「唉，她想當上帝。」

「回家吧，她又住回舊棚子了。」

她確實如此。他們一直在那兒生活到今天。

童話類型——ATU 555，〈漁夫和他的妻子〉（The Fisherman and His Wife）

故事來源——菲力普．歐托．朗格（Philip Otto Runge, 1777-1810）撰寫的故事

類似故事——阿法納西耶夫的〈金魚〉（The Goldfish，收錄於《俄羅斯童話》）；卡爾維諾的〈七個頭的龍〉（The Dragon with Seven Heads，收錄於《義大利童話》）；格林兄弟的〈金孩子們〉（The Golden Children，收錄於《格林童話》）

這是則風行已久且廣爲流傳的故事。卡爾維諾的〈七個頭的龍〉有相似的起頭，但是結局卻非常不同，展現另一種敘事的可能。

格林兄弟此一版本敘事生動，有著創造性極高的細節。如同格林童話也收錄的〈杜松樹的故事〉（頁二三九），這個故事出自浪漫派畫家菲力普．歐托．朗格之筆，他以生長地波美拉尼亞（Pomerania）的方言Platt-deutsch，也就是「低地德語」書寫而成，故事是這麼開始的：從前有個漁夫，他和妻子住在位於湖邊，一個像尿壺般又髒又臭的小棚子裡。

在兩位對民間故事極有興趣的作家克雷蒙斯．布倫塔諾（Clemens Brentano）和阿金姆．凡．亞寧的引介之下，格林兄弟讀到朗格的童話文稿。就格林所收錄的兩篇朗格的作品來看，朗格的文字和他的繪畫有著等高的造詣。他以絕佳的鋪陳和有效的敘述，層層堆疊出最後的高潮。越演越烈的暴風雨，象徵天神對漁夫妻子無止盡慾望的回應。

多數譯者將Pißputt翻譯爲「豬圈」，或類似含意的詞。我則找不到比「尿壺」更適合在此使用的詞了。

12

The Brave Little Tailor

勇敢的小裁縫

一個夏日早晨，有個小裁縫坐在頂樓的窗前，他翹著腳，心情很好，一邊望著窗外的街道，一邊起勁地縫衣服。這時，街上傳來一位老婦叫賣果醬的聲音。

「果醬喔！來買好吃的果醬！」

小裁縫覺得這叫賣聲很悅耳，便探出頭喊道：「把果醬拿上來吧，親愛的婦人，我想看看你的果醬。」

老婦扛著沉甸甸的籃子，賣力爬上三級台階，來到小裁縫的住處。小裁縫要她把所有的果醬一一打開，他仔細看了看罐子裡的果醬，拿起來嗅一嗅，並對著光線看看透不透光，還捧在手掌上掂掂看有多重。最後他說：「這罐草莓果醬看起來很不賴，我要買三盎司，親愛的婦人，如果秤多了，給我四分之一磅（四盎司）也沒關係，多一點果醬更好。」

「你不買一整罐嗎？」

「噢，不了，我的錢只夠買一點點。」

老婦不高興地把果醬秤給他，嘴裡嘮叨幾句

就離開了。

「願上帝賜福果醬，讓吃了果醬的人，身體強壯又健康！」小裁縫說著說著，便拿出刀子，切下一大片麵包，塗上果醬。

「這滋味一定很不錯，」他說，「但是我先做完這件外套再吃吧。」

他跳上裁縫桌，快活地拿起針線，越縫速度越快。這時，果醬的香氣飄散到空中，充滿整個房間，然後又飄出窗外。街上有一群蒼蠅正盤踞在狗屍體上方，牠們聞到了果醬的甜味，便循線飛到窗內尋找香氣的來源，最後停在麵包上。

「喂，是誰邀請你們上來的？」小裁縫一邊喊著，一邊揮手驅趕這群不速之客。可是蒼蠅聽不懂他的話，而且他們忙著吃果醬，根本沒注意到正在下逐客令的小裁縫。

小裁縫氣壞了。「好，這是你們自找的，」他一邊說，一邊抓起一條抹布，毫不留情地朝蒼蠅打去。等他回神一數，至少有七隻蒼蠅被他打得四腳朝天，一命嗚呼。

「唉呀，原來我的本事這麼高！」他說，「這應該讓全城知道。」

他趕緊拿起剪刀，裁下一條暗紅色的絲質肩帶，並繡上金色的字樣：「一次打死七條命！」

小裁縫把絲質肩帶繫上，攬鏡一照。

「唉呀，什麼全城呀，」他心想，「全世界都應該知道！」

他的內心雀躍不已，就像小羊愉快地搖著尾巴。他決心出門，讓世界瞧瞧他的過人膽識。離家前，他四下搜尋一番，看看有什麼東西可以帶上路，結果只找到一碗乳酪。他把乳酪挖空，裝進口袋，然後就下樓出門了。他穿過好幾條街道，在城門外發現一隻鳥被灌木叢纏住了，他順手救了這隻鳥，再把牠放進裝著乳酪的口袋裡，然後他就出城到世界去探險。他神情愉悅，腳步輕盈，一點都不覺得累。他沿著山路往上走，一直爬到山頂。山頂上坐著一個巨人，正在欣賞山下的風光。

小裁縫走上前對巨人說：「嗨，朋友！想不想去你眼前這片廣闊的大地闖一闖？我正打算到世界去試試運氣，有興趣跟我一起去嗎？」

巨人瞟了他一眼，輕蔑地說：「你這個矮冬瓜！沒用的小鬼！要我跟你這小癟三去試運氣？」

「噢，你真的這麼想？」小裁縫說著，便解開外套的扣子，露出他的絲質肩帶。巨人仔細地唸出肩帶上的字：「一次打死七條命！」他眼睛睜得很大。

「佩服！」巨人說道。但他還是想測試小裁縫，所以他說：「也許你可以一次打死七條命，但如果你打死的是像你這樣的鼠輩，那也沒什麼好驕傲的。你倒是讓我瞧瞧你到底有多強壯。」

巨人拿起一塊石頭，放在手裡使勁一捏，直到他的手顫抖不止，臉頰漲紅、爆出青筋。他施力很猛，還把石頭捏出水來。

「接下來換你了，要是你也那麼有力氣的話。」

「就這樣？」小裁縫說，「小事一樁，看我的。」

他拿出口袋裡的乳酪，放在手裡一捏。此時乳酪已經快變成乳清，當然一握就淌汁，乳清很快就從他手中流到地上。

「怎麼樣，是不是比你還厲害？」

巨人搔搔頭。「這個嘛……」巨人一時爲之語塞。「那……看你會不會這個。」

他撿起另一顆大石頭，把它朝天空用力一拋。石頭被拋得非常高，高到肉眼幾乎看不見。

「扔得不錯，」小裁縫說，「但是你瞧，你拋的石頭還是掉下來了。我可以做得比你高明。」

他伸手從口袋裡掏出那隻鳥，往空中一扔，鳥兒重獲自由，馬上往天空飛去，不一會兒就消失無蹤。

「被我扔上天的東西，從來沒有落下過，」小裁縫說，「你覺得如何，我的超大號朋友？」

「嗯，」巨人回答，「扔東西你還算行，不過眞正的考驗現在才要開始，讓我瞧瞧你能抬多重的東西。」

他帶小裁縫到森林邊緣，那兒有一棵剛被鋸斷的大橡樹。

「如果你眞有那麼強壯，就幫我抬這棵樹。」

「非常樂意，你扛樹幹，我來搬剩下的樹枝和樹葉。大家都知道這部份是最重的。」

巨人彎下腰，倒吸一口氣，然後一把將樹幹扛到肩膀上。小裁縫看到巨人無法轉頭，遂爬到後面的樹枝上，舒舒服服坐在那兒吹口哨。當巨人把整棵樹，外加小裁縫的重量都扛在肩上，吃力地行走時，小裁縫正愉快地吹著小曲《三個裁縫騎馬出遊》。

這棵樹實在是太大了，巨人走沒多久就累得走不動了。

「喂，聽著，」巨人大喊，「我走不動了。」小裁縫一聽，便敏捷地跳下來，雙手摟著樹枝，假裝他也在抬樹。

「你長得這麼高大，」小裁縫說，「連半棵樹都抬不動。噢，親愛的，你眞要多加練習才是。」

他們兩人繼續走了一會兒，又來到一棵櫻桃樹前。巨人抓住果樹最頂端的枝幹，把枝幹彎下來，讓小裁縫看到樹上最熟成的櫻桃。

「你先幫忙抓住這個枝幹，我把鞋底的石頭拿出來，」巨人說。可是要拉住這個枝幹，小裁縫的力氣太小了，巨人一鬆手，樹就彈回去了，小裁縫也跟著被彈上天。

還好小裁縫很機靈，而且他運氣好，摔在長滿綠草的河岸邊，他翻滾了幾圈，最後做了一個漂亮的後空翻，安然落地。

「哈，怎麼回事，這點力氣也沒有，連棵小樹都抓不住？」巨人說道。

「力氣倒是不缺，」小裁縫說，「這點小事，怎能難倒一次打死七條命的人？我跳離樹梢是因爲樹叢裡有獵人在開槍。我敢打賭，你跳不了我這麼高。不然你來試試。來吧！」

巨人接受挑戰。他太重，所以跳起來得花不少力氣，而且等他好不容易跳高，卻沒能跳過整棵樹，反而跌撞到樹頭，整個人卡在枝幹上。因此這回合，又讓小裁縫占了上風。

當巨人終於狼狽的爬下樹，他說：「如果你眞有這麼勇敢，就到我的山洞裡過夜。我和好幾個巨人住在一起，醜話說在前頭，他們可沒像我那麼容易取悅。」

小裁縫欣然接受巨人的邀請，兩人出發前往巨人的山洞。當他們到達洞口時，天色已暗，小裁縫看見火堆旁坐著兩個正在烤火的巨人，他們手中各拿著一隻烤羊，正呲牙裂嘴的撕咬著，嘴裡因爲咀嚼和吸吮，發出可怕的聲響。

小裁縫瞧一瞧四周的環境，然後說：「這裡比我的裁縫鋪寬敞多了。那我要睡在哪裡？」

巨人指著一張大床，要他睡在上頭。小裁縫立即跳到床上躺著，卻怎麼也睡不舒服。所以他趁著巨人們在火堆旁竊竊私語時，爬下床，在洞穴裡找個舒適的角落入睡。

夜深人靜的午夜，巨人以為小裁縫已經在大床上睡熟了，便起身拿了一根巨大的棒子，往床上猛力一打，大床馬上一分為二，裂成兩半。

「這隻『蚱蜢』應該命喪黃泉了吧，」他想。

第二天一大早，巨人們醒來之後，就動身前往森林。他們早就把小裁縫忘得一乾二淨。但是小裁縫一夜好眠，他睜開眼睛時就精神飽滿，神采奕奕地跳到巨人身後，又是吹口哨，又是唱歌，好不開心。巨人轉頭看到小裁縫時，個個都嚇得魂飛魄散，趕緊拔腿就跑。

「他還活著！」

「救命呀！」

「趕快逃命要緊！」

小裁縫見狀便對自己說：「巨人都走光了，那我就開始尋找下一段冒險吧。」

小裁縫繼續往前走，晃蕩了好幾天之後，來到一座雄偉的宮殿。宮殿上旗幟飛揚，衛兵正在交接，小裁縫坐在草地上欣賞宮殿美景。他感到一陣睡意襲來，就閉上雙眼，沒多久墜入了夢鄉。

當他沉睡時，路過的人們看到他身上別著暗紅色肩帶，上面繡著金色字樣「一次打死七條命」，紛紛走過來圍觀。大夥兒七嘴八舌地說：

「他一定是個驍勇善戰的沙場英雄！」

「但是他怎麼會躺在這裡？」

「就是嘛，畢竟現在已經沒有戰爭。」

「他一定是公爵之類的大人物，我看他臉上流露的高貴氣質就知道。」

「不，他應該是保護人民的沙場老將，見識過各種戰爭場面。即使在睡夢中，他還是流露著軍事風範。」

「『一次打死七條命！』實在太不可思議了。」

「我們應該去稟報國王才對。」

一行人馬上跑到皇宮去。國王仔細聆聽他們帶來的消息。他們跟國王說，如果不幸又發生戰爭，也許這位英雄又可以派上用場。

「你們講得很有道理，」國王立即召來軍事大臣。「等那名英雄醒來之後，」他對大臣說，「賞他一個大元帥的職位。這種人才若是落到他國手裡，我們可承擔不起這種風險。」

軍事大臣馬上動身去找小裁縫，他在熟睡的小裁縫身旁，恭敬地等到他睡醒。

「國王陛下想邀請您擔任大元帥，」軍事大臣說，「有一整個軍隊能立即供您差遣。」

「我就是爲這個而來！」小裁縫說，「我隨時準備爲國王效力。」

他受到軍儀隊隆重的歡迎，並被安排住進一間皇室住宅。他還可以設計自己的軍服。

但是他麾下的士兵對他受任要職，都抱持懷疑的態度。

「如果他不喜歡我們？」

「如果他強迫我們去做不樂意的事，而我們得跟他據理力爭呢？」

「唉呀！如果發生爭執，他大可一下撂倒七個人。我們只是平凡的小兵，怎麼也鬥不過他的。」

所有的士兵都在軍營中討論這件事，他們決定派遣代表去向國王請願。

「國王敝下，我們請求您解散軍團。因爲我們的元帥一次能打死七條人命，我們無法在他手下做事。他對我們是很大的威脅。」

「讓我想一想，」國王這樣回應。

他聽了很傷腦筋，因爲他不願爲了一個人而失去所有忠心的部下。但如果他對小裁縫下逐客令，誰知道會發生什麼可怕的事？小裁縫很可能殺了自己，也打死所有士兵，然後奪走王位，自立爲王。

國王苦思了很久，終於想出一個辦法。他派人去告訴小裁縫：「大元帥，有個只有你能達成的任務，像你這麼偉大的人物是不會拒絕這項請託的。在這個國家的某片森林裡，住著兩個巨人，他們在鄉下到處殺人放火，爲非作歹，沒有人敢靠近他們，深怕自己生命遭受威脅。如果你能把這兩個巨人處理掉，國王願意把唯一的女兒嫁給你，並贈予你半個王國當作嫁妝。此外，國王還派一百名騎兵協助你。」

「這眞是千載難逢的機會呀，」小裁縫心想，便答應道：「國王陛下，我很榮幸接受這項任務，我知道該怎麼對付巨人，那一百名騎兵就免了，一次奪走七條命的人，哪會怕區區兩個人。」

小裁縫出發了，他要一百名騎兵尾隨在後，只爲了壯大聲勢。當他們一行人走到森林外，他對隨行的騎兵說：「你們待在這裡等，我一個人就能對付那兩個巨人。我把巨人擺平之後，再叫你們進來。」

小裁縫大搖大擺地走進森林，他四處東張西望，沒多久，就找到了巨人。兩個大巨人正躺在一棵橡樹下睡覺，他們鼾聲如雷，把樹枝震得上下搖晃。小裁縫一刻也不浪費，他撿了滿滿兩口袋的石頭，然後就爬到橡樹上，順著樹枝一晃而下，滑到兩個巨人的正上方。

他把石頭一個接著一個的扔到其中一位巨人的胸口。剛開始，那巨人一點反應也沒有。後來他終於醒了，推推身旁的同伴說：「你丟石頭到我身上？你以爲這樣很好玩？」

「我沒有丟石頭到你身上！」另一個巨人反駁，「是你在作夢吧。」

接著他們又昏沉地睡去。小裁縫又開始丟石頭到另一個巨人身上，他被吵醒了，就對第一個巨人嚷嚷：「喂，你在幹嘛？」

「我什麼都沒做！你在說什麼？」

他們咕噥了一陣，但他們先前去打劫太累了，所以沒多久昏沉地睡去。接下來，小裁縫挑了一顆最大的石頭，仔細瞄準目標，咚的一聲，大石頭正好擊中巨人的鼻子。

被吵醒的巨人，發出一聲怒吼：「這太過份了！」他咆哮道：「我再也忍不住了！」

他使勁把另一個巨人推倒在樹上，樹幹被撞了一下，開始搖搖晃晃。小裁縫見狀趕快抱緊樹幹，以免從搖晃的樹上掉下來。坐穩後，他就安然地在樹上，觀賞兩個巨人使盡全力找對方算帳。被推倒的巨人不甘示弱地還擊，兩個巨人都怒不可抑，一人拔起一棵樹，對打起來。最後，他們兩敗俱傷，兩人同時虛弱的倒地而亡。

小裁縫立即跳到樹下。「眞是萬幸，他們沒有拔走我待的這棵樹，」他心想，「否則我就得像松鼠一樣跳到另一棵樹去了。不過我的家族一向以靈巧著稱，就算要跳也難不倒我！」

小裁縫拔出劍，在兩個巨人的胸前劃上幾刀，然後就收劍回到樹林外去找等候他的騎兵。

「事情已經解決了，」他說，「我把那兩個巨人都殺掉了。剛開始還蠻驚心動魄的，因爲他們兩個各拔了一棵樹來自我防衛。不過碰到像我這樣一次打死七條命的人來說，做什麼都是徒勞。」

「你沒受傷嗎？」

「沒有，一根汗毛也沒傷到。你看，只有外套被扯破。要是你們不相信，可以進林子去瞧瞧那兩個巨人的屍體。」

騎兵們策馬入林，他們發現兩個巨人倒在血泊中，旁邊還躺著連根拔起的大樹。

小裁縫回到皇宮，等著領取國王允諾過的獎賞。但是，國王早已後悔要把公主許配給眼前這個男人。畢竟他可能是一號危險人物。

「在我把女兒和半個王國交給你之前，我還有一事相求，像你這樣的英雄才能辦到，」國王說，「在森林裡有一隻可怕的犀牛，牠造成很多危害，我希望你能抓住牠。」

「國王陛下，這是小事一樁，」小裁縫說，「解決一隻犀牛比兩個巨人容易多了。」

他帶著一捆繩子和一把斧頭，就大搖大擺地往森林走去，他身後依舊跟著一整個軍團，當他們走到森林外，他照樣要求同行的士兵在林子外等候。一進林子沒多久，他就找到那頭犀牛。這頭猛獸一見到他，馬上朝他的方向衝來，彷彿要把他刺穿似的。然而他卻紋風不動站在原地，等那隻野獸衝到距離他約一碼的時候，他迅速閃到一旁。他身後有一棵樹，爆衝的犀牛來不及停下，犀牛角直直插進了樹幹，牠再也沒有力氣把角拔出，就這樣被樹幹困住了。

「漂亮的小野獸，」小裁縫說，「你被逮住了，是吧！」

他先把繩子繞在犀牛的脖子上，然後慢慢用斧頭砍下樹幹、把犀牛角移出來。這時，犀牛變得非常溫馴，牠順從地跟著小裁縫步出森林。

小裁縫把野獸帶回皇宮，獻給國王。

「噢，」國王說，「嗯，很好。最後還有一個任務。在你迎娶我的女兒之前，我要你去捕抓一頭野豬。牠到處破壞果園和農場，對人民造成很大的危害。我會派獵人陪你去。」

「好，我去。獵人倒是不用了，」小裁縫說完，獵人們鬆了一口氣。因爲每個跟野豬交手過的人，都不願再碰到牠。不過爲了壯大聲勢，獵人們還是浩浩蕩蕩地跟在小裁縫後面。他們在林子外停下來，一邊玩骰子，一邊等待主子回來帶他們歸營。

樹林裡有一座禮拜堂，小裁縫在教堂外等候野豬，因爲他知道野豬一聞到他的氣味就會被吸引而來。沒多久，這隻龐然大物果然碰碰碰地踩過樹叢野枝，向禮拜堂直奔而來。牠口冒白沫，咧著一嘴如剃刀般銳利的牙，張牙舞爪地衝向小裁縫。小裁縫見狀馬上躲進禮拜堂，野豬當然緊跟在後。

野豬一進入禮拜堂，小裁縫就跳出窗外，在野豬還不知小裁縫去向何處之際，小裁縫快速地繞回門口，把門緊緊鎖上。野豬就這樣被捕獲了。獵人們齊聲鼓掌叫好，吹著號角，一路簇擁著小裁縫回到皇宮。

這位獵獸英雄將好消息告訴國王，國王已經找不到拒絕的理由，不管他有多不願意，只能履行諾言，將女兒嫁給小裁縫。婚禮舉辦得盛大又隆重，卻缺少歡樂。小裁縫也因此當上了國王。

過了一段時間，年輕的皇后聽到丈夫在夜裡喃喃地說：「徒弟，快把那件外套縫好，把那條褲子補好，否則，我就用碼尺敲碎你的耳朵。」

隔天皇后去找她的父王。「爸爸，」她抱怨說，「我認爲我的丈夫不過是個普通的小裁縫。」然後她把昨天夜裡聽到丈夫說的夢話，全都告訴父親。

「妳知道的，我早就懷疑他的出身了，」國王回了女兒的話，「我們就這麼辦吧！今晚入睡前，妳把臥房的門開著，我派幾個僕人守在門外。等那傢伙睡著之後，妳再小聲地到門口通知我的僕人。他們會進房把他綁好，抬到一艘航向中國的慢船上。」

皇后覺得這個計畫好極了。然而，她和父親的對話，被國王的小護劍官聽到了，他非常景仰新任國王的膽識，所以就把這個陰謀全告訴他。

「我要拆穿這個陰謀，」小裁縫聽了馬上說，「這件事交給我來處理。」

當天夜裡，他按照往常睡覺時間就寢。她的妻子以為他睡著了，便躡手躡腳地走到門口。沒想到假裝熟睡的小裁縫，此時卻開始大喊：「徒弟！把那件外套縫好，快點把那件褲子補好，否則我就用碼尺把你的耳朵敲碎。我已經一次打死七條命、殺了兩個巨人、馴服一隻凶猛的犀牛，還捕獲一頭蠻橫的野豬。難道我還怕那些在門外害怕發抖的僕人嗎？」

僕人們一聽，個個聞風喪膽，好像有野獸在追趕他們似的，馬上拔腿就跑。從此，再也沒有人敢動他一根汗毛。

於是，小裁縫當了國王，直到他去世為止。

◆ ◆ ◆

童話類型——ATU 1640，〈勇敢的小裁縫〉（The Brave Little Tailor）

故事來源——取材於馬汀祭斯．孟塔努（Martinus Montanus）於一五五七年出版的故事集《捷徑》（*wegkürtzer*）

類似故事——阿法納西耶夫的〈佛瑪．貝連尼柯夫〉和〈傻子伊凡〉（《俄羅斯童話》）；布麗格的〈勇敢的裁縫約翰．葛萊克〉（John Glaick, the Brave Tailor，收錄於《大英民間故事》）；卡爾維諾的〈大力傑克，一下打死五百個〉（Jack Strong, Slayer of Five Hundred）和〈喬凡．巴倫托〉（John Balento）（皆為《義大利童話》）

這是則流傳甚廣的故事，許多語言都存在類似的情節。故事中這名小不隆冬，卻敏捷而機智的角色，一直是所有讀者的最愛。小裁縫智取有勇無謀的大巨人的情節，更為大家所津津樂道。在這類「大衛對抗巨人歌利亞」的故事中，以格林兄弟這則童話最廣為人知，也是最活潑生動的版本之一。

俗話說：「九個裁縫師湊得上一個男子漢。」然而，我們很難明白道理何在。

13

Cinderella

灰姑娘

從前有個有錢人，他的妻子生了重病。當她覺得自己將不久於人世，就把唯一的女兒叫來床前。

「我親愛的孩子，」她說，「妳要像黃金一樣高尚，像綿羊一樣柔順，若是這樣，上帝會永遠保護妳。而我，也會在天上俯看著妳，陪伴在妳身旁。」她說完這些話，便閉上眼睛死去。

日復一日，女孩都到母親位於鴿舍旁的墳墓前慟哭，而她也如母親所希望，像黃金一樣高尚，像綿羊一樣柔順。冬天來了，皚皚白雪猶如一層白布覆蓋在母親的墳墓上，當春天的陽光把雪融化，女孩的父親娶了一個新的妻子。

他的新任妻子有兩個女兒。她們生得很美，但是心腸不好，自私又傲慢。婚禮過後，他們搬進一間大房子。自此之後，可憐的小姑娘就開始過著悲慘的日子。

「那個愚蠢的丫頭怎麼配和我們坐在屋子裡？」她們會這麼說，「想吃麵包就得工作，廚房才是跟她最相稱的地方。」

她們拿走母親幫她縫製的漂亮衣服，只給她灰色裙子和木鞋穿。

「瞧！這漂亮的公主打扮成什麼樣子了，穿得可眞美呀！」她們一邊嘲弄她，一邊把她帶到廚房。

在那兒，她必須像個奴隸般，從清晨工作到半夜。天才剛亮，她就得起床，去井邊提水、清理壁爐、生火、煮飯、洗衣。更糟的是，兩個姊姊還想盡辦法欺負她。她們嘲笑她，在同伴面前羞辱她，這群人還發明了一個自娛的遊戲：她們把豌豆和扁豆倒在灰裡，要她坐在地上把豆子挑出來。每當夜晚來臨，她最疲憊不堪的時候，可有一張舒服的床迎接她？沒有。她只能躺在灶邊的煤灰裡。因爲她根本沒有時間清洗自己，所以成天髒兮兮，總是渾身是灰。

因此，她們給她起了一個特別的名字。

「我們該叫她什麼？『灰臉兒』？」

「『髒屁股』？」

「『灰妹妹』？」

「『灰姑娘』！這個名字最好！」

有一天，父親要到城裡去做生意。他問繼女們想要什麼。

「衣服！」一個說，「要很多很多漂亮的衣服！」

「我要首飾！」另一個接著說，「珍珠和紅寶石。」

「那妳呢？灰姑娘？」父親問。

「爸爸，請您把回家路上，第一個碰到您的帽子的樹枝折下，帶回家給我。」

於是，父親爲兩個繼女買了漂亮的衣裳和貴重的珠寶。他回家途中經過一片樹林，一株榛樹的樹枝劃過他的帽子，所以他就折下這節樹枝，帶回去給灰姑娘。

灰姑娘謝過父親之後，來到母親的墳前。她把樹枝插種在母親的墳上，用淚水澆灌它，不久，小樹枝竟然長成一棵美麗的榛樹。灰姑娘每天照三餐去照料這棵樹，而這棵樹也深得鳥兒的喜愛，連鴿子都前來築巢孵蛋。

有一天，皇室捎來一份邀請函。國王要舉辦一個盛大的舞會，舞會持續三天，全國的年輕女孩都受邀了，因爲王子要從舞會中挑選新娘。繼母的兩個女兒聽到這個消息，都開心得不得了，紛紛開始準備舞會的行頭。

「灰姑娘！快來幫我梳頭。噢，別扯那麼用力，小心點！去把鞋子上的扣環擦亮，我的禮服要露出手臂。給我戴上妳媽給妳的那條項鍊。我的頭髮要像畫裡的女孩那樣盤起來。噢不，別綁那麼緊，妳這個笨手笨腳的丫頭。」

灰姑娘盡力達到姊姊們的要求，但眼淚卻不聽使喚地落下，因爲她何嘗不想去參加舞會呢。她懇求繼母，讓她跟姊姊們一起去。

「就憑妳？妳以爲妳是誰？不過是個渾身是灰的懶丫頭！沒有迷人的外表，高雅的談吐，得宜的舉止，妳拿什麼出席上流社會的舞會？妳還是乖乖回去廚房裡幹活吧！」

灰姑娘一再懇求，最後繼母失去耐性，把一碗扁豆灑到煤灰裡。

「給妳兩小時，把豆子撿起來，」繼母說，「再挑出好豆子。做完就讓妳去參加舞會。」

灰姑娘一聽，便走出後門，來到花園。她站在榛樹下，對著天空喊著：

「小鴿子和小斑鳩，

天上所有的鳥兒呀，
煤灰裡藏著寶石，
幫我挑出好豆子，
好的放盆底，
壞的進嘴裡。」

灰姑娘一說完，兩隻斑鳩從廚房的窗戶飛了進來，開始啄食煤灰裡的扁豆。牠們在爐灰裡低著頭，嗶剝嗶剝地啄呀啄。接著，一群斑尾林鴿也來幫忙，天上陸續又飛來領鴿、歐鴿和原鴿，一起在爐灰裡嗶剝嗶剝地啄呀啄。不到一個小時，他們把分類工作完成，然後就飛出房門了。

灰姑娘把挑好的豆子拿去給繼母，她滿心歡喜，以爲自己可以參加舞會了。可是繼母卻說：「不行，灰姑娘，妳沒有稱頭的衣服，也不懂如何跳舞。妳想成爲大家的笑柄嗎？」她又灑了兩碗扁豆到煤灰裡，然後說：「去把這些扁豆挑出來，如果妳一小時內完成任務，我就准許你參加舞會。」

灰姑娘心想：「這個她永遠都做不到。」

她再度走出後門，來到母親墳前的榛樹下。她說：

「天上鳥兒來幫忙，
請你飛到榛樹下

煤灰裡藏著寶石，
幫我挑出好豆子，
好的放盆底，
壞的進嘴裡。」

這時，兩隻白鴿翩然飛入廚房，開始在煤灰堆裡嗶剝嗶剝的啄呀啄。接著來了知更鳥、黑鳥、鷦鴒、畫眉鳥、槲鶇和鷦鷯，牠們成雙成對地出現，努力在煤灰裡嗶剝嗶剝的啄呀啄。不到半小時，豆子就挑好了。灰姑娘端著整碗好豆子去給繼母看，她很天眞，以爲這回繼母一定會答應讓她去參加舞會。

「不行，」繼母挖苦地說，「妳連雙像樣的鞋也沒有。哪有人穿木鞋去參加王子舉辦的舞會？人們會把妳當傻蛋。跟妳走在一起太丟我們的臉了。」

說完，繼母就跟兩個女兒離開去參加舞會，留下灰姑娘一人。

灰姑娘把自己從頭到腳清洗乾淨，然後將一頭長髮梳整齊，不留一絲煤灰。梳洗乾淨之後，她走出後門，對那棵榛樹呢喃著：

「榛樹呀榛樹，聽我說！
搖搖你的葉，讓我自由！
我是貧窮又可憐的女奴，
請賜我一套美麗晚禮服。」

「什麼顏色的禮服？」樹葉輕輕地問。

「我想要一套如星光般璀璨的晚禮服！」

樹葉開始動了起來，靠近灰姑娘的那根最低的樹枝上，懸掛著一套如星光般璀璨的晚禮服，旁邊還有一雙絲線編織而成的禮鞋。

「謝謝你！」灰姑娘說完，便把禮服拿到屋內換上。

禮服非常合身。她沒有鏡子，不然就能看到穿著禮服的自己有多美！當她到達舞會現場，她不敢相信自己會受到如此尊榮的待遇，大家都讓路給她，女士們邀她同桌共飲，受人敬重的動爵們邀她共舞。在她的生命裡，很少有人對她好。她對於自己如此受到歡迎感到相當不習慣。

但是，她並沒有與任何動爵共舞，無論他是年輕還是年長，富有或是英俊。只有當王子前來對她一鞠躬，向她邀舞時，她才起身，跟隨王子到舞池上跳舞。她的舞姿輕盈優雅，每個人都停下來欣賞她與王子曼妙的雙人舞，連她的兩位姊姊也是。她們完全沒認出灰姑娘，以爲她還在家裡與煤灰爲伍。眼前這位美麗的女孩被她們認定是來自遠方的公主。事實上，兩位姐姐對於這位陌生女孩，有種奇特的感覺。盛裝的灰姑娘，既脫俗又純潔，她的美融化了她們善妒的鐵石心腸，她們眞心景仰這位來自遠方的美人。

然而灰姑娘並沒有久待。她與王子跳舞時，王子要灰姑娘答應只能與他共舞，最後她只能趁音樂間奏時，偷溜到外頭，一路跑回家去。

王子一看到灰姑娘離開，趕緊尾隨在後，但是她實在跑得太快了，王子沒跟上，在回到家前，她已消失無蹤。王子在原地等待，此時灰姑娘的爸爸出現了。

「您有看到一位神祕的公主嗎?」王子問道。「我想她跑進您的鴿舍裡去了。」

灰姑娘的爸爸心想,「他講的公主不會是我的灰姑娘吧?」他進門拿了鴿舍的鑰匙,開門一看,裡頭連個人影也沒有。王子只好失望地回舞會去。

見王子離去,灰姑娘才從鴿舍後出來,她脫下星光禮服和絲質禮鞋,將他們一一掛回榛樹上。一掛上,樹葉開始晃動起來,不一會兒,禮服和禮鞋就消失不見了。她穿回自己的舊衣,挨在冷冰冰的壁爐旁入睡。當她的繼母和女兒回到家,灰姑娘立即被搖醒,姊姊們要求她快把身上的馬甲拿掉,姊妹穿著馬甲簡直不能呼吸。

「呼!這樣好多了!」一個姊姊說。

「喔,灰姑娘,你應該去舞會看看的,」另一個接著說。

「簡直嘆爲觀止!」她們繼續談論舞會的一切。「有一位來自遠方的公主,大家都不知道她的名字,王子除了她,不願和其他姑娘共舞。你不會相信她有多美。我彷彿還看得見她美麗的身影!她身上穿著最漂亮的禮服,有如星光般璀璨!不知道去哪兒才能找到這麼美的禮服!我們國家應該沒有人製作得出來。唉呀,灰姑娘,妳絕對不相信,她的出現,讓大家都相形失色,即使是我們也比不上啊!」

隔天兩姊妹花上更久的時間裝扮。灰姑娘幫忙把姐姐堅硬的頭髮各梳一百次,才梳順了。她也協助姐姐把馬甲束得更緊,並把她們的鞋子擦亮到可以照得到自己的臉。

當她們終於出門,灰姑娘趕緊跑到外頭,對著榛樹呢喃著:

榛樹呀榛樹,

再為我搖搖你的葉！
帶我遠離愁苦，
請再賜我一套禮服！

「什麼顏色的禮服？」樹葉問道。

「我想要一套如月光般皎潔的禮服。」

樹葉一陣搖晃，一套禮服瞬間高掛枝頭，禮服有如銀色月光般溫柔皎潔，旁邊還搭配一雙銀色禮鞋。

「謝謝你！」她輕輕地道謝後，馬上將禮服禮鞋穿上，出門參加舞會。

王子老早就在等灰姑娘了，她一到達舞會現場，王子馬上趨前邀她共舞。當別人來請灰姑娘跳舞時，王子便說：「抱歉，這位小姐是我的舞伴。」

舞會如前一晚般結束了，但灰姑娘的現身引發更多興奮的討論和揣測。這位陌生的可人兒究竟來自何方？她一定是遠方某個富庶王國的公主。可惜沒人知道答案。大家甚至不知道這位姑娘何時溜走的，除了王子以外。王子在黑暗中追著這位神祕的姑娘，一直追到她家。花園裡有一棵美麗的梨樹，樹上結滿了梨子。灰姑娘爬上樹，躲在茂密的樹枝和果實之間。王子搞不清楚她溜去哪兒了。

灰姑娘的爸爸回到家，發現王子又在原地徘徊。

「我想她爬上這棵樹了，」王子說道。

爸爸心想，「爬樹的該不會是灰姑娘吧？」

他拿來斧頭，把樹砍了。但是倒下的樹半個人影也沒有。灰姑娘早就溜下樹，把月光禮服和禮鞋掛回榛樹，然後照常回到煤灰堆裡蜷曲著。

第三晚來了，和前兩晚一樣，繼母帶著兩個女兒出門參加舞會。灰姑娘跟榛樹呢喃著：

榛樹呀榛樹，
再給我一套美麗的禮服，
這是舞會最後一晚，
請讓今夜永誌難忘！

「什麼顏色的禮服？」樹葉問道。

「這次我想要一套如陽光般明亮的禮服，」她回答。

樹葉再次開始搖晃，突然從樹梢落下一套禮服，禮服實在太美了，灰姑娘捨不得碰它。禮服是純金打造，閃耀著如早晨陽光般耀眼的色澤。旁邊還附上一雙搭配禮服的金色禮鞋。

「謝謝你！」灰姑娘說。

在舞會裡，王子的目光僅停留在灰姑娘一個人的身上，他們跳了整晚的舞，他一刻也不願離開灰姑娘。當她告訴王子她必須離開，王子當然也想跟隨。灰姑娘只好趁王子不注意時趕緊溜走。但這回王子變聰明了，他讓人在階梯上塗上瀝青，當灰姑娘奔下台階時，一只禮鞋被瀝青黏住了，灰姑娘趕著回家，只好把鞋子留在階梯上。

王子把鞋子撿起，不肯讓任何人碰它。他親自把鞋子上的瀝青洗淨，發現那是一只純金

製成的鞋。

隔天早上，皇宮發出一個公告：「在皇家舞會中遺失舞鞋的女孩，請到皇宮來領回。王子將迎娶鞋子的主人。」

全國的女孩，包括貴族淑女、侍女、農家女孩，或是來自外國的公主們，沒有人能穿得上這只鞋。最後王子終於來到灰姑娘的家，輪到姐姐們來試鞋。她們的腳型很美，線條柔和，姊妹相當引以爲豪，兩人都認爲自己的腳一定可以穿得下那只鞋。她們的媽媽爲了以防萬一，在第一個女兒去試鞋前，把她拉到一旁低聲地說：「如果鞋子不合腳，拿這把刀子，削掉一節腳踝。忍一下痛，妳就是皇后了。」

這位姐姐進到房間裡試鞋，但她的腳太大了，所以她聽從母親的建議，將足踝削了一節。她硬是把流著血的腳塞進鞋子，一跛一跛地走出寢宮，試圖強顏歡笑。

王子必須履行諾言，娶她爲妻。他上前攙扶，協助她上馬。但是當他們一同騎著馬離去時，榛樹上的鴿子叫著：

咕咕，咕咕咕，
血在鞋裡淌，
鞋子不合這姑娘，
真正的新娘還在家中晾。

王子往下一看，發現鴿子說的沒錯，姑娘的腳上不斷湧出鮮血。他調轉馬頭，把「新娘」

送回。

繼母告訴另一個女兒：「如果鞋子不合腳，就用這把刀把大拇指削掉。痛不了多久，妳就可以和王子成婚。」

這個女兒也按照母親的建議，把淌血的腳擠進鞋子裡，王子把她扶上馬，帶回皇宮的途中，榛樹上的鴿子又叫道：

咕咕，咕咕咕，
血在鞋裡淌，
鞋子不合這姑娘，
真正的新娘還在家中晾。

王子再度調轉馬頭，把假新娘送回家。他跟灰姑娘的父親說：「我的確跟蹤那位神祕的公主到您這裡，您還有別的女兒嗎？」

「我確實還有一位叫做『灰姑娘』的女兒，但不可能是她。」

「對，不可能是她！」繼母也應和著，「王子陛下，我們不能讓她出來，她太髒了，會汙蔑您的尊容。」

「如果您們還有另一位女兒，請務必讓我瞧瞧，」王子堅決地說，「現在就叫她出來吧。」所以他們只好把灰姑娘從廚房裡叫出來。她先將自己清洗乾淨才出來與王子見面，當然，姐姐們也得把金色禮鞋的血漬洗掉，所以王子等了一會兒。灰姑娘終於出現時，她對王子行禮如儀，一看到灰姑娘，王子的心噗通噗通跳個不停。灰姑娘坐下，將金色禮鞋套在腳上，金鞋就像爲她量身訂做一樣，不大不小，正好合腳。

繼母和兩個姐姐看了，嚇得目瞪口呆，臉色發白，差點氣得把自己的手指頭咬掉。

王子把灰姑娘抱上馬，載她回皇宮。榛樹上的鴿子們叫著：

咕咕，咕咕咕，
鞋裡沒了血，
腳在鞋中歇，
真正的新娘已出現。

鴿子叫完，飛落到灰姑娘的肩上，一隻在左，一隻在右。

皇室舉行婚禮時，兩位姐姐前來討好這對新人，想分享灰姑娘的幸福。當新郎新娘走進教堂時，大姐跟在右邊，二姐跟在左邊：兩隻鴿子飛來啄瞎她們的一隻眼。婚禮結束後，這對新人走出教堂時，大姐在左，二姐在右，兩隻鴿子又啄了她們的另一隻眼。

她們爲自己的邪惡和虛僞受到終身失明的懲罰。

童話類型——ATU 510A，〈灰姑娘〉（Cinderella）

故事來源——馬堡（Marburg）伊麗莎白醫院裡的說書人，姓名不可考。部分資料由多洛希雅．維曼提供。

類似故事——巴斯雷的〈貓咪仙德麗拉〉（Cat Cinderella，出自載波編輯的《童話故事傳統》）；布麗格的〈灰女孩〉（Ashpitel）、〈小灰姑娘〉（The Little Cinder-Girl）、〈苔蘚外衣〉（Mossycoat）和〈燈芯草姑娘〉（Rashin Coatie）（《大英民間故事》）；卡爾維諾的〈格拉都拉－貝達都拉〉（Gràttula-Bedàttula，收錄於《義大利童話》）；貝侯的〈灰姑娘〉（Cinderella，收錄於《貝侯童話全集》）；尼爾．菲力普（Neil Philip）的《灰姑娘故事集》（*The Cinderella Story*，囊括本故事二十四個不同版本，以及一篇優秀的評論）

〈灰姑娘〉肯定是所有民間故事中，被研究得最透徹的故事之一。不少人以專書論之，並分析各版本的異同。它是最受歡迎的聖誕童話劇。但最重要的是，這個故事怎麼說都行得通。

這故事會如此受到歡迎，一大部分原因要要歸功於夏爾．貝侯。他所編撰的《貝侯童話全集》（*Histories ou contes du temps passé*，或更廣爲人知的副標題《鵝媽媽童話集》），自一六九七年出版以來，即以創新而迷人的筆法擄獲讀者的心。關於貝侯，有一項眾所皆知的事蹟，就是把vair（皮草）誤植爲verre（玻璃），但我認爲這說法不足採信。以貝侯善於創新的筆鋒，應該會用較爲神奇、荒謬而不可思議的玻璃鞋，取代相較之下平凡無奇的皮草鞋。而將故事中的助手（無論是一棵從生母的墳墓中長出來的榛樹，或是一隻羊、一頭牛、一隻鴿子，童話裡的助手都擔任代理母親的角色）轉變成一位教母，也是出自貝侯之手。教母在故事中的功能自是不言可喻。

一般人對這故事最普遍的誤解，是只把它看作簡單的「麻雀變鳳凰」故事。故事裡的確有麻雀，也有鳳凰，但是根據布魯諾．貝特罕在《魔法的用途》一書中的說法，本故事最重要的主題是手足間的敵對關係，外加以婚禮作爲女孩性成熟的象徵。這也是神仙教母的功能如此重要的原因：她的所作所爲，代表一個好母親會爲女兒做的事情，她存在的目的，在於協助女孩達到內外皆美的境界。

在我所寫的版本中，灰姑娘的禮服呈現不同顏色，是借用英國童話〈苔蘚外衣〉的點子。〈苔蘚外衣〉是我心中最好的灰姑娘版本。

於一八一二年初版的《格林童話》中，灰姑娘的姐姐並沒有遭到懲罰。故事在鴿子呼喊著總算找到眞的新娘之後，就畫下句點。格林在一八一九年的版本才加上以失明作爲懲罰的橋段，後來的版本也跟著續用。雙眼被戳瞎適用於故事敘述，但若搬上舞台就教人難以下嚥了，因爲這篇故事並非《李爾王》。在聖誕童話劇中，不會有雙眼被啄瞎的醜惡姐姐。歌劇中也不會呈現這樣的情節，無論是馬斯奈（Massenet）的灰姑娘（Cendrillon, 1899）、亦或是羅西尼（Rossini）的灰姑娘（La Cenerentola, 1817），都以幸福的基調作結。貝侯的版本則最爲甜美，兩位姐姐最後還嫁給宮廷勳爵。

這位女主角擁有眾多名稱。格林兄弟稱她爲「阿仙布德」（Aschenputtel），英語世界則習慣稱她是「仙度瑞拉」（Cinderella）。當今大家都使用中央空調，很少孩子看過或懂得什麼是「煤灰」（Cinder）了，雖然「仙度瑞拉」本身聽起來是個很美的名字，但我認爲孩子需要多理解這名字所代表的意涵。

14

The Riddle

謎語

從前有個王子，他興致勃勃地出發去環遊世界，隨身只帶了一個忠實的僕人。有一天，他們來到一座大森林，夜幕低垂，卻還沒找到棲宿之所，他們不知道這晚該在哪裡過夜。

這時，王子看到一間小屋子，有個姑娘正往小屋子走去。當他們走上前去，發現這姑娘模樣年輕，長得十分漂亮。

他追上女孩，向她詢問：「親愛的小姑娘，請問我和我的僕人可以在這間小屋子裡借住一宿嗎？」

「可以的，」她回答，語氣中帶著憂傷，「你們可以住在這兒，但我不認爲這是個好點子。如果我是你，我不會想走進去的。」

「這是爲什麼？」王子好奇地問道。

女孩嘆口氣。「我的繼母住在裡面，」她繼續說，「她會施展邪惡的魔法，而且她不喜歡陌生人。如果你進去屋裡，別吃她給你的食物或飲料。」

王子這才意識到小屋是巫婆的家。但是現在

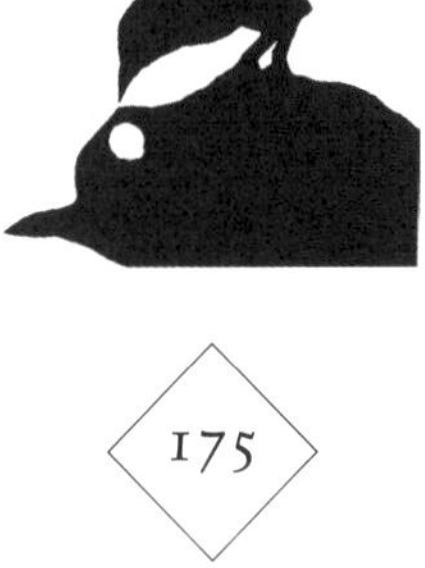

天色已暗，他們再也無法前行，況且王子天不怕地不怕，所以他決定敲門進屋。

推門進去，王子看到老巫婆坐在壁爐邊的扶手椅上。當她看到王子進來，雙眼有如燒紅的木炭，猛盯著客人瞧。

「年輕的先生，你們好。」她發出最友善的聲音，「坐下來，休息休息吧。」

她把碳火吹得更旺，順道攪拌爐上鍋子裡的湯。謹記女孩的叮囑，王子和僕人什麼都沒吃，什麼都沒喝，只是捲著身子，裹好被子，一覺睡到天亮。

天亮了，主僕倆收拾好行李準備上路。當王子跨上馬，老巫婆走出來對他說：「等一等，爲了道別，我來給你們倒些飲料吧。」

當巫婆進去屋裡拿飲料時，王子趁機騎馬離去。當巫婆回來時，只剩下正在調整馬鞍的僕人。

「把這個帶給你的主人。」

但僕人根本來不及把飲料拿給主人，當他接過玻璃杯，杯身突然爆裂，飲料濺出，灑到他的馬身上。當然，那飲料含有巨毒，可憐的馬立即倒地死了。僕人趕緊追上王子，告知他所發生的事情。他原本想跟王子一起離開，繼續趕路，但是他想起馬鞍還丟在原地，所以又跑回去取馬鞍。當他來到死馬旁邊，見到一隻烏鴉正停在馬頭上，啄食馬的眼睛。

「誰知道今天能不能找到更好的食物，」他想著想著，就殺了那隻烏鴉，一起帶走。

他們在森林裡晃蕩了一整天，怎麼也找不到離開的路。當天色漸暗，他們來到一家客棧，僕人把烏鴉交給店主人，請他烹調成晚餐。

然而，他們不知道自己又陷入一個強盜窩，事實上，他們遇到的是一群殺人不眨眼的傢伙。當王子和僕人正要坐下來吃飯，屋裡突然衝出十二個惡棍，他們要把這對主僕除掉，掠奪他們的財物。但這十二人一看到桌上的晚餐，心想，先吃完飯再動手也不遲。可惜，這是他們此生的最後一頓飯了；他們才吃了一口烏鴉燉肉，就一個個倒地身亡。原來，馬身上的毒性太強，就連吃了馬肉的烏鴉，身上也帶有毒素。其中的毒性，還能把吃了烏鴉肉的那幫惡棍活活毒死。

客棧的老闆見狀，馬上逃得不見蹤影。現在店裡只剩下店主的女兒了。她是個正直的好女孩，從不參與那些罪惡的勾當。她把客棧裡的隱藏門一一打開，強盜們擄掠而來、堆積如山的金銀財寶，一下子全展現在這對主僕眼前。可是王子說，這些東西她還是自己留著吧，他什麼都不要。

之後，他們又騎著馬上路了。

他們旅行了很久。有一天，他們來到一座城市。那裡住著一位既美麗又高傲的公主。她曾宣布，要是有人能出一道她答不出來的謎語，出題者就可以成爲她的丈夫。但是如果她猜出答案，並獲得十二位解謎大師的認可的話，出題者就得人頭落地。每個謎語公主必須在三天內揭出謎底。公主很聰明，總是在限期內猜出答案。已有九個人爲此斷送性命。

然而，王子並沒有因此而退縮；他被公主的美貌迷住了，爲了得到公主，他甘心冒著生命危險放手一搏。他來到皇宮，爲公主出了一道謎語：

「他半個也沒殺，卻殺死十二個。這是什麼？」

公主不知道這是什麼意思。她想了又想，卻百思不得其解。她翻開謎語大全試圖尋找解答，但是翻遍了所有的書還是沒看到這一題。她覺得自己棋逢對手了。

然而，公主不願就就此罷休。夜裡，她吩咐貼身侍女偷偷潛到王子的臥房，她要侍女仔細聽聽王子夢裡的一字一句，看他是否會在夢囈中洩漏謎底。可是，侍女卻無功而返，因爲聰明的僕人代替王子躺在床上，當侍女走進臥房時，他一把扯下她身上的大衣，然後用棍子把她趕了出去。公主的計謀宣告失敗。

第二天夜裡，不死心的公主又差遣另一位貼身侍女來，看她運氣是否好些，可是這個侍女同樣被王子的僕人扯下身上的大衣，然後用更大的棍子把她趕出去。公主的計謀再度失靈。

第三天夜裡，王子決定自己躺在床上。好巧不巧，這回公主也決定親自出馬。她穿著一件霧灰色的美麗袍子，來到王子的床邊，輕巧地坐下來等待。

公主以爲王子已經睡著，她在他耳邊輕輕地問：「『他半個也沒殺』，這是什麼意思？」

此時王子仍舊清醒，他只是閉著眼回答：「一隻烏鴉吃了被毒死的馬，自己也被毒死。」

公主繼續問道：「『卻殺死十二個』，這又是什麼意思？」

王子回答：「十二個惡棍吃了烏鴉肉以後，也被毒死了。」

公主知道謎底以後，想趕緊偷偷溜走，但是王子牢牢抓住她的袍子，她只好丟下大衣逃走了。

第二天一早，公主宣布她已經破解謎語了，她將十二位解謎大師請來，當著大家的面認可答案。眼看王子注定要人頭落地，他卻提出異議：「公主在夜裡偷溜進我的房間，從我口裡問出謎底。否則，她是絕對猜不出來的。」

解謎大師們討論一會兒，問王子說：「你可有證據？」

這時，僕人送上三件大衣，解謎大師們一眼就看出那件公主專屬的霧灰色袍子，便說：「把這件袍子繡上金絲銀線，它將成爲你們的結婚禮服。王子贏了這場猜謎。」

童話類型——ATU 851，〈解不了謎語的公主〉（The Princess Who Cannot Solve the Riddle）

故事來源——多洛希雅．維曼的口述故事

類似故事——阿法納西耶夫的〈愛解謎語的公主〉（The Princess Who Wanted to Solve Riddles，收錄於《俄羅斯童話》）；布麗格的〈年輕的王子〉（The Young Prince，收錄於《大英民間故事》）；卡爾維諾的〈米蘭商人的兒子〉（The Son of the Merchant from Milan，收錄於《義大利童話》）

這種故事型態廣泛出現於各地的民間故事。普契尼的歌劇《杜蘭朵公主》即是一例。我認爲格林兄弟的版本優於其他版本，原因在於它清楚而俐落地呈現故事的三段式架構。能把故事說得清楚而俐落，是說書者的兩大美德。格林兄弟是從維曼聽到這故事。

維曼夫人是一位來自茨維恩的水果販，該地就在卡塞爾不遠處。她爲格林兄弟提供不少故事，本書也收錄了幾則。維曼夫人不僅把故事說得既生動又流暢，還能逐字逐句一字不差地重複故事，以便格林兄弟將之精確紀錄下來。格林兄弟在《格林童話》初版的序言中，道出對維曼夫人的崇敬之意：

有些人認為口述故事是偽造的，沒有經過仔細保存，或覺得沒有人可以正確無誤講出這麼長的故事。這些人真該來聽聽她是如何精準地述說每個故事，並感受她如何熱切地想把故事說對；當她重述故事時，她從未修改內容，而且只要一發現有誤，即使打斷敘事的步調，也要馬上修正。

——摘自瑪麗亞．塔塔兒（Maria Tatar）的《格林童話的殘酷事實》（*The Hard Facts of the Grimms' Fairy Tales*）

15

The Mouse, the Bird and the Sausage

老鼠、鳥和香腸

一隻老鼠、一隻小鳥和一根香腸決定要共組家庭。他們愉快地生活在一起，自給自足，不但相處融洽，積蓄也越來越多。三個伙伴分工合作，小鳥負責飛去森林裡撿拾柴火，老鼠的任務是去井裡打水、生火，以及把飯菜餐具擺上桌。香腸則專職燒菜。

可是一旦你認爲自己應該過得更好，就不可能滿足於現狀。有一天，小鳥在森林裡遇到另一隻鳥，牠開始吹噓起自己舒適的生活。但是鳥同伴卻說牠是個可憐蟲。

「你這話是什麼意思？」

「這麼說吧，你們三個之中，誰是那個做得最多的人？是你！你每天辛苦搬運笨重的木材，飛進飛出的，而另外兩個卻在家輕鬆度日。他們在占你便宜，你別傻了。」

小鳥陷入沉思。鳥同伴說的沒錯，老鼠挑了水，生了火之後，就可以回到自己的小屋睡午覺，吃飯前再起身排碗筷就好了。而香腸呢，他只需守在鍋邊，看看飯菜燒得如何，偶爾把自己

放到水裡滑個幾下就可增添風味，若想吃重口味，他就游慢一點，讓湯的滋味變得更豐富。他做的就這麼多。當小鳥帶著柴火回到家，都會把木柴排得整整齊齊，接著就坐下來和伙伴們一起吃飯，吃飽了，三個伙伴就爬上床一覺到天明。這就是他們的完美生活。

然而，小鳥總是忍不住想起鳥同伴說的話。第二天早上，小鳥不願再去撿柴火了。

「我當你們的奴隸，當得夠久了，」他宣布，「我做了這麼久的苦力，你們一定把我當傻瓜，是該讓大家調換一下工作了。」

「可是，我們合作得很好啊！」老鼠說。

「你當然會這麼說，不是嗎？」

「老鼠說得沒錯，」香腸說，「而且現有的分工與我們的天分搭配得天衣無縫。」

「那是因爲我們從沒試過別的分工方式。」

儘管老鼠和香腸極力勸說，小鳥還是一意孤行，他們只好勉強接受小鳥的提議，抽籤決定新工作。結果輪到香腸去撿柴，老鼠燒飯，挑水和生火的工作就落到小鳥的身上。

結果又會如何呢？

香腸出門去找柴火之後，小鳥就忙著生火，老鼠則把鍋子放到爐子上，等著香腸帶回要燒的第一捆木柴。但是香腸在外頭耽擱了很久都還沒回來，他們開始擔心他會出什麼事，小鳥決定飛出去找香腸。

出門後沒多久，小鳥碰見一隻狗，他正舔著自己的嘴唇。「你沒看到一條香腸吧？」

「有啊，我剛把他吞下肚了。美味極了！」

「你說什麼？你不能這麼做！這太過份了！我要把你揪到法庭受審。」

「他是合理獵物。我沒聽過香腸是受保護動物。」

「他才不是什麼合理獵物，他只是出門辦點事就命喪黃泉，你根本是蓄意謀殺！」

「老兄，你這麼說就大錯特錯了。你可知他身上攜帶著僞造文件，那可是要判死罪的。」

「什麼僞造文件，我從來沒聽過這麼荒謬的事。文件在哪？交出證據來！」

「文件也被我吃了。」

小鳥再也不能做什麼了。這場小鳥與狗的爭執中，只能有一個贏家，而這贏家絕不是小鳥。他只好調頭回家，把所發生的一切告訴老鼠。

「香腸被吃了？」她驚呼，「眞是一場悲劇！我好想他。」

「眞是令人傷心的消息。他死了，我們也得設法好好過日子。」

小鳥排放餐具。老鼠做飯，幫那鍋燉物做最後一道調味的手續。她記得香腸總是輕鬆地在鍋子裡游來游去，味道就出來了，她也想像香腸一樣用自己調味，所以就爬上鍋子的把手，跳進鍋裡攪拌蔬菜。若不是鍋太熱，她窒息了，就是她根本不會游泳，溺斃了。無論如何，她再也沒活著走出那把鍋子。

當小鳥看到那鍋燉蔬菜冒著滾滾白煙，老鼠的屍體浮了上來時，他驚嚇得不知如何是好。他當時正在生火，慌亂之下竟然把紅燙燙的柴火扔得滿地都是，釀成了火災。眼見屋子快燒起來，他趕緊去井邊挑水，想撲滅熊熊烈火，卻不小心被繩子絆倒，桶子掉入井裡，他也跟著落井，沒多久就淹死了。這就是這三個伙伴的下場。

◆ ◆ ◆

童話類型——ATU 85，〈老鼠，小鳥和香腸〉（The Mouse, the Bird and the Sausage）

故事來源——漢斯・米開爾・莫歇羅區（Hans Michael Moscherosch）所著的《菲蘭德・凡・西提瓦德美妙的眞實故事》（*Wunderliche und Wahrhafftige Gerichte Philander von Sittewald*, 1650）

這則故事裡共組家庭的三個夥伴，並沒有像貓和老鼠（頁三十六）那樣天生注定合不來。若非小鳥無法滿足現狀，他們大可繼續和平相處一段很長的時間。知足常樂是本故事唯一的寓意。就如同貓和老鼠一樣，這是一則寓言，所以故事總會傳達某種道德意義。

有些追根究柢的讀者想知道，故事裡的香腸到底是哪一種。畢竟，根據網路搜尋的結果，德國的香腸種類有一千五百種之多。那麼，到底哪一種香腸擁有如此無我，又安於家庭生活的特質呢？答案是bratwurst，也就是德國油煎香腸。不過bratwurst這個字，聽起來似乎不如sausage這麼滑稽。根據某個被我遺忘姓名的喜劇演員的說法，sausage是英文中最滑稽的字。而故事主角若改爲老鼠、小鳥和羊排的話，應會出現大異其趣的笑點吧。

16

Little Red Riding Hood

小紅帽

從前有個小女孩，她善良可愛，大家都很喜歡她。但是最愛她的還是她的奶奶，她送給小女孩一頂紅天鵝絨的小帽子，小帽子戴在女孩身上很好看，她成天戴著它，因此，大家都叫她小紅帽。

有一天，她的媽媽對她說：「小紅帽，我要派一個任務給妳。妳的奶奶生病了，請妳將這塊蛋糕和這瓶酒送去給她，這些食物會讓虛弱的她好過些。妳進奶奶的屋子時，記得要有禮貌，替我給她一個甜蜜的吻。走在路上要小心，別離開大路，不然，妳摔倒了，打破酒瓶，砸壞蛋糕，奶奶就什麼都沒有了。到了奶奶家，別忘了說聲：『奶奶早！』不要一進門就東張西望。」

「我會把媽媽交代的事都做好的，您別擔心！」小紅帽說完，親吻媽媽之後就上路了。

奶奶住在森林裡，大約走半個小時，就會到達奶奶的小屋。小紅帽才走沒幾分鐘，就遇到一隻大野狼。她不知道狼是多麼邪惡的動物，所以一點都不害怕。

「早安，小紅帽！」大野狼說。

「謝謝你的問候，大野狼。你也早呀！」

「這麼早要上哪兒去呢？」

「我要去奶奶家。」

「你籃子裡裝了什麼？」

「奶奶生病了，我送些蛋糕和酒給她。蛋糕是我們昨天烤的，裡頭有麵粉和蛋等好東西，讓虛弱的奶奶補補身子。」

「小紅帽，妳的奶奶住在哪裡？」

「往這條路一直走，走到三棵橡樹下，就會看到奶奶的家。奶奶家前面有一片榛樹叢，你不會錯過的，大約再走十五分鐘就到了。」

大野狼聽了之後，心裡暗暗盤算：「這個稚嫩的小姑娘，看起來眞可口，吃起來應該比她那老奶奶還美味。我得巧妙行事，把兩個通通吃掉。」

大野狼陪小紅帽走了一會兒，然後開口說：「小紅帽，妳看，遠遠那棵樹下的花好美喔！何不走過去看個仔細？妳看起來好嚴肅，好像要去上學似的。如果你只顧著埋頭走路，怎麼看得到美麗的風景呢？森林裡有趣極了，不把握機會走走看看眞是太可惜了。」

小紅帽瞧向大野狼指的那棵樹下，她看到陽光在樹叢間舞動著，變幻閃爍，遍地開滿美麗的鮮花，她心想：「要是我摘些鮮花送給奶奶，她看了一定很高興。而且現在時候還早，我只是採點花，還趕得及天黑前回家。」

所以小紅帽離開大路，跑到樹下去摘花；但是她每摘一朵，就會看到另一朵更漂亮的在前方等她，所以當她越摘越多，在森林裡也越走越深。

此時，大野狼忙不迭地直奔奶奶的房子，他敲敲門。

「外面是誰呀？」

「我是小紅帽，」大野狼隔著門說，「我帶了蛋糕和酒要給您，開門呀！」

「把門栓拉開，自己進來吧，」奶奶說，「我太虛弱了，無法起床幫你開門。」

大野狼拉開門拴，門就開了。牠走進去，不動聲色地四處尋找奶奶，牠一看到臥病在床的奶奶，就立刻跳上她的床，一口氣把她吞下肚。然後，牠穿上奶奶的衣服，戴上奶奶的花邊軟帽，窗簾拉緊，最後溜到奶奶的床上假寐。

小紅帽到處採花，手裡的野花已經多得握不住了，突然她想起自己該做的事，才趕緊回到大路，往奶奶的家走去。到了奶奶的家，她嚇了一跳，因爲奶奶家的門竟然是敞開的，而且房間也暗得很不尋常。

「天啊，」她心想，「我不喜歡這種感覺。通常奶奶的家都讓我安心歡喜，今天是怎麼搞的，我竟然感到害怕了。」她大聲地往屋子裡喊：「奶奶，早安！」但是沒人應門。

她走到奶奶床前，拉開窗簾，只見奶奶躺在床上，帽子拉得低低的，看起來非常奇怪。

「唉呀，奶奶，您的耳朵怎麼這麼大？」

「好能更清楚地聽到妳說的話啊！」

「可是奶奶，您的眼睛怎麼那麼大？」

「好能更清晰地看到妳的模樣啊！」

「可是奶奶，您的手怎麼那麼大？」

「好能用手抱住妳啊！」

「可是奶奶，您的嘴巴怎麼大得嚇人……」

「好能一口把妳吃掉！」

大野狼說完，立即從床上一躍而起，張大嘴把小紅帽吞進肚裡。牠吃掉小紅帽之後，心滿意足，又爬回奶奶的床，那裡又軟又舒服，大野狼沉沉睡去，並且發出震天作響的鼾聲。

一位獵人碰巧經過。「老奶奶的鼾聲怎麼這麼響，」他心想，「我進去看看她是否出了什麼事。」他走進奶奶的家，靠到床邊一看，嚇了一大跳。「原來是這隻大壞蛋！」獵人想著，「我找了你這麼久，終於找到了。」

他拿起手中的獵槍，正要朝大野狼瞄準時，又想到一件事。也許大野狼把老奶奶給吃了，他應該先想辦法把她救出來。獵人放下獵槍，拿出一把剪刀，剪開大野狼鼓脹的大肚子。才剪了幾刀，獵人就看到那頂紅天鵝絨帽，再剪幾刀，小女孩就從狼肚裡跳了出來。「噢，太可怕了！」小紅帽死裡逃生後說，「大野狼的肚子裡黑漆漆的，我害怕極了！」

緊接著，奶奶上氣不接下氣地從狼肚裡爬出來，獵人扶奶奶到椅子上休息，小紅帽跑到屋外去撿些大石頭。他們合力把石頭塞滿大野狼的肚子，然後小紅帽仔細地把開口縫合。縫好之後，他們將大野狼搖醒。

大野狼張開眼，看到拿著槍的獵人，便慌慌張張奪門而出。肚子裡的石頭太重了，他一個重心不穩，慘跌在地，死了。

三個人高興極了，獵人剝下狼皮帶回家。奶奶吃了蛋糕喝了酒，小紅帽心想：「剛才實在太驚險了！只要我還活著，一定不再重蹈覆轍。下回媽媽叫我走大路，我一定要聽話。」

童話類型——ATU 333，〈小紅帽〉（Little Red Riding Hood）

故事來源——珍妮特和瑪麗・哈森弗魯格（Jeanette and Marie Hassenpflug，參見〈小弟弟和小姊姊〉）

類似故事——卡爾維諾的〈僞裝的外婆〉（The False Grandmother）和〈狼和三個姑娘〉（The Wolf and the Three Girls）（《義大利童話》）

我猜想，〈小紅帽〉和〈灰姑娘〉應是童話世界裡最知名的兩則故事（至少，在英國是如此）。這兩則童話之所以如此受歡迎，都得歸功夏爾・貝侯（參見頁一七三我對〈灰姑娘〉所寫的筆記）。貝侯與格林版本的相異處，在於貝侯筆下的故事，在小紅帽被大野狼吃掉後旋即結束，沒有獵人前來搭救的片段，取而代之的是一篇具有教化意味的短詩，提醒讀者大野狼並不都是頭腦簡單的壞人，他們也常以舌燦蓮花的引誘者現身。

獵人在故事中的角色饒富趣味。德國的森林，並不處於無人管轄的蠻荒狀態。相反地，通常這些森林都隸屬於王公貴族。而廣大的森林爲了因應三十年戰爭的需求，大量砍樹造船，或砍林以利運輸穀物和家畜等軍糧。僅存的森林則拿來讓王公貴族們從事娛樂性活動，簡而言之，就是狩獵。正如指揮家賈第納爵士（John Eliot Gardiner）在即將面世的書中[1]所說：「就他們（亦即王公貴族）的森林的經營層面來看，獵人所發揮的影響力，肯定令森林管理員黯然失色。（就像當今的獵場看守人和野雞對森林的影響力，遠比樵夫來得大，是一樣的道理。）」

森林管理員相較於獵人，對於野生動物較沒自信，他們也較不可能隨身帶槍，所以他們看到呼呼大睡的大野狼時，極有可能爲了明哲保身，趕緊偷偷溜走，而讓小紅帽和老奶奶被大野狼消化殆盡。

無論如何，貝侯和格林的版本最大的共通點，即是兩者都強化了布爾喬亞階層的道德觀。在格林的版本裡，小紅帽最後根本不需要提醒她不要離開大路，因爲她已經記取教訓（在一片對戀童癖的恐慌聲中，我們經常聽到以小紅帽這則故事來提醒孩子，注意危險的陌生人），絕對不會偏離大路一步。

古斯塔夫・多磊（Gustave Doré）在一八六三年替貝侯的「小紅帽」繪製的著名版畫中，小紅帽和大野狼同在一張床上的畫面，提醒了我們某種無以名狀的故事張力：大野狼是性感的。而狐狸也是。作家兼畫家碧雅翠斯・波特（Beatrice Potter）深知狐狸的魅力，她在《母鴨潔瑪的故事》（*The Tale of Jemima Puddle-Duck*, 1908）中，創造出那隻善於討好，又擁有「沙色鬍鬚的紳士狐狸」，即是她對小紅帽故事的詮釋。貝侯應該一眼就認出他來才對。

或許，狄更斯（Charles Dickens）對這則故事的說法，最能總結女主角的魅力所在：「小紅帽是我的初戀情人。我總覺得若能娶到小紅帽，我就會知道什麼是天賜良緣。」布魯諾・貝特罕在他研究童話的著作《魔法的用途》中，也曾引用過狄更斯的這段話（第二十三頁）。

---

1 這裡指的是約翰・艾略特・賈第納（John Eliot Gardiner，於二〇一三年出版的《巴哈：天堂城堡中的音樂》（*Bach: Music in the Castle of Heaven*）。

17

The Musicians of Bremen

布萊梅的音樂家

從前，有個人養了一隻驢子，這隻驢子經年累月替主人工作，將一袋袋的穀物馱到磨坊，從來不發怨言。但是現在牠力氣快用完，做起事來早已不如以往，主人不想再餵養牠。驢子一見苗頭不對，趕緊逃跑，踏上前往布萊梅的路。他的計畫是到布萊梅當個城市音樂家。

驢子走了一會兒，遇到一隻倒在路上的獵犬。這隻狗氣喘吁吁，好像跑了好幾英哩的路。

「你怎麼喘成這樣呀，朋友？」驢子問道。

「唉，我老了，你應該看得出來，」獵犬解釋說，「我不能像從前一樣跑得那麼快了。我的主人看我不中用，打算把我殺了，所以我逃了出來。但是我不知道該去哪兒謀生，而且我已經好餓了。」

「你知道嗎？」驢子接著說，「我們倆同病相憐，不過我有個計畫。我要去布萊梅，他們的城市音樂家有不錯的酬勞。我來彈魯特琴，那看起來不難，你呢，就來打鼓吧。」

「這眞是個好點子，」獵犬說。隨後就加入

驢子的行列。

他們繼續走了一段路，遇到一隻坐在路邊的貓。牠看起來愁眉苦臉，像是不小心掉了一鎊錢，卻只撿回一便士那麼倒楣。

「你在煩惱什麼，老鬍貓？」驢子問道。

「噢，我的老天爺，」貓說，「我陷入困境，所以高興不起來，唉，我不指望有人懂。你可知道，我的青春不再，牙齒也漸漸變鈍了。以前我很會抓老鼠，但現在我更愛坐在爐子旁打盹兒。我的女主人想把我淹死，所以我就逃了出來。可是現在我不知道該何去何從，你可有好辦法？」

「跟我們一起去布萊梅吧，」驢子說，「我們打算加入城市音樂家。你懂得唱歌，我聽過你在夜晚的甜蜜歌聲，跟我們一起去吧！」

貓覺得這點子好極了，就跟著他們上路。現在他們來到一座農場，站在屋頂上的，是一隻公雞。他正聲嘶力竭地啼叫。

「你現在幹嘛報曉？」驢子問，「天老早就亮了。」

「我在預報天氣，」公雞說，「因爲今天是聖母瑪麗亞的日子，在這天她洗了基督聖嬰的襯衣，並把它晾乾。我替主人預報今天即將乾爽的晴天，你以爲他們會感激我，但是一點也不。他們明天有訪客，他們要拿我來宴客。農場女主人跟廚子說，今晚要宰了我。只要我還能叫，我就使勁地叫。」

「唉，你這可憐的氣象預報員，」驢子說，「不如跟我們去布萊梅吧！我們要去當城市音樂家。你有付好嗓子，如果我們一起合奏，肯定能展現與眾不同的音樂風格。」

公雞接受驢子的提議，於是，牠們四個就一起上路了。但布萊梅很遠，一天內趕不到。夜晚，牠們打算在森林裡找個地方過夜。驢子和狗臥在一棵大樹下休息，而貓盤據枝頭小寐，公雞則飛上樹頂看哨。入睡前，牠再次四處張望，東南西北仔細一瞧，結果牠發現不遠處有一個燈火閃爍的地方，那兒肯定有座屋舍。

「我們去那兒看看吧，」驢子提議說，「肯定比在這裡舒服。」

「如果那是個房子，」狗摸摸肚子，「一定有骨頭可啃，說不定骨頭上還帶點肉。」

所以牠們動身往光亮處前進，那光點在樹叢間閃爍，沒多久光點越來越大，變成光環，最後牠們來到了這座屋子前面。驢子是四個動物中個子最大的，牠靠近窗戶，向窗內探頭探腦地張望著。

「灰臉兒，你看到什麼了？」公雞問道。

「我看到一張桌子，擺滿好吃好喝的東西。但是……」

「但是什麼？」

「但是桌子四周圍著一幫強盜，擠在桌前大吃大喝。」

「要是我們坐在那兒該多好！」公雞說。

牠們開始商量，怎麼行動才能把強盜趕走。最後，牠們終於想到一個好辦法：驢子把前蹄架在窗台上，狗跳到驢背上，貓爬到狗背上，公雞飛到貓頭上，然後牠們開始製造音效。等牠們準備就緒，驢子背著動物們站穩之後，大夥兒便用盡吃奶的力氣，齊聲奏樂：驢子嘶喊，獵犬狂吠，貓兒喵喵，公雞鳴啼。唱完一輪，牠們一起從窗口向屋裡衝了進去，玻璃碎裂，窗戶被震得嘎嘎作響。強盜們聽到恐怖的聲音，全被嚇得跳了起來，以爲是惡魔或鬼魂來了，紛紛奪門而出，逃進森林去。四個夥伴見狀，開心地圍坐在桌邊，對著留下的豐盛菜餚大快朵頤起來，牠們大吃大喝，彷彿未來一個月會吃不到東西似的。

酒足飯飽後，牠們也累了，畢竟牠們這天經歷的也夠多了。牠們各自找到舒服的角落入睡：驢子睡在屋外的糞堆旁，獵犬蜷曲在門邊，貓上了爐灶，公雞停在屋樑上歇息。

午夜時分，站在遠處觀看的強盜們，發現房子裡的燈光已經熄滅。

「我們實在不該就這樣被嚇跑的，」強盜頭子說，「這樣一點都不勇敢，不是嗎？你，左撇子，你回去看看屋子裡有什麼動靜。」

左撇子躡手躡腳來到屋子，見一切靜悄悄的，便走入廚房，探看四周。他這一瞧，瞧見閃著火光的貓眼睛。左撇子以為那是燒紅的碳火，便拿一根火柴上前引火，不料卻碰到了貓鼻子。

貓自然不喜歡被騷擾，馬上尖叫一聲，跳起來撲向左撇子。牠對左撇子噴著唾液，在他臉上亂抓一通。

「唉喲！」左撇子大叫一聲，想奪門而出，卻被睡在門邊的狗絆倒，狗被吵醒，生氣地往他腿裡咬了一口。

「痛啊！」左撇子又大叫一聲，逃到屋外，經過糞堆，被驢子用後腿狠狠地踢了一腳。

「要命啊！」左撇子驚嚇得尖叫起來，卻把屋樑上的公雞吵醒。公雞提起精神，開始啼嗚：「喔！喔喔！喔！喔喔！」

「救命啊！」左撇子落荒而逃，沒命地跑回森林去。

「怎麼了？情況如何？」強盜頭子問道。

「我們不能回去那兒！」左撇子報告說，「那間廚房裡，有一個可怕的巫婆，她用指甲抓花我的臉。門口還站著一個拿刀的人，把我的腿捅了一刀。外頭還有一隻大怪物，拿木棒狠狠朝我打了好幾棍，把我的臀骨給敲斷了。而屋頂上還有一個法官大聲嚷著：『把無賴帶過來！』我只好趕緊逃回來。」

從此，強盜們再也不敢進這座屋子。倒是四個布萊梅的音樂家很喜歡這裡，牠們再也沒離開這個房子。牠們到現在還住在裡面，而最後一個述說這個故事的人，他的嘴巴仍動個不停。

童話類型——ATU 130，〈當音樂家去〉（The Animals in Night Quaters）

故事來源——哈克斯豪森家族和多洛希雅・維曼的口述故事

類似故事——布麗格的〈公牛、公羊、公雞和雄鵝〉（The Bull, the Tup, the Cock and the Steg）、〈傑克找出路的故事〉（How Jack Went to Seek His Fortune）（《大英民間故事》）

老到快被世界淘汰的動物們，帶著去布萊梅當城市音樂家的夢想，最後嚇跑一幫強盜，成就一樁好事。我很喜歡這個故事，因爲它的結構簡單而充滿力量。當一個故事已具備良好的架構，其故事走向一清二楚，別無二路，而且故事線觸及所有導致結局的重要事件。在這種情況下，你只能對說書人的功力佩服得五體投地。

18

The Singing Bone

會唱歌的骨頭

從前，在某個村子裡，人們有個很大的煩惱：一隻作惡多端的野豬。這隻野豬毀壞農田、殺死家畜，還用鋒利的獠牙傷害人民的性命。國王給出承諾，若有人能爲大家除害，將予以重賞。可是，這頭野獸既龐大又凶猛，沒人膽敢靠近牠住的那片森林。最後，國王發出公告：誰能捕獲或者殺死這頭野獸，就可以娶他的獨生女兒爲妻。

在這個村子裡，住著一對窮苦人家的兄弟，他們自告奮勇，要去做這件危險的事。哥哥機智狡猾，做這件事完全是爲了出鋒頭，弟弟老實單純，做這件事是出於那顆善良的心。

國王說：「爲了確保能找到那隻野獸，你們應該分頭進行，從森林的兩邊進去。」

他們接受國王的建議，哥哥從森林的西邊進去，而弟弟則走東邊的路進入森林。

弟弟走沒多久，就在路上碰到一個小矮人。小矮人手裡拿著一支黑色的長矛。他對弟弟說：「我把這支長矛給你，因爲你心地純潔善良；你

可以用它殺死野豬，有了這支矛，就算你大膽地靠近那隻禽獸，牠也傷不了你。」

弟弟謝過小矮人，把長矛扛在肩上，繼續往前走。不久，他看見那隻野豬。野獸馬上向他衝了過來，他鎮定地握住長矛，迎向前去。野豬在盛怒之下，不顧一切地朝弟弟撲過來，正好讓長矛刺中心臟，心臟又正好被刺成兩半。

弟弟把這隻野獸扛上肩，動身回家，打算把牠獻給國王。當他快走出森林時，看到一家酒館，很多人在那兒喝酒跳舞，他的哥哥也在其中。這個膽小鬼還不敢走進森林，他想反正野獸也不可能走遠，不如先喝喝酒，壯壯膽再上路。當他看到弟弟扛著野豬，走出森林，明白他已拔得頭籌，心中立刻燃起妒意，接著冒出了壞念頭。

他朝弟弟喊道：「弟弟！你幹得好！恭喜你呀！過來坐坐，我們來為你的勝利乾杯。」

單純的弟弟不疑有他。他坐下來，把遇到小矮人，以及拿長矛殺死巨獸的經過，一五一十地告訴哥哥。

他們在酒館裡留到夜幕低垂，才一同起身回家。他們在黑暗中走到一座小溪上的橋。「你先走，」哥哥對弟弟說道。

當弟弟走到橋中央時，哥哥從背後猛力一敲弟弟的頭，弟弟當場被活活打死。謀殺親弟之後，哥哥把屍體埋在橋下的溪邊，然後扛起野豬，送到國王的面前。

「野豬是我殺的，」哥哥跟國王稟告，「但是我沒看見弟弟，希望他平安無事。」

國王遵守諾言，讓哥哥和女兒成婚。過了一陣子，弟弟還是沒有回來，哥哥就說：「恐怕是那頭野豬把我的弟弟撕成碎片了，喔，我可憐的弟弟！」

大家都相信了他，大家都認為事情就是如此。

然而，沒有事情能逃過上帝的法眼。過了很多年之後，一個牧羊人趕羊過橋時，在橋下的岸邊發現一個閃著白光的東西，心想他可以拿來廢物利用。他走下去把東西撿起來，才發現那是一塊雪白色的骨頭。他將骨頭帶回家，刻成號角的吹嘴。

最令他感到驚奇的是，他一吹，那塊骨頭竟然自己唱起歌來：

「牧羊人哪，
你吹響我這小骨頭，
讓我的心聲往外流，
我的親哥哥殺了我，
埋了我又偷走野獸，
殘酷的事情他全做，
還娶了公主當老婆。」

「這個吹嘴眞是太神奇了！」牧羊人欣喜地說，「它竟然會唱歌，我一定要獻給國王。」他帶著號角去見國王，那塊骨頭又在國王面前唱起那支曲子。國王並非傻瓜，他一聽就明白發生了什麼事。他派人到橋下挖出被害人屍骨，整具屍骨都在，只少了一支。

事實擺在眼前，邪惡的哥哥無法否認犯下的罪行。國王一聲令下，他被縫進一只布袋，布袋被帶去他殺死弟弟的那條小溪，沉入水中，他就這樣被活活淹死。弟弟的白骨則被移至教堂，安葬在美麗的墓園中。

童話類型——ATU 780，〈會唱歌的骨頭〉（The Singing Bone）

故事來源——賓爾琴．威樂德的口述故事

類似故事——阿法納西耶夫的〈神奇的笛子〉（The Miraculous Pipe，收錄於《俄羅斯童話》）；布麗格的〈碧諾黎的兩姊妹〉（Binnorie，收錄於《大英民間故事》）；卡爾維諾的〈孔雀國王〉（The Peacock Feather，收錄於《義大利童話》）

若把這則故事中的超自然元素拿掉，包括小矮人贈與的黑色長矛和會唱歌的骨頭，可能會是尤漢．彼得．黑貝爾（Johann Peter Hebel）那本巨冊故事集《百寶箱》（*Schatzkästlein des Rheinischen Hausfreundes*）中的某個家常故事。《百寶箱》於一八一一年出版，正好是格林童話初版的前一年。黑貝爾擅長爲日常生活故事加上趣味性、極富道德感，或令人感動的角色，而謀殺案偶爾也會穿插在他所寫的小故事中。

但是，超自然角色在這個故事佔有重要地位，也流傳於眾多版本間。那只會把眞相唱出的神奇樂器，在某些故事中是由骨頭做的，有些是蘆葦，其他版本如英國的〈碧諾黎的兩姊妹〉中，神奇樂器改爲豎琴，是以受害者的胸骨和頭髮製成的。無論透過的是什麼媒介，他們都將說出眞相。

19

The Devil with the Three Golden Hairs

魔鬼頭上的三根金髮

從前有一個窮苦的婦人，她生了一個男孩。男孩一生下來，頭上就戴著胎膜，那是幸運的象徵。村子裡的算命師聽到這件事，就預言這個男孩長到十四歲時，會娶國王的女兒爲妻。

幾天後，國王來到了這個村子，他微服出巡，所以沒人認出他是國王。當他問起村裡的人有什麼新鮮事時，人們告訴他有個男孩一出生，頭上就戴著胎膜。算命師說他注定是個富貴命，十四歲時會娶國王的女兒爲妻。

國王是個心術不正的人，他對算命師的預言一點也不開心。他去找孩子的雙親說：「親愛的朋友，你生了一個好運的男孩，而我是個有錢人。他的第一個好運已經來了，把這孩子放心的交給我，我會好好栽培他。」

剛開始男孩的雙親說什麼也不答應，可是這位陌生人願意用很多金子換取這個孩子，所以就改口說：「好吧！畢竟他是個幸運的男孩，他未來的命運一定不會太差。」他們同意把孩子交給這位有錢的陌生人。

國王把這個嬰兒放入一個盒子，騎著馬，將他帶到一條水很深的河邊。國王把盒子扔進河裡，心想：「今天的工作總算完成了，我替女兒打發了一個不受歡迎的求婚者。」

他棄嬰後隨即離去，這個盒子卻沒有如他所願，沉入水中。相反地，盒子像船一樣乘著水飄流而下，而且盒子裡沒有流進一滴水。盒子順流而下，到了距離王城兩英哩的地方，剛好有座磨坊，盒子被磨坊的水閘卡住了。當時有個磨坊的學徒正巧在那兒釣魚，他看到盒子，就用船鉤把它打撈上岸，以為自己發現了一筆財富。然而，當他打開盒子，卻意外看到一名臉頰紅潤的可愛男嬰。他把男孩交給磨坊主人和他的妻子。他們倆欣喜若狂，因為他們沒有孩子。「他是老天爺賜給我們的禮物，」他們說。

夫妻倆把孩子帶回家，細心照料他。他們教導兒子要有禮貌，做人要善良，做事要重誠信。

時光流逝，轉眼過了好幾年。有一天，國王出外狩獵被暴風雨困住，剛好到這座磨坊躲雨。國王問老闆夫婦，剛才他看到的那位教養很好的年輕人，是不是他們的兒子。

「不是的，」他們據實回答，「這孩子是撿來的，十四年前，他被裝在一個盒子裡，飄到水閘邊，被一個磨坊學徒打撈上來。」

國王一聽，馬上察覺，這孩子正是當年被他扔進河裡的那個幸運兒，就說：「二位能否幫個忙，能不能請這個年輕人幫我送一封信給皇后？我會給他兩塊金幣作為酬謝。」

夫妻倆答應了，連忙叫小伙子準備上路。同時，國王拿起紙筆，給皇后寫了封信，信上寫著：「帶這封信的男孩一到，就殺了他埋掉。一切要在我回來前辦完。」

小伙子一拿到信就出發。但是他不久就迷路了。天色漸暗，他走進一大片森林，等到夜幕低垂，他在黑暗中，只看到樹叢間的一點光亮，只好朝光亮處走去。走沒多久，他來到一座小木屋。屋子裡有一個老婦人正在火爐邊打盹。老婦人看到他，大吃一驚：「你打哪兒來？又要上哪兒去？」

「我來自磨坊，」小伙子回答，「我要去見皇后，把這封信交給她。但是我在森林迷路了。可否讓我在這借住一宿？」

「可憐的年輕人，」老婦人說，「你可知自己走進了一個強盜窩，強盜們現在外出辦事，他們回來要是看到你，一定會把你給殺了。」

「想來就來吧，」這個幸運兒說，「我不怕強盜。而且我累壞了，只想趕快躺下來休息。」說著，他便躺在長凳上睡著了。過沒多久，強盜們進來，看到小伙子，便氣呼呼地問：「躺在板凳上的陌生人是誰？」

「他只是一個無辜的男孩，」老婦人說，「他在森林裡迷路了，我讓他躺下來休息，因為我看他實在是累壞了。他身上帶著一封要送給皇后的信。」

「給皇后的信？」強盜頭子說，「拿來給我瞧瞧。」

他們從年輕人的口袋裡拿出那封信，打開來一字一句地讀：這男孩把信送到後，就得被處死。

「這怎麼行？」強盜頭子說，「這殺人手法太骯髒了。」

連有著鐵石心腸的強盜都起了惻隱之心。強盜頭子拿來另一張紙，重新寫了一封信，信上說這年輕人一到，就迎娶國王的女兒為妻。強盜讓年輕人睡在板凳上直到第二天早上。當他醒來，強盜把信拿給他，並為他指引到達皇宮的路。

當他到達皇宮，把信交給皇后。皇后讀了信之後，便按照信上所說，舉辦一場盛大的婚禮，幸運兒和公主結成了夫妻。小伙子長得英俊，待人也很和善有禮，公主和他在一起，感到非常快樂。

國王終於回到皇宮，才發現村子的預言竟然成眞，儘管種種阻撓，幸運兒還是跟他的女兒成婚了。

「怎麼會發生這種事？」國王氣急敗壞地問皇后，「妳接到我寫的信嗎？我信上沒說要舉辦婚禮呀。」

皇后把信原封不動拿給國王看。國王一讀，發現事有蹊蹺。他把小伙子叫來跟前探問：「這封信是打哪兒來的？我沒給你這封信，我給你的信是另外一封。你要怎麼解釋？」

「這……恐怕我無法解釋，」年輕人回答，「我在森林裡過了一夜，可能有人趁我睡覺時，把信掉包了。」

「別以爲你可以就此逍遙，想娶我女兒沒那麼簡單，」國王憤怒地說，「想得到她的人，必須要到地獄去，從魔鬼的頭上取來三根金髮。」

「這我辦得到，」年輕人說，「我會把三根金頭髮帶回來給你；我不怕魔鬼。」

他向大家道別後，就動身出發了。他順著路走，來到一座大城。城門站著一個衛兵。衛兵問他：「你是做哪一行的？你懂些什麼？」

「我什麼都知道，」幸運兒回答，「不知道的，我也會想辦法找出答案。」

「那麼，請幫我們一個忙。市集廣場上有一口井，原本井裡會冒出酒來，現在井裡連一滴水也沒有。你知道這是爲什麼嗎？」

「我會幫你找出答案的，我保證，」年輕人說，「等我回來就告訴你。」

他繼續上路，不久之後他來到一個小鎮。鎮上的巡守員見到他，問他相同的問題：「你是做哪一行的？你懂些什麼？」

「我什麼都知道，」幸運兒回答，「不知道的，我也會想辦法找出答案。」

「那麼，請告訴我，公園裡有棵樹，本來會長出金蘋果。但爲什麼現在它連葉子也長不出來了。」

「這問題交給我來解決，」幸運兒回答，「等我回來就告訴你。」

他繼續走，來到一條河邊。那兒有個載著旅人往來河岸的船夫。

「你是做哪一行的？你懂些什麼？」

「我什麼都知道，」幸運兒回答，「不知道的，我也會想辦法找出答案。」

「那你能幫我了，」船夫說，「可否告訴我，爲什麼我得在這兒來回撐船擺渡，一輩子不得解脫？」

「別擔心，」幸運兒說，「我會幫你找到解答的。」

過了河，小伙子很快就來到地獄的門口。洞口黑漆漆的，像被煙燻過似的，令人渾身不舒服。魔鬼不在家，只有他的奶奶坐在一張扶手椅上看報紙。

「你要做什麼？」老婦人問道。

她的模樣似乎不太邪惡，小伙子就向她說明來意。

「國王說，如果我沒取得魔鬼頭上的三根金髮，」他說，「我就會失去我的妻子。」

「這任務也太難了，」老婦人說，「要是魔鬼回來看到你，他可能會一口把你吃掉。你是個好看的小伙子，我很同情你，我會盡可能幫你。首先，讓我把你變成一隻螞蟻。」

她這麼做了，然後再用手指把螞蟻從地上舉起來，確定他聽得到她說話。

「躲在我的裙子裡，」她說，「我會把頭髮給你。」

「謝謝妳。另外還有一事相求，」螞蟻說，「我有三件事想知道。一是爲什麼市集廣場上的井，曾經湧出酒來，現在卻連一滴水也沒有？二是公園裡的大樹原本會長出金蘋果，現在卻連葉子都長不出來？三是爲什麼船夫要一直在河上來回擺渡，不得解脫？」

「這都是難解的問題，」老婦人說，「我不能擔保一定問得到答案。但是你別出聲，注意聽他在說什麼。」

螞蟻搖晃他的小腦袋，點頭答應。老婦人把小螞蟻放到裙子下。正巧魔鬼也剛踏進家門。一進門，他就開始大聲吼叫。

「怎麼了？」他的奶奶問道。

「有人肉的味道！我聞得出來！是誰來過這裡？」

魔鬼開始四下搜尋，高舉椅子，東翻西找，把每個角落都翻遍。

「眞是夠了！」奶奶喝叱道，「我才剛把家整理好，你這下又弄得一團亂。給我好好坐下來吃飯，別再小題大作了。」

「可是，我……」魔鬼咕噥道，「我眞的有聞到人的味道。」

但是他累了，只好乖乖坐下來，狼吞虎嚥地吃飯。吃飽之後，他躺下來，頭枕在奶奶的腿上。

「奶奶，幫我抓蝨子，」他對老婦人說。

她開始幫他抓頭蝨，魔鬼很快就睡著了，還呼聲大作。老婦人趕緊揪住魔鬼頭上的一根金髮，拔下來放在一旁。

「唉喲！」魔鬼叫了一聲，馬上清醒，「你在做什麼？」

「我做了一個夢，」老婦人小心翼翼地把金髮放到魔鬼看不到的地方，一邊回答。

「你夢見什麼？」

「一口井，」老婦人說，「市集廣場上有一口井。幾年前井裡會湧出酒來，每個人都來汲取酒泉，現在卻連水也沒有了。」

「這些人眞笨，」魔鬼口中唸唸有詞，然後又把頭枕在奶奶的腿上，「泉水口的石頭下有隻癩蝦蟆。如果他們把癩蝦蟆殺了，就會重新冒出酒泉了。」

奶奶又開始幫魔鬼抓頭蝨，直到他呼呼大睡。老婦人的手在一頭亂髮間搜尋，終於又找到一根金髮，老婦人將它拔下。

「唉喲！為什麼你要一直吵我？」

「對不起，親愛的，」老婦人說，「我又做了一個夢。我不知道自己怎麼搞的。」

「又做了一個夢？這回夢到什麼？」

「公園裡有一棵果樹，幾年前還長滿金蘋果，現在連樹葉都長不出來了。」

「鎮上的人什麼都不知道。有隻老鼠在地底啃樹根，只要他們抓到那隻老鼠，把牠殺了，果樹就會重新結出金蘋果了。」

「你看，你看，」老婦人說，「如果我像你這麼聰明，就不必每次都把你搖醒了。快回去睡吧，我的小寵物。」

魔鬼挪一挪身體，再度把頭靠在奶奶的腿上，沒多久又鼾聲大作，墜入夢鄉。這回老婦人多等一段時間才下手，揪住第三根金髮，猛力一拔，然後把它跟其他金髮藏在一起。

「唉喲！你又來了，你這個笨蛋到底是怎麼了？」

「唉呀，一定是晚上吃的那片乳酪，害我又亂作夢。」

「你和你的那些怪夢有完沒完。如果你再作夢，我就要出手揍你了。這回又做了什麼夢？」

「我夢見一個船夫。他替人撐船，來回擺渡已經好幾年了，還是得不到解脫。」

「呃，果眞是個傻瓜，他只要把船槳塞給下一個要上船過河的人，不就解脫了？」「好，好，你快回去睡吧，我可愛的孩子。我不會再亂作夢了。」

老婦人再也沒有吵魔鬼，所以他終於睡了場好覺。第二天早上，他起床後，精神奕奕地出門去了。等到確定他已經離開，老婦人才把螞蟻從裙下請出來，將牠還原爲小伙子的模樣。

「你剛剛都聽仔細了嗎？」她問道。

「是的，每字每句都聽清楚了，」幸運兒說，「你把三根金髮都收集齊了？」

「在這裡，」她說著，便把三根金髮遞給幸運兒。

他是個有禮貌的人，所以他沒忘了在上路前感謝老婦人的幫助。得到了要找尋的每樣東西，他非常開心。

當他來到渡船口，船夫問他：「怎麼樣，你有答案了嗎？」

「先帶我過河，等過了河，我就會把答案告訴你。」當他們抵達彼岸時，他才開口：「只要把船篙塞給下一位要渡河的人，你就可以解脫了。」

他繼續走，走到那個有著枯樹的小城。巡守員正在等他的解答。

「有隻老鼠正在地底下啃樹根，把那隻老鼠挖出來殺死，果樹就會重新長出金蘋果。」真相大白後，市長和管理委員解開心中的結，非常開心，於是送幸運兒兩頭載滿黃金的驢子。他騎著驢子來到有著枯井的城市。

「挖開井裡的石頭，殺掉藏在裡面的癩蝦蟆，」他告訴城裡的人。他們立刻照辦，果然又重新流出酒泉了。他們舉杯慶賀，祝福小伙子身體健康。爲了感謝他，他們也給了小伙子兩批載滿黃金的驢子。

領著四匹驢子，他一路風光地騎驢回家。每個人見到他都很高興，尤其是他的妻子。國王一看到驢子和驢子身上的重物，也感到非常滿意。

「親愛的女婿，」國王說，「見到你眞是太高興了！你能把魔鬼頭上的金頭髮拿到手，實在太了不起了。但是，你是怎麼拿到這些黃金的？」

「有個船夫帶我過河，河對岸不是沙，而是滿滿的黃金。你想拿多少就拿多少。如果我是你，就會去多拿幾袋回來。」

國王非常貪婪，聽完就心急如焚地出發了。他趕了一整天的路，終於來到河岸邊。他焦急地召喚船夫。

「小心站穩，」國王一踏上船，船夫就對他說，「別讓船身搖來晃去。可以請你幫我拿一下船蒿嗎？」

國王接過船蒿，船夫馬上就跳下船。他又唱又跳，又笑又跳地離開河岸。就這樣，國王被迫留在這兒，替人撐船擺渡。這是對他所犯下的罪做出的懲罰。

◆ ◆ ◆

童話類型——ATU 930，〈預言〉（The Prophecy）；後半段爲ATU 461，〈魔鬼臉上的三根鬍鬚〉（Three Hairs from the Devil's Beard）

故事來源——多洛希雅·維曼的口述故事

類似故事——阿法納西耶夫的〈有錢人馬科和壞運氣的法斯里〉（Marco the Rich and Vassily the Luckless，收錄於《俄羅斯童話》；布麗格的〈世界上最美的人〉（Fairest of All Others）、〈魚和指環〉（The Fish and the Ring）和〈史代普尼小姐〉（The Stepney Lady）皆爲《大英民間故事》；卡爾維諾的〈長羽毛的妖魔〉（The Feathered Ogre）、〈阿拉伯商人〉（The Ismailian Merchant）、〈杏花〉（Mandolinfiore）（皆爲《義大利童話》）

這故事就像〈三片蛇葉〉一樣，在結構上分成前後兩部分。在某些類似童話裡，孩子（通常是女孩）被預言會嫁給有錢人，只要這孩子通過各式各樣的測試：她不必取得魔鬼的三根毛髮（或妖魔的羽毛之類），她要面對的是不想跟他結婚的新郎，並尋找新郎丟入海裡的指環。指環通常被魚吃下肚，而婚禮要在指環出現之後才能舉行，不過指環最後一定會出現。我喜歡這裡的版本，因爲主角獲得報酬是由於他的勇氣，而非運氣。

20

The Girl with No Hands

沒有手的姑娘

從前有個磨坊主人，日子過得一日不如一日，最後，他除了磨坊和磨坊後的一棵大蘋果樹之外，一無所有。有一天，他到森林去撿拾柴火，有個陌生的老人突然出現在他面前。

「何必撿柴火，把自己搞得這麼累？」老人說，「只要你答應，磨坊後的東西都歸我，我就有辦法讓你瞬間致富。」

磨坊主人心想：「磨坊後，除了那棵大蘋果樹外，什麼都沒有。」

「好吧！」他對老人說，「我答應你。」

老人寫了一份字據，拿給磨坊主人簽名。取得簽名後，老人臉上出現一抹詭異的笑容。

「三年後，」老人說，「我會來取回屬於我的東西。你可別忘了。」

磨坊主人趕緊跑回家，發現他的妻子也跑出來找他。

「喔，丈夫，」他的妻子急切的說，「你一定無法想像發生了什麼事。我們家堆滿一箱又一箱的寶藏，有金幣、各式各樣的錢和珍珠……這是

從哪兒來的？是老天終於眷顧我們嗎？」

「這是一場交易，」磨坊主人把遇到老人的事情全告訴妻子，「我只要簽個字據，然後把磨坊後的東西給他就好了。這些金銀財寶，應該比那棵蘋果樹值錢的多吧？」

「噢，丈夫！你不知道自己做了什麼蠢事！那個人一定是魔鬼！他指的不是蘋果樹，而是我們的女兒！她在磨坊後面打掃走道！」

磨坊主人的女兒是一個美麗的姑娘，接下來的三年裡，她虔誠地敬拜上帝。轉眼間，三年過去了，魔鬼要來把她帶走的日子到了，她把自己從頭到腳洗淨，穿上一身白色的裙裝，然後用粉筆圍著自己畫了一個圈。魔鬼一大早就出現在磨坊前，卻發現怎麼也無法靠近她。

他非常惱怒地對磨坊主人說：「爲什麼要讓她清洗自己，你這個蠢蛋？這樣我根本碰不了她。把水全部拿走，別給她碰水，一滴都不行。」

磨坊主人嚇壞了，只得遵照魔鬼所說，不讓女兒碰水，不管她有多渴。第二天，魔鬼又回來了。

「你看！她的手是乾淨的！誰叫你給她洗手的？」魔鬼惱羞成怒地說。

原來姑娘哭了一整夜，她的淚水把雙手洗乾淨了。魔鬼還是不能動這個姑娘，他簡直氣壞了。

「好，」他說，「你現在去把她的手砍斷，我才能帶她走。」

磨坊主人害怕極了。「我不能這麼做！」他哭喊著，「她是我的孩子，我不能這麼對她。」

「好，如果你不照做，」魔鬼說，「那我就把你帶走。」

磨坊主人承受不了這種威脅。他轉身對女兒說：「我親愛的女兒，如果不把妳的雙手砍掉，魔鬼就會把我帶走。我很害怕，所以答應了他的要求。妳就幫幫我，原諒我的狠心吧！」姑娘說：「親愛的父親，我是您的女兒，您想這麼做就下手吧！」她伸出雙手，讓父親執行任務。

魔鬼隔天又來了，但這可憐的姑娘又禁不住一直哭泣，眼淚把全身都哭濕了，她的身體又被洗滌乾淨。魔鬼試了三次，都無法把姑娘帶走，只好放棄。

磨坊主人對女兒說：「親愛的女兒，我們家因爲你而得到一大筆財富，我一定要讓你這輩子過好日子，衣食無虞。」

但是他的女兒卻說：「我不能留在您身邊了。我必須離開。如果我缺什麼，路上的好心人會給我的。」

她請父母把斷臂綁在背後，就啓程了。她走了一整天，直到天黑才稍事休息。天上月光皎潔，藉著月光，她看到河對岸的皇家花園裡，有著結實纍纍的果樹。她餓壞了，卻因爲河水之隔，而不能採果充飢。

她整天沒吃東西，深受飢餓之苦。她心想：「要是我在花園裡就好了！我好想直接摘取樹上的果實來吃。我再不吃東西，就要餓昏了。」

她跪下來向上帝祈禱。突然間，一個天使從天而降，他到河裡關上閘門，河床很快就乾了。姑娘走過乾涸的河床，到達了花園，天使跟在後頭。

姑娘看到一棵果樹，結滿沉甸甸的梨子，爲了防止被偷，每顆梨子還編了號碼。但是她實在餓得受不了了，所以走上前去，用嘴咬下一顆梨。一顆梨足以讓她止饑，她吃完了，也不再多取，就到旁邊的灌木叢躺下休息。

花園的園丁看到姑娘偷了梨子，但是他還看到一個天使跟著她，以爲這姑娘也是鬼魂，因此不敢發聲制止。

第二天早上，國王來到花園，他一看便知道樹上的梨子少了一個，就把園丁召來跟前詢問。

「噢，國王陛下！昨晚有個鬼魂過河前來花園，從果樹摘了一棵梨子來吃。而且陛下，她身上沒有手。」

「鬼魂怎麼過河的？」

「有個天使從天而降，關上水閘門讓河床乾枯，她就這麼走過河的。我當時嚇得不敢出聲。她吃完梨子後，就藏匿無蹤。」

「這事兒聽起來很不可思議，」國王說，「今晚我最好跟你一同守在這裡，觀察情況。」

第二天晚上，國王悄悄地來到花園，身旁還帶著一個神父，準備在鬼魂出現時，可以跟他對話。他們坐在果樹附近等待。果然，午夜一到，鬼魂出現了，她靠近果樹，用嘴咬下一棵梨子。身旁還站著一個穿著白衣的天使，在一旁守護著她。

神父走上前去找鬼魂：「我的孩子，你是從哪裡來的？是來自天上，還是來自人間？你是鬼魂，還是凡人？」

「我不是鬼魂」，姑娘說，「我是個可憐的女人，被世人拋棄，只有上帝眷顧我。」

國王聽到她的陳述，便對她說：「就算全世界都遺棄了妳，我也絕對不會這麼做。」

國王把姑娘帶回城堡。她長得很美麗，個性又很溫柔，他忍不住喜歡上她，最後娶她爲妻，而且請人做了一雙銀手給她。他們過著幸福的日子。

一年之後，國王必須親赴戰場，他把年輕的皇后託付給母后。「皇后分娩時，立刻寫信告訴我，並幫我好好照顧皇后和我的骨肉。」

過沒多久，皇后產下一個可愛的男嬰。國王的母親趕緊寫信向國王報告這個喜訊。

但是長途跋涉的信使，中途在溪邊休息。這時，一直想伺機破壞姑娘幸福的魔鬼又出現了。他趁信使入睡時，把信掉包，信上寫著：皇后生了一個怪胎。

國王讀了信之後，又驚恐，又難過。他寫信回家，告訴母親直到他到家前，請她要好好照料他的妻子和孩子。回程途中信使休息，魔鬼再度來攪局，信又被掉包了。信上寫著：把皇后和那個怪胎殺掉。

國王的母親讀了信之後，非常驚恐。她又寫了封信給兒子，沒想到還是得到相同的答覆，因爲魔鬼始終跟著信差，又把信調換了。而最後一封信竟然寫著：殺了母子以後，把皇后的舌頭和眼睛保存起來，作爲憑證。老母親一邊讀信，一邊痛心地爲無辜犧牲的生命流下眼淚，不過她也想到一個因應的辦法。她請人把一頭母鹿殺了，挖下牠的舌頭和眼睛，保存起來。

「親愛的兒媳，」他對皇后說，「妳看，這是國王寫來的信，我無法聽從他的命令，把妳和孩子殺了。但是你們不宜在皇宮久留。帶著孩子離開這裡，越遠越好，永遠不要回來。」

她幫皇后把孩子綁在背後，可憐的皇后便傷心地離去。

皇后走呀走，走入一片又黑又深的林子，她雙膝跪下來祈禱。

天使果然出現在她面前，帶領她來到一座小木屋。木屋門口上貼著一塊牌子：「歡迎來到自由人之家。」

屋裡走出一位膚色潔白如雪的少女，她長得有如天使般純淨，說：「皇后陛下，請進。」

她幫皇后把背上的嬰兒解開，再把嬰兒抱到皇后胸前餵奶。然後把孩子帶到一張漂亮的床上。

「妳怎麼知道我是皇后？」

「我是一個天使，上帝派遣我來照顧妳。妳什麼都不必擔心。」

他們在這個小屋裡住了七年，受到天使完善的照顧，而且這段期間，因爲她很虔誠，上帝恩賜她，使她被砍掉的雙手重新長了回來。

國王終於從戰場歸來，他急切地想見到久別的妻子和尙未謀面的兒子。

她的母親老淚縱橫地說：「你太狠心了，竟然要我殺死兩個無辜的人。」

國王一聽，詫異極了。母親把被魔鬼偷換的信遞給他。「我照你的吩咐做了！」接著，母親拿出作爲憑證的舌頭和眼睛。

國王看了悲痛欲絕，痛哭失聲。母親於心不忍，便把實情告訴他說：「這裡的確發生了不幸的事情，但是你別再哭泣，因爲你的妻子還活著。我偷偷請人殺了一頭母鹿，這些東西是從母鹿身上取下來的。我把孩子綁在你妻子的背上，叫她離開這裡，發誓永遠不要回來，因爲你對她如此絕情。」

「妳說的對，這結果眞是太不幸了，」國王說，「這全是魔鬼的詭計。但我現在要去尋找我親愛的的妻子和孩子。沒找到他們，我就不吃不喝，也不睡上床。」

國王走了將近七年的時間，找遍了每一個洞穴和山崖，村莊和城鎮，始終沒有找到他們，他甚至悲觀地認爲，母子倆會不會已經不在人世。在這段時間，國王謹守誓言，不吃不喝，然而上帝保佑著他。最後，他走進一座大森林，來到了那座掛著「歡迎來到自由人之家！」

牌子的木屋。

潔白如雪的天使出來迎接他。天使握住他的手，將他領入屋內。

「陛下，歡迎您！您從哪兒來的？」

「我四處奔走將近七年的時間，」他說，「為的是尋找我的妻子和兒子，但是卻苦無他們的音訊。」

天使為他準備了食物和飲料，但是他什麼都不要，只說要在這裡休息片刻。他躺下來，用手帕蓋住臉頰後就睡著了。

天使走進隔壁的房間，皇后和他的兒子坐在裡面。皇后把兒子叫做「愁兒」。

天使對皇后說：「帶你的孩子一起出去吧，妳的丈夫來找妳了。」

皇后一聽，趕快帶著兒子來找丈夫，這時，蓋在國王臉上的手帕剛好滑落。

「愁兒，把手帕撿起，」皇后說，「放回你父親的臉上。」

小男孩遵照母親的指示，把手帕蓋在國王的臉上。國王在恍惚間聽到母子的對話，便故意讓手帕又滑落一遍。

小男孩有點不耐煩地說：「媽媽，我怎麼能把父親的臉蓋上？您不是說我沒有父親，父親在天國。我祈禱時，不也學著說『我的天父啊』？現在您怎麼要我認這個野人為父親？」

國王聽了這些話，立即起身，問了眼前的女人是誰。

「我是你的妻子，」她回答，「這是你的孩子愁兒。」

但是國王看著她那雙活生生的手，說：「我的妻子只有一雙銀手。」

她回答：「上帝的恩賜，我的手又重新長出來了。」

天使從另一個房裡拿出那雙銀手，國王這才確信，站在眼前的眞的是他摯愛的妻子和孩子。他熱烈地親吻他們，並歡喜地告訴他們：「我心中的大石頭總算放下了。」

天使邀請他們享用一頓團圓飯，隨後，他們回到城堡裡，與他善良的老母親會合。他們歸來的消息傳遍全國，皇宮內外一片歡欣。國王和皇后重新舉行婚禮，從此，他們過著幸福快樂的日子。

◆◆◆

童話類型——ATU 706，〈沒有手的少女〉（The Maiden Without Hands）

故事來源——來自瑪麗．哈森弗魯格、多洛希雅．維曼和尤漢．H．鮑爾（Johann H. Bauer）的口述故事。

類似故事——阿法納斯耶夫的〈無手的少女〉（The Armless Maiden）（《俄國童話故事》）；布麗格的〈殘忍的繼母〉（The Cruel Stepmother）和〈多麗絲女兒〉（Daughter Doris）（《大英民間故事》）；卡爾維諾的〈奧利夫〉（Olive）和〈火雞〉（The Turkey Hen）（《義大利童話》）

這個故事類型流傳甚廣。組成故事的幾個要素都頗爲陰森，同時也很活靈活現，國王和皇后團團的結局，令人讀來心滿意足。一個美麗而沒有手臂的女孩，穿著一襲白衫，身旁伴隨一個天使，在午夜花園裡，細咬一顆梨子的畫面，實在很奇特，卻也很動人。

然而，這則故事本身很討人厭。最惹人反感的是磨坊主人的懦弱，而且他並沒有得到懲罰。瀰漫於整個故事中那種未曾動搖的虔誠態度，也令人反胃。而那個可憐女人的手臂，又重新長回來，實在是個荒謬的安排。「童話故事中，不都充斥著荒謬的安排嗎？」

那可不。舉例來說，在〈杜松樹的故事〉（頁二三九）中，小男孩的復活就極具正當性。而在這則故事中，就顯得愚蠢：讀者並沒有獲得驚喜，反而因爲這荒謬的安排而發笑。不過這則故事和其他類似情節的故事，必然說中許多讀者的心聲，不然它不會流傳得這麼廣。或許，這類殘忍的截肢故事，以及訴諸情感的虔誠，受到不少人的喜愛吧。

21

The Elves

小精靈

第一個故事

從前有一個鞋匠，日子過得越來越窮（雖然不是他的錯），窮到最後，幾乎沒有皮革可以製鞋。事實上，他只剩下足夠做一雙鞋的皮革了。他晚上把剩餘的皮革裁好，打算第二天早上製作。他這輩子問心無愧，所以他照常在睡前禱告，之後便安然入睡。

第二天早上他醒來，吃了些乾麵包以後，坐上他的工作台，準備動手製鞋，卻發現一雙已經完工的鞋子。他非常驚訝，拿起這雙鞋，從各個角度仔細察看一番。一針一線都縫得又紮實又漂亮，整雙鞋完美無缺，比他自己做的還好。

很快地，就有顧客上門，他正好在找這個尺寸的鞋子，而且對這雙鞋一見傾心，立即掏出一筆可觀的金額買下這雙鞋。

這筆金額足夠讓鞋匠買回兩雙鞋的皮革。他晚上把皮料裁好，準備第二天早上精神好時再做。然而他什麼也不用做，早上當他醒來時，兩

雙鞋已經做好了，而且就像昨天一樣，這鞋子做工細膩，有如出自老師傅之手。鞋子很快就被買走，他得到的利潤，足夠讓他買到四雙鞋的皮革。第三天早上，他發現四雙鞋料又都被製成精緻的新鞋。就這樣，他在晚上剪好皮革，隔天早上鞋子就完成了。過沒多久，他就賺得不少收入，最後成了一個富有的人。

耶誕節前的某一個晚上，鞋匠剪完鞋料，臨睡前對妻子說：「今晚我們就熬個夜，看看到底是誰在幫助我們。」

妻子覺得這是個好點子。他們點了盞燈，然後躲在曬衣竿後的角落，偷偷觀察。

一到午夜，兩個裸身的小矮人從門縫底下鑽進鞋匠的工作室。他們跳上工作台，馬上開始幹活，他們以一種連鞋匠都難以相信的速度，把裁好的鞋料一針一線地縫妥。兩個小矮人一鼓作氣把所有的活兒都做完，他們把做好的鞋放到桌上，然後從門下溜走。

第二天早上，妻子說：「小矮人對我們這麼好，我們應該做點什麼回報他們。畢竟，他們使我們過上好日子，而自己卻在寒風中奔波，身上什麼都沒穿。我來爲他們縫些小襯衫、小外套、小內衣和褲子。再給每個人織雙長統襪。你也來幫他們做雙小鞋吧。」

「這點子眞不錯，」鞋匠說完，就和妻子上工，幫小矮人準備禮物。

那天晚上，他們沒在工作台上放裁好的鞋料，取而代之的是做好的小衣服。然後他們躲起來，看看小矮人的反應如何。一到午夜，小矮人如往常般蹦蹦跳跳來到工作台，準備開始工作。這回他們沒找到鞋料，卻發現那些小巧的衣服。他們看著那些小衣服，困惑地搔著頭。等他們明白了，便歡欣鼓舞地跳上跳下，用最快的速度穿上衣服，他們整整身上的新衣，唱道：

「如今我們神采飛揚，
為何還要來當鞋匠？」

兩個小矮人像一對小貓咪一樣手舞足蹈，他們跳過椅子、工作台、爐台、窗台，最後從門下跳了出去，一轉眼不見蹤影。

小矮人沒有再回來。鞋匠的生意依然蒸蒸日上，日子過得越來越順遂。直到終老，他和妻子都過著快活而優渥的生活。

第二個故事

從前有個窮苦的女僕，她工作勤奮努力，手腳俐落。她每天都打掃房子，把垃圾堆在後門外。

有一天早上，正當她要開始工作時，發現垃圾堆上有一封信。因爲她不識字，就把信拿給她的主人看。原來，是小精靈寫給她的信。小精靈生了小寶貝，想邀請她參加孩子的受洗典禮，並做孩子的教母。

「夫人，我不知道該怎麼辦！」她憂慮地說。

「這眞是個難題，葛琴，」夫人說，「但是我聽說，人是不能拒絕小精靈的邀約的，我看妳就接受吧！

「如果夫人也這麼說的話，那我就同意他們的邀請。」

夫人幫葛琴寫了一封信給小精靈，葛琴把回覆信放在她發現來信的地方，等她一轉身，信就消失了。過沒多久，三個小精靈來了，把葛琴帶到一座空心山。她得彎著腰低著頭，才進得了低矮的洞口。她進到洞裡，對眼前所見景象大爲吃驚，每件東西都相當精緻而珍貴，美得難以言傳。

剛產下新生兒的媽媽，正躺在一張鑲著珍珠貝殼的黑檀木床上，被單則繡著金線。搖籃是象牙雕製，嬰兒浴盆則是純金打造。小嬰兒約莫是她的小指頭一般大小。

爲新生兒洗禮完，葛琴原本打算回家去，因爲她第二天還得工作。但是小精靈極力挽留，請求她多住三天。禁不住小精靈的盛情邀約，葛琴便留下了。小精靈們盡心盡力，讓她度過了一段賓至如歸的美好時光。

三天很快就過了，葛琴不得不與小精靈們道別。他們在葛琴的口袋裡裝滿金子，帶她出了洞口。她往家裡的方向走去，在稍晚的早晨回到家。當她看到留在房子角落的掃把仍佇立原處，便拿起掃把，馬上開始一天的灑掃工作。這時，房子裡走出了一位陌生人，問她在做什麼。她很驚訝。原來，她的主人已經過世，她在山中只住了三天，但實際上，人世間已過了七年。

第三個故事

有個母親，她的孩子被小精靈從搖籃裡抱走了，換來一個目光痴呆、頭殼肥大的怪嬰。怪嬰每天除了吃和喝之外，什麼也不做。

母親非常著急，急忙去找鄰居想辦法。鄰居請她把怪嬰帶去廚房，將他放在灶上，然後生火，再找兩顆蛋殼當容器燒開水。這麼做，怪嬰就會發笑，而只要他一笑，事情就解決了。

這位母親聽從鄰居的建議，把蛋殼放到火上煮水，那個大蠢蛋看了，便開口唱道：

「我上了年紀，
老得像韋斯特森林，
卻從沒看過誰，
在蛋殼裡煮水！」

說完，怪嬰就大笑起來。他一笑，一群小精靈立刻出現，他們帶來被換過的嬰兒，把孩子放在灶上，然後，又帶走那個怪嬰。女人再也沒看過小精靈。

童話類型──第一個故事：ATU 503，〈小矮人的禮物〉（The Gifts of the Little People）；第二個故事：ATU 476，〈地獄裡的產婆〉（Midwife in the Underworld）；第三個故事：AT 504，〈被掉包的醜嬰孩〉（Changeling）

故事來源──皆由竇爾琴·威樂德親自口述。

類似故事──布麗格的〈食物、火和伙伴們〉（Food and Fire and Company）、〈頑皮鬼空比山谷」（Goblin Combe〉、〈暫且足以〉（That's Enough to Go On With）、〈雙鋒〉（The Two Humphs）（《大英民間故事》）；卡爾維諾的〈兩個駝背〉（The Two Hunchbacks，收錄於《義大利童話》）

這類以仙子爲主角的故事在格林童話中非常罕見。無論這些超自然的生物是叫做小精靈（elves）、仙子（fairies），或（不尋常的名稱，但在英國很常用的）布朗尼小精靈（Brownies），他們在故事中，還是有些需要細心留意的成規。如英國民間故事權威布麗格所言：「布朗尼小精靈爲人服務若得到報酬，反而會把他們趕走；這是留住他們的一大禁忌。」（《仙子事典》（*Dictionary of Faries*）第四十六頁）然而，在她的民間故事〈暫且足以〉中，有禮的孩子得到回報，無禮的農夫得到懲罰，似乎又與上述說法相抵觸。也許，對待這些超自然生物，除了小心謹慎之外，你還需要些運氣。

第二和第三個故事比一般的奇人軼事再多些滋味，當然，我們也可把故事講得更爲詳盡。大家應該對第一個故事最爲熟悉；有些讀者甚至在碧雅翠絲·波特的《格洛斯特裁縫》（*Tailor of Gloucester*, 1902）中，讀到若有似無的相似之處。

22

The Robber Bridegroom

強盜未婚夫

從前有個磨坊主人，他有個漂亮的女兒。當女兒到達適婚年紀時，磨坊主人認爲幫她找個好人家的時候到了。「若有品格高尚的追求者出現，」他對自己說，「我就放心把女兒交給他。」

他幫女兒徵婚的消息一傳十，十傳百。沒過多久，果然來了個相貌端正的紳士，請求主人把女兒嫁給他。磨坊主人親自面試他，發現他無可挑剔，便答應他的請求。

然而，女兒並不喜歡這個未婚夫。她無法信任他，而且，每當一想起他，或聽到他的名字，她就不由自主地害怕起來。

有一天，未來的丈夫對她說：「親愛的，我們即將步入禮堂，但是妳卻從來沒到過我家。要不要來我住的地方看看？畢竟那也是妳未來的家。」

「我不知道你家在哪兒。」姑娘回答道。

「就在外頭的森林裡，」未婚夫說，「那區相當漂亮，你不會錯過的。」

「我不認爲自己找得到路，」姑娘推託著。

「星期天妳一定要來我家，我已經邀了一些客人，他們很期待見到妳。我會在樹林裡沿路灑灰，妳只要跟著走就不會迷路。」

星期天到了，姑娘心裡出現不祥的預感；她寧可做些什麼別的事情，也不願穿越樹林去未婚夫的家。她在口袋裡裝滿豆子，沿路灑豆做爲標示，以防找不到回家的路。到達森林入口處時，她看到地上有灑灰的道路，便順著灰往前走。她每走一步，就在道路的左右兩邊各扔些豆子。她走了一整天，來到樹木長得極爲高大茂密的一區，她越往裡面走光線越暗，當她走到林子的正中央，就看到未婚夫的房子佇立在眼前。這房子看起來陰暗而安靜，好似已遭人遺棄。房子裡空無一人，只有一隻被關在籠子裡的小鳥。牠看起來並不平靜，一見到姑娘，牠就開始唱道：

「回頭吧！別再來！快回家！當心點！
妳踏入了強盜窩！妳已身陷危險！」

姑娘抬起頭，對著籠裡的鳥說：「小鳥兒，你能再多說一點嗎？」

沒想到，小鳥又唱了一次：

「回頭吧！別再來！快回家！當心點！
妳踏入了強盜窩！妳已身陷危險！」

姑娘繼續往前走，一個房間一個房間地看，始終連個人影也沒有。直到她走到地窖，才看見一個老太婆，就著微弱的火光，頭微微顫抖著。

「您能告訴我，我的未婚夫住在這裡嗎？」姑娘問道。

「噢，妳這可憐的孩子，」老太婆回答，「爲什麼妳會來到這種地方？這裡是個危險的強盜窩啊。妳說是來這裡找未婚夫，不幸的是，妳唯一的未婚夫就是死神。看到爐火上的那一大鍋水了嗎？他們叫我把水燒開，當他們回來時，就會把妳剁成碎塊，丟到滾水裡去煮，等妳被煮到肉質鮮嫩之後，再把妳一口吃掉！他們是一群殘暴的食人魔。我看妳一副楚楚可憐的模樣，所以同情妳，把實情告訴妳。而且，妳還長得那麼美。來，跟我來。」

老太婆把她藏在一個大圓桶後，那裡沒人看得見。「待在這裡，別輕舉妄動，」她對姑娘說，「如果他們聽見妳在這裡，妳就完了。等他們睡著，我們就一起逃走。」

她話音一落，強盜們就回到家，手中拖著一個剛抓到的年輕女孩。她又哭又喊，但這幫強盜喝得爛醉如泥，根本不理會女孩跪地求饒。他們強行灌給她三杯酒，一杯紅的，一杯白的，還有一杯黃的，喝到第三杯，她已經無法承受，她的心臟猛地裂開。

強盜扒下女孩精緻的衣服，把她的軀體放在平台上，接著就狠狠地把女孩剁成碎塊，並在碎塊上灑鹽。躲在大圓桶後的未婚妻嚇得渾身發抖，因爲她看到了，若她落入強盜手中，會有什麼下場。

一個強盜發現被害女孩的小指上戴著一枚金戒指，他拿起斧頭，一把將指頭砍下，不料他用力過猛，指頭飛過大圓桶，掉到未婚妻的大腿上。強盜看不出指頭掉去哪裡，所以點了盞燈，到處尋找小指的下落。

另一個強盜說：「去大圓桶後面找找，我剛才看它飛去那兒了。」

老婦人一聽，馬上對強盜大喊：「快來吃晚餐，明天再找吧，指頭不會自己跑掉的。」

「她說得沒錯，」其他的強盜一邊說，一邊拉椅子坐下來吃飯。老太婆在強盜的酒裡放了安眠藥，所以他們連飯都還沒吃完，就倒在地上呼呼大睡起來。

未婚妻一聽到強盜們的鼾聲，便從大圓桶後爬了出來。她小心翼翼地跨過擋在門口的強盜，深怕一不小心把他們踩醒。

「親愛的上帝，請您救救我！」她小聲地祈禱著。最後，她終於安然無恙走到地窖門口，老太婆正在那兒等她。她們爬上樓，開了門，以飛快的速度逃離強盜窩。

還好未婚妻之前沿路灑了豆子，因爲現在地上的灰，早已被風吹得不見蹤跡。而灑在地上的豆子卻發了芽，在月光下看得十分清楚。她們沿著小豆苗，一路走回磨坊，終於在天亮時抵達家門。姑娘把自己的遭遇從頭到尾告訴父親，老太婆在一旁點頭附和。

舉行婚禮的那一天，未婚夫來了，他對每個人都彬彬有禮，臉上始終掛著笑容。磨坊主人邀請所有的親友前來觀禮，他們對這位帥氣而友善的新郎，抱持著高度好感。當他們坐下來用餐時，在座每位客人被邀請講個故事助興，新娘只是默默坐在一旁，默默聽著大家輪流說故事。最後，新郎對新娘說：「親愛的，難道妳沒什麼可跟大家分享？隨便說個故事吧！」

所以她說：「好吧，那我就來說說我做的夢。在夢中，我走在森林裡，走呀走，最後來到一座黑漆漆的房子，房子裡半個人影也沒有，只有一隻被關在籠子裡的鳥，一見到我，就開始唱：『回頭吧！別再來！快回家！當心點！妳踏入了強盜窩！妳已身陷危險！』」

「小鳥還唱了兩回。但親愛的，這不過是一場夢。我把每個房門打開來看，雖然裡頭沒半個人，我卻覺得這個地方哪裡怪怪的。最後，我走到地窖，看到一個老太婆，頭正微微顫抖著。我開口問她：『我的未婚夫住在這裡嗎？』她回答：『我的親愛的孩子，妳可知自己正置身強盜窩？你的未婚夫的確住在這裡，但是他準備把妳剁成碎塊，然後把妳煮來吃。』」

新郎插嘴說：「這不可能是真的！」

「親愛的，別緊張，這不過是一場夢。老太婆把我藏在一個大圓桶後面，我躲好之後，那群強盜就回來了，身後還拖著一個可憐的女孩，她哭喊著請求強盜饒了她。強盜準備三杯酒，一杯紅的，一杯白的，還有一杯黃的，然後把酒強灌給可憐的女孩。三杯酒下肚後，女孩的心臟爆碎，就這麼死了。」

「事情不是這樣的，不是的！」新郎著急地喊著。

「親愛的，別激動，這只是一場夢。強盜把女孩精緻的衣服扯開，把她的身軀放在桌子上，開始大切八塊，最後還灑了鹽。」

「事情不是這樣的，不是的！老天爺不會允許這種事情發生！」新郎幾近瘋狂地嘶喊著。

「親愛的，請稍安勿躁，這不過是一場夢。其中一個強盜瞥見女孩手指上戴著一枚金戒指，便拿了斧頭，把指頭砍下。這一砍，指頭飛過天際，掉在我的大腿上。這就是那隻戴著戒指的手指。」

說罷，她拿出那根手指和戒指給大家看。

強盜未婚夫聽了這個故事，嚇得臉色跟粉筆一樣白，他跳起來要逃走。但是在場的賓客把他牢牢抓住，一群人押著他上法庭去。士兵逮捕到其他的強盜。因爲他們邪惡的罪行，他和他那幫強盜伙伴都被處決了。

童話類型——ATU 955，〈強盜未婚夫〉（The Robber Bridegroom）
故事來源——瑪麗．哈森弗魯格的口述故事
類似故事——布麗格的〈血之地窖〉（The Cellar of Blood）、〈佛斯特醫生〉（Dr. Foster）、〈狐狸先生〉（Mr. Fox）（《大英民間故事》）；卡爾維諾的〈王后和強盜的婚禮〉（The Marriage of a Queen and a Bandit，收錄於《義大利童話》）

這則故事沒有出現一絲超自然的描述：它可說是一則出色的血腥恐怖故事，而且，就算故事背景設在當代也能說得通。因此在布麗格所寫的其中一個相似故事〈血之地窖〉中，勇敢未婚妻的父母會致電蘇格蘭特警，請他們送幾位偵探來當說故事婚禮的嘉賓，實在也不足爲奇。

因爲某些原因，英國民間有很多類似的故事。我這則故事裡的強盜未婚夫，幾度在新娘訴說夢境時插話反駁的橋段，是借自另一則類似故事〈狐狸先生〉。而這橋段莎士比亞也借用了：

培尼迪克：殿下，就像古老童話裡，想掩蓋事實的人都這麼說：「事情不是這樣，也不是那樣，但是真的，老天爺不會允許這種事發生的。」

（《無事生非》，第一幕，第一場）[1]

1 這句台詞出現在莎翁喜劇《無事生非》（*Much Ado About Nothing*）的第一幕，當克勞迪歐（Claudio）想向哥兒們吐露愛慕對象，卻又欲語還休，大玩文字遊戲時，機智而熟知內情的好友培尼迪克便以此句話調侃他。

23

Godfather Death

死神教父

從前有個窮人，他有十二個孩子。他不分晝夜的工作，卻只能爲孩子帶回少得可憐的食物。所以當他的第十三個孩子出世時，他家的生活陷入困境，不知如何是好。他只好上路去，想請在路上遇到的第一個人，當孩子的教父。

他第一個遇到的人是上帝。他內心的煎熬上帝全知道，上帝對他說：「可憐的男人，我很同情你，我很樂意在受洗典禮上抱著你的孩子，當他的教父。你別再擔心了。」

「你是誰？」男人問道。

「我是上帝。」

「算了吧，我不想請你當孩子的教父。是你把一切給了富人，卻讓窮人挨餓。」

當然，男人會這麼說，是因爲他並不理解上帝對富人仁慈，對窮人殘酷的用意。

拒絕了上帝之後，男人又繼續上路。下一個他遇到的人，是一個穿著體面的紳士。

「我很樂意幫助你，」他說，「如果我當了孩子的教父，我會給他很多財富，讓他享盡世間的

歡樂。」

「請問你是誰？」

「我是魔鬼。」

「什麼？我才不會讓你當孩子的教父。你欺騙大眾，引人作惡。你做過的壞勾當我聽多了。」

所以男人又繼續走，結果遇上了一個腿部萎縮，步履蹣跚的老人。

「讓我當你孩子的教父，」老人對他說。

「你是誰？」

「我是死神，任何人在我面前一律平等。」

「你是最合適的人選，」男人說，「你帶走富人，也帶走窮人，對他們一視同仁。你才最應該來當我孩子的教父。」

「這是個明智的決定，」死神說，「我會讓你的孩子名利雙收。與我交好的人，一生不虞匱乏。」

「受洗日是下星期天，」男人說，「到時記得準時參加。」

死神依照約定，出現在星期天的受洗禮上。他發了誓，正式成為孩子的教父，當天他的行為舉止都表現得無懈可擊。

孩子長大了。有一天，教父來到他家，對他說：「年輕人，跟我來。」

年輕人跟著教父到森林裡，老人指著一株草藥對年輕人說：「這是教父送你的禮物。我要讓你成為一個有名的醫生。如果有人請你去看病，你在病床前環顧四周，就會看到我。如果我站在病人頭部的位置，就表示他的病情會漸漸好轉。給病人服用這種草藥，服用方式由你決定，無論是給他一片葉子嚼，或給他植物的花煮茶喝，或把藥根磨成膏狀製成藥丸，病人不出一天，就會完全康復。但是，如果我站在病人的床尾那頭，那他就屬於我的。這點你得牢記清楚，你必須告訴他，病人沒救了，全世界的醫生都無法挽回他的生命。但是你要留意：不能違反我的意思，把草藥送給原本屬於我的人，否則，你將大禍臨頭。」

年輕人遵照教父的指示，為病人診斷病情。沒多久，他就成為全世界最有名的醫生。他能一眼看出病人是否有救，奇準無比的判斷力讓大家驚嘆不已。他的病人來自世界各地，他們付給他很多錢，所以沒多久，他就成了非常富有的人。

有一天，國王生病了。醫生被召入宮中，朝臣紛紛詢問他，國王的病是否能痊癒。很不幸的，當他來到國王的病榻前，立刻看到死神正站在床尾處。這表示國王已經沒藥醫了。當然，這絕對不是國王的家屬希望聽到的結果。

「如果我能違背他的旨意就好了！就這麼一次！」醫生心裡暗暗盤算，「毫無疑問，這麼做他一定會大發雷霆，但畢竟我是他的教子，也許他會網開一面。我就姑且一試吧！」

所以他把躺在床上的國王調個頭，現在，死神就站在國王的頭部位置了。他給國王喝草葉煎煮而成的藥湯，過沒多久，國王竟可坐起身，病情好轉許多。

然而，等到年輕人獨自一人時，死神馬上出現，他對年輕人陰沉地皺了皺眉，左右搖動他的食指。

「你欺騙了我！」死神說，「我堅決反對你這麼做。不過這次我就不追究，因為你是我的教子。如果下次你膽敢再犯，就是不知死活，因為我會不留情面，把你帶走。」

過一陣子，國王的女兒生了重病。國王就這麼一個孩子，他非常難過，終日以淚洗面，眼睛腫得差點失明。國王發了公告，昭告全國，若有人能治癒公主的病，他就把女兒嫁給他，並讓他繼承王位。

年輕人當然也前來應徵。當他走入公主的病房，死神已然站在公主的腳邊。但是這回，年輕人根本沒看見他的教父，因爲他的目光完全被公主的美麗所吸引，難以自拔。死神又是皺眉，又是揮拳，氣得厲聲咆哮，但是年輕人完全不爲所動。他逕自將公主調個頭，讓她服用兩顆草藥丸。然後公主竟然奇蹟似的坐起身，臉上恢復了紅潤。

但是被欺騙了兩次的死神，已經沒心情等待，他衝過來，用他瘦骨嶙峋的手抓住醫生，然後說：「好啊，我的兒子，一切都結束了。」

死神把他拖離公主的床榻，遠離皇宮和城鎮，他冰冷的手抓得死緊，即使年輕人用盡力氣，也無力反抗。死神把他帶到山下一座巨大的洞窟，洞裡有成千上萬的蠟燭，正在燃燒。蠟燭有的很長，有的中等，也有短到快要熄滅。事實上，每一瞬間，都有蠟燭熄滅，也有蠟燭點燃，就這樣，小小的火苗不停變換，好似在跳舞。

「看到這些蠟燭了吧？」死神教父說，「每根蠟燭，都代表一個在世的人。長的是小孩的，中等的代表正值青春年華的已婚夫妻，短的屬於老人。這是一般情況，孩子和年輕人有時也只有短蠟燭。」

「哪一個是我的？」年輕人問道。他以爲自己一定是支還可以燒很久的長蠟燭。

死神指著一個馬上就要熄滅的小蠟燭頭。年輕人簡直嚇壞了。

「噢，教父，親愛的教父，請再幫我點一支新的蠟燭吧，我求求你！我好想娶公主爲妻。

你知道的，我把公主調頭過來的原因，就是我愛上她了。我無法自拔！親愛的教父，請你行行好，讓我繼續活著吧！」

「我辦不到，」死神說，「新的蠟燭被點燃之前，先得熄滅一隻舊的。」

「噢，我求求你，那就把我這根蠟燭頭，放在新的蠟燭上面，等舊的熄滅後，就有新的繼續燃燒。」

死神假意要滿足他的願望，他取來一隻嶄新的蠟燭，在蠟燭頭即將熄滅前，把新蠟燭直立起來。但是他決心要報復他，當他將蠟燭頭傾斜過去，以便點燃新蠟燭時，故意讓蠟燭頭的火苗熄滅。醫生立刻倒在地上，他跟大家一樣，落入死神的手裡。

童話類型——ATU 332，〈死神教父〉（Godfather Death）

故事來源——瑪麗．伊麗莎白．威樂德（Marie Elizabeth Wild）的口述故事

類似故事——卡爾維諾的〈長生不死之地〉（The Land Where No One Ever Die，收錄於《義大利童話》）；格林兄弟的〈教父〉（Godfather）、〈死神的使者〉（The Messengers of Death）（《格林童話》）

格林兄弟的另一個類似故事〈教父〉，短而滑稽，但故事張力不如這則強。而卡爾維諾的故事只有結論與這則相同，即沒人能躲過死神之手。世上有數以萬計的故事在闡述這個概念。其中又以喬叟（Geoffrey Chaucer）的〈教會贖罪券推銷人的故事〉（The Pardoner's Tale）最廣爲人知。

24

The Juniper Tree

杜松樹的故事

在兩千年前，或說很久很久以前，有一個有錢人，他和美麗而虔誠的妻子住在一起。他們彼此相愛，生活美滿。他們完美生活的唯一缺憾，就是少了個孩子。他們一直盼望有個孩子，妻子也爲此日夜虔誠的祈禱，卻始終沒能如願。

他們房子前的院子裡，有一棵杜松樹。有一年冬天，女人站在樹下削蘋果，卻削到了指頭，鮮紅的血滴在白雪上。

「噢，」她嘆了一口氣，「要是我能有個孩子，像血一樣紅，像雪一樣白，該有多好！」

她說完，好似受到鼓舞，心裡感到很愉悅。她走進家門，相信一切終將變得美好

一個月過去了，雪融了。

兩個月過去了，外頭開始轉綠。

三個月過去了，遍地開滿鮮花。

四個月過去了，森林裡所有的枝幹都茁壯了，盤結在一起。鳥兒高聲鳴叫，啁啾聲在落英繽紛的森林裡迴盪。

五個月過去了，女人站在杜松樹下。香甜的

氣味使她的心躍動不已，她因喜悅而屈膝跪下，難以自制。

六個月過去了，樹上結實纍纍，女人內心變得十分平靜。

七個月過去了，女人摘下杜松漿果，吃個不停，結果吃得太多，突然一陣噁心難受，心情也跟著陰鬱起來。

八個月之後，她把丈夫叫來，一邊流淚，一邊說：「如果我不幸死了，把我埋在杜松樹下。」

丈夫的承諾，讓她得到安慰。再過一個月，她眞的產下一個像血一樣紅、像雪一樣白的嬰孩。她喜出望外，但心臟卻承受不住喜悅，就這麼死了。

她的丈夫將她埋在杜松樹下，起初他悲痛欲絕，常痛哭失聲。過了些日子，他哭得沒那麼哀傷了，再過一陣子，他娶了第二個妻子。

新婚妻子後來爲他產下一個女兒，而他首任妻子生下像血一樣紅，像雪一樣白的孩子是個兒子。第二任妻子極疼愛自己的女兒，但是每當她看到小男孩，內心就升起熊熊恨意，因爲小男孩可繼承到丈夫龐大的家產，她害怕自己的女兒什麼都得不到。魔鬼發現她的心思，就讓她被妒恨沖昏了頭。從此以後，她開始折磨男孩，男孩一刻不得安寧：她任意毆打男孩，對他大聲咆哮，還命令他在牆角罰站。可憐的男孩對她極爲懼怕，怕得放學後不敢回家，因爲只要一回到家，就沒好日子過。

有一天，女人走入食物儲存間，她的女兒瑪蓮康跟在母親身後，問說：「媽媽，我可以吃個蘋果嗎？」

「親愛的，當然可以，」女人說完，便從箱子裡拿出一顆紅通通的蘋果給女兒。裝蘋果的箱子有個很重的蓋子，蓋子上還有個尖銳的鐵鎖。

「媽媽，哥哥也可以吃一個嗎？」瑪蓮康問道。

一提到小男孩，女人就想生氣，但她忍住怒氣，對女兒說：「當然可以，等他放學回來就給他。」

說完，她往窗外一望，剛好看到放學回家的小男孩。女人好似被魔鬼附身一樣，強行搶走女兒手中的蘋果，然後對她說：「等哥哥回來一起吃。」她把蘋果扔進箱子，然後把它關上。瑪蓮康回去她的房間。

小男孩走進食物儲藏室。受到魔鬼的驅使，女人對小男孩百般親熱地說：「兒子，要不要吃顆蘋果？」

但是她的眼神射出兇光。

「媽媽，妳看起來很生氣！好的，請給我一顆蘋果。」

她停不下來了，所以就繼續說。

「跟我來，」她說完，便打開箱蓋說：「你自己來選一顆吧！頭伸進去一點，越裡面的蘋果越甜！」

小男孩把身子埋入木箱裡找蘋果的那一刻，女人在魔鬼的驅使下，放下箱蓋，砰的一聲，箱蓋關上，男孩的頭顱應聲掉落，滾到蘋果堆中。

女人不安極了，她心想：「我殺了他，這下子該怎麼辦？一定要想個辦法……」她跑上樓，在抽屜裡拿出一條白手帕，然後下樓把小男孩抱到廚房的椅子上坐好，再把他的頭跟脖子接好，用白手帕纏著，直到看不出傷口。然後她放一個蘋果在男孩的手上，轉身又將一鍋水放在爐子上燒滾。

此時，瑪蓮康走進廚房，說：「媽媽，哥哥好奇怪，他坐在廚房門口，手裡拿著一個蘋果，但是他的臉色好蒼白！而且我要他給我蘋果，他怎麼也不回答。我覺得好害怕。」

「好，妳現在回去，再跟妳哥講講話，」母親說，「如果他再不回答妳，妳就給他一個耳光。」

於是瑪蓮康又去了，說：「哥哥，給我蘋果。」

但是他依舊不發一語，小瑪蓮就打了他一巴掌，哥哥的頭掉了下來。可憐的瑪蓮康嚇壞了。她尖叫著跑回去找母親，哭著對她說：「噢，媽媽，我一巴掌把哥哥的頭打掉了。」她一直哭，無法停止。

「噢，瑪蓮康，妳這個壞女孩，」母親說，「看妳幹了什麼好事！噓，別哭了。這件事不准跟別人提，這樣於事無補。既然如此，我們一起保守祕密，把他拿來做燉肉吧。」

於是，女人把男孩剁成塊，放到鍋裡煮。瑪蓮康沒有停止哭泣，事實上，她止不住的淚水流進鍋裡，燉肉不需加鹽了。

父親回家後，坐在餐桌前，他四周張望，然後問：「我的兒子呢？」

女人端了一大碗燉肉到桌上，而瑪蓮康還是無助地哭個不停。

「噢，」女人說，「他去拜訪媽媽的叔公去了，他準備在那兒待一陣子。」

「他去那兒做什麼？也不先打個招呼。」

「他執意要去。他說要在那兒待六個星期。別擔心，他們會好好照顧他的。」「我不喜歡不告而別，」父親說，「他應該先知會我一聲的。這麼做眞令人難受。」他開始吃起桌上那碗

燉肉，吃了幾口便抬頭對女兒說，「親愛的瑪蓮康，妳爲什麼哭？哥哥總會回來的。別難過了。」

父親又吃了一些燉肉之後，說：「太太，這是我吃過最美味的燉肉，太好吃了！再給我一碗。你們倆個都不吃的話，我就用這鍋肉祭祭我的五臟廟了。」他一碗接著一碗，把整鍋肉，連同肉渣，都吃得一乾二淨。最後把啃剩的骨頭扔在桌下。

瑪蓮康從她的抽屜裡拿出一條最好的絲巾，撿起桌下大大小小的骨頭，包在絲巾裡。她把骨頭拿到外頭。瑪蓮康哭得雙眼腫脹，眼淚全被哭光了，現在，她的眼睛竟然開始流下血淚。

她把骨頭放在杜松樹下的綠色草地上。做完之後，她的心情輕鬆起來，終於不再哭泣了。

這時，杜松樹開始動了起來，樹枝不停地分開又合攏，好似在鼓掌一樣。然後，樹枝間突然冒出一團金黃色的煙霧，像火焰般裊裊升起。火焰中央有隻美麗的鳥，一邊發出悅耳的叫聲，一邊飛入雲霄。當這隻鳥飛走了之後，杜松樹又恢復成原先的樣子，但是那包骨頭，連同絲巾卻不翼而飛。現在，瑪蓮康又快活了起來，就像哥哥還活著似的。她高高興興地回到屋內，坐在桌邊吃飯。

小鳥飛往遙遠的地方，牠來到一個小鎮，飛落到一位金匠家的屋頂上。牠開始引吭高歌：

「繼母砍下我的頭，
父親吃了我的肉。

妹妹打包我的骨，
埋在門外杜松樹。
啣啣啾，啣啣啾，
這世界你找不到，
比我更美麗的鳥。」

金匠正在工作室裡製作一條金鍊，聽到鳥兒在唱歌，心想這歌聲眞甜美，遂起身跑到外面，想看看鳥兒長得什麼樣。他匆匆忙忙離開，途中掉了一隻鞋，他就只穿著一隻鞋出門。他胸前圍著皮圍裙，一手拿著金鍊，一手拿著鉗子，走在街上。陽光亮晃晃，他用手擋住刺眼的陽光，抬頭對著鳥兒大喊：「嘿！鳥兒！你唱的歌眞好聽！可以再唱一遍給我聽嗎？」

「噢，不，」小鳥說，「我不白唱第二遍。如果你把手中的金鍊送我，我就爲你再唱一遍。」

「好，拿去吧，這條項鍊是你的。」金匠說，「請再唱一遍那首歌！」

小鳥飛下來，伸出右爪抓住金鍊。牠停在花園的欄杆上，開口唱道：

「繼母砍下我的頭，
父親吃了我的肉。
妹妹打包我的骨，
埋在門外杜松樹。
啣啣啾，啣啣啾，

這世界你找不到，
比我更美麗的鳥。」

唱完，鳥兒就飛走了。牠飛到鞋匠家，在屋頂上停下來唱道：

「繼母砍下我的頭，
父親吃了我的肉。
妹妹打包我的骨，
埋在門外杜松樹。
唧唧啾，唧唧啾，
這世界你找不到，
比我更美麗的鳥。」

鞋匠正在工作室裡敲敲打打。一聽到鳥兒的歌聲，他停住手中的鐵鎚，馬上衝出門，抬頭往屋頂瞧。陽光亮晃晃，他必須用手遮住刺眼的陽光。

「鳥兒呀，」他大聲對小鳥說，「你唱歌真好聽，我從來沒聽過這麼美妙的歌聲！」他跑進門，對妻子說：「太太，快來看，那隻鳥唱歌太好聽了，簡直是黃鶯出谷！」

鞋匠又叫女兒和她的孩子們、製鞋的學徒、家裡的幫傭一起來聽，一群人站在街上，不可置信地盯著鳥兒瞧。鳥兒紅綠相映的翅膀，閃耀著美麗的光芒，而牠頸子上那抹金色的羽毛，在陽光下發出令人目眩的光彩。牠的眼睛則有如星星般閃爍。

「小鳥呀，」鞋匠對屋頂上的鳥兒喊道，「剛剛那首歌再唱一遍吧！」

「噢，不，」鳥兒說，「我不白唱第二遍。如果你把長凳上那雙紅鞋送我，我就爲你們再唱一遍。」

鞋匠的妻子進去自家的鞋店，拿出那雙鞋。鳥兒飛下來，用左爪抓走那雙鞋。最後牠盤旋在這群人的頭頂上，唱道：

「繼母砍下我的頭，
父親吃了我的肉。
妹妹打包我的骨，
埋在門外杜松樹。
啷啷啾，啷啷啾，
這世界你找不到，
比我更美麗的鳥。」

唱完後，牠就飛走了。鳥兒右爪抓著金鍊，左爪抓著紅鞋，飛過城鎮和河流。牠飛呀飛，直到牠飛到一座磨坊。磨坊的輪子正在轉動，發出轟隆轟隆轟隆的聲音。磨坊外坐著二十個學徒，他們正在鑿一塊磨石，劈帕劈帕劈帕地響著。

鳥兒棲息在磨坊前的一棵菩提樹上，唱道：

「繼母砍下我的頭，」

其中一個學徒停下手裡的活兒，往上瞧。

「父親吃了我的肉。」

又有倆個學徒停下手裡的活兒，仔細聽鳥兒的歌聲。

「妹妹打包我的骨，」

又有四個學徒放下手裡的活兒。

「埋在門外杜松樹。唧唧啾，唧唧啾，」

另外八個學徒也停住手中的鑿子，跟大夥兒一起往上瞧。

「這世界你找不到，」

接著，另外四個人，也抬頭望著鳥兒了。

「比我更美麗的鳥。」

最後一個學徒終於聽到了，他也情不自禁放下手中的鑿子。聽完鳥兒的歌曲，二十個學徒歡喜地齊聲歡呼，他們拍手叫好，還興高采烈地把帽子丟到空中。

「小鳥呀，」最後那個學徒向鳥兒喊道，「這是我聽過最好聽的歌了，可是我只聽到最後一句。再唱一遍給我聽吧！」

「噢，不，」鳥兒說，「我不白唱第二遍。你把那塊你們正在鑿的磨石送我，我就再唱一遍。」

學徒說：「如果磨石是我一個人的，磨石就歸你，但是……」

其他的學徒在一旁鼓譟著：「噢，沒問題的，如果你再唱一遍。磨石就歸你。」

二十個學徒扛來一根長樑，放在磨石邊緣的底部，一群人吆喝著嘿喲嘿喲，把石頭舉起。

鳥兒飛下來，把頭穿過位於中間的磨石孔，像脖圈一樣套在頸上，然後飛到樹上唱道：

「繼母砍下我的頭，
父親吃了我的肉。
妹妹打包我的骨，
埋在門外杜松樹。
啷啷啾，啷啷啾，
這世界你找不到，

比我更美麗的鳥。」

唱完之後，小鳥就展翅飛入雲端。現在他右爪抓著金鍊，左爪抓著紅鞋，脖子上掛著磨石，他一直飛，飛了很遠，飛向他父親的家。

在他的家裡，父親、繼母和小瑪蓮正坐在桌邊。

父親說：「你們知道嗎？不知爲何，今天我感到很輕鬆、快樂。」

他的妻子卻說：「你覺得輕鬆快樂，我卻覺得不太舒服，好像暴風雨即將來襲。」

至於小瑪蓮，她只是坐著，不停地哭泣。

就在此時，鳥兒飛抵家門。他繞了房子一圈，最後停在屋頂上。父親說：「噢，我從來沒感到這麼輕鬆自在，外頭陽光明媚，我好像就要跟一個老朋友見面了。」

「噢，我感覺糟透了！」女人說，「我不知道自己怎麼了，我覺得忽冷忽熱，牙齒直打哆嗦，血管卻像在冒火。」

她顫抖著，扯開胸前的衣衫。小瑪蓮坐在角落哭泣，她痛哭不止，把拿在手中的手帕都哭得濕答答。

鳥兒飛離屋頂，棲息到杜松樹上，屋子裡的人都看得見牠。牠開口唱了：

「繼母砍下我的頭，」

母親手掩雙耳不想聽，緊閉雙眼不想看，但那聲音如雷貫耳，她的眼睛火光直冒，像閃電般燒灼出一道光。

「父親吃了我的肉。」

「太太，你看看！」男人大叫，「你一定沒看過這麼美麗的鳥！牠的歌聲像天使。陽光和煦，空中散發肉桂的香氣。」

「妹妹打包我的骨，」

小瑪蓮把頭靠在膝蓋上哭個不停。但是父親說：「我要到外面，看看那隻鳥長得什麼樣！」

「不，你別去！」妻子大喊，「我感覺這整棟房子在搖晃，在燃燒。」

但是父親還是跑到戶外的陽光下，注視著鳥兒歌唱。

「埋在門外杜松樹。
啷啷啾，啷啷啾，
這世界你找不到，
比我更美麗的鳥。」

當鳥兒唱完最後一個音，牠放開爪子裡的金鍊，金鍊從空中落下，剛好落在父親的脖子上。金鍊的尺寸非常適合父親，好像是特別爲他訂做的。掛著金鍊的父親馬上跑進屋子，說：「那隻鳥實在太漂亮了！你們看，他送了我什麼禮物！」

女人已經害怕到了極點，所以連看都不敢看。她跌倒在地，頭上的帽子順勢掉下來，滾到屋角。

鳥兒又唱了起來：

「**繼母砍下我的頭，**」

「噢！我再也受不了這聲音了！我希望自己被埋在地下一千呎，就不必忍受那首歌了！」

「**父親吃了我的肉。**」

繼母嚇得再度倒在地上，手指抓著地板，試圖支撐自己。

「**妹妹打包我的骨，**」

小瑪蓮拭去眼中的淚，起身說：「我也要去找小鳥，看小鳥送不送東西給我。」

「埋在門外杜松樹。」

當鳥兒唱出這句，他將紅鞋扔下。

「啣啣啾，啣啣啾，
這世界你找不到，
比我更美麗的鳥。」

小瑪蓮穿上紅鞋，穿上去剛好合腳。她高興極了，又叫又跳地進了屋子，說：「噢，眞是隻漂亮的鳥啊！我出門時很悲傷，但牠送我一雙紅鞋讓我開心。媽媽，快來看這雙鞋多美麗！」

「不！不要！」女人大喊。她跳起來，頭髮狂亂四散，有如燃燒中的熊熊烈火。「我受不了了！我感覺世界末日到了！我再也受不了了！」

她瘋狂地跑出家門，跑到草地上，接著，砰的一聲巨響，鳥兒把那塊磨石扔下，女人被活活砸死。

父親和小瑪蓮聽到聲響，趕緊跑出來。磨石下升起火焰和濃煙，一陣風吹來，把濃煙和火焰吹散。煙火散去，小男孩出現在院子裡。

他一手牽著父親，一手牽著小瑪蓮，三人歡欣鼓舞地走進房裡，坐下來共進晚餐。

◆ ◆ ◆

童話類型——ATU 720，〈杜松樹的故事〉（The Juniper Tree）

故事來源——菲力普·歐托·朗格撰寫的故事

類似故事——布麗格的〈小鳥〉（The Little Bird）、〈乳白鴿〉（Milk-white Doo）、〈柑橘與檸檬〉（Orange and Lemon）、〈玫瑰樹〉（The Rose Tree）（《大英民間故事》）

論美感，論恐怖氣氛的營造，論結構的完美，這則故事簡直無懈可擊。就像〈漁夫和他的妻子〉（頁一三三）一樣，本篇故事是出自畫家菲力普·歐托·朗格之手。格林兄弟拿到的手稿，是以波美拉尼亞的方言Plattdeutsch，即「低地德語」書寫而成。

若與布麗格在《大英民間故事》所提供的幾個版本相比，不難發現，朗格對於基本故事線下了很深的功夫。布麗格所收錄的版本，單薄、脆弱而乏味，相較之下，這篇可堪稱大師之作。

序幕中，那段女人的孕程對應季節變化的描述，將子宮裡的孩子與大自然四季再生的力量緊密結合，同時也把孩子與這則故事最重要的意象杜松樹，緊密串連在一起。母親死後，故事主體的第一部分才正式登場。這段講述繼母殘忍地虐殺小男孩，一直到男孩化爲小鳥爲止的故事，若沒在繼母的性格和作惡的緣由上多加著墨的話，很容易淪爲一齣除了驚悚之外，毫無深度的「大基諾」劇[1]。另外，不知情的父親吃下自己的親骨肉這情節，有經典希臘戲劇（哥哥阿楚斯〔Atreus〕爲了報復，將胞弟提也斯〔Thyestes〕的兒子煮了，拿給他吃），和莎士比亞戲劇（羅馬將軍泰特斯〔Titus Andromicus〕誘騙仇人塔摩拉〔Tamora〕吃下兒子的肉做成的肉餅）做爲對比，也極爲有趣。這個父親食子的橋段，可以從不同角度來剖析。我的一個學生曾經提出一個見解：父親在不知不覺中，已經感覺到新任妻子對兒子的威脅，所以決定把他全吞下肚，因爲腹內是最安全的地方，沒人可以威脅得到。我認爲，這個說法頗有創見。

故事主體最恐怖的第一部份結束後，故事終於迎向陽光。剛開始，我們的確不太明白小鳥的企圖爲何，但是金鍊和紅鞋都是美好的物件。而金匠因匆忙跑到屋外，而掉了一隻鞋的喜劇橋段，也令讀者發出會心一笑。小鳥最後飛到磨坊，取得了磨石，雖然這部分情節不太寫實，故事裡的描述卻令讀者信服。故事的第二部份，結束於小鳥帶著磨石、金鍊和紅鞋離開。這下子，我們大概明白，鳥兒所做的一切是爲了什麼了。

故事最後一部份，不禁令人想起〈漁夫和他的妻子〉最後的高潮，以暴風雨逐漸加劇，來描述妻子內心不斷升起的罪惡感和瘋狂的慾望。本篇故事中的暴風雨則存在於主角的內心。當小男孩回到家，父親和小瑪蓮感受到的是歡欣喜悅，繼母則深陷恐懼。

實際講述故事時，我們還可發現一個饒富趣味的點，這個點同時也展現〈杜松樹的故事〉所具備的文學特質。身爲一個說書人，切記每個月份和女人孕程發展的相對關係是重要的；鳥兒每唱完一段，有多少學徒停下手中鑿石刀也是；繼母遞生的恐懼感；贈與金鍊和紅鞋時，如何搭配小鳥的吟唱。朗格文字描述的精準度，絕對值得後人忠實呈現故事的原貌。一旦故事說出口，你還會發現忠實呈現所帶來的滿足感。

能重述這個故事，是我莫大的榮幸。

1 Grand Guinol，爲Le Théâtre du Grand-Guignol的簡稱，是一家位於巴黎的劇院，於一八九七年開幕，專門上演駭人聽聞的恐怖故事。

25

Briar Rose

睡美人

從前，有一個國王和皇后，他們天天跟對方說：「我們要是有個孩子，那該有多好啊！」儘管他們天天冀求，每日祈禱，甚至服用昂貴的藥物，搭配特別調製的膳食，他們的願望還是沒有實現。

有一天，皇后坐在浴池裡，一隻青蛙從水裡爬出，蹲坐在岸邊，對她說：「妳的願望會實現的，一年之內，你將生下一個女兒。」

青蛙的話果然應驗了。皇后生了個女兒，女兒長得很可愛，國王高興極了，下令盛大慶祝女兒的誕生。宴會中，國王不但邀請鄰近地區來的皇室宗親，還邀請熟人、朋友和各界名流來參與盛會。國王特地邀請十三位女巫師前來，希望她們對女兒多加照顧。但是，皇宮只有十二個金盤子，所以，她們其中一個只能留在家裡。

宴會的場面盛大而華麗。接近尾聲時，每一位女巫師來到小公主面前，贈與小公主一個特別的祝福：一位贈送她「高尚的德行」，另一位送給她「美貌」，第三位贈與她「財富」；眾人所能

想到最好的禮物，小公主都得到了。

當第十一位女巫師贈送小公主她的祝福（耐心）時，皇宮大門外，突然一陣騷動。皇宮侍衛正試圖將某人擋住，這人卻把侍衛大力揮開，逕自闖入皇宮。原來是第十三位女巫師不請自來。

「所以你認爲我不值得受邀，是嗎？」她氣憤地問國王，「你這麼做眞是大錯特錯！我這就回應你對我的污辱：公主到十五歲時，會被紡錘刺到，倒地而死。」說完，她旋即轉身，風也似地離開皇室大廳。

大家都嚇呆了。這時，第十二位女巫師走上前，只有她還沒爲孩子祝福。她說：「我無法消除那個惡毒的魔咒，只能減緩它。公主不會死，而是沉睡一百年。」

國王爲了避免小公主遭遇不幸，下令把全國的紡錘統統燒掉。當公主漸漸長大，女巫師送給她的祝福，在她身上得到應驗：這世界上，再也找不到比她更和善、更美麗、更聰慧，或更善解人意的姑娘了。每個認識她的人，都不由自主地喜歡上她。

公主十五歲那天，國王和皇后恰巧離開皇宮，把小姑娘獨自留在城堡裡。她在城堡裡進進出出，跑上跑下，興致勃勃地探看每個房間，一會兒下地窖，一會兒上屋頂，恣意地探索。最後，她來到一座從來沒去過的古老鐘樓。她沿著長滿灰塵的螺旋狀階梯，拾級而上，走到一扇小門前。門上插著一把鐵鏽斑斑的鑰匙。

公主好奇地轉一轉鑰匙，門一下子就彈開了。小房間裡坐著一個老婆婆，她正拿著紡錘在紡麻線。

「早安，老婆婆，」公主說，「您在做什麼？」

「我在紡麻線，」老婆婆說。

想當然爾，公主從未看過任何人紡線。

「那個在線的兩頭，鑽來鑽去的小東西是什麼？」

老婆婆把紡錘拿給公主，示意要她紡線，但她一碰到紡錘，馬上被針刺進手指，下一秒鐘，公主便應聲倒在一旁鋪好的床上，沉睡過去。

沉沉的睡意迅速傳遍整個皇宮。此時，國王和皇后剛回到皇宮，才一踏入大廳，就倒地昏睡過去。他們的隨從和僕人，也如骨牌一樣，一一倒下，陷入沉沉的睡夢中。連馬廄裡的馬和負責照料的馬夫，屋頂上的鴿子，庭院裡的狗，牆上的蒼蠅也紛紛陷入沉睡。有一隻正在搔癢的狗，停在後爪搔著耳朵的姿態，就這樣入睡了。牆上的蒼蠅睡著了。廚房裡的爐子正在烤牛肉，火焰瞬間不動；被烤得滋滋作響的牛肉，才剛要滴下一滴油，突然靜止、停留在原本的位置。廚師正要給一個小廚工呼巴掌，廚師的手舉在離耳朵六吋處，小廚工的臉孔停格在怕被挨打，整張臉皺成一團的模樣。外頭的風靜止了，樹上的葉子不動了，湖上的波紋急速凍結，有如潔淨的玻璃。

整座城堡，唯一生生不息的，是城牆四周的荊棘樹叢。它一年一年地滋長，一年一年地變高。刺棘攀上城牆，越爬越高，直到濃密的樹叢將整座城堡密密實實地圍住。最後，一切都被滿滿的荊棘掩蓋，連屋頂上的旗子也看不到了。

當然，人們開始揣測，這一切是怎麼發生的，大家都想知道國王、皇后和公主的下落。不過，也有來幫公主慶生過的賓客，還記得那些女巫師們的祝福，以及那名沒被受邀的女巫師，和她下的詛咒。

「這全是因爲美麗的公主沉睡了，一切就隨著她一同睡去，」他們言之鑿鑿地說，「她必定還在皇宮裡。誰能穿越重重荊棘，抵達皇宮，拯救公主，就能娶她爲妻。」

隨著時間流逝，時常有年輕人前來，他們包括了王子、士兵、農夫的兒子或乞丐，想要穿過刺棘樹林，進入皇宮。他們相信，只要能順利通過層層刺棘，就可以找到公主，以甜蜜的一吻喚醒公主，進而打破魔咒。

但是沒有人成功過。荊棘叢盤根錯節，異常茂密，荊棘上的刺又長又尖，想強行進入的人，衣服和皮膚都會被割得千瘡百孔。所有的年輕人都被困在荊棘裡，動彈不得。他們越掙扎，刺就越深地扎入皮膚裡。他們無法前進，不能後退，也無從解脫。每個人都在進退維谷的情況下，無助而悲慘地死去。

許多年以後，沉睡公主的故事已經逐漸被人淡忘，有一位年輕的王子來到這個國家。他微服出巡，旅行至此，沒有人認得出他。王子投宿在一家距離城堡不遠的簡樸客棧，沒人知道他是誰。有一天晚上，他聽到一個老人在壁爐邊訴說關於刺棘森林的故事：刺棘森林中，有一座城堡，城堡中有一座鐘塔，鐘塔中，有一位美麗的公主沉睡於此，大家叫她「睡美人」。

「已經有無數勇敢的年輕人，試著穿越刺棘森林，」老人說，「但始終沒人能如願。如果你走近些，將會看到他們的屍骨被卡在荊棘裡。至今還沒人看過公主的模樣，她依舊躺在塔裡沉睡著。」

「我想去試試運氣！」年輕的王子說，「我的劍，利得可以砍斷所有荊棘。」「千萬別這麼做啊，年輕人，」老人勸說，「一旦你進去荊棘叢林裡，就再也出不來了。你的利劍只會越砍越鈍，走不到一碼的距離，砍不到一百個尖刺，你就會無以爲繼。」

「不，」王子宣布，「我心意已決，非得一試不可。我明天一早就出發。」

第二天，睡美人正好沉睡了整整一百年，美麗的公主應該要甦醒了。不過，王子當然不知道，他只是帶著一顆勇敢的心，想去拯救公主。他來到刺棘叢林前，發覺這座森林並不如老人所說的那麼陰森可怕，刺棘上除了刺，還長出上千朵粉紅色的美麗花朵。儘管如此，王子還是看得到許多年輕人的枯骨，被纏在荊棘裡。空氣中散佈著蘋果的的香氣。當王子走到荊棘叢林前，盤繞扭曲的荊棘和枝條自動分離開來，為王子讓出一條路。當王子走過之後，荊棘又自動盤結起來。

在皇宮的庭院裡，王子看到沉睡的鴿子，準備抓癢的狗爪子還停在脖子後，牆上的蒼蠅也還在睡；他信步走進廚房，小廚工的整張臉依舊皺成一團，害怕著廚師呼來的巴掌；爐子上的火焰通紅毫無動靜。碳烤牛肉所溢出的肥油，停留在即將滴落的那一瞬間。王子繼續往裡走，見到大廳裡所有的僕人和隨從，都沉睡於某個進行中的動作，國王和皇后也在大廳的地板上睡著了。

接著，他來到鐘塔，沿著長滿灰塵的螺旋狀階梯，拾級而上。他看到一個小門，他輕輕轉開生鏽的門把，門一下子就彈開了。躺在床上的，是他這輩子看過，或想像過，最美麗的公主。

他俯身親吻公主的唇，當他們的唇一接觸，睡美人馬上睜開雙眼，因驚訝而輕嘆一聲，並對著眼前的年輕人微笑。年輕人看見甦醒的美麗公主，立即愛上她了。

他們一起走下鐘樓，看著城堡裡的人逐漸甦醒。國王和皇后醒過來了，他們環顧四周，瞪大雙眼看著長得高大茂密的荊棘叢林。馬兒也醒了，扭動身子，開始嘶嘶地叫；屋頂上的鴿子醒了，庭院裡的狗繼續搔牠的癢，廚師打了小廚工一記耳光，小廚工痛得唉唉叫。碳烤牛肉的肥油滴到碳火裡，發出滋滋的聲響。

過了一段時間，王子前來迎娶睡美人爲妻。他們的婚禮盛大而隆重。從此之後，他們過著幸福美好的日子。

◆　◆　◆

童話類型——ATU 410，〈睡美人〉（Briar Rose）
故事來源——瑪麗・哈森弗魯格的口述故事
類似故事——巴斯雷的〈太陽、月亮和塔莉雅〉（Sun, Moon and Talia）（引自載波編輯的《童話故事傳統》）；卡爾維諾的〈那不勒斯的士兵〉（Neapolitan Soldier，收錄於《義大利童話》）；格林兄弟的〈玻璃棺材〉（Glass Coffin，收錄於《格林童話》）；貝侯的〈森林裡的睡美人〉（The Sleeping Beauty in the Wood，收錄於《貝侯童話全集》）

如讀者所預期，布魯諾・貝特罕以全然佛洛伊德的角度剖析這則童話。跟據貝特罕的說法，睡美人在一場毫無預警的失血後，沉睡百年，這場長眠意味著「女性正在安靜地成長，爲甦醒後迎向身心成熟和性的結合，做足準備。」（《魔法的用途》，第二三二頁）

另外，貝特罕也提到，試圖替成長中的孩子，排除即將面臨的未來，是毫無用處的。國王下令把全國的紡錘燒掉，是爲了「避免公主在十五歲，進入青春期時，會如邪惡的女巫師所言，發生致命的流血事件。然而無論一個父親再怎麼小心防備，只要時候一到，青春性事還是會降臨在女兒身上。」

貝特罕的詮釋非常有說服力。無論是因爲貝特罕所提到的象徵意義，或是故事中無所不在的趣味細節（小廚工眞可憐，等廚師的那巴掌，等了一百年，也驚恐了一百年），這則童話有著亙古不變的魅力，時至今日，它仍是格林童話中最受歡迎的故事之一。

到頭來，公主依然需要那百年的沉睡，以及多刺荊棘的保護，畢竟她還沒長大；或者這麼說吧，她就像路易・喬丹（Louis Jordan）所唱的那首歌一樣：「雞還太小，不能拿來炸。」[1]

1 原曲名爲"The Chick is too young to fry"，字面上的意思是「雞還太小，不能拿來炸」。"chick"也做「小女孩」之意，"fry"則帶有性暗示，因此歌名語帶雙關，告誡年輕男孩，別玩弄未成年少女。

26

Snow White

白雪公主

有一年冬天，雪花如羽毛般翩然落下，一個皇后坐在黑檀木窗前做針線活兒。她邊做針線活兒，邊打開窗戶抬頭看著天空，一不小心，手指被針扎破了，三滴鮮血滴到窗台上的白雪裡。白白的雪襯托著鮮紅的血，顯得格外美麗。她情不自禁地喃喃自語：「要是我能有個孩子，皮膚像雪一樣白，臉頰像血一樣紅，頭髮像檀木窗台一樣黑的話，那該有多好！」

不久，皇后果然生下一個女兒。她的皮膚像雪一樣白，臉頰像血一樣紅，頭髮像檀木一樣黑，所以他們就給孩子取名爲「白雪公主」。孩子生下以後，皇后就去世了。

一年之後，國王又娶了一個妻子。新任妻子是個漂亮的女人，但是她高傲而自負，尤其不能忍受有別的女人比她漂亮。她有一面魔法鏡子。每天早上，她都會到鏡子前，一邊看著鏡中的自己，一邊問：

「魔鏡，魔鏡，誰是世界上最美麗的女

人？」

鏡子總是回答：

「皇后陛下，您就是世界上最美麗的女人。」

她一聽到這答案就心滿意足，因爲她知道魔鏡只說眞話。

白雪公主一天天長大。當她七歲時，已經長得美若春日，事實上，她的美貌已超過皇后。所以有一天，當皇后問魔鏡：

「魔鏡，魔鏡，誰是世界上最美麗的女人？」

魔鏡回答：

「皇后陛下，您是世界上最美麗的女人。但是白雪公主比您美上一千倍。」

皇后大吃一驚，妒火中燒。她完美無瑕的臉，變得又青又黃，有如生病似的。從那時起，只要她一看到白雪公主，就心頭一緊，恨意逐漸滋長。她對白雪公主的妒忌和傲慢像野草般，在她心中不停蔓延，使她一刻也不得安寧。

終於，她受不了了，她召來一個皇家獵人，對他說：「把這孩子帶到森林去，我不想再見到她了。把她殺了以後，取回她的肺和肝做為憑證。」

獵人銜命行事，把白雪公主帶到森林的最深處。他抽出獵刀，準備刺向公主純潔無暇的心時，公主開始哭泣：「親愛的獵人，求求你放了我吧！讓我逃到森林去，永遠不回家。我保證！」

獵人見白雪公主長得如此可愛，忍不住動了惻隱之心。「可憐的孩子，妳走吧，快逃！」「森林的野獸馬上就會把她吃了吧，」他這麼想著。但是他心情輕鬆許多，因為他不必親手殺了這可憐的孩子。

正值此時，一隻小野豬跳過樹叢。獵人馬上將牠殺了，割下牠的肺和肝臟，帶回去給皇后，當作白雪公主已死的證據。皇后把內臟交給廚師，要他好好烹煮。廚師把調味好的內臟裹上一層麵粉，下鍋炸了。邪惡的皇后竟然把它吃個精光。就這樣，她以為白雪公主已經死了。

可憐的白雪公主，一個人孤伶伶地走在森林裡。她不知道該怎麼辦，該走向何處。她四處張望，但森林裡除了樹叢和葉子什麼都沒有，孤立無援的小姑娘頓時驚慌起來，只好開始快跑。她踏過尖硬的石頭，穿過荊棘的樹叢，無數動物從她身旁跳過。她不停地跑，直到日光逐漸退去，夜晚即將來臨時，她看到一座小木屋。她敲了敲門，但無人回應，她逕自走進屋子，希望能找到棲身之處。

屋子裡所有的東西都那麼小巧、精緻、整齊。火爐旁有一鍋燉肉。餐桌上鋪著雪白色的桌布，桌上排放著七個小碗、七個杓子、七副刀叉和七個小杯子，每個碗旁邊還放著一片麵包。小木屋的二樓，有七張小床整整齊齊地一字排開。床上鋪著雪白色床單。每張床的旁邊，都放著一個小桌子，每張桌子上都放著一個小玻璃杯和牙刷。

白雪公主又渴又餓，所以舀了些燉肉來吃。桌上的麵包，每片捏一小塊來吃，每個杯子喝一小口酒。吃完後，她才發現自己已經精疲力盡，她躺上其中一張床，發現床太大了，試了另一張床又太小，試到第七張床，終於剛好符合她的身長。白雪公主躺下來，做完禱告就睡著了。

夜幕低垂，小木屋的主人回家了，他們是七個小矮人，在山裡挖礦石。他們進屋，點了油燈之後，發現屋子有人來過，不像他們離開時那麼整齊。

「有人坐過我的椅子！」

「有人用過我的碗！」

「有人吃過我的麵包！」

「杓子有被用過，等等，有人吃過這鍋燉肉！」

「他們還用了我的刀……」

「他們也用我的叉……」

「他們還喝了我的酒！」

小矮人們個個張大眼睛，看著彼此。然後他們抬頭看看天花板，踮著腳尖走上樓。察看自己的床之後，他們交互耳語：

「有人睡過我的床！」

「還有我的……」

「還有我的……」

「還有我的……」

「還有我的……」

「還有我的……」

「噢，你們看！」

第七個小矮人發現他的床上躺著沉睡中的白雪公主。小矮人個個踮著腳尖，走到床前，驚訝地看著白雪公主。她躺在雪白的枕頭上，油燈的亮光映照在她美麗的臉龐。

「唉呀！多麼漂亮的孩子啊！」

「這姑娘是誰？」

「我們別叫醒她，讓她好好睡個覺吧！」

「多麼美麗的小臉蛋！」

「不知道她是哪兒來的姑娘？」

「兄弟們，這眞是太匪夷所思了！」

「我們下樓去，來討論一下該怎麼做吧……」

他們七人又踮著腳尖下樓，圍坐在餐桌前。

「她看上去眞是累壞了，好可憐！」

「最好別吵醒她。」

「白天很快就來了，到時再喚醒她。」

「也許她剛從巫婆那兒逃出來……」

「傻瓜！天底下哪有巫婆這種事？」

「我覺得她是個天使。」

「她可能是。不過她睡了我的床，那我要睡哪裡？」

另外六個小矮人同意跟他分享床鋪，於是，他在每個人床上各睡一小時，一夜就這麼過去了。

第二天早上，當白雪公主睜開雙眼，發現七個小矮人正盯著她瞧（小矮人早就醒了，還穿好衣服），她嚇了一跳。

「姑娘，別害怕！」

「我們很友善的！」

「也許長得不太好看……」

「但是我們絕對不會傷害妳。」

「我們敢掛保證！」

「妳在這裡很安全。」

「妳叫什麼名字，親愛的姑娘？」

「我叫做白雪公主，」她回答。

他們親切地問白雪公主從哪裡來的，她是怎麼找到小木屋的。白雪公主告訴他們，繼母想害死她，所幸獵人把她放了。她一個人很恐慌，穿越樹叢和荊棘，在森林裡一直跑一直跑，最後來到小木屋。

小矮人圍在房間角落，交頭接耳地低聲討論了一會兒，最後回到白雪公主面前對她說：

「如果你願意當我們的管家……」

「打掃啊，清理啊，你知道的那些工作……」

「還有燒飯！別忘了燒飯！」

「對，燒飯！還有鋪床……」

「還有清洗床單……」

「做針線活兒，編織，補襪子的破洞……」

「那就歡迎妳住下來，親愛的姑娘。保證你衣食無虞。」

「噢，我十分樂意！」白雪公主說。

於是，她就在小矮人家住下了。白雪公主把小矮人的家打理得井然有序。每天早上七個小矮人步行到山裡去挖掘金、銀、銅等礦石，傍晚工作完回到家時，熱騰騰的飯菜已經在桌上等著他們，而小木屋在白雪公主的收拾之下，顯得乾淨而井井有條。

白天的時候，白雪公主一個人在家，所以小矮人們提醒她說：「當心點。妳的繼母要是知道妳還活著，一定會派人來這兒找妳。千萬別讓任何人進屋。」

皇后自從吃了偽裝是白雪公主的肺和肝臟之後，再也不怕去問魔鏡相同的問題。她愉快地在鏡子前問道：

「魔鏡，魔鏡，誰是世界上最美麗的女人？」

一聽到答案，皇后受到極大的震撼。

「皇后陛下，您是世界上最美麗的女人。
但是就在遙遠的森林，
與七個小矮人同住小木屋的白雪公主，
比妳美上一千倍。」

皇后驚嚇地倒退好幾步，她知道魔鏡不會說謊，是獵人騙了他，白雪公主還活著！她的腦子轉了又轉，全圍繞著一個問題：她要如何除掉白雪公主？如果她不是全世界最美麗的女人，那麼燃燒的妒意會日夜折磨她。

終於她想出一個辦法。她把自己的臉塗塗抹抹，喬裝成一個賣雜貨的老婦人，她技術高超，任誰也認不出來。她趁小矮人在山裡工作時，到他們的木屋去，她敲了敲門。

白雪公主正在鋪床。當她聽到敲門聲，便打開二樓的窗戶，探出頭去。

「日安，」她往下喊道：「妳在賣什麼？」

「精緻的蕾絲和漂亮的緞帶，」皇后說，「要不看看我賣的好東西！妳看！這裡有條好美的帶子。」

她拿出一條用絲線編成的緞帶。白雪公主看了非常喜歡。她又看看這個老婦人的臉，她看起來很老實，讓她進門應該無傷大雅。

白雪公主奔下樓，開門後，立即開始挑選蕾絲。

「妳想試試看嗎？」賣雜貨的老婦人問，「親愛的孩子，妳需要幫忙。來，讓我幫你在緊身衣繫上這條蕾絲。」

白雪公主天眞地站著，讓老婦人在她身後幫忙，完全沒注意老婦人快速地把蕾絲穿過她的緊身衣，繞過一圈後，她將蕾絲收緊，越拉越緊，直到白雪公主無法呼吸。可憐的姑娘雙眼如扇子般抖動，嘴唇顫抖，而後就昏厥過去，失去意識。

「妳死了，再也不是最漂亮的了。」老婦人嘴裡唸唸有詞，一溜煙就不見了。

不久，七個小矮人回家了，看到躺在地上沒有呼吸的白雪公主，他們個個驚慌失措。他們將白雪公主抱起來一瞧，馬上知道發生什麼事。他們很快地剪斷蕾絲，讓姑娘得以呼吸。她漸漸恢復意識之後，就把白天發生的事情告訴小矮人。

「嗯，你們知道那個賣雜貨的老婦人是誰，對吧？」

「是那個邪惡的皇后！」

「不可能是別人。」

「妳做什麼都好，就是別再讓她進門了！」

「當心點，白雪公主，千萬小心！」

「不要忘記，時時提高警覺！」

「別讓任何人進來！」

同時，皇后趕緊回到皇宮。她一進到自己的寢宮，馬上走到魔鏡前問道：

「魔鏡，魔鏡，誰是世界上最美麗的女人？」

魔鏡回答：

「皇后陛下，您是世界上最美麗的女人。
但是把蕾絲剪斷、拯救公主的是小矮人，
起死回生的白雪公主，
比妳美上一千倍。」

皇后聽到這話，心頭一緊，血液直衝腦門，她雙眼充血，眼珠差點要爆炸開來。

「還活著！她竟然還活著！我得再想個辦法，」皇后氣憤地說：「她活不久了，我保證！」

皇后懂得巫術。她取出罕見的香草，將之搗碎後，念了些咒語。然後她拿出一把梳子，將它浸在受詛咒的藥草汁液裡，做成一把含有巨毒的梳子。她利用巫術，把自己變成另外一個老婦人，便出發去小矮人的家。

她再次敲了敲門，放聲喊道：「來買漂亮的東西喲！梳子、鏡子和別針！漂亮的女孩來買漂亮的東西喲！」

白雪公主從二樓的窗戶探出頭，說：「我不能讓妳進來，絕對不行！妳走吧！」

「沒有關係，親愛的姑娘，」老婦人說，「我不會踏進你家大門的。不過，看看我賣的東西應該無所謂吧！妳看，這支梳子漂亮吧！」

這支梳子太美了，白雪公主心想，她覺得看看賣的東西應該不會有什麼危險，於是下樓開門。

「噢，妳這頭秀髮眞美！」老婦人讚嘆道，「烏溜溜的頭髮，又濃又密！啊，這裡打結了。親愛的，你上回好好梳頭是什麼時候？他們都沒好好照顧妳？」

老婦人一邊說，一邊把手指深入白雪公主的頭髮。

「讓我用這把漂亮的梳子，幫你梳開打結的頭髮吧！妳很喜歡這把梳子，對吧？我看得出來。來吧，我的小甜心……」

白雪公主順從地把頭垂下來，讓老婦人梳頭。老婦人惡狠狠地把梳子插進白雪公主的頭皮，毒性馬上發作，小姑娘連喊救命的機會都沒有，就失去知覺，倒地不起。

「小姑娘，這就是妳的下場！我們看看等妳變成腐屍時，是否還能這麼漂亮！」皇后說完後，就趕在小矮人回家前離開。

所幸天快黑了，邪惡的皇后走沒多久，小矮人就回家了，他們馬上發現倒在地上的白雪公主。

「是白雪公主！發生什麼事了？」

「她還有呼吸？」

「又是那個惡毒的皇后！」

「卡在她頭髮裡的東西是什麼？」

「把它拔出來！快！」

「小心，它有毒！」

「慢慢抽……慢慢的……」

小矮人拿出一條手帕把梳子包住，小心翼翼地將梳子抽出。梳子一卸除，白雪公主吐了一口氣，醒了過來。

「噢，小矮人，我真是太笨了！她長得跟上次不一樣，所以我壓根沒想到她是……」

小矮人告訴她，無論如何都別擅自主張，開門讓陌生人進來。任何人都不行。

皇后迅速回到皇宮，卸除老婦裝扮後，趕緊到魔鏡前問道：

「魔鏡，魔鏡，誰是世界上最美麗的女人？」

魔鏡回答：

「皇后陛下，您是世界上最美麗的女人。
但是幫她取出致命梳子的是小矮人，
起死回生的白雪公主，
依舊比妳美上好幾倍。」

皇后聽了險些跌撞到牆上，她的臉頓失血色，枯白的臉上只留下一陣青一陣黃。她突然站直身子，眼中迸出火光。

「白雪公主死定了！」她歇斯底里的大喊。

皇后走進一個密室，然後把門鎖上。沒人可以進去這個房間，僕人也不例外。她翻開一本黑魔法書，照著上頭的指示，調和幾罐黑色藥瓶裡的溶劑，她正在做一顆毒蘋果。蘋果的一面是白色的，另一面則紅豔豔的，鮮嫩欲滴的模樣，任誰看了都想吃上一口。但是蘋果的毒性很強，即使只咬一小口，那人必定馬上倒地而亡。

皇后進行第三度易容，她把蘋果放在口袋裡，出發前往小矮人的木屋。

她敲了敲門，白雪公主打開窗，探出頭來看。

「我不能讓任何人進來，」她說，「他們不准我這麼做。」

「甜美的姑娘，沒關係，」皇后親切地說，她這回看起來像是個老農婦。「我只是想送蘋果給妳。今年我的蘋果樹盛產，都不知道要拿這些蘋果怎麼辦。」

「不了，我不可以拿別人的東西，」白雪公主說。

「噢，好可惜，」老農婦說，「我的蘋果很好吃，如果妳有所顧忌，我先吃一口給妳看。」

她很狡猾，那顆毒蘋果只有紅色的那邊有毒。當然，她咬了白色那邊一口，然後伸手把毒蘋果拿給白雪公主。

紅蘋果看起來好吃極了，白雪公主忍不出伸手去接，她才咬了紅豔豔的蘋果一口，就立刻倒在地上，死了。

邪惡的皇后靠近一看，確定白雪公主已經倒地不起，便瘋狂地大笑。

「皮膚像雪一樣白，臉頰像血一樣紅，頭髮像檀木一樣黑！而現在呢？只能像灰燼一樣消逝。妳的那群狐朋狗友，這回再也沒法讓妳醒過來了。」

她迅速回到寢宮，走到魔鏡前問道：

「魔鏡，魔鏡，誰是世界上最美麗的女人？」

魔鏡回答：

「皇后陛下，您就是世界上最美麗的女人。」

皇后聽了，終於發出一聲滿足的嘆息。她的妒忌之心，終於平靜下來。

那天傍晚七個小矮人回到家，馬上發現白雪公主僵硬地躺在地上，一動也不動。她沒有呼吸，雙眼緊閉：她真的死了。他們察看四周，想找出奪走白雪公主性命的東西，卻什麼也沒發現；他們解開她身上的蕾絲，以免她無法呼吸；他們翻翻她的頭髮，尋找讓她致命的毒梳子；他們生火讓她暖暖身子，滴一滴白蘭地在她唇上想喚醒她；他們把她抬到床上，又讓她穩坐在椅子上。小矮人用盡一切方法，白雪公主還是沒有醒過來。

這下小矮人明白，白雪公主真的死了。他們把她放到一個棺架上，大家圍坐在旁邊整整痛哭了三天。他們想埋葬白雪公主，可是她看上去仍然那麼鮮活美麗，好像只是睡場覺而已，所以他們捨不得將她埋入黑暗的地底。

他們請人做了一口玻璃棺木，把白雪公主放進去，用黃金刻上她的名字。他們把棺木搬到山頂，七個人輪流守護在她身邊。山裡的鳥兒也來了，剛開始是貓頭鷹，再來是隻老鷹，最後是鴿子，都來哀悼白雪公主的消逝。

就這樣，白雪公主在棺木中躺了很久很久，她一點也沒有變，身體並沒有腐壞。她的皮膚看起來仍舊像雪一樣白，臉頰像血一樣紅，頭髮像檀木一樣黑。

有一天，一個王子恰巧到森林打獵，他來到小矮人的木屋借住一晚。隔天早上，他一眼望見山頂上有個東西，在太陽下折射出耀眼的光芒。他好奇地上山一瞧，發現了一口玻璃棺木，棺木上用黃金寫成的「白雪公主」，以及躺在裡頭美麗的姑娘。

他對小矮人說：「請讓我把棺木帶走，好嗎？你們說個價錢，無論多少我都會接受。」

「我們不要任何錢，」小矮人說，「就算你把全世界的財富給我們，我們也不會把白雪公主賣給你。」

「那就把她送給我吧，」王子乞求著，「我已經深深愛上白雪公主，如果看不到她，就無法活下去。我會像對待一位活生生的公主般，細心呵護她。」

小矮人圍聚到一旁，輕聲地討論。討論完，他們對王子說，他們很同情他，而且相信王子會善待他們的白雪公主，所以願意答應王子，讓他把公主帶回。

王子謝過小矮人，命令隨從小心地把棺木抬走。當他們走下山時，其中一個隨從被絆了一下，棺木一晃動，白雪公主卡在喉嚨的那塊毒蘋果，隨即從喉嚨裡震出來。公主根本沒把蘋果吞下肚。

她慢慢地甦醒過來，她推起棺木蓋，坐了起來。白雪公主又活過來了。

「天哪！我這是在哪裡？」她說。

王子欣喜若狂地告訴她：「妳就在我身邊。」跟她說明事情的原委後，又說：「我愛妳勝過世上的一切，跟我一起回到父王的皇宮，請嫁給我當妻子吧！」

白雪公主也愛上王子，便隨他一起走。他們舉辦一個盛大又隆重的婚禮。

惡毒的皇后也在婚禮的受邀名單中，她穿上最漂亮的禮服，站在鏡子前問道：

「魔鏡，魔鏡，誰是世界上最美麗的女人？」

鏡子回答：

「皇后陛下，您是世界上最美麗的女人。
但是年輕的皇后比妳美上一千倍。」

皇后聽了又驚又恐，她很害怕，不知道這回該怎麼辦。起初，她根本不想去參加婚禮，但她終日不得安寧，心想著，還是去看看年輕皇后長得什麼樣；當她一進婚禮會場，馬上就認出白雪公主，她嚇得不知如何是好，只能站在一旁不停地顫抖。

可是一雙鐵鞋已經放在碳火上，燒紅的鐵鞋被人用鉗子夾過來，放在她面前。她在眾目睽睽下，被迫穿上這雙鐵鞋跳舞，直到倒地而亡。

◆ ◆ ◆

童話類型——ATU 709，〈白雪公主〉（Snow White）

故事來源——哈森弗魯格家族的口述故事

類似故事——布麗格的〈白雪公主〉（，收錄於《大英民間故事》）；卡爾維諾的〈美麗威尼斯〉（Bella Venezia）和〈吉麗科科拉〉（Giricoccola）（《義大利童話》）

任何人想要重述這則童話時，肯定會受到華德．迪士尼的動畫版本《白雪公主和七個小矮人》的強大影響。說書人大可選擇忽略迪士尼版本，直接由格林童話入手，這樣做其實一點也不難。

然而我不否認，華德．迪士尼是個厲害的說故事高手，而且迪士尼動畫團隊裡的藝術家，在迪士尼的帶領下，不但能著重於格林兄弟版的故事主軸（繼母／皇后的邪惡），亦能創造出格林兄弟沒提及的另一面向（小矮人的趣味性、各自的姓名和個人特質）。「發揮所長」是說故事領域中的格言。迪士尼團隊非常擅長呈現視覺上的笑點，並創造出兒童會快速辨識、且馬上喜歡的角色，如森林裡的動物（大眼、容易相信人的個性、渾圓的體態）和小矮人（有如長著大鬍子的學步兒）。

雖然我大力提倡，只要有助故事發展的元素，都應該偷來用。然而，在一個媒介能行得通的，在另一個卻不一定可行。我不認為賦予每個小矮人個別姓名和性格這樣的手法，在脫離大螢幕之後，依舊可行。格林版本所描繪的小矮人，與大螢幕上的形象大相逕庭：這裡的小矮人是一群心地善良，沒有名字的大地精靈，他們能夠照顧自己的生活起居，生活不需仰賴他人。相較之下，迪士尼版本的小矮人，是一群長著大鬍子的嬰孩，需要白雪公主這位美式母親來幫他們處理煮飯、打掃等家務才能過活。

在迪士尼和格林的版本中，小矮人都只能爲白雪公主的死而哀悼，卻無法讓她復活起來。只有王子，在一場愉快的意外中，能讓公主死而復生。

在格林童話一八一二年的初版中，那位邪惡的皇后，是白雪公主的親生母親。她在一八一九年的第二版中，身份就變成白雪公主的生母難產死後，國王再娶的繼母。而白雪公主的父親呢？就像格林的其他童話一樣，父親的形象總是黯淡而模糊不清。他的光彩完全被強有力的邪惡皇后給搶了。

27

Rumpelstiltskin

名字古怪的小矮人

從前有一個磨坊主人，他很貧窮，但是有個漂亮的女兒。有一天，他剛好跟國王講上話，爲了讓國王留下好印象，他竟然對國王說：「國王陛下，我有個女兒，她能把麥桿紡出金線。」

國王聽了，對磨坊主人說：「這手藝聽起來眞特別。如果她眞的如你所說，你明天就把她帶到皇宮來，讓我考考她。」

第二天，當她被送進皇宮時，國王將她帶到一間堆滿麥桿的房間，給她一架紡車和幾個捲筒，說：「妳現在就開始工作，從今晚到明天一早，如果妳沒把這些麥桿全紡成金線的話，就得人頭落地。」

說完，國王親自把門鎖上，姑娘一個人被留在屋裡。

可憐的姑娘呆坐在房裡，不知道該怎麼辦。她當然不知道怎麼把麥桿紡成金線。她坐越久，就越覺得害怕，最後，她忍不住嗚咽起來。

突然間，房門開了，走進來一個小矮人，他說：「磨坊主人的女兒，妳好。妳爲什麼傷心？」

Rumpelstiltskin

「國王要我把這堆麥桿紡成金線，我根本不會。明天如果沒完成，他們就要把我殺了！」

「噢，這樣啊，那如果我幫妳紡出金線，妳要送我什麼？」

「我的項鍊！」

「讓我看看你的項鍊。」

他瞧了一下項鍊，就點點頭，把姑娘手中的項鍊接過來，放進口袋裡。他隨即坐上紡車，開始工作。紡車咻、咻、咻地轉，不一會兒，第一個捲筒已經捲滿了金線。他換了個捲筒，紡車又咻、咻、咻地轉，不一會兒，另一捲金線又完成了。就這樣，小矮人一直紡到清晨，把麥桿全紡完了，所有的捲筒都纏滿了金線。小矮人做完之後，一句話也沒說就離開了。

天剛亮，國王就來把房門打開。他看到這麼多金線，非常高興，心裡還有點驚訝，沒想到磨坊主人的女兒，真有把麥桿紡成金線的本事。但是國王還不滿足，他把姑娘帶到一間堆滿麥桿的房間，這房間比前一間大多了。

「明天早上之前，把這些麥桿紡成金線，要不然妳照樣人頭落地，」國王說完，就離開了。

可憐的姑娘又開始難過地嗚咽起來。沒多久，房門又開了，那個小矮人走了進來。

「如果我幫妳紡出金線，妳要送我什麼？」

「我手上的戒指。」

「讓我看看你的戒指。」

他斜眼瞄了一下姑娘的戒指，然後伸手把它拿來，放入口袋。他隨即開始紡線。紡車整夜咻、咻、咻地轉個不停，清晨以前，他又把所有的麥桿都紡成金線了。

國王一看到滿室的金線就更樂了，但是他還是不滿足。他帶磨坊主人的女兒到另一間裝滿麥桿的房間，這房間比前一間又更大了。他說：「今天晚上，如果妳能把麥桿全都紡成金線，我就娶妳爲妻。」他心想：「這姑娘雖然出身於磨坊，但是她會紡出金線，我再也找不到比她更能爲我帶來財富的妻子了。」

當姑娘愁眉不展坐在房間裡，小矮人第三次推開她的房門。

「這回，你要送什麼給我？」

「我現在什麼都沒有了！」

「那麼，妳就答應我，當妳成爲皇后時，把第一個小孩送給我。」

「誰知道以後會發生什麼事？先答應了再說，」她心想，所以就答應小矮人的要求。

小矮人馬上開始工作。天亮以前，他就把整房的麥桿都紡成金線。國王看到了，笑得合不攏嘴，他立即實現他的承諾，娶磨坊主人的女兒爲妻，就這樣，美麗的姑娘當上了皇后。

一年後，她產下一個可愛的嬰兒。她早就忘了對小矮人的承諾，但是就在這時，小矮人突然走進她的寢宮，對她說：「現在，妳該履行諾言了。」

「噢，不，不，你要什麼都行，就是別帶走我的孩子。我願意把全國的財富都給你。」

「我不要金銀財寶，要金子的話我自己會紡。我要的是一個活生生的嬰孩。」

皇后開始傷心地哭泣，她不停地落淚，小矮人不禁起了憐憫之心。

「好，我給妳三天的時間，」小矮人說，「如果三天內妳能說出我的名字，孩子就可以留下。」

這晚，皇后試圖把她記得的名字都想了一遍。她差人到全國去蒐集罕見的名字，信使把各式各樣怪異的名字都記錄下來，帶回給皇后。當小矮人回來找她時，她循著蒐集到的名單，一個一個拿出來問：

「你的名字叫卡斯伯？」

「不，那不是我的名字。」

「是梅爾夸兒？」

「不，那不是我的名字。」

「那是鮑爾沙札？」

「不，那不是我的名字。」

她一一唱名，但是始終得到「不，那不是我的名字」的答案。

第二天，她又派人到鄰近國家去打探。她心想，別國一定有些少見的名字。信使確實帶回許多特殊的名字。小矮人來到她的跟前，她又開始問道：

「你的名字是困境破壞者？」

「不，那不是我的名字。」

「浸手帕？」

「不，那不是我的名字。」

「那是麥克芥末貼？」

但是，他總是搖搖頭回答：「不，那不是我的名字。」

她開始著急了。但是第三天，信使竟然什麼名字都沒帶回，只告訴皇后一個離奇的故事。

「皇后陛下，我再也找不到新的名字。然而，當我來到靠近山頂的森林最深處時，看到一間小屋子。房子前有團熊熊烈火正在燃燒，有個小矮人（您應該看看他的模樣，長相還眞滑稽）」正在火堆前跳舞，他一邊單腳跳，一邊唱著：

「再過一天我將擁有，
皇后的孩子就歸我！
水與土、空氣和火，
我的名字是倫波史蒂爾茨金喲！」

你可以想像，皇后聽到這名字，有多麼高興！

小矮人再度出現。他搓搓手掌，樂不可支地跳上跳下，他說：「親愛的皇后，現在，你能說出我的名字了嗎？快說吧！」

「你的名字是湯姆嗎？」

「不，那不是我的名字。」

「是迪克？」

「不，那不是我的名字。」

「是……讓我想想，亨利？」

「不，那不是我的名字。」

「不是啊，那，該不會是……倫波史蒂爾茨金？」

「一定是魔鬼告訴妳的！」小矮人大聲嚷嚷，他氣得猛跺腳，卻用力過猛，把右腳踩進地裡，半截身子都陷下去了。盛怒之下，他又用雙手抱住左腳，結果把自己撕成兩半。

童話類型——ATU 500，〈超自然幫助者的名字〉(The Name of the Supernatural Helper)

故事來源——竇爾琴・威樂德的口述故事

類似故事——布麗格的〈妲菲和魔鬼〉(Duffy and Devil)、〈黃頭髮的派瑞小人兒〉(Peeri-fool)、〈踢踢透〉(Titty Tod)、〈湯滴答〉(Tom Tit Tot)和〈綠仙子的怪名字〉(Whuppity Storie)(《大英民間故事》)

「名字古怪的小矮人」是格林童話選集必定收錄的故事。格林兄弟在一八一二年的初版完成後，又陸續修訂這則故事，將它潤飾得更爲詳盡完整。舉例來說，在初版中，倫波史蒂爾茨金的名字被發現之後，他只是氣憤地離開；而在一八一九年的版本，也就是我在這裡所採用的版本，小矮人除了氣急敗壞，還以極爲巧妙的方式，把自己分成兩截。有著重覆節奏的故事，總能讓說書者加油添醋，把故事說得更加盡善盡美。

紡織是工業革命前對家庭經濟貢獻很大的一項技藝，而在這則故事中，紡織更被視爲生存之道。男人會爭相擁有一名善於紡織的妻子，即使是（故事裡的）國王也不例外。現在我們仍以「編織」來形容「說故事」這件事，只是眾人早已遺忘這層連結。

英國童話〈湯滴答〉裡，有個貪婪、不知檢點而且性感的女主角。在我看來，它是同類故事中，比格林更爲出色的版本。

28

The Golden Bird

黃金鳥

從前有一個國王，他在皇宮後建了一座遊樂花園。這座花園裡，有一棵會長出金蘋果的樹。每當蘋果成熟時，國王總會請人將蘋果編號，列入管理。但是有一年，金蘋果在編完號的隔天早上，總會平白無故短少一個。園丁總管將這件怪事稟報國王，國王下令，派人每夜守在樹下。

因爲這個任務極爲重要，國王派令他的三個兒子來完成。第一天晚上，他派大兒子到園裡去看守，但是老大忍不住打起瞌睡，午夜一到就睡著了。第二天早上，樹上的蘋果又少了一個。

第二天晚上，輪到二兒子去看守。但是他沒有比大哥強到哪裡。十二點的鐘聲一響，他的眼皮也闔上了。隔天早上，樹上的蘋果又再少了一個。

第三天晚上，輪到小兒子去守夜。起初，國王不太信任他，不想讓他去。最後國王被他說服了，只好讓他去執行任務。他和哥哥一樣守在樹下，他保持清醒，決心不讓睡意征服自己。

午夜的鐘聲從皇宮傳來，他頭上的樹葉開始

騷動起來。他抬頭一看，原來是一隻美麗的黃金鳥翩翩飛來，棲息在樹枝上。金黃色的鳥兒全身閃閃發亮，把整座花園映照得光亮無比，好似點燃了一千盞燈。年輕的王子仔細地看著，對準鳥兒拉開準備好的弓箭。當黃金鳥啄下蘋果時，他將手中的箭射向樹梢。鳥兒被嚇得魂飛魄散，馬上飛離蘋果樹，身後掉下一根金羽毛，翩然落在草地上。

第二天早上，王子把這根金羽毛交給國王，並講述夜裡所看到的一切。國王立刻召開祕密會議，邀請群臣來檢驗這根羽毛。所有人一致認爲，這根羽毛價值連城，超過整個王國的財富。

「既然它如此貴重，」國王說，「那麼區區一根羽毛怎能滿足我？我要得到一整隻鳥。」

於是，大兒子出發去找鳥，他覺得自己很聰明，找隻鳥是難不倒他的。他走沒多久，就在森林的邊緣發現一隻狐狸，牠端坐在那兒，盯著他瞧。大兒子舉起槍瞄準牠，狐狸朝他大喊：「別開槍！我想給你一個好建議。你要去找那隻黃金鳥，對吧？這條路一直走，你會走到一個村莊，那兒有兩家客棧，正好面對面座落在路的兩旁。一家客棧燈火通明，歌舞昇平，但別走進這家。去對面那家客棧投宿，儘管你可能不喜歡它的外觀。」

王子心想：「這是哪門子的好建議？哼，一隻愚蠢的動物，會給出什麼好主意？」他扣下扳機。但狐狸沒被擊中：牠翹著尾巴，迅速地溜進黑暗的樹林裡。

王子繼續往前走。夜幕低垂時，他來到狐狸說的村莊。村子裡果然有兩家客棧，座落在路的兩邊。一家客棧明亮熱鬧，又歌又舞，而另一家則陰暗冷清，門可羅雀。

「傻瓜才會走進那家簡陋的客棧，」他一邊想著，一邊走進熱鬧的客棧。他在裡頭飲酒作樂，完全忘了他的父親、黃金鳥，以及他所得到的忠告。

過了一段時間，老大遲遲未歸，輪到老二上路去找黃金鳥。他和老大一樣，在路上遇到狐狸，狐狸給了善意的忠告，但他也沒把忠告放在心上。他來到兩家客棧時，見哥哥站在那家喧嘩的客棧前呼叫他。他抵擋不了歡樂的誘惑，便走了進去，與哥哥一樣，在裡面過著醉生夢死的生活。

又過了一段時間，最小的王子也想去找黃金鳥，但是國王卻不這麼想。「這是白費力氣，」他對總理大臣說，「那隻黃金鳥連哥哥都找不到，他怎麼可能找得到？而且如果他遇到什麼危險，恐怕也沒辦法全身而退。老實說，我不放心，他年紀還太小。」

然而，小兒子不停地央求父親，國王被吵得不得安寧，只好讓他去試試。年輕人跟哥哥一樣出發了，他也看到狐狸坐在同樣的地方，給他相同的忠告。王子是個善良的人，他對狐狸說：「謝謝你的忠告，小狐狸。別擔心，我不會傷害你的。」

「這麼做你不會後悔的，」狐狸說，「來吧，坐上我的背，保證你晃沒幾下，就會到達村莊了。」

王子剛坐上狐狸之後，牠就飛快地跑了起來。牠爬上山丘，越過山谷，速度像風一樣快，王子只聽到耳邊呼嘯而過的風聲，不一會兒，他們就來到了村莊。小王子聽從狐狸的建議，投宿於那家破舊的客棧，在裡面安靜的休息。隔天，當他上路時，發現狐狸已在前方等他了。

「你很明智，把我的忠告聽進去了，」狐狸說，「讓我再告訴你下一步該怎麼做吧！你一直走，會遇到一座宮殿，宮殿外的地上，躺了許多士兵，你不必理睬他們，他們都在酣睡。你從他們中間走過去，一直走進宮殿，穿過廳堂，走到最後一個房間。你想找的黃金鳥就在那裡。黃金鳥被關在一個木製鳥籠。木籠的旁邊，有一個黃金打造的籠子，它只是裝飾品。

千萬別把金鳥從普通的籠子裡拿出來，放進美麗華貴的金籠子裡，這麼做會爲你帶來厄運。」

狐狸說完，又伸出尾巴，讓王子爬上去，等王子一坐上狐狸的背，狐狸就像昨天一樣，風也似地飛奔起來。他們來到了宮殿，狐狸在殿外等待，王子獨自進入宮殿。王子發現一切就像狐狸說的一樣，他走過所有的廳堂，終於看到被關在木籠裡的黃金鳥，一旁放著一只美麗的金籠子，而那三顆蘋果也在這間屋子裡。那個木籠子實在很不起眼，而金籠子又那麼美，王子心想，他得幫金鳥把籠子調換過來，才不至於委屈了金鳥。他打開木籠，想把金鳥放進金籠子。

就在這一刻，受驚的黃金鳥發出尖銳的叫聲，把外頭的士兵都吵醒了。士兵蜂擁而至，把年輕人抓起來，關到地牢裡。

第二天早上，他被帶到法庭裡審判，他招認一切，法官判處他死刑。然而這個國家的國王，覺得王子長得頗討人喜歡，願意在一個條件下赦免他的罪：如果他能幫國王找到一匹跑得比風還快的黃金馬，國王不但會饒了他一命，他還可以得到這隻金鳥作爲獎賞。

王子不抱希望地上路了。事實上，他對於上那兒去找黃金馬，一點頭緒都沒有。他對於自己的處境相當無奈。然而，當他走到鄉間的路上，就看見老朋友狐狸正坐在那兒等他。

「你遇到倒楣事了吧，」狐狸說，「全都是因爲你沒有聽我的話。不過，別氣餒，我願意再幫你一次，告訴你如何找到黃金馬。跟我走，我帶你去那座有著黃金馬的城堡。黃金馬就在城堡的馬廄裡。你會看到馬夫們都躺在馬廄前呼呼大睡，你只管把馬牽出來。但是你要記得，給馬套上那個普通的皮製馬鞍，而不是掛在旁邊那個耀眼奪目的黃金馬鞍，否則，你會遭遇不幸。」

狐狸說完，又伸出尾巴，王子一坐上狐狸的背，狐狸就飛快地跑起來，速度快極了，風在王子的耳邊呼嘯而過。他們來到城堡，一切就像狐狸所說，王子很快就找到馬廄裡的黃金馬。馬兒的美，光芒四射，王子還得遮住雙眼，才不會被黃金馬的光芒刺傷雙眼。可是正當他要放上簡陋的馬鞍時，心想：「如果不用那個與金馬相配的黃金馬鞍，豈不委屈這匹駿馬了？」

可是，當他把金黃色的馬鞍放到馬背上時，金馬一聲長嘶，把馬夫全都吵醒了。他們馬上逮住王子，他被判處死刑。而國王也願意赦免他的罪，交換條件是：如果他能把黃金城的黃金公主帶來，國王不但免他一死，還會把黃金馬送給他。

王子帶著沉重的心情出發。他很幸運地又遇到忠心的狐狸。

「你又不聽話了，這樣我很難幫你，」狐狸說，「再說，我應該讓你自己處理的，但我又忍不住同情你。就讓我再幫你一次吧！這條路直走，就會到達黃金城，以我們的速度，大約傍晚會到。夜深人靜時，黃金公主會去浴室泡澡。你看到她走進浴室，就跑上前吻她一下，她就會跟你走。但是千萬別讓她去和父母道別，否則會壞事。」

狐狸說完，又伸出尾巴，王子一坐上狐狸的背，狐狸就飛快地跑起來，速度快極了，風在王子的耳邊呼嘯而過。他們很快就到達黃金城，那裡就像狐狸說的一樣。王子等到半夜，當整座城堡都陷入沉睡時，公主果然走進浴室，準備更衣沐浴。王子見狀立即上前吻了公主一下。公主回神之後，說她願意跟王子到天涯海角，但是她必須先跟父母告別。王子起初不肯答應，但是禁不住公主的苦苦哀求，只好同意了。

當公主走到父母的床前，國王就醒了，宮殿裡所有的人都起來了，他們一把抓住王子，把他關入牢裡。第二天早上，他被帶到國王面前。

「年輕人，你犯下死罪，生命本已無足輕重，」國王說，「你應該馬上受刑，但是眼前有個機會。如果你能把我窗前那座擋住我視野的大山，在七天內移開，我就免你一死，事成之後，你可娶我的女兒作爲報答。」

他們給王子一把鏟子，他馬上開始又挖又掘。六天過去了，他站到遠處看看自己做的活兒，心頭一沉。他所挖的洞跟大山相比，簡直微不足道。

不過他還是繼續挖土，直到第七天晚上，狐狸又出現了。

「我不明白自己爲何想幫你，」牠說，「你根本不值得我幫，但我心裡老是掛念著你。去睡吧，我來把山移走。」

第二天早上，當王子醒來，往窗外一望，那座山不見了！他滿心歡喜，跑去找國王。

「國王陛下，山被移走了！我辦到了！」

國王往窗外一瞧，他無法否認，那座擋住視線的大山，眞的消失了。「幹得好！」國王說，「不管我願不願意，我都會信守諾言。你可以娶我的女兒爲妻。」

王子和公主一起出發了，沒多久，忠心的狐狸來加入他們。

「最棒的禮物，就是公主，這你已經得到了，」狐狸說，「但是黃金公主需要一匹黃金馬來與之匹配。」

「那我要怎麼做，才會得到黃金馬呢？」王子問道。

「我來告訴你怎麼做，你仔細聽好，」狐狸說，「首先，你把黃金公主帶回去交給派你去黃金城的國王，他會欣喜萬分，大肆慶祝，並將黃金馬送給你。當他們把黃金馬牽出來，你立刻跳上馬去，跟在場的每一個人握手道別。最後再和黃金公主握手道別。當妳握到她的手時，要一把將她拉上馬，立即策馬離去。沒有人追得上你，因爲黃金馬跑得比風還快。」

一切就如同狐狸所說的，城裡的盛大慶祝，黃金馬贈禮，和大家握手道別，最後兩人成功脫逃。狐狸跟著他們跑了一段路，等他們慢下來時，狐狸說：「你這次有照著我的話做，很好。現在我來幫你得到那隻金鳥。當你到達金鳥所在的宮殿時，先讓公主下馬，我會照顧她。你騎著金馬到宮殿的院子去，他們見到你，一定十分欣喜。他們會把金鳥拿出來，鳥籠一到手，你就立刻轉頭回來帶公主。」

這個計畫也成功了。現在，所有王子想要的寶貝，都到手了。他準備帶這些寶貝騎馬回家。此刻，狐狸說：「你走以前，應該報答我對你的幫助。」

「這是一定要的！」王子說：「你想要什麼？」

「走到樹林時，用槍把我打死。然後割下我的頭和爪子。」

「這種報答方式太不可思議了，」王子說，「原諒我沒辦法這麼做。」

「如果你不願意這麼做，我就必須離開你。在我走之前，讓我給你最後的忠告。有兩件事你要當心：別用錢買下絞刑犯的性命；別坐在井邊。」

狐狸說完，就一溜煙跑進森林。

王子心想：「眞是隻奇怪的動物，腦子裡盡是些古怪的想法！誰會用錢贖回絞刑犯的性命？而且我也沒興趣坐在井邊。」

他跟公主繼續往前走，順著這條路，他們來到兩個哥哥停留的那個村莊。村裡一片吵雜喧鬧，他上前詢問圍觀的群眾，才知道有兩個人即將被處以絞刑。他推開人群，走近一看，才發現正是他的兩個哥哥。他們把財物揮霍一空，就開始為非作歹。

年輕的王子問群眾，有什麼方法可以放了這兩人。

「你是可以花錢贖回他們的自由，」他們告訴他，「但是誰會想要為這兩個作惡多端的傢伙繳贖金呢？」

他毫不猶豫，花錢贖回哥哥的性命。哥哥們雖然重獲自由，但是村裡的人嚴正警告他們，不准這兩人再回到村莊。他們一起上路回家。經過一個早上的旅程，他們來到當初遇到狐狸的那座森林。樹林外陽光炙熱，樹下卻很涼爽，兩個哥哥說：「不如我們休息一會兒。你看，那兒有一口井，我們去取些水來喝吧！」

老三同意了。他毫無警戒地坐在井邊，完全忘了狐狸的忠告。結果兩個哥哥順勢把他推到井裡，帶著公主、黃金馬和黃金鳥回家見父親。

「爸爸，您看！」倆個哥哥說，「我們不僅帶回了黃金鳥，還有這匹黃金馬和黃金城的公主。很不賴吧？」

國王馬上舉辦盛大的慶祝儀式。但是觀察敏銳的大臣們都注意到了，黃金馬不吃草，鳥兒不唱歌，而公主只是坐著那兒，不停地啜泣。

最小的王子呢？他並沒被淹死，因為那是口枯井；他也沒有跌斷骨頭，因為他掉在軟綿綿的青苔上。他坐在井底，苦惱著要如何離開這口井。當他絞盡腦汁也想不出辦法時，他最忠實的朋友狐狸又出現了。他跳到井裡，責備王子。

「我警告過你的，」狐狸說，「唉，我早就知道你會這麼做。算了，我不會放著你不管的。握緊我的尾巴，我帶你重見天日。」

王子一抓住狐狸的尾巴，他們就咻的一聲躍到井邊。他在狐狸身後爬出井口，把身上的灰塵拍掉。

「你還沒脫離險境，」狐狸對王子說，「你的哥哥還不確定你已經死了，所以在樹林裡派了人，一見你就會把你殺了。」

王子在路上遇見一個窮人，便和他換了衣服。因此他一直走到父親的宮殿，都沒被認出。當他走進皇宮，鳥兒便開始唱歌，馬兒開始吃東西，而美麗的公主終於停止哭泣。

國王看了很驚訝。「這是怎麼一回事？」

「我也不明白，」公主說，「我本來那麼傷心，但現在心生喜悅。我感到非常高興，好似我真正的未婚夫來了。」

她把發生過的事情一五一十地告訴國王，儘管兩個哥哥威脅她，如果她洩漏眞相就要殺死她。國王把宮中所有的人都召集到他面前，衣衫襤褸的王子也來了，但公主立刻認出他來，她跑上前去擁抱他。兩個壞心的哥哥被抓起來，處以死刑。王子迎娶公主，並繼承了王位。

而那隻可憐的狐狸呢？有一天，王子又散步到那座森林，遇見了他的老朋友。狐狸開口對王子說：「你已經擁有你所希望的一切，而我卻一直遭遇不幸，沒有盡頭；即使我求你，你還是拒絕放我自由。」

狐狸又一次請求王子將他射殺，砍下牠的頭和爪子。這回王子咬著牙，依照狐狸的請求去辦。他才剛做完，狐狸就變成一個人。原來他是美麗公主的哥哥，他終於從強加於身的魔法中解脫了。

他們的生活再也沒有缺憾，從此過著幸福愉快的日子，直到終老。

◆ ◆ ◆

童話類型——ATU 550，〈鳥，馬和公主〉（Bird, Horse and Princess）

故事來源——葛雷琴．威樂德口述故事

類似故事——阿法納西耶夫的〈伊凡王子、火鳥和灰狼〉（Prince Ivan, the Firebird, and the Grey Wolf）（《俄羅斯童話》）；布麗格的〈鯡魚國王〉（King of Herrings）（《大英民間故事》）；安德魯．蘭格（Andrew Lang）的〈小鳥「葛利普」〉（The Bird Grip）（《粉紅色童話》（*Pink Fairy Book*））

在葛雷琴．威樂德和格林兄弟的合作之下，這則故事變得格外簡潔有力，讓後人得以漫遊其間，低迴思索。他們這種處理手法，把童話轉變成某種自我追尋和救贖的神祕故事，讀起來相當類似西元三世紀，充滿諾斯底思想的作品《珍珠聖歌》[1]，或一六一六年出版的《克里斯提安．羅森克羅伊茲的煉金術婚禮》[2]。這則童話很容易讓人建構出以下的詮釋：年輕的王子是展開自我追尋的主體，而黃金公主則是他的陰性自我，也就是榮格說的「阿尼瑪」（Anima），必須從看不見的世界被召回。會「看不見」，是因為國王的視線被大山擋住了。等大山被移除，國王的視線清明了，他變得更有判斷的智慧，所以願意讓公主去追尋她真正的歸宿。黃金馬代表王子自身的力量，因此不能被套上華而不實，代表虛榮和欺瞞的馬鞍。相反的，牠只能將正直與誠實的尊嚴套上身。黃金鳥則是王子的靈魂，因此只有王子才能在國王的花園裡看到牠，追隨牠，最終將牠贏回。而王子的兩個哥哥代表較為低劣的自我，最後終於被純真的善行所征服。幫助王子最力的狐狸，理所當然代表智慧。智慧與追尋自我的主體關係緊密（狐狸實為公

主的哥哥），但是它／牠卻不會被追尋自我的主體看見，直到它／牠被犧牲之後，才會現身。國王花園裡的金蘋果則是眞理的碎片，本應慷慨與人分享，但是國王受限於狹隘的理解，盲目地將之佔爲己有，加以編號管理，所以他無法如何如何……

這類分析可無止盡地繼續下去。剛開始，我根本不相信這種詮釋，就像我無法相信那些依附於榮格思想而生的廢話。但是這些分析確實是可能的。如此解讀故事，必有其脈絡可循。而這告訴我們什麼？是意義的存在先於故事，所以撰寫故事只是爲了彰顯某種意義，就像寓言一樣？抑或是，故事只不過剛好符合某個解讀的框架？

答案當然是後者。再怎麼高明的詮釋，大抵就像在灼灼烈火中，找到發出電光火石的模式，對故事本身倒也無傷大雅。

---

1 Hymn of the Pearl，作者不詳。出現於《多馬福音》（*Act of Thomas*）中，是多馬於獄中爲自己和其他入獄的弟兄祈禱時，所吟頌的聖歌。聖歌講述一名男孩受命於國王父親，前往埃及去取回被巨蛇奪走的珍珠。男孩在途中受到埃及人誘惑，忘了自己的家人和使命，直到他收到父親寄來的信，才將他喚醒，完成取回珍珠的任務。

2 The Chymical Wedding of Christian Rosenkreutz of 1616，是玫瑰十字會於十七世紀匿名發表的三份宣言中的最後一部。宣言共同描述中世紀日耳曼朝聖者「C. R. C」，也就是在第三份宣言中才出現全名的克里斯提安．羅森克羅伊茲（Christian Rosenkreutz）的傳奇經歷。這三份作品宣稱「C. R. C」在中東跟隨神祕學大師們學習，返回日耳曼後創立「玫瑰十字會」，倡導靈性煉金術，目的是爲飽受摧殘的戰後歐洲，帶來「全面性的改革」。

29

Farmerkin

小農夫

從前有一個村莊，住在村子裡的每個農夫都很富有，只有一個人例外，大家都叫他小農夫。他眞的很窮，窮得連買頭乳牛的錢都沒有，儘管他和妻子一直希望能擁有一頭乳牛。

有一天，他對妻子說：「聽著，你的表哥不是個木匠嗎？不如我們請他用木頭做隻小牛給我們，給它漆上適當的顏色，看起來就像眞的一樣。等小牛越長越大，我們就有一隻乳牛了！這點子如何？」

「眞是不錯的點子！」

於是他們去找木匠表哥，請他做一頭小乳牛。表哥找來一塊上好的松木，畫好圖樣，依照牛隻的形狀鋸下木塊，然後加以雕刻磨製，做出一隻小牛。最後他將小牛塗上棕色的油彩，乍看之下，簡直像頭眞的牛。表哥讓它垂著頭，彷彿正在低頭吃草；他還幫小牛裝上又長又黑的眼睫毛，小牛看起來幾可亂眞。

第二天一早，當牧牛人前來把所有的牛趕去牧草地吃草時，小農夫把牧牛人叫來，對他說：

「我有隻小牛，但她還太小不會走路，得讓人抱著。」

「沒問題，」牧牛人說完，便抱著小牛到牧場，放在草地上。

牧牛人對自己說：「她馬上就會自己跑了。瞧！她已經在吃草了！」

傍晚，當他準備把牛往回趕時，小牛卻不聽指令，杵在原地，一動也不動。「可惡！」他對小牛說，「你已經蹲在這裡吃了一整天的草了，我想你現在應該有力氣用自己的四隻腳走路。別偷懶，我不想再抱你回家了。」

小農夫站在門口，等著小牛回家。他看見牧牛人把牛都趕回村子，牛群裡卻沒有他的小牛。

「喂！」小農夫問，「我的小牛呢？」

「她喔，還在草地上吃草。我叫她走，她卻一動也不動。我可沒法兒等她，我還得把這些牛趕回家擠奶呢。」

牧牛人把牛群趕回去擠奶棚之後，就和小農夫回去找小牛，但是當他們到了牧草地時，卻發現小牛已經被人偷走了。

「都是你的錯！」小農夫生氣地對牧牛人說。

「才不是！她一定是迷路了。」

「你剛剛應該把她一起帶回來的，」小農夫說。

他把牧牛人帶到村長那兒，請村長評評理。村長責備牧牛人太不小心，疏於職守，罰他賠小農夫一隻小牛，以彌補他的損失。

現在，小農夫和妻子總算得到盼望已久的乳牛。他們喜出望外，但是卻沒錢買飼料養牠，只好把牠殺了。他們把肉醃了，把牛皮取下。這皮革品質很好，小農夫帶著牛皮到市場，打算把它賣掉。

往市場的路上，小農夫經過了一座磨坊，磨坊前有一隻斷了翅膀的烏鴉，小農夫看了心生憐憫，便把烏鴉包在牛皮裡。此時天空烏雲密佈，強風大作，等他把烏鴉包好，天空開始下起傾盆大雨。小農夫無處可躲，只好到磨坊請求留宿。

磨坊主人的妻子一個人在家，她出來應門。

「你要什麼？」她問。

「小姐，眞抱歉打攪您了，可否讓我借宿一晚？」

「噢，這樣啊，我現在不太……好吧，你就進來吧。你可以在那堆稻草上休息。」她指著牆角的一大堆稻草，小農夫坐上去，感覺挺舒適的。磨坊主人的妻子又拿了麵包和乳酪給小農夫。

「小姐，妳眞好心！」

「看來，你也差不多要入睡了吧，」她說。

小農夫吃完麵包和乳酪，就躺在稻草堆上，闔上眼睛，牛皮則放在一旁陪他入睡。磨坊主人的妻子一直在注意他睡著了沒，他看起來累壞了。她見小農夫沒有動靜，就認定他已經睡了。

過沒多久，門外傳來輕柔的敲門聲，磨坊主人的妻子把食指放在雙唇中央，小聲地回應著。等她一開門，小農夫睜大眼睛一看，原來是牧師來了。

「我丈夫出門了，」小農夫聽到女主人說，「我們來吃頓大餐吧！」

小農夫心想：「大餐？那爲什麼她只拿麵包和乳酪打發我？」

小農夫瞇著眼睛看接著發生什麼事。女主人請牧師坐在桌前，她對牧師說著甜蜜的話，眼睛對著他眨呀眨，最後還端上好菜：火烤豬肉、大盤沙拉、剛出爐的水果蛋糕，和一瓶酒。

牧師才剛把餐巾塞進領子，準備大快朵頤時，突然聽見門外有人敲門。

「天哪！」女人大喊，「是我丈夫回來了！快，快躲到衣櫃去！」

牧師趕緊把自己塞到衣櫥裡，動作跟蟑螂一樣快。女人迅速把烤肉放回烤爐，把酒塞到枕頭下，把沙拉蓋在床單下，把蛋糕藏到床底下。

然後才跑到前門去迎接丈夫。

「噢，感謝老天，你終於回來了，」女人說，「我嚇壞了。好可怕的暴風雨！好像世界末日似的。」

磨坊主人進門甩甩身上的雨水，一眼就看到躺在稻草堆上的小農夫。

「這傢伙在這裡做什麼？」他問道。

「噢，這可憐的傢伙遇上暴風雨，來這兒求宿。我給他一些麵包和乳酪，並讓他躺在那兒休息。」

「這我不反對，」磨坊主人說，「但是我告訴妳，我餓壞了，弄些東西給我吃吧。」

「親愛的，我們家只剩下麵包和乳酪了。」

「廚房裡有什麼就拿上來吧，」磨坊主人說。他打量著小農夫，對他喊道：「喂，過來再吃一點吧。」

小農夫沒等他叫第二遍，就跳起身，過來自我介紹。他和磨坊主人坐在桌前，準備一起用餐。

過了大約一分鐘，磨坊主人瞄到稻草堆上放著那張包著烏鴉的牛皮。

「你帶了什麼？」

「噢，你問到重點了，」小農夫說，「我帶了個預言大師在裡面。」

「真的？」磨坊主人好奇了起來，「他可以預言我的未來嗎？」

「當然！」小農夫說，「但是他只替人預言四件事，第五件事他不說出來。」「快去把他請出來，幫我預測命運吧。」

小農夫把牛皮拿過來，小心翼翼地放在大腿上。他輕輕捏了烏鴉一下，烏鴉發出「嘎！嘎！」的聲音。

「牠說了什麼？」

「嗯，」小農夫說，「牠預言枕頭下有一瓶酒。」

「怎麼可能？」磨坊主人說，但是他馬上起身去看，果然在枕頭下發現一瓶酒。

「太神奇了！牠還會預言什麼？」

小農夫又捏了烏鴉的頭。烏鴉發出「嘎！嘎！」的聲音。

「牠說什麼？」

「第二件事，」小農夫說，「牠說烤爐裡有塊火烤豬肉。」

「火烤豬肉？我不相信……天啊，我被打敗了！你看，真的有塊香噴噴的烤肉！牠還說了什麼？」

小農夫讓烏鴉再預言一次。「這次，牠預言床單下有一盤沙拉。」

磨坊主人果眞發現了沙拉。「這實在太不可思議了！我這輩子還沒見過這種事。」

「嘎！嘎！」烏鴉又叫了第四次，小農夫幫忙翻譯：「床底下有個蛋糕。」磨坊主人把蛋糕從床底拿出來。「這下我眞是目瞪口呆了！」他說。

「本來只有麵包和乳酪可吃，現在有大餐了。太太，妳杵在那兒做什麼？快過來一起吃！」

「噢，不了，」她說，「我的頭突然有點疼，我上床躺一會兒。」

事實上她是嚇壞了。她躺在床上，整個人縮在被子下，手裡握緊衣櫥的鑰匙。

磨坊主人把烤肉切開，爲自己和小農夫倒了些酒，他們便開始大快朵頤。

「所以，這位預言大師不會把第五件事說出來，是吧？」磨坊主人問道。

「沒錯，」小農夫說。

「通常，這第五件事會是什麼？」

「什麼都有可能。不過我們還是先把飯吃完，我有預感，那第五件事情有點糟糕。」

他們酒足飯飽後，磨坊主人忍不住問了小農夫：「這第五個預言……會有多糟糕呢？」

「這第五個預言呢，」小農夫說，「價值連城，所以他從不免費說出。」

「那他通常怎麼收費？」

「四百塔勒。」

「我的天哪！」

「如同我告訴你的，這第五個預言價值連城。既然你對我如此慷慨，我來試著說服他，三百塔勒是否能成交。」

「三百塔勒，是嗎？」
「沒錯。」
「費用不能再低一點嗎？」
「嗯，牠之前的預言都很準確，你也親眼看到了。這可是無從挑剔的事實吧。」
「你說的沒錯，我不否認。所以三百塔勒，是吧？」
「是的，三百塔勒。」
磨坊主人去拿他的錢包，數了三百塔勒給小農夫。然後他坐下來說：「錢付了，讓我們來聽聽牠怎麼說。」
小農夫又捏捏烏鴉的頭。烏鴉「嘎！嘎！」叫了兩聲。
「怎麼樣了？」磨坊主人問道。
「噢，天啊，」小農夫說，「牠說你家的衣櫥裡有個魔鬼。」
「什麼？」磨坊主人說，「我家才沒有魔鬼！」
他衝去把前門的門栓拉開，敞開大門。「衣櫥的鑰匙跑那兒去了？快給我拿來。」
「在我這裡，」臥室裡傳來妻子的聲音，她的頭還悶在被子裡。
「快把鑰匙拿來給我！」
他把鑰匙搶過來，開了衣櫥的鎖。門一開，牧師箭也似地衝出大門，一溜煙就不見人影。
磨坊主人倒吸一口氣，嚇得汗毛直豎。他回神後，趕緊去把大門的門栓鎖上。
「你那個預言大師，牠說的沒錯，」磨坊主人心有餘悸地說，「剛剛那個人影眞的是魔鬼，我親眼看到那個混蛋！」

說著，他把剩下的酒灌完，以鎮住心神。

小農夫回到稻草堆睡覺，隔天一早就帶著三百勒塔溜走了。

他一回到村子，就開始花他賺到的錢。他買了一塊地，在上頭建了一座漂亮的房子。村子裡的人都說：「他一定到過下著金子雪的地方，他鏟了一大堆雪回家，就變有錢了。」

他們這麼說，其實是不相信小農夫取財有道。村長和村民把他召來解釋致富的原因。

「很簡單，」小農夫說，「我把小牛皮拿去市場賣。市場對皮革的需求很大，所以價格一直飆漲。」

他們一聽到這話，也想獲取暴利，紛紛回家把自己的乳牛殺了，取下牛皮，準備拿到市場去大賺一筆。

「我得趕快先派女僕去，」村長說。

他把毛皮交給女僕，要她立刻拿去市場，想先搶得商機。但是她只換得三塔勒。而其他的村民賣的價錢更微薄。

「我收購那麼多牛皮做什麼？」牛皮商人說，「這幾天沒人要買牛皮呀！」

村民們覺得受騙了，對小農夫大為惱火。他們向村長譴責小農夫是騙子，沒一會兒，村民委員會就決定他的命運。

「你被判處死刑，」村長說出判決，「我們決定把你放進一個滿是窟窿的木桶裡，然後扔到池塘裡淹死。」

他們請來牧師為他唸安魂彌撒。當他們單獨進行彌撒時，小農夫一眼就認出他，原來他就是在磨坊主人那兒見過的那個牧師。

「我把你從衣櫥裡救出來了，」小農夫對他說，「換你把我從木桶裡救出來吧。」

「是嗎？但願我可以——」

「你就幫我這一次吧。」小農夫說。

就在此時，他看到一個牧羊人趕著一群羊過來。小農夫早就知道牧羊人這輩子最想做的事，就是當上村長。

於是小農夫以高八度的聲音喊了起來：「不！我不當！就算全世界都叫我當，我也不從！」

牧羊人聽見了，就靠過來問道：「發生什麼事了？你不願意當什麼？」

「他們要我當村長，」小農夫說，「他們說如果我坐在這個桶子裡，就可以當村長了，但是我一點都不想當什麼村長。我不要！」

「眞的嗎？」牧羊人說，「只要坐在這個桶子裡，就可以當村長？」

小農夫用手肘推推牧師。牧師便回答：「是的，沒錯。」

「噢，如果當村長要做的只有這個的話，我願意，」牧羊人說完，就立刻坐進桶子。小農夫把桶蓋關上，然後接手牧羊人的羊群，趕著牠們離開了。

牧師回到村民委員會去，告訴他們彌撒已經唸完，桶子也準備好了。於是這群人由村長領軍，村民們合力把桶子滾向池塘。

當桶子開始滾動時，桶裡的牧羊人大喊：「我很樂意當村長！」

村民當然以爲是小農夫，所以就回答：「我們也是這個意思！不過，你得先到河底去看看。」

說完，村民就把桶子推入水裡，然後就回家去了。只有牧師沒跟他們回去，他撩起牧師長袍，試圖把水桶拉到岸邊，免得他被淹死。村民們一回到村莊的廣場，看到小農夫帶著一群羊，簡直不敢置信。

他們吃驚地問道：「小農夫！你在這裡做什麼？你怎麼從木桶裡逃出來的？」

「小事一樁，」小農夫得意地說，「水桶在水裡沉呀沉，沉到河底時，我踢開桶蓋，爬了出來。我游上岸，看到一片美麗的草地，溫暖的陽光下，數不盡的綿羊在那兒吃草。所以我就順勢帶了幾隻羊回來了。」

「那兒還有羊嗎？」

「噢，還有很多，你們每人帶一隻，還綽綽有餘。」

村民們聽完，就一起走到河邊，每個人決心要帶回一群羊。這時，湛藍的天空恰巧飄著被人們稱爲綿羊雲的雲朵，滿天的綿羊雲映照在水中。大家忙不迭地看著水中綿羊雲的倒影，沒注意到另一邊河岸上濕淋淋的牧羊人，正在痛毆牧師。村民們興高采烈地觀察水中的綿羊，爭先恐後要下水去打撈。

「我先！」村長大喊著，噗通一聲跳入水裡。

當他沉下水底時，水面發出噗嚕噗嚕的聲音。大夥兒以爲村長在叫他們一起下去抓羊，所以他們一窩蜂地衝進水裡。

就這樣，全村的人都淹死了。小農夫發現自己掌管村裡的一切。他把綿羊還給牧羊人，並自封爲村長，從此之後，便成爲一個富人。

童話類型——AT 1535，〈富農夫和窮農夫〉（The Rich Peasant and the Poor Peasant）。其中一段取自AT 1737的〈與袋子裡的騙子互換位置〉（Trading Places with the Trickster in a Sack）

故事來源——哈森弗魯格家族和多洛希雅·維曼的口述故事。

類似故事——阿法納西耶夫的〈珍貴的毛皮〉（The Precious Hide，收錄於《俄羅斯童話》）；布麗格的〈傑克與魔豆〉（Jack and the Giants）、〈免費的綿羊〉（Sheep for the Asking）（《大英民間故事》）

小農夫是個經典的騙子。機敏和厚臉皮是扮演這角色所需的兩大特質，但另外還需一大堆傻子幫襯，故事才能順利進行。顯然，村子裡不缺傻子。

然而，這些傻子究竟要因爲傻，受到多嚴重的懲罰？那些想讓小農夫喪命的村民，最後被淹死，似乎是死有餘辜，他們死亡的直接原因是貪得無厭。但是那位牧羊人就很倒楣，他從來無意傷害小農夫。在格林的原版故事裡，牧羊人被淹死，而牧師卻逍遙法外，沒受到任何制裁。這似乎不太公平。所以在我的版本裡，我讓牧師救了牧羊人，而牧羊人痛毆牧師，以抒解他受到的不平對待。這麼處理，正義才稍得伸張。

牧師的角色不常出現在格林童話中。而每當他們一出場，似乎都與勾搭有夫之婦有關。舉例來說，在格林童話〈老希爾德布蘭特〉（Old Hildbrand）中，有一位牧師把農夫騙去義大利，就是爲了要與農夫的妻子共度春宵。最後他不但被抓到，還被痛宰一頓。這結局也算公平。

30

Thousandfurs

雜毛姑娘

從前有一個國王，他有個金髮的妻子，長得非常美麗，世界上再也找不到像她一樣美麗的人。後來，她病倒了。當她覺得自己快要去世時，她把國王請來病床前，說：「我死後，如果你還想再娶，那你不能娶一個不如我漂亮，髮色不如我金亮的女人。這是我的遺願，你一定要答應我。」

國王答應了妻子，過沒多久她就闔上眼，死了。

國王沉浸在皇后去世的悲傷中，根本沒想要再娶。後來，他的大臣們對他說：「國王陛下，您不能再逃避了：這個國家需要一個皇后。您必須盡快娶個妻子。」

他們派使者到全國各地去尋找容貌和髮色與死去的皇后相當的新娘，可惜都沒找到。就算找到和皇后一樣美的人，髮色也不是金色。就這樣，使者沒有完成任務，無功而返。

國王和皇后有個女兒，她和母親一樣有著一頭金色的長髮，長得跟死去的母親一樣美。她年

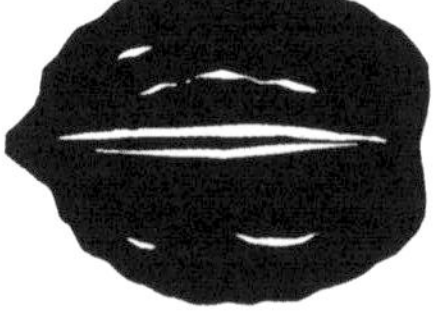

幼時，國王沒有注意到這些相似點。但是有一天她長大成人了，從窗戶投進的陽光灑在女兒的金髮上，國王才發覺女兒跟她死去的母親一樣美麗，他竟然瘋狂地愛上她。

他祕密召集一群大臣來，宣布說：「我總算找到新娘了。這個國家沒有一個女人比我的女兒更美了，我決定娶她爲妻。」

大臣聽了都大爲震驚。

「國王陛下，萬萬不可啊！上帝禁止父親和女兒結婚，這可是犯了滔天大罪。這麼做對任何人都沒有好處，還會毀了這個王國。」

女兒得知這個消息也害怕極了。爲了爭取時間，希望父親能改變主意，她對父親說：「親愛的父王，在我嫁給你之前，我需要三套禮服：一套像太陽一樣金黃耀眼；一套要像月亮一樣銀白皎潔；最後一套要像星星一樣閃閃動人。另外，我還需要一件由一千種動物毛皮縫製而成的大衣，得從王國裡不同的動物身上取得。」

她心想，這些任務根本不可能完成，此舉應該可以打消父親邪惡的念頭。但是國王已經瘋狂愛上女兒，任何事都阻擋不了他。他找來王國裡最能幹的編織師傅織出三塊最美麗的布料，然後下令最傑出的設計師依照女兒的心願，將布料縫製成三套獨一無二的禮服。同時，他差遣皇家獵人隊到森林裡去狩獵，他們每天都帶回各式各樣的毛皮和獸皮。國王找來最好的皮革師傅，將一千種相異的獸皮和毛皮裁剪下來，拼製成一件大衣。過沒多久，國王就漸漸完成女兒的要求。

這天，國王來到女兒面前對她說：「親愛的，妳要的東西都做好了，明天我們就來舉辦婚禮吧！」

她明白，要父親回心轉意是不可能了，於是決定逃走。夜裡，當整座皇宮陷入沉睡，她挑選三樣珍貴的東西帶走：一個金戒指、一部小金紡車，和一個金色的捲線軸。她把三件禮服折得很小，放進一個胡桃核中，最後穿上千皮大衣，把臉和手用碳渣塗黑。她向上帝禱告完，就離開皇宮上路了。

她走呀走，經過一座巨大的森林。當夜晚即將結束，鳥兒於清晨的第一聲鳴叫已蓄勢待發，公主走得快要累癱了，便在一棵空心樹裡，蜷著身子進入夢鄉。

太陽出來了，她還在睡。大片陽光灑入空心樹，公主依舊沉睡不醒。擁有這片森林的一位國王，恰巧來這裡狩獵。他的獵犬依循著氣味的引導，來到這棵空心樹，牠們繞著樹幹又嗅又聞，吠個不停。

「有隻野獸藏在樹裡，快去看看那是什麼，」國王吩咐獵人。

他們服從命令去做，回來稟報國王說：「國王陛下，我們發現一隻未曾在森林見過的奇特野獸。牠的皮膚是由一千種動物毛皮所組成。牠現在還躺在樹洞裡休息。」

「去看看你們能不能活捉牠，」國王說，「抓到了就綁在車上帶回皇宮。」

獵人走進空心樹洞。他們態度極爲小心，以免遭受野獸攻擊。當公主發現自己被獵人拖出洞口，她驚恐萬分地醒來，對著他們大叫：「不要傷害我！我被父母拋棄了，又在森林裡迷了路。請可憐可憐我吧！」

「雜毛姑娘，你得救了，」他們說，「妳是我們狩獵的戰利品。妳屬於我們。跟我們回去，到廚房去幫忙洗碗吧。」

國王發現她並非珍奇異獸，馬上失去興趣。獵人讓雜毛姑娘坐到車子上，一路顛顛簸簸

回到皇宮。他們帶她到樓梯下一處黑暗而蒙塵的角落。

「雜毛姑娘，妳可以住在這裡。」他們告訴她。

他們派她到廚房工作，讓她搬柴、顧火、汲水、拔雞毛、刷洗蔬果、清洗碗盤。所有辛苦的活兒都讓雜毛姑娘來承擔。就這樣，她過了一段被當成女僕使喚的日子。噢，我美麗的公主，今後妳的命運又會如何呢？

有一天，國王宣布即將在城堡裡舉辦一場盛大的舞會。雜毛姑娘也很好奇，她對廚師說：「我能不能上去看一下下？我站在門外看看而已。」

「去吧！」廚師回答：「不過，半小時之後妳得回來，把煤灰掃乾淨。」

雜毛姑娘提著一盞燈，和一碗水，回到她的小窩。她脫去身上的獸皮大衣，把臉上和手上的黑炭洗淨，露出原本美麗的容貌。她打開隨身攜帶的胡桃核，拿出那套如太陽般金黃耀眼的禮服。打扮完畢，她就走上樓去參加舞會。所有的僕人見到她都畢恭畢敬地鞠躬，賓客們對她禮貌地微笑，因爲大家都以爲她是一個公主。

國王一見到她，驚爲天人，他的心好似被雷擊一樣，震動不已。他這輩子還沒見過如此美麗之人。他上前邀舞，被公主的美貌迷惑不已。當曲子結束，她向國王行了屈膝禮之後，就淹沒在人群裡，消失無蹤，國王根本來不及看清她離去的方向。他緊急召來宮廷裡的守衛和士兵，向他們打聽：公主離開城堡了嗎？有人看到她往哪裡去？

但是沒有人知道公主的下落，因爲她早就溜回自己的小窩，脫下禮服，把臉兒和兩隻手抹黑，披上毛皮大衣。她又變回廚房女僕雜毛姑娘了。

她開始掃灰，但廚師說：「這炭灰妳明天再掃，先替我幫國王煮碗湯吧，我也想上去看一下。別把頭髮掉到湯裡，否則你將來就得不到東西吃。」

廚師跑上樓去。雜毛姑娘開始替國王煮湯。她盡了最大努力幫國王做一碗麵包湯，做好之後，她回到小窩裡拿出金戒指，放進盛湯的碗裡。

舞會結束後，國王命人把湯送來。這碗湯非常對他的胃口，他從沒喝過更美味的湯了。當他的湯喝到快要見底時……

「這是什麼？一枚金戒指？這是怎麼掉進來的？快去把廚師帶來見我。」

廚師知道國王召見，非常害怕。他衝出廚房，一見到雜毛姑娘，就抓著她問：「你一定把頭髮掉到湯裡了，我不是告訴過妳萬萬不可了嗎？妳在這裡等我回來。這下妳闖禍了。」

廚師站在國王面前，全身發抖，手指扭著胸前的圍裙。

「這湯是你做的嗎？」國王問道，「你別亂晃，給我直直站好。」

「是的，國王陛下，」廚師簡直快暈過去。

「你說的並非實話。這碗湯不像你平常煮的，好喝很多。到底湯是誰做的？」「對不起，國王陛下，我沒有吐露實情。這碗湯的確不是我做的；是那個毛茸茸的姑娘做的。」

「立刻把她叫來。」

雜毛姑娘被叫到國王跟前。

「妳是誰？」

「我是個無父無母的可憐孤兒。」

「妳怎麼會在我的城堡裡做事？」

「他們在樹洞裡找到我，國王陛下。」

「嗯，那這枚戒指是怎麼來的？」

「關於那枚戒指，我什麼都不知道。」

國王什麼都沒問出來，就把她打發回去。

過沒多久，國王又舉辦了一個舞會。雜毛姑娘照樣請求廚師讓她到樓上去看看「好，你去吧！」廚師說，「不過，半個小時後就得回來，再替國王做碗麵包湯。上次國王讚不絕口。」

她連走帶跑地回到自己的小窩，迅速洗掉黑炭，然後從胡桃核裡拿出那件如月光般銀白皎潔的禮服，將它套上之後，就趕緊上樓去參加舞會。當她一走進皇宮，國王馬上在一群賓客中認出她來，因爲她又比上回更美更有風采了！他們一起跳舞，國王覺得彷彿一瞬間，舞曲就結束了，趁國王不注意時，雜毛姑娘又很快地消失了。

雜毛姑娘跑回自己的小窩，脫下禮服，把自己打扮成廚房女僕的模樣，然後衝回廚房做麵包湯。當廚師到樓上去湊熱鬧時，她把小金紡車放到碗裡，再將湯盛入碗中。

如同上回一樣，國王喝完湯就把廚師叫來，廚師再度坦認這碗湯是雜毛姑娘做的。於是雜毛姑娘又被召來國王面前。

「我必須說，妳令我感到困惑，」國王說，「再告訴我一次，妳是從哪兒來的？」

「國王陛下，你們在一棵空心樹裡發現我的。」

不，國王心想，這可憐的女孩是不是得了失憶症。而且，可惜的是，她雖然被煤灰弄得髒兮兮，仍然看得出她秀麗的五官。但她對這架小金紡車一無所知，所以國王只好放她走。

當國王舉辦第三次舞會，她如前兩次一樣想去參加。廚師開始懷疑了，他說：「雜毛姑娘，你一定是個巫婆。你總是在湯裡放點什麼，使它味道鮮美，比我做的湯更對國王胃口。」

但是廚師是個好心腸的人，他還是像前兩次一樣，讓雜毛姑娘上樓去看王宮貴族的舞會。

她穿上那套如星星般閃閃動人的禮服後，馬上奔向舞會。國王從來沒看過如此美麗的姑娘，他命令管絃樂團演奏一首很長的舞曲，以方便他和這位姑娘跳舞攀談。她的身體有如星光般輕盈地靠在國王的臂彎裡，但是她的話不多。國王趁她不注意時，把一枚金戒指套在她的手指上。

當這首曲子結束時，半個小時也快到了，所以她試著要溜走。國王想抓住她的手，卻被她掙脫了。她迅速跳進人群中，就這麼消失了。

當她回到自己的小窩，已經沒有時間脫掉禮服，所以就套上千皮大衣，把禮服遮住，接著她趕緊把手臉塗黑，但是匆忙間，忘了塗一根手指。她趕緊到廚房去煮湯，煮好之後再像之前一樣，把金捲線軸放入湯裡。

當國王發現金捲線軸，他這回沒浪費時間在廚師上，直接召見雜毛姑娘。他一眼就看到她那隻白淨的手指，和她手上那枚剛剛在舞會替她套上的戒指。於是，他一把抓住她，抓得緊緊的。當她想掙脫逃跑時，毛皮大衣掀開了一點，露出那件如星光般閃閃動人的禮服。國王抓住大衣，把它扯掉，於是金色頭髮露出來了，這位半小時前與他共舞的美麗公主就站在他的面前，再也無法掩飾自己。當她洗去臉上的碳灰之後，誰也無法否認，她看上去比任何人都美麗。

「妳是我親愛的新娘，」國王說，「我們絕對不再分離。」

接著，他們舉辦了婚禮，幸福快樂地共度餘生。

童話類型——ATU 510B，〈驢皮公主〉（Peau d'Asne）

故事來源——竇爾琴．威樂德的口述故事

類似故事——巴斯雷的〈熊〉（The Bear，引自載波（Jack Zipes）編輯的《童話故事傳統》）；卡爾維諾的〈木頭瑪莉亞〉（Wooden Maria，收錄於《義大利童話》）；貝侯的〈驢皮公主〉，收錄於《貝侯童話全集》）；喬凡尼．法藍切斯科．史特拉帕羅拉（Giovanni Francesco Straoarola）的〈國王特巴多〉（Tebaldo，引自載波編輯的《童話故事傳統》）

這則童話有個漂亮的開頭：國王答應病重的妻子，在她死後絕對不娶美貌不如她的人爲妻，然後國王愛上自己的女兒。但是故事進行到一半時，公主逃走了，從此之後，我們再也沒看到那位迷戀女兒的父親，整個故事大轉向，成了〈灰姑娘〉（頁一六〇）的變奏版。那關於亂倫的情節呢？對我而言，逃跑似乎不是處理如此戲劇性故事最好的方式。它應該要有更好的解套辦法。

史特拉帕羅拉的版本也意識到這點，所以讓國王特巴多對女兒的下落窮追不捨。我從史特拉帕羅拉的版本獲得靈感，把格林版本的故事繼續說下去。好國王和新娘婚後過著幸福的生活，並生下兩個孩子。有一天，一個商人帶著一大箱精美的玩具來到皇宮，他分別送給男孩和女孩一個玩具，並對他們說：「替我向你們的母親致意。」他們跑去找母親，手上拿著新玩具，小金紡車和金捲線軸。皇后看了非常困惑，下令把這位商人帶到跟前，但他早已消失無蹤。

第二天是星期日，當皇室的人前去大教堂做禮拜時，皇后在人群中看到那位商人。他微笑看著皇后，而那人不是別人，正是皇后的父親。皇后首度向丈夫坦承她離開父親的皇宮，輾轉流離成了雜毛姑娘的原因。國王聽了大爲震驚，趕緊派人去將商人逮捕到案。

當天傍晚，皇后去向牧師告解，擔心父親是因爲自己的因素而對自己產生不當的慾望。牧師安慰她說，她是無辜的，但是也告訴她，她誤會父親了，父親對她的愛是純潔而神聖的。況且，父女之間的愛在聖經中，是極爲聖潔的，就像他們之間的例子……

她聽到這裡，才認出他的聲音，她馬上尖叫求救，卻發現自己已經被反鎖在教堂裡，和父親共處一室。她的叫聲驚動門外的侍衛，他們趕緊把門推倒，在皇后被冒牌牧師玷污前救了她。

國王下令將這個罪大惡極的壞人處以絞刑。他死後，還將他的四肢切下，分葬在未經獻祭處理的不潔土地裡。

那天夜裡，皇后睡得極不安穩，她被惡夢驚醒後，發現有根沾滿泥土的手指正在探測她的嘴唇，她起身一看，原來是父親的右手臂。她嚇得驚聲尖叫，死命地呼喊丈夫求救，卻看到身旁的丈夫，已經被一隻手緊緊掐住，奄奄一息，原來是父親的左手臂。現在除了自己，沒有人救得了她了。她迅速地把爬到臉上的那隻手臂扯開，丟到火裡，然後再把掐住丈夫脖子的那隻手拉開，也丟進火堆。她在爐火中猛加柴火，讓火勢延燒，直到兩支手臂被燒成灰燼。

我想，這麼續寫出的故事，應該還行得通。

31

Jorinda and Joringel

約琳德和約林格爾

從前，在一片茂密的森林裡，有一座古老的城堡，城堡裡住著一個孤獨的老太婆。她是一個法力高強的巫婆。每天早上，她把自己變成貓，或貓頭鷹；傍晚時，再恢復爲人形。她深知誘捕鳥類和野獸的祕訣，捕到後，再把牠們殺掉烤來吃。如果有人走到離宮殿不到一百步的地方，就會被她施以魔法，定在原地，動彈不得，只有巫婆本人才能將魔法解除。若是純潔的少女走進這個範圍，就會被變成一隻鳥，關進藤編的籠子，並被帶進宮裡的房間。她的城堡裡大概關了七千隻少女變成的鳥禽。

有個少女名字叫做約琳德，人們說她是王國裡最漂亮的女孩。她與一個名叫約林格爾的英俊男孩訂婚了。他們即將步入禮堂，最喜歡的事就是和對方在一起。

有一天，兩人走進森林裡散步。「我們得小心一點，別太靠近那座城堡，」約林格爾說。

這是一個美好的傍晚：溫暖的陽光灑在樹幹上，映照著綠色森林的幽暗；斑鳩在古老的櫸木

林間，悲戚地叫喚著。約琳德不禁哭了起來，她自己卻不明白原因爲何。她坐在陽光下哀嘆著，約林格爾也跟著哀嘆起來。突然間，他們心中湧起一陣驚慌無助，彷彿即將面臨死亡。在強烈的情緒下，他們發現自己迷路了，不知該如何才能找到回家的路。

山頭上，只露著半個太陽，另外一半已經落下。約林格爾四處找路，當他離開灌木叢時，見到宮殿的古老圍牆只距離他們幾碼之遠。他大吃一驚，差點暈厥過去。就在此時，他聽見約琳德唱起歌來：

「我的鳥兒身戴小紅圈，
唱著哀怨，哀怨，哀怨；
鳥兒的脖圈好紅好紅，
可愛的斑鳩是……」

約琳德沒把曲子唱完。接著，約林格爾就聽見一隻夜鶯在引吭高歌，夜鶯盤據的枝頭，就是剛才約琳德站著的地方。約琳德已經變成一隻夜鶯了。更令人感到驚恐的是，一隻雙眼發亮的貓頭鷹從天而降，繞著她飛了三圈，並叫著：「咕、呼！咕、呼！咕、呼！」

約林格爾自己也被變爲石頭了，他不能動，也說不出話來，連眨眼都不行。當時天色已暗，貓頭鷹飛進樹叢，不見蹤影。過沒多久，樹葉開始發出簌簌的聲音，樹叢裡走出一個佝僂的老太婆，她面容枯黃，長長的鷹勾鼻倒掛著下巴，雙眼則像鮮血一樣紅。她一邊咕噥著，一邊用手去抓住枝頭上的夜鶯，並把牠帶走。

約林格爾動彈不得，也無法大聲求救。只能眼睜睜看著夜鶯被巫婆帶走。過沒多久，巫婆終於回來了，她以粗啞的嗓子低聲地說：「札契爾，當月光照入籠子時，就把他放了吧。」

約林格爾的四肢開始放鬆，他終於被釋放了。他跪在老太婆面前，大聲哭喊：「喔，請把約琳德還給我吧！」

「絕不！」巫婆說，「你再也得不到她。」

他叫喊，他哭泣，他哀求，然而一切都無濟於事。巫婆漠然地離開，留下他一個人哀嚎著：「噢，我該怎麼辦？」

他離開城堡，來到一個沒有人認識他的小村子。他在那裡當了很久的牧羊人。他時常回望著城堡，眼神中若有所思，卻不敢靠得太近。

有一天晚上，他做了一個奇怪的夢：他夢見自己找到一朵美麗的大紅花，花瓣上有一顆珍珠。在夢中，他把花摘下，帶著大紅花到達城堡，這朵花有種神奇的魔力。只要輕輕一觸，它就能打開城堡裡所有的門，以及所有藤編的鳥籠。最後，還用這朵花，解救他的約琳德。

第二天早上，他一醒來，馬上出發去尋找夢裡的大紅花。他找呀找，終於在出發後第九天，找到這朵血紅色的花，花中央有顆大露珠，像夢中那顆珍珠那麼大。

他小心翼翼地摘下這朵花之後，便趕緊往城堡的方向走去。當他來到宮殿一百步遠的地方時，並沒有被魔法控制，他一直走到大門口，都暢行無阻。他對此感到相當振奮。接著他用大紅花碰了一下門，大門便彈開了。他走進去，穿過陰暗的庭院，聽到不遠處有啁啾嘈雜的鳥叫聲。他朝著發出聲音的地方走去，最後終於發現了那間放著七千個鳥籠的大廳。

此時巫婆正在餵鳥，她一看到約林格爾馬上停下手邊的工作，惱羞成怒地對他吐口水，並嚴詞咒罵他。她嘴裡的謾罵極爲惡毒，從那張佈滿皺紋的嘴裡吐出的膽汁和毒液令人作嘔。但是無論如何，她無法靠近他，不能用她的利爪抓住他。他沒理睬她，直接走過去將籠子裡的鳥一一放生。但是這裡鳥籠這麼多，他要如何找回他的約琳德呢？正當他摸不著頭緒時，他注意到老太婆偷偷地拿著一個鳥籠，朝門口走去。

他朝老太婆撲過去，讓大紅花碰了那只鳥籠一下，鳥籠的門馬上彈開，他再用花碰了一下老太婆，一瞬間，她的法力全消，再也不能施展魔法了。而約琳德站在那兒，他們緊緊相擁，她仍像從前一樣那麼美。

約林格爾讓其他的鳥都恢復少女的原型，然後跟約琳德一起回家。他們結了婚，並過著幸福快樂的生活。

童話類型——ATU 405，〈約琳達和約林格爾〉（Jorinda and Joringel）

故事來源——尤漢．海因奇．雍—史蒂林（Johann Heinrich Jung-Stilling, 1740-1817）的《雍—史蒂林的年輕歲月》（*Heinrich Stillings Jugend*, 1777）

這是則奇特的故事，奇特之處在於他一點都不像童話。首先，它是格林童話中唯一一則純粹敘述自然（「這是一個美好的傍晚；溫暖的陽光灑在樹葉上……」）的故事。在此，敘述自然並沒有其他目的，完全只爲敘述自然而來。再者，故事中的戀人抒發許多情感，這樣的敘述風格，只可能出現在浪漫主義的文學作品中。讀起來一點都不像童話。

格林兄弟從尤漢．海因奇．雍格的部分自傳中獲得靈感，寫成這篇故事。雍格是一名醫師，也是歌德的朋友，以海因奇．雍（Heinrich Jung）的名字爲大家所熟知。在夢中尋找一朵花的主題，令人想起德國浪漫主義作品，即諾瓦歷斯（Novalis）的《海因里希．馮．奧弗特丁根》（*Heinrich von Ofterdingen*, 1802）。這類故事，在當時極爲普遍。〈約琳德和約林格爾〉或可再擴充篇幅，但這麼做，只會讓故事遠離童話範疇，改而靠攏奇幻文學。但無論你如何訴說這個故事，它與生俱來的文學味是無從抹滅的。

歌謠中的小紅圈指的是斑鳩的眼睛，斑鳩的虹膜看起來的確像個小紅圈。

32

Six Who Made Their Way in the World

六人闖天下

從前有一個人，精通多門手藝。他曾上過戰場，在沙場上展現過人的勇氣。可是當戰爭結束時，他就被遣散了。拿著三便士的生活費，離開了軍隊。

「等著看吧，」被遣散的士兵忿忿不平地說，「用三便士想打發我？是可忍，孰不可忍。如果讓我找到合夥的同伴，我一定要叫國王把全國的財富捧來給我。我們走著瞧。」

他帶著一肚子火，大步踏進森林。沒走多遠，就看到一個男人，從土裡拔起六棵樹就像拔麥桿那般輕鬆。他對那人說：「你願意當我的僕人，跟我走嗎？」

「好啊，」那人回答，「但是我得先把這捆柴火送回家給我媽。」

他說完，便拿起一棵樹，用它來捆住其他五棵樹，最後再把整捆樹扛到肩上走了。沒多久，他就回來跟著主人上路。主人說：「我們倆一定會打遍天下無敵手。」

他們走了一會兒，看到一個獵人，單腳跪

地，端著槍，正在瞄準一個他們看不到的獵物。

士兵問：「你要射什麼？」

「離這兒兩英里處，」獵人說，「有一隻蒼蠅停在橡樹的枝幹上，我想射下牠的左眼。」

「噢，跟我走吧！」士兵問，「如果我們三人一起闖，一定能打遍天下無敵手。」

獵人答應了，他們一起結伴上路。隨後，他們看見前方有七座風車轉呀轉的，但奇怪的是，現在四周平靜無風，完全沒有樹葉因風搖曳。

「哇！你們看！」士兵說，「從來沒看過這種事。到底是什麼東西推動風車的呢？」

說完，士兵帶著兩個僕人繼續趕路。走了兩英里，看見有個人坐在樹上，他堵著一個鼻孔，從另一個鼻孔吹出氣來。

「你坐在樹上做什麼？」士兵問。

「離這兒兩英里處有七座風車，我朝他們吹氣，讓他們轉動起來。你們剛才沒看到嗎？」

「噢，跟我走吧！」士兵說，「七座轉動的風車我們都看到了。我們三個，加上才能出眾的你，一定能打遍天下無敵手。」

吹氣的人便從樹上跳下來，跟他們走了。他們走了一段路，看見一個人正用一條腿站在那兒，另一條腿卸下來，擱在一旁。

「你看起來很輕鬆的樣子，」士兵說，「你在休息嗎？」

「我是飛毛腿，不由自主就跑得飛快，停不下來。如果用兩隻腳跑，可以跑得比鳥飛得還快。」

「噢，跟我走吧！」士兵說，「你這才華很少見。我們五個人合起來，一定能打遍天下無敵手。」

飛毛腿加入他們的行列。沒多久，他們遇到一個戴著帽子的人，而這頂帽子卻斜戴在一隻耳朵上。

「你爲什麼要這麼戴帽子？」士兵說，「看起來像個蠢蛋。」

「帽子這麼戴是有原因的，」那人說，「如果我把帽子戴正了，天空就會降霜，天候驟變，鳥兒就會在空中凍死，摔到地上。」

「我們不能讓有這才華的人，在這裡乞討。」士兵說，「加入我們吧！我們一定會打遍天下無敵手的。」

他帶著一群人，大搖大擺地上路。沒多久，他們來到一個城市，這裡的國王剛公布了一個消息。誰跟他的女兒賽跑得勝，就可以娶公主爲妻，誰要是輸了，也會輸掉自己的腦袋。

士兵覺得這項比賽值得冒險一試，所以他跑到國王的跟前說：「國王陛下，我想參加這場比賽。但是有個條件，我想請我的僕人代替我跑。」

「悉聽尊便，」國王說，「但是我也有個條件。如果他跑輸了，你們兩人都得人頭落地。」

他們約定好：參賽者會配發一個水壺，誰先跑到距離很遠的一處湧泉，汲滿水回來，誰就獲勝。士兵給飛毛腿安上另一條腿，並對他說：「跑快一點。別忘了，你的腦袋也是賭注。」

一切就緒後，飛毛腿和國王的女兒拿到水壺，然後，他們就同時跑了起來。才跑不到一分鐘，飛毛腿就像一陣風似的掃過，沒有人看到他，而公主卻只跑了一小段路。飛毛腿很快地跑到湧泉處，打了滿滿一壺水，接著便往回跑。然而，半路上，他感到一陣倦意，便躺下來睡著了。不過，他拿了地上一個馬頭骨當枕頭，讓自己枕在這硬梆梆的東西上，才不至於睡得太沉，耽誤賽程。

這期間，比一般人跑得還快的公主終於到達湧泉處。她裝滿了水就立即回頭。沒多久，就看到躺在地上熟睡的對手。

她心想：「這下子，對手落在我手裡了！」她把飛毛腿的水壺倒空，然後就跑走了。

如果不是碰巧，那長著千里眼的獵人站在城堡上，看到這個情景，那麼他們鐵定輸了這場比賽。

「不能讓國王的女兒贏過我們！」他大叫一聲，然後把獵槍裝上子彈，瞄準後開了一槍，飛毛腿頭下的馬頭骨被打飛了。這一槍，把飛毛腿給震醒了。

飛毛腿跳了起來，赫然發現自己的水壺空了，而公主已經跑在她前面好遠了。他沒有失去鬥志，立刻跑回湧泉處把水壺重新裝滿，而後轉回頭，盡全力開跑，結果，他比公主提前十分鐘跑回終點。

「我才剛要提起雙腿跑，就結束了」他說，「在這之前，根本算不上跑步。」

國王對於要把女兒嫁給一個平庸的士兵，顯得不太高興。至於他的女兒，就更爲鬱鬱寡歡了。他們在一起商量著，要如何擺脫他和他那群同伴。最後，國王對女兒說：「啊！我想到辦法了！你不用擔心。我要他們連家都回不了。」

國王到六個人的面前，對他們說：「你們現在應該玩個痛快才對，我們來開個派對，大吃大喝慶祝一下！」

他帶六個人到一個房間去，那間房裡的地板是鐵做的，門也是，而窗上則裝著鐵欄杆，裡面放著一張擺滿美味佳餚的餐桌。國王說：「進去吧！好好享受！」

他們前腳一踏進去，國王後腳就派人把門牢牢鎖住。接著，他召來廚師，命令他在這間房的下面燒火，一直燒到鐵板發紅為止。廚師照辦了。正在房裡享用大餐的六個人開始感到燥熱起來，他們還以為是吃了東西的緣故。可是，當房間越來越熱，牠們想出去時，發現門被上鎖了，窗戶也被柵欄封死了。他們這才察覺到國王起了壞心：他想把他們六個活活烤死。

「他絕對不會成功的，」把帽子斜戴的人說，「我要帶來嚴寒，讓熱火靠邊站。」

說著，他把帽子扶正戴好，房間裡立刻結了一層霜，酷熱消退，而桌上的食物都凍結起來了。幾個小時後，國王以為他們六人一定被烤乾了，便派人打開門，想親自看看他們。卻發現他們個個精神抖擻，完好如初，還說最好能出去暖暖身子，因為房裡太冷，桌上的食物都結凍了。

國王勃然大怒，跑到樓下去譴責廚師：「為什麼沒有讓火越燒越大？」

廚師委屈地說：「國王陛下，我有按照您的吩咐辦事。您看！這裡的火燒得這麼旺！」

國王到鐵房子下，大火熊熊燃燒著。他明白了，用這方法傷害不了這六個人。他必須另外想個更高明的辦法。

他絞盡腦汁，終於想到一個可以擺脫他們的好辦法。他對士兵說：「你是個見多識廣的人，我們就把話攤開來講。如果我給你黃金，你願意放棄娶我的女兒嗎？」

「黃金？好啊，」士兵說，「如果你讓我某個僕人要拿多少，就拿多少。我就馬上跟你的女兒一刀兩斷，永不聯絡。」

「就一個僕人？」國王問。

「是的，就一個而已。那麼我們過幾週再來拿金子。」

國王欣然同意。士兵和同伴隨即離開了，他召集全國的裁縫師，請他們縫製一個巨大的袋子。他們花了兩個星期才把袋子做好。那個能拔樹的大力士，把縫好的袋子扛在肩上，隨主人一道去見國王。

國王見到他們，就說：「這個把巨大的帆布袋扛在肩膀上的厲害傢伙是誰呀？我的老天，那袋子跟房子一樣大……」

忽然，他明白這個人的來意了。「噢！不！」他心想，「他是來搬金子的人，而那個袋子是用來裝金子的！我真不敢相信！」

國王命令財務大臣從皇家庫房裡送來一噸重的金子，心想這些應該夠了吧，光這些金子，就要十六名壯漢才抬得動。但是大力士一手就把這些金子倒進袋子裡，然後說：「這些還不夠填袋底呢，多運點金子出來，我想今天搬完就離開。」

於是，國王又派人把金子一趟又一趟搬出來，讓大力士倒進袋子裡。等到庫房已經見底了，袋子還沒裝滿一半。

「你們搬來的是餅乾屑，再多拿點出來裝。快！」

國王只得從全國各地再收集七千車的金子。大力士把這些金子，連同馬車和拖車的公牛全都推進袋子裡。

「還沒裝滿，但是我想把事情了結，」大力士說，「沒必要再貪心了。」

他把大袋子一甩，扛到肩上，去跟他的同伴會合。

國王看到僅僅一個人就把他整個國家的財富都背走，不由得怒火中燒。

「叫騎兵隊去把他抓起來，」他下令，「我無法忍受這種事。去把金子搶回來。」

這兩支最精良的軍隊很快地跟上士兵和他的僕人，指揮官向他們大叫：「手舉起來！放下裝金子的袋子，否則，我就把你們斬成碎片。」

「你說什麼？」那個吹氣的人說，「手舉起來？斬成碎片？你們先通通到空中翻滾吧！」

他按住一個鼻孔，用另一隻鼻孔向兩團騎兵吹氣，結果，馬匹和騎士就像被颶風捲上天，東倒西歪地飛旋在空中。有人被吹得很高，有人被刮到樹叢。還有個中士大叫：「饒命呀！饒命呀！」

這個中士是個驍勇善戰的軍官，跟著國王出任務時曾負傷九次，是條好漢。所以吹氣人和同伴不想羞辱他，遂讓他平安落地。

「你回去跟國王說，」吹氣人對中士說，「叫他儘管再派多點騎兵來，我要把他們統統吹到空中去。」

國王接到訊息後說：「算了，讓這些傢伙走吧。我已經受夠他們了。」

於是，這六個人帶著財寶回家。他們把拿到的金子平分，然後過著幸福的生活，直到他們離開人世。

童話類型——ATU 513A，〈六人闖天下〉（Six Go Through the Whole World）

故事來源——多洛希雅．維曼的口述故事

類似故事——阿法納西耶夫的〈珊勇家七兄弟〉（The Seven Semyons，收錄於《俄羅斯童話》）；卡爾維諾的〈五個浪子〉（The Five Scapegraces，收錄於《義大利童話》）；格林兄弟的〈六個僕人〉（The Six Servants，收錄於《格林童話》）

這類關於同伴各有所長的故事，可以發展成很多相似情節。其中以卡爾維諾的版本最爲生動有趣。

這類故事非常適合大螢幕。尤其是召集一組專業人士，進行一項不可能的任務的劇情，非常受到觀眾的喜愛。史蒂芬．索德伯執導的電影《瞞天過海》（*Ocean's Eleven*, 2001）即是一個成功的例子。而由羅伯．阿特力區（Robert Aldrich）執導的《決死突擊隊》（*The Dirty Dozen*, 1967）透過另一種方式闡述故事，同樣成功。由尚皮耶．居內（Jean-Pierre Jeunet）執導的法國電影《異想奇謀：B咖的拯救世界大作戰》（*MicMacs*, 1967）則是比上述的兩部電影更具原創性，也更爲迷人的影片。

33

Gambling Hans

賭鬼漢斯

從前，有一個人名叫漢斯，他對賭博非常著迷，嚴重到大家都叫他「賭鬼漢斯」。他沒辦法戒除玩牌賭錢，結果把自己的家當，從鍋碗瓢盆、桌椅、床，到家具全都敗盡，最後連房子都被他輸掉了。

就在債主上門接收他的房子的前一夜，上帝和聖彼得出現在他家門前，請求在他家留宿一晚。

「歡迎啊，」漢斯說，「但是你們得睡地板。我已經沒有床了。」

上帝說他們並不介意，而且他們還自備食物。聖彼得給漢斯三枚葛羅森，讓他到烘焙坊去買一條麵包回來。他很樂意替客人服務，但是，在買麵包的路上，他得經過那個讓他散盡家產的賭場。裡面的賭徒看他正好路過，便吆喝著：

「嗨！漢斯！我們正在打牌，要不要玩一把？」

「不行，」他說，「我什麼都賭光了。而這三枚葛羅森不是我的。」

「沒關係。不是你的錢也可以玩啊。來嘛！」

當然，他抵擋不了誘惑。上帝和聖彼得左等

右等還是等不到漢斯，就出門去找他。那時，三枚葛羅森已經花光了，漢斯一看到上帝和聖彼得走過來，趕緊彎下腰，拿著一根樹枝探探水底，假裝是錢掉進了水窪。可是這麼做於事無補，上帝已經知道他把錢輸掉了。

聖彼得又給了他三枚葛羅森。他知道上帝在看著，所以這次他沒去賭博，乖乖的拿錢去把麵包買回來。然後他們一起回家，坐在地上吃起乾麵包當晚餐。

「漢斯，你該不會還有些葡萄酒吧？」上帝問道。

「上帝，很抱歉，酒是我第一個輸掉的東西。酒桶裡一滴不剩。」

「你去瞧瞧酒桶吧，」上帝說，「我想你酒桶裡有酒。」

「不可能啦，其實我已經去倒過很多次了。相信我，酒桶是空的。」

「去看吧，値得再去瞧一下，」上帝說道。

出於禮貌，漢斯就照著上帝的話去做。他發現酒桶裡不只有酒，而且還是最頂級的好酒。他四處翻找，想找個容器裝酒，最後找到一個舊珐瑯罐，他把罐子上的蜘蛛網拍掉，拿罐子裝滿酒。三個人傳著酒罐，把酒言歡直到睡意上身。最後他們爬到沒有床的地上睡著了。

第二天一早，上帝說：「漢斯，爲了報答你的招待，我要送你三樣禮物，你想要什麼？」上帝以爲漢斯會請求讓他進天堂，但是很快地，上帝就發現他錯了。

「上帝，你眞慷慨。我想要一套可以贏所有對手的紙牌，一顆可以贏所有對手的骰子，還有一棵樹能結出各種果子，而且，要是有人爬上去了，只要他不讓那人下來，那人就下不來。」

「好的，」上帝說完，手指翻了兩下，就變出紙牌和骰子。

「那樹呢？」漢斯問。

「樹在外頭的盆子裡。」

上帝和聖彼得送完禮物，就動身離去。

從此，賭鬼漢斯賭得更厲害了。他每賭必贏，沒多久，就贏得半個世界的財富。聖彼得一直在觀察漢斯，他跟上帝說：「上帝，我們不能再讓漢斯這麼玩下去了。我們得請出死神去把他抓回來。」

於是，上帝派死神去找漢斯。當死神來到漢斯的面前，他還在賭博。

「漢斯，」死神說，「你不能再賭了，你的大限已到。跟我走吧！」

當死神用乾枯的手指抓住漢斯的肩膀時，漢斯的手上剛好拿到同花大順的牌。他抬頭看了死神一眼，然後跟他說：「噢，你來了。我很快就跟你走，但再給我一點時間好嗎？屋外的樹長了不少果子，你可以爬上去摘些果子，等一下我們路上吃。」

死神爬上樹，當然他一上去就下不來。漢斯繼續賭博，讓死神待在樹上整整七年。這段時間裡，世上沒有一個人死去。

這時，聖彼得又對上帝說：「上帝，事情不妙啊。我們得想想辦法。」

上帝同意了，他命令漢斯馬上讓死神從樹上下來，當然漢斯必須照辦。死神一下樹，馬上一把抓住漢斯，把他掐死。

接著，他們一同前往陰間。漢斯走到天堂的門前，敲了敲門。

「是誰在外面？」聖彼得問道。

「是我，賭鬼漢斯。」

「你走吧。這裡不是你該來的地方。」

他又來到煉獄門前，也敲了敲門。

「是誰在外面？」

「是我，賭鬼漢斯。」

「走開，我們這裡的苦難已經夠多了，賭鬼只會把這裡變得更糟糕。」

漢斯無處可去，只好走到地獄門口。他敲了敲門，他們馬上就讓他進去了。這裡只剩下魔鬼頭子和一群聽命於他的醜魔鬼，因爲長得好看、身體健康的魔鬼，都到世上忙著呢。漢斯一坐下就和魔鬼頭子賭了起來。魔鬼頭子除了醜魔鬼之外沒有別的籌碼，沒多久漢斯就贏得了所有的醜魔鬼，因爲他用的是上帝送他的那副無往不利的牌。

他帶著贏來的這群醜魔鬼，來到一個叫霍恩富特的地方，那裡長了很多蛇麻草。他們拔了所有的麻桿，沿著串起來的麻桿爬入天堂。然後他們開始撬開天堂的圍牆。

當石牆快要崩塌時，聖彼得對上帝說：「上帝啊，不好了，我們得讓他進來，要不然，他會把天堂鬧翻的。」

於是，他們就讓漢斯進了天堂。他一進門就坐下來賭博，過沒多久天堂裡鬧成一團，連天使都沒辦法聽到自己在想什麼。

聖彼得又跑去找上帝。

「上帝，我受夠了，」聖彼得說，「我們得把他扔出去，他會把天堂搞得天翻地覆。」

於是他們又把賭鬼漢斯抓住，一把丟出門外，跌落人世。他的靈魂摔的四分五裂，散落各地；事實上，今日每一個賭徒的身上，都能發現這些碎片。

◆　◆　◆

童話類型——ATU 330A，〈史密斯的三個願望〉（The Smith's Three Wishes）

故事來源——來自西蒙．賽希特（Simon Sechter）寄送給格林兄弟的文稿

西蒙．賽希特是一位來自下奧地利州威特拉城（Weitra in Lower Austria）的作曲家和音樂教師。這則故事原先是由他採集而來的。格林兄弟拿到文稿後，也以賽希特使用的方言，來寫下這個故事。原文第一段如下：

從前有個人除了賭博什麼事都不做，因此大家都叫他「賭鬼漢斯」。他總是堵個沒完，賭到最後家財散盡，連房子都被他輸掉了。

格林兄弟決定開始採集民間故事的動機之一，是爲了進行德國方言的語言學研究。我們是否應該使用相對應的英語方言來呈現這則故事，或是〈漁夫和他的妻子〉（頁一三三）和〈杜松樹的故事〉（頁二三九）等以德國方言寫成的文字，是個值得商榷的問題。我個人的想法是，如果有人對語言層面有興趣，最好直接去讀原文，而不該選擇大費周章地複製語言效果的版本。絕大多數以英文理解這則故事的讀者，都會希望語言障礙越少越好。

另外值得一提的是，這則故事除了生動、流暢之外，也相當滑稽好笑。

34

The Singing, Springing Lark

又唱又跳的雲雀

從前，有一個男人準備要出門遠遊。出門前，他問三個女兒，要從遠方幫她們帶什麼回來。大女兒說她想要珍珠，二女兒說要鑽石，而小女兒說：「親愛的爸爸，我要一隻又唱又跳的雲雀。」

父親說：「如果我找到了，一定帶回來給妳。」

他親吻了三個女兒之後，就啓程了。在旅途中，他幫兩個大女兒買了珍珠和鑽石。但是他尋尋覓覓，就是沒找到又唱又跳的雲雀。他爲此十分遺憾，因爲小女兒是他最寵愛的孩子。

他沿著一條路走入森林，森林的正中央，矗立著一座雄偉的城堡。城堡不遠處有棵樹，樹尖上正好有一隻雲雀唱著跳著。

「你正是我要找的雲雀，」男人說，馬上讓僕人爬到樹上去把小鳥抓下來。

當僕人一靠近那棵樹時，突然有隻獅子從樹下跳了出來。牠抖動著身子，發出陣陣咆哮，震得樹葉瑟瑟發顫。

「誰想偷走我這隻又唱又跳的雲雀，」獅子大吼，「我就吃了他。」

「眞對不起，」男人說，「我不知道這隻雲雀是你的，我願意用重金向你賠罪，求你放過我們。」

「什麼都救不了你們的命，」獅子說。「除非你答應，把回家後最先遇到的東西送給我。如果你願意這麼做，我就饒了你們，而且讓你帶走這隻鳥。」

起初，男人說什麼也不答應。「我最先遇到的很可能是我的小女兒，因爲她最愛我，每次我回家，她總會跑出來迎接。」

「也不一定會是她！也可能是一隻貓，或一隻狗吧！」他的僕人說，害怕自己會被獅子吃掉。

男人被說服了，接過那隻又唱又跳的雲雀，答應把回家之後最先遇見的東西送給獅子。

當他一走進家門，第一個上前迎接的果然是他最寵愛的小女兒。她跑過來親吻並擁抱他，當她看見父親帶回來一隻又唱又跳的小雲雀時，欣喜萬分。

但是，她的父親沒有一絲開心，甚至開始落淚。

他說：「我親愛的孩子，這隻小鳥是以昂貴的代價換來的。爲了得到牠，我答應把妳送給一頭獅子。妳一旦落入牠手裡，一定會被撕碎吃掉的。」

他把森林裡的一切告訴女兒，並懇求她無論如何別去獅子那兒。

她反過來安慰父親：「最親愛的爸爸，您既然已經答應了，我們就要守信用。讓我去吧，我會讓獅子平靜下來，安然無恙地回到您的身邊。」

隔天早上，父親爲她指引前往森林的路之後，她就告別父親，滿懷信心地踏上旅程。

那隻獅子，其實是一個中了魔法的王子。白天他和朝臣是獅子，晚上就會變回人形。女孩在黃昏時分抵達森林中的城堡，受到王子與朝臣親切的招待。王子是個英俊的年輕人，沒多久，城堡裡盛大地舉行了王子和女孩的婚禮。因爲魔法的緣故，他們白天裡入睡，到了晚上才醒來，過著愉快的生活。

有一天，她的丈夫對她說：「明天是妳大姊的大喜之日，妳父親家即將舉辦盛宴。如果妳想參加，我的獅子僕人可以送妳去。」

她告訴丈夫自己很高興能再見到父親。在獅子們的陪同下，她回到久違的家。當她到家時，大家都高興得不得了，因爲他們都以爲，她已經喪命在獅子爪下，被撕成碎片。她告訴家人，她和中了魔法的英俊王子結了婚，兩人在城堡裡幸福的生活。她在家中住了好幾晚，直到婚禮結束才回到森林。

當她的二姐結婚時，她也受到邀請。她告訴丈夫：「這次我不想獨自參加婚禮，我要你陪我一起去。」

獅子說，這對牠來說會很危險。如果牠被一絲光線照到，即使是一盞小燭光，牠就會被變成一隻鴿子，必須跟其他的鴿子在天空飛上七年之久。

「噢，跟我去嘛！」她說，「我會保護你，我保證不讓任何光線照到你。」

他被妻子說服了，帶著他們的幼子一起去參加二姐的婚禮。她派人在父親的房子裡打造一個特別的房間，房間的牆壁牢固而厚實，也沒有窗戶，讓光線無法穿入。當婚禮的燭火點燃時，王子坐在房間裡就能安全了。然而，房間的門是以沒有乾透的木材做的，木頭一下子就變形了，沒有人發現門上出現了小裂縫。

二姐的婚禮隆重地舉行。喜慶隊伍手持火把和燈籠，從教堂一路走到新娘父親的家，當他們行經王子的房間時，一絲光線透過縫隙射向王子。當他的妻子走進房間找他，現場除了一隻白鴿，什麼也沒有。

白鴿說：「我必須在世上飛行七年，不過我每飛七步路，就會丟下一根白羽毛，並滴下一滴鮮血。它們將爲妳指明我的去向。如果妳跟隨這個蹤跡，就能拯救我。」

鴿子飛出門外，她馬上跟上去。如同牠所說，每飛七步路，鴿子就丟下一根羽毛，並釋放一滴鮮血到地上，爲她指引道路。

她跟著鴿子，越走越遠，離開家鄉，到達天涯海角。她專心一致地跟隨著鴿子，無心左顧右盼，也絲毫不敢怠懈，一直到七年即將到期。她以爲丈夫終於要得救了，但是她錯了，因爲某一天，羽毛沒了，血滴也沒再落下。她抬頭一望，發現鴿子不見了。

「現在，沒有人可以幫我了，」她說完，便往山上爬，朝太陽前行。

她問太陽：「太陽，你照見所有的山巒頂峰，照進所有的縫隙裂痕，請問您有沒有看見一隻白鴿飛過？」

「沒有，」太陽回答，「我沒看過妳的白鴿。但是我送妳這個小盒子，等妳有危難時再打開它。」

她謝過太陽繼續走。一直走到天黑，月亮升起了。她對月亮說：「月亮，您照耀所有的原野和森林，請問您有沒有看見一隻白鴿飛過？」

「沒有，」月亮回答，「我沒看過妳的白鴿。但是我送妳這顆蛋。等妳有危難時，再打破它。」

她謝過月亮繼續走。晚風吹來了，吹到她身上，這時她問晚風：「您吹遍所有的樹。請問您有沒有看見白鴿飛過？」

「沒有，」晚風回答，「我沒看過妳的白鴿。不過我願意替妳問一下其他的風。他們也許看過妳的白鴿。」

他問了東風和西風，但是他們都沒看過。但是南風卻說：「我看過那隻白鴿，他朝紅海飛去了，在那兒牠又變成一隻獅子，因爲七年的期限已到。獅子正在跟一條大蛇怪搏鬥。小心點，那條大蛇怪是個中了魔法的公主。」

晚風接著說：「來，讓我給妳出個主意：你到紅海去。那兒的右海岸邊長著高大的蘆葦。你數一下，把第十一根蘆葦拔下來，用它抽打大蛇怪，這樣那頭獅子就會戰勝牠，他們倆都會恢復人形。接著你四處看看，就會看到海面上有隻巨鳥。妳帶著親愛的人騎上牠的背，巨鳥就會載著你們飛越海洋回到家中。妳拿著這顆核桃，當妳飛到海洋中央時，記得把它扔下，它會立刻發芽生長，從海水裡長出一棵高大的核桃樹來，那隻巨鳥可以在上頭休息。如果巨鳥得不到休息，那麼牠就沒有足夠的力氣帶你們飛過海。如果妳忘了把核桃扔下去，牠就會把你們丟進海裡。」

她立刻出發前往紅海，果然一切就如同晚風所說。她數了蘆葦，拔下第十一根，拿這根蘆葦抽打大蛇怪。大蛇怪果然節節敗退，被獅子擊敗了。大蛇怪一投降，他們倆個立刻恢復爲人形。

可是，獅子的妻子還沒回過神，由大蛇怪變回的公主就一把抓住王子的手，往巨鳥的背上一坐，跟他一起乘著巨鳥飛走了。

流浪這麼久的可憐姑娘，又被拋下了。她坐在地上哭了起來。最後，她收拾難過的心情，重新鼓起勇氣，對自己說：「我要隨著風一直走一直走，不管路有多遠，時間有多長，我一定要找到他。」

她又啓程上路。她走了好遠好遠的路程，最後來到了王子和公主一起生活的城堡門前。這時，她聽說皇宮裡即將舉辦他們的婚禮。

她自語：「上帝會保佑我。」然後打開太陽送給她的小盒子，原來裡面放著一套如太陽般閃閃發光的禮服。她穿上這套禮服走進城堡，包括新娘在內，每個人看了都驚嘆不已。新娘非常喜歡這件衣服，想要作爲自己的結婚禮服，於是問她是否願意出售。

「用家產買不到，」她說，「得用血肉之軀來換。」

「這是什麼意思？」公主問道。

女孩說，必須讓她在新郎的寢宮裡待上一晚。新娘雖然不喜歡這個提議，但是她太想得到禮服，只好同意了。然而，她派人先給王子喝了一杯安眠酒。

那天晚上，當王子沉睡後，女孩被帶進他的房裡。門關上後，她就走到王子的床邊，在他耳邊低語：「我追隨你七年，曾向太陽和月亮，以及四方的風打聽你的情況。我也幫你戰勝了大蛇怪，你忍心把我徹底忘掉嗎？」

可是王子睡得很沉，她說的話在他聽來，像是窗外的風刮過杉樹林，發出的嘆息聲。

天剛破曉，她就被帶了出去，並且被迫交出那件金黃色禮服。這個辦法沒有奏效，她非常難過，坐在外面的草地上哭了起來。她突然想起月亮送她的那顆蛋。她現在的確需要幫助，所以趕緊把蛋敲破。

蛋殼裡跳出一隻母雞和十二隻金光閃閃的小雞，小雞先是跑來跑去，嘰嘰喳喳地叫著，不一會兒，又全都鑽回母雞的羽翼下休息。世界上簡直沒有比這更美的畫面了。

女孩起身在草地上追趕牠們，新娘從城堡窗口看到這幅景象，對這些小雞喜愛不已。她又來到姑娘跟前，問這些雞是否出售。

「用家產買不到，」她說，「得用血肉之軀來換。讓我在新郎的寢宮再與他共度一夜。」新娘同意，並且計畫像前一晚那樣欺騙她。

然而，當王子上床時，他問僕人為什麼夜裡出現嘰哩咕嚕的沙沙聲。僕人把實情告訴他，說他迫不得已給他喝了安眠酒，因為晚上有個可憐的女孩要睡在他的寢宮。

王子說：「今天，你可以把那杯安眠酒倒出窗外。」

夜裡，女孩又被領進屋裡。當她開始訴說她的傷心經歷時，王子馬上認出妻子的聲音，他立刻起身擁抱她。

「我終於自由了！」王子說，「我覺得自己像做了場夢。那個陌生的公主對我施了魔法，讓我忘了妳。不過，上帝及時地從我身上解除魔法！」

於是，他們倆人在夜裡悄悄地離開了宮殿，害怕公主的父親又會使出什麼魔法，因為他是一個法力高強的巫師。

他們找到了巨鳥，一坐上鳥背，巨鳥就立刻載他們回家。當他們飛到紅海中央時，妻子沒忘了丟下核桃，海水裡立刻長出一棵高大的核桃樹。巨鳥在枝頭上休息片刻，然後帶著他們飛回家。他們找回自己的孩子，孩子長得又高大又英俊；他們一家終於團聚，自此之後，一家人和樂地共度餘生。

◆ ◆ ◆

童話類型——ATU 425C，〈美女與野獸〉（Beauty and the Beast）

故事來源——竇爾琴．威樂德的口述故事

類似故事——布麗格的〈三根羽毛〉（The Three Feathers，收錄於《大英民間故事》）；卡爾維諾的〈貝琳達和醜妖怪〉（Bellinda and the Monster，收錄於《義大利童話》）

如同某些格林童話，這則故事有個懸而未決的疑問：那隻又唱又跳的雲雀意義爲何？爲什麼最小的女兒得到牠之後，雲雀就從故事中銷聲匿跡？牠發生什麼事？而獅子（Löwe）這個字和方言中的雲雀（Löweneckerchen，而非德語中有雲雀之意的Lerche）是否有任何關連？

要給雲雀這個角色多些發揮的空間，其實並不難。身爲說故事的人，只要把妻子、獅子和雲雀的關係搞清楚，這隻雲雀的角色就會更加豐富。故事提供了不少線索，這隻雲雀大可和獅子之妻一起旅行，也能替她飛去找太陽或月亮，更可讓牠飛去引起大蛇怪公主的注意，或讓她看到窗外的母雞和金色小雞。

35

The Goose Girl

放鵝女孩

從前，有個女王年紀已大，丈夫也在幾年前就去世了。她的女兒長得很美，長大後，許配給遠方的一位王子。很快的，舉辦婚禮的日子到了，女兒該啓程前往王子居住的國家了。女王爲女兒準備許多貴重的禮物當作嫁妝，包括：金飾、銀飾、精緻的酒杯，以及各種罕見的珠寶，只要適合作爲皇家嫁妝的，女王全都準備了，因爲她非常疼愛女兒。

她指派一名貼身侍女和女兒同行，確保公主能平安抵達新郎所在的城堡。她另外還備了兩匹馬陪她們上路，其中公主的馬叫做法拉達，是匹會說話的馬。出發前，年邁的女王來到寢宮，拿出刀子割破自己手指。她把三滴鮮血滴在白手帕上，交給女兒，然後說：「親愛的女兒，好好帶著這條手帕，你在路上會用得到。」

接著她們依依不捨的道別。公主把白手帕藏在胸前，騎上馬，朝新郎城堡的方向出發。

她們騎馬走了大約一小時後，公主覺得口乾舌燥，對侍女說：「可以請妳下馬用金杯幫我從

溪裡裝一些水嗎？我很渴，想喝點水。」

侍女說：「想喝水自己去。如果口渴，就去溪邊捧水喝。我不想再服侍妳了。」

公主實在太渴，只好自己去裝水。侍女甚至不讓她用金杯喝水。

「親愛的上帝啊！」公主在心裡呼喊著。這時，那三滴血回答：「如果妳的母親知道了，一定非常傷心。」

不過公主忍了下來。她什麼都沒說，重新騎馬上路。她們又走了幾英里，氣溫越來越高，陽光越來越烈，公主很快又渴了。她們來到另一條小溪旁，公主對侍女說：「可以用金杯舀些水給我嗎？」

她忘了侍女剛才無情的言詞，但這次侍女的回答更傲慢了：「告訴過妳了，我不想再服侍妳。如果口渴，就自己下馬找水喝。」

公主只好再次下馬，走到溪邊喝水。她流下眼淚，再次在心裡呼喊：「噢，上帝啊！」那三滴血再次輕聲回答：「如果妳的母親知道了，她的心會碎成兩半。」

她又彎下身子舀水喝，白手帕從胸前掉出來，隨水漂走了。公主由於哀傷，沒有察覺，但侍女看到了。她暗自竊笑，因為公主失去那三滴血，就會變得軟弱無力。

果然，公主又要騎上法拉達時，侍女說：「妳以為妳在做什麼？那匹馬不是妳的。從現在開始，那匹馬屬於我。還有，現在就脫掉那身華麗的衣服，拿過來給我。妳就換上我這身破爛的衣服吧。快照我說的去做！」

公主不得不照她的話做。接著，侍女要公主對天發誓，到皇宮後絕對不會對任何人說出這件事，如果不肯發重誓，她就當場殺了公主。

不過，法拉達把一切都看在眼裡，牢牢記住了。

就這樣，侍女騎上法拉達，眞正的公主騎上另一匹老馬。她們繼續前進，總算來到皇宮。人們爲她們的到來歡喜不已，王子走向前來迎接。當然，他以爲侍女就是新娘，把她從馬上抱了下來，帶著她走上台階，留下眞正的公主站在台階下。

老國王從窗戶往外看，看見站在中庭裡等候的公主。她是如此美麗，給人的感覺如此優雅溫柔。於是國王很快來到新郎房間，問新娘那位陪她一起來、現在站在樓下中庭的女孩是誰。

「我在路上遇見她，讓她和我作伴的。」冒牌新娘說：「派些工作給她，以免她閒著沒事做。」

不過老國王沒什麼工作讓她做，他說：「也許讓她當放鵝男孩的助手。」放鵝男孩名叫康拉德，這位眞正的新娘就這樣開始幫助康拉德照顧鵝群。

沒多久，冒牌新娘對王子說：「親愛的丈夫，我希望你爲我做一件事。」

「當然沒問題！」王子說：「我很樂意。」

「找個屠夫，把我騎來的那匹馬的頭砍下來，」她說：「這一路上，那頭畜生給我惹了很多麻煩。」

她其實是害怕法拉達會說出她是怎麼冒充公主的。牠活得越久，說出眞相的風險就越大。

王子同意照辦，忠誠的法拉達不得不死。眞正的公主聽到消息後，悄悄告訴屠夫，如果他願意幫她一個小忙，她會用一枚金幣答謝他。城牆上有一扇高大幽暗的城門，公主每天早上趕鵝時都會經過這道門。她請求屠夫，把法拉達的頭掛在城門上，這樣她經過城門就能看見牠。屠夫答應了。他砍下馬頭後，把它牢牢釘在城門上。

第二天一早，公主和康拉德趕鵝經過城門時，她說：

「噢！可憐的法拉達，高掛在上面！」

馬頭回答：

「噢，金髮公主，
如果妳的母親知道了，
她的心會碎成兩半。」

公主沒再多說什麼，和康拉德把鵝趕到田野。他們來到放鵝的地方後，公主坐下來，解開頭髮，那是一頭純淨發亮的金髮。康拉德喜歡看她梳理頭髮，忍不住伸出手想拔下幾根。

於是公主說：

「風啊，風啊，吹走康拉德的帽子吧，
吹得帽子到處飛，
讓他追著帽子跑，
讓我能把頭髮梳好。」

突然一陣大風吹來，帶走康拉德頭上的帽子，吹得它在草地上翻飛，他不得不追著帽子到處跑。就這樣，等他找回帽子時，公主已經梳好頭髮，綁好辮子，還盤成一個髻，整整齊齊的，讓康拉德找不到凌亂的金髮可拔。他很不高興，整天不說一句話。傍晚時，他們一起把鵝群趕回去。

第二天，他們又走過幽暗的城門，女孩說：

「噢！可憐的法拉達，高掛在上面！」

馬頭回答：

「噢，金髮公主，
如果妳的母親知道了，
她的心會碎成兩半。」

當他們來到草地，女孩又坐下來編那頭金色長髮。康拉德又想拔她的頭髮，所以女孩又說：

「風啊，風啊，吹走康拉德的帽子吧，
吹得帽子到處飛，

讓他追著帽子跑，
讓我能把頭髮梳好。」

突然一陣大風吹來，帶走康拉德頭上的小帽子，他又不得不在草地上來來回回的追，等到他費盡力氣撿回帽子，公主早就梳好了頭，他還是沒辦法拔下半根金髮。他們就這樣看著鵝，直到傍晚。

等他們回到皇宮，康拉德來到老國王面前說：「我不要再跟那個姑娘一起放鵝了。」

「爲什麼？」老國王問。

「她成天惹我不高興。」

「說說看，她做了什麼？」

「每天早上，我們趕鵝走過城牆下的城門時，她總是會對城門上掛著的馬頭說：『噢！可憐的法拉達，高掛在上面！』然後馬頭就會說：『噢，金髮公主，如果妳的母親知道了，她的心會碎成兩半。』」

康拉德接著又告訴國王草地上發生的事，還有，她是怎麼讓風吹走他的帽子的。

「嗯，你明天再和她趕鵝到城外去，就像平常那樣，」老國王說：「我會在後面觀察。」

第二天早上，老國王換上喬裝的衣服，坐在幽暗的城門旁，聽公主對法拉達的頭說話。然後，他小心翼翼跟著他們來到放鵝的草地，躲在灌木叢後看接下來會發生什麼事。就像康拉德前一天告訴他的，放鵝女孩召來一陣大風，吹得康拉德的帽子飛過草地，女孩趕緊解開那頭美麗的金色長髮，重新梳理整齊，盤成髮髻。

老國王看見了這一切，走回皇宮。傍晚，放鵝女孩結束工作回到宮中時，老國王把她找來，問她爲什麼要做這些事。

「我沒辦法告訴您，」放鵝女孩說：「這是祕密，我不能告訴任何人。我對天發過誓，絕不說出來。如果當時不發誓，我早就遭人殺害了。」

老國王試著說服她，但她不爲所動。誰也無法讓她違背誓言。

最後，國王說：「這樣吧，不要把妳的苦告訴我，對角落那個鐵爐說吧。這樣妳還是信守了承諾，但也能減輕自己的痛苦。」

她聽從國王的話，爬進舊鐵爐，開始哭了起來，不久就把藏在內心深處的祕密宣洩出來。「我坐在這裡，孤伶伶活在這個世界上，可是我是王室的女兒啊。說謊的侍女逼我脫下衣服和她交換，還代替我成爲新娘。現在，我只能在草地上放鵝。如果母親知道了，她的心會碎成兩半。」

老國王站在屋外的煙囪旁邊，聽見了她說的每句話。他回到屋裡，叫放鵝女孩出來，讓她換上皇室的服裝，看見她變得如此美麗，遠遠超過他的預期！

接著老國王找來兒子，告訴他，他的妻子利用詭計嫁給了他。她本來不是公主，而是侍女，眞正的新娘在這裡，就是那個放鵝女孩。國王的兒子看見眞正的新娘是如此美麗，知道她的言行是如此高貴，內心充滿喜悅。

他們在皇宮舉辦一場大型宴會，所有大臣和國王的好友都應邀出席。新郎坐在餐桌主位，身旁坐著冒牌公主，眞正的公主坐在他的另一邊。侍女什麼都沒發現，因爲她沒認出盛裝打扮的公主。

所有人盡情吃喝，興致高昂，這時老國王問侍女一個問題：如果有人像接下來的故事這樣對待主人，應該如何懲罰？接著，老國王把故事完整說了出來，再次問她：「這樣的人該受到什麼樣的懲罰？」

冒牌新娘說：「把她衣服脫光，放進釘著很多尖釘子的桶子裡，然後用兩匹白馬拖著她穿過大街小巷，直到死亡為止。她罪有應得。」

「那個女人就是妳，」老國王說：「妳為自己做了判決，就照妳說的來處治妳吧。」

判決很快就執行了。國王的兒子終於娶了眞正的新娘。他們繼承了王位，過著平靜幸福的日子。

◆◆◆

童話類型——ATU 533，〈會說話的馬頭〉（The Speaking Horsehead）。

故事來源——多洛希雅．維曼的口述故事。

類似故事——巴斯雷的〈兩塊蛋糕〉（The Two Cakes，引自載波編輯的《童話故事傳統》）；布麗格的〈洛斯華和麗蓮恩〉（Roswal and Lilian，收錄於《大英民間故事》）。

可憐的法拉達！牠不該死得這麼不堪。這個角色應該有更多發揮的空間才對。如果牠早一點說出來，或許主人就不需吃這麼多苦了。

公主／放鵝女確實是善良又美麗的女孩，但若從積極度和氣魄來看，她比邪惡的侍女遜色。這個侍女應可用更長的篇幅來描述。忍讓、溫順、毫不抗爭的受害者，說故事的人實在很難把她打造成吸引人的角色；不過，這畢竟不是小說。

德國小說家魯道夫．迪岑（Rudolf Ditzen, 1893-1947）把「法拉達」（Falada）多加一個L，當成筆名中的姓氏——漢斯．法拉達（Hans Fallada）。《人終會孤獨死去》（*Every Man Dies Alone*, 1947）就是他的作品。

36

Bearskin

熊皮人

從前有個年輕人接受徵召入伍從軍。他英勇善戰，在槍林彈雨中總是在第一線，戰爭期間，一切都很順利，但和平協議簽訂後，不得不卸下軍職。長官告訴他，他想去哪裡都可以，不過，由於父母都已過世，他無家可回，只好來到哥哥們的家，希望在下一場戰爭爆發前能暫時住在這裡。

沒想到哥哥無情的說：「你的事和我們有什麼關係？我們不需要你。走吧，自己想辦法謀生吧。」

這個年輕士兵唯一的財產就是步槍，他就這麼扛著槍，四處闖蕩。沒多久，他來到一大片長滿歐石南的荒地，放眼望去，只見樹木包圍。他在樹下坐下，想著自己的命運，不禁感傷起來。

「我沒有錢，前途茫茫，」他心想：「我就只會打仗，但現在他們只想要和平，我毫無用武之地，大概只能活活餓死了。」

這時，他聽見一陣窸窣聲，環顧四周，想看看怎麼回事，卻看到一個奇怪的男人站在一旁。

那個男人穿著精緻的綠色外套，看起來非常體面，一隻腳的腳尖卻像醜陋的馬蹄。

「我知道你想要什麼，」男人對士兵說：「你也會得到你想要的，例如金子和財產，要多少有多少。不過，首先你必須讓我看看你有多勇敢。我不會平白無故把自己的錢送給遇到危險就逃之夭夭的懦夫。」

「我是軍人，專長就是不怕危險。你大可試試我的能耐。」

「很好，」男人說：「回頭看看你背後。」

士兵一轉身，看到有隻熊一邊呲牙裂嘴咆哮，一邊朝他衝過來。

「噢，嗨，」士兵說：「你這隻醜八怪，我來幫你的熊鼻搔搔癢，看你以後還叫不叫。」

他舉起步槍，瞄準熊，扣下扳機。這一槍打中熊的鼻子，熊立刻應聲倒下。

「看得出來你不缺乏勇氣，」那個陌生男人說：「不過考驗還沒結束，還有一個條件。」

「只要不會妨礙我的天堂之路就沒問題，」士兵已經知道陌生人是誰了：「如果可能無法上天堂，我就不會答應。」

「嗯，到時候就知道了。」陌生人說：「另一個你必須遵守的條件是：接下來的七年，你不能洗澡、梳頭、剪指甲，也不能向上帝禱告。我會給你一件外套和長斗篷，你必須一直穿在身上。如果你在這七年裡死了，你就歸我，如果活了下來，你就自由了，而且會變成有錢人，記住，是下半輩子都會是有錢人。」

士兵心想，他在戰場上不知面對過死亡多少次，早已習慣了危險，但貧窮卻不是他習慣的事。他決定接受魔鬼提出的條件。

魔鬼脫下他的綠色外套，交給士兵，說：「穿上這件外套後，只要把手伸進口袋，就會發現裡面有一把錢。」

接著魔鬼剝下熊皮說：「把這張熊皮當成你的斗篷，睡在上面，不可以睡在其他床上。從今以後，你的名字叫作熊皮人。」

魔鬼說完後就消失了。

士兵穿上外套，把手伸進口袋，發現魔鬼說的都是眞的。他把熊皮像斗篷般披在身上，開始漫遊。他想去哪裡就去哪裡，想做什麼就做什麼，口袋裡有多少錢就花多少錢。

第一年，他看起來還好。第二年，他開始像一頭怪獸。他的臉長滿又粗又長的鬍子，頭髮雜亂沒有光澤，指甲很長，像爪子似的。他整個人髒得不得了，如果在他身上播下水芹的種子，一定很快就發芽。看到他的人全都嚇得發抖或逃走。不過，他總是給窮人錢，請他們祈禱他能活過這七年，還有，無論他想要什麼東西，都會立刻付清，所以總能找到落腳的地方。

流浪生活的第四年，他來到一家客棧。客棧主人不歡迎他入住，甚至拒絕讓他睡在馬廄，以免他驚嚇馬群。熊皮人把手伸入口袋，拿出一把現金，客棧主人態度軟化，讓他住進院子裡的小屋，條件是他不能讓任何人看到他的臉。

一天晚上，他獨自坐在房裡，一心企盼著七年流浪生涯早點結束，卻聽見隔壁房間傳來痛苦的啜泣聲。熊皮人心地善良，很想看看是否幫得上忙，於是打開門，看見一個老人緊握雙拳，悲傷流淚。老人一看到熊皮人，奮力起身想逃跑，沒想到聽見人的聲音，於是停下腳步，聽那個像野獸般的人說話。

熊皮人語氣和善，扶著老人重新坐好，要老人說出煩惱。原來，老人的錢快就用完，他和女兒眼見就要餓死了。他也沒辦法付錢給房東，鐵定要被送去坐牢。

「如果錢可以解決你的問題，」熊皮人說：「那我倒有足夠的錢幫你。」他找來客棧主人，幫老人付了房租，又放了一袋金子在老人口袋裡。老人知道自己脫離了困境，不知如何對這位陌生的救命恩人表達感謝之意。

「跟我回家吧！」老人說：「跟我回去，見見我的女兒。我的女兒個個美若天仙，請你選一個當作妻子吧。當她們知道你爲我做的一切，不會拒絕你的。雖然你的外表看起來的確有點……特立獨行，但不管你選了誰，她一定很快就能幫你打理得整整齊齊的。」

熊皮人很高興跟著老人回家去了。不過，大女兒一看到他，尖叫逃走了。二女兒抬頭看到他，低頭對父親說：「你希望我嫁給這樣的傢伙？他甚至不像人。記得那隻來過家裡的熊嗎？我還寧可嫁給牠。如果把牠的毛剃掉，讓牠穿上騎兵制服，戴上白手套，看起來人模人樣的，我可能還比較能夠適應『他』。」

儘管如此，小女兒說：「親愛的爸爸，他這樣幫助您，一定是個好人。既然您答應要把女兒嫁給他，我已經做好準備，讓你能夠實現承諾。」

可惜兩父女看不見熊皮人聽到這些話之後的興奮神情，因爲鬍子和厚厚的泥垢覆滿了他的臉。他從手上取下一枚戒指，扳成兩半，其中一半交給女孩，自己留下另一半。他把她的名字寫在自己的那半只戒指上，把自己的名字寫在女孩的另外那半只，請求她好好保存。

他說：「我必須離開了，我還有三年的時間必須在外遊蕩。如果我三年後沒有回來，就當我死了，不必再等我。但我希望妳能向上帝禱告，祈求上帝保佑我平安歸來。」

可憐的新娘換上黑色衣服，只要想起未來的新郎，就會流淚。接下來的那三年，她的姊姊對她不是輕蔑就是訕笑。

「最好小心一點，」大姊說：「如果妳朝他伸出手，他的爪子會把妳的手捏碎。」

「當心，」二姊說：「熊喜歡甜的東西，如果他喜歡妳，就會把妳一口吃下去。」

「妳最好什麼都聽他的，不然他如果開始咆哮，我也救不了妳。」

「不過，你們的婚禮一定很有趣，熊最會跳舞了。」

即將成為新娘的小女兒什麼都沒說，也沒有因為姊姊的話而氣惱。至於熊皮人，他還在世界各地流浪，儘他所能的行善，慷慨資助窮人，因此窮人都為他祈禱。

終於，七年的最後一天來臨了。這天天剛亮，他就回到那片荒原，再次坐在包圍四周的樹下。沒多久，起了風，風聲蕭蕭，魔鬼再次出現，滿臉怒氣的看著他。

「你的外套在這裡，」他把熊皮人的舊外套扔給他：「把我的綠色外套還給我。」

「別急，」熊皮人說：「首先，你得幫我洗乾淨。我需要四缸水，從滾燙的水到溫水全都需要。接著，我要四種香皂，從刷地板的黃色磨砂皂，到最細緻的巴黎香氛皂全都要準備。至於洗髮精，從清洗馬鬃的清潔液，到有薰衣草香味的精緻產品，都需備齊。最後，我還要一加侖古龍水。」

無論魔鬼心裡怎麼想，他還是準備了水、香皂和各式各樣的整理儀容的用品，幫熊皮人從頭到腳洗刷乾淨，還替熊皮人剪髮、梳頭、刮鬍子、修剪指甲。打理完畢後，熊皮人看起來就像英挺的士兵，而且比以前更帥氣了。

魔鬼恨恨的抱怨了幾句，就此消失。熊皮人感覺欣喜不已。他大步朝城裡走去，買了一件華麗的絲絨外套，雇了四匹白馬拉的馬車，往新娘家駛去。當然，沒有人認出他來。新娘的父親以爲他是尊貴的官員或將軍，領他來到餐廳，他的女兒就坐在裡面。

他們讓他坐在兩個姊姊之間。她們兩人對他大爲殷勤，替他斟酒，將最美味的菜餚放在他的盤子裡，時而對他賣弄風情，時而對他傻笑，心想，從沒見過這麼英俊的男人。只有最小的女兒坐在他的對面，既不抬頭看他一眼，也不說一句話。

最後，熊皮人詢問女孩父親，是否能讓他挑選其中一個女兒爲妻。兩個姊姊一聽，立刻從桌旁跳了起來，跑進自己房裡，換上最美麗的衣服。她們都認爲自己是熊皮人挑選的對象。

這位訪客終於能與未來的新娘獨處，於是掏出他帶著的那半個戒指，放進酒杯裡，再把那杯酒遞給坐在桌子對面的女孩。她接過酒杯，喝下了酒，發現杯底的半枚戒指時，心砰砰跳個不停。她把用繩子戴在頸上的半枚戒指取下來，把兩個戒指拼在一起，它們完全吻合。

陌生人說：「我是你的新郎，就是你認識的那個熊皮人。因爲上帝的恩典，我又恢復了人形，變得乾乾淨淨的了。」

他熱情的擁抱她，親吻他。這時，兩位精心打扮的姊姊走了出來，看見熊皮人和她們的妹妹相擁，終於知道了他是誰，還有一切是怎麼回事。她們氣壞了，跑到屋外，一個投井自盡，一個在樹上上吊。

傍晚時分，有人來敲門。熊皮人開門一看，原來是穿著綠外套的魔鬼。

「你要做什麼？」熊皮人問。

「我只是來向你道謝。我用你的靈魂換了兩個靈魂來陪我玩了。」

童話類型——ATU 361，〈熊皮人〉（Bear-Skin）。

故事來源——哈克斯豪森家族告訴格林兄弟的故事；漢斯・賈珂・格林莫豪森（Hans Jacko Christoffel von Grimmelshausen）的《熊皮人的命名源由》（*Vom Ursprung des Namens Bärnhäuter*, 1670）中的一則故事。

類似故事——布麗格的〈外套〉（The Coat，收錄於《大英民間故事》）；卡爾維諾的〈魔鬼的褲子〉（The Devil's Breeches，收錄於《義大利童話》）。

魔鬼會這樣與人交易，實在令人好奇。想取得士兵的靈魂，應該有更簡單、更不花錢的方式。不過，這個士兵既虔誠又樂於助人，只是以一般的魔鬼交易方式來引誘他交出靈魂，並不容易。兩個姊姊所受的懲罰似乎過於嚴厲，不過若把她們對妹妹經年累月的冷嘲熱諷算進去的話，也算罪有應得。

卡爾維諾的版本很完整，且別出心裁。只有清水無法洗清多年塵垢，這個想法是我從卡爾維諾那裡得到的啟發。

37

The Two Travelling Companions

兩個旅伴

高山和低谷永不相交，但凡人類子孫，無論好人或壞人，總會相遇。有一天，一個鞋匠和一個裁縫在旅途相遇。裁縫個頭不高，但相貌英俊，成天開開心心的，總是帶著笑容。他看見鞋匠從另一頭走來，從鞋匠行囊的形狀看出他靠什麼手藝營生，於是唱了一首小曲子開他玩笑：

補破洞，拉線頭，
拿根釘子敲鞋頭。

不過，鞋匠是開不得玩笑的人。他皺起眉，揮了揮拳頭。裁縫看了哈哈大笑，把手裡那瓶烈酒遞給鞋匠。

「來，拿去，大口喝下，」裁縫說：「我沒有惡意。喝口酒，消消氣吧。」

鞋匠一口氣喝了大半瓶，眼中的怒氣終於散去。他把酒瓶還給裁縫，說：「好酒。人們總說人會貪杯，卻沒人提到酒很能解渴。我們要不要就結伴旅行？」

「我沒問題，」裁縫說：「只要你不介意我們去大城市，因爲那裡工作機會比較多。」

「我也是這麼想。小地方沒錢可賺，而且鄉下人喜歡光腳，不穿鞋。」

他們就這樣一起上路，像雪地裡的黃鼠狼那樣亦步亦趨往前走。他們多的是時間，但沒什麼時間吃東西。無論來到哪個小鎮，他們都會試著找點工作。裁縫的雙頰紅通通的，個性俏皮迷人，所以很快就有夠多的工作上門。運氣好時，東家的女兒還會在道別時親親他，祝他一路平安。

當兩人完成工作會合時，收穫較多的往往都是裁縫。脾氣怪異的鞋匠每次都酸溜溜的說：「人越是混帳，就越多進帳。」

不過裁縫只是一邊大笑，一邊唱歌，把自己所有的一切和同伴分享。如果他口袋裡有幾枚硬幣，他會點盤好菜來吃，手指快活的敲著桌子，震得玻璃杯跳起舞來。「錢來得快，去得也快」是他向來的原則。

兩人一起旅行一段時間後，來到一座大森林。森林裡有兩條小路都可通往首都，其中一條需要兩天路程，另一條是七天，但兩人都不知道哪一條才是近路。他們坐在橡樹下討論該帶七天的糧食上路，還是兩天。

「一定要未雨綢繆，」鞋匠說：「我要帶一星期夠吃的糧食。」

「什麼？」裁縫說：「把那麼多笨重的麵包扛在身上？這樣就不能好好欣賞風景了。我不要。我向來相信上帝，這次也是。錢在夏天和冬天都一樣好用，但麵包不一樣。麵包在夏天會變乾，而且容易發黴。我們應該會走上那條近路的，想想看，二分之一的機率很高啊。我只要帶兩天的糧食，這樣就夠了。」

於是，他們分別買了不同分量的麵包，一起走進森林。兩人樹下走著，四周像教堂一樣安靜。沒有風吹過，沒有鳥兒鳴叫，沒有溪流汨汨流過。濃密的樹葉之下沒有一絲陽光。鞋匠沉默不語，背上的麵包越來越沉重，讓他走得很吃力，汗水也不停從那悶悶不樂的臉龐流下。

相對的，裁縫的心情卻愉快到了極點。他走在前頭，時而哼著歌，時而開懷大笑，腳步輕快，經過草地時還吹起了口哨。他心想：「上帝見我這麼快活，一定很欣慰。」

他們就這樣走了兩天。到了第三天，他們還沒走出森林，但裁縫已經吃完所有麵包。這時，他原本歡樂的心情有一點低落，但還沒失去勇氣。他依然信賴上帝和自己的運氣。第三天晚上，他餓著肚子入睡，隔天一早起床後覺得更餓了。第四天也一樣，而且到了晚上，鞋匠拿出食物享用時，裁縫只能坐在樹下看著他吃。

裁縫向鞋匠要一塊麵包，鞋匠只是譏笑他：「你不是最愛唱歌耍寶？現在嘗到苦果了吧。早晨最早啼叫的鳥，最快被禿鷹抓走。」

鞋匠是個殘酷無情的人。第五天早上，可憐的裁縫連站都站不起來，聲音變得沙啞，臉頰的紅潤消失了，像粉筆一樣蒼白，雙眼也布滿血絲。

這時鞋匠對他說：「你看起來眞慘，而且這是你自找的。好吧，我給你一塊麵包，但是不能白給，我要你拿右眼來換。」

可憐的裁縫爲了活下去，只好答應。他趁雙眼還在，流了最後一次淚，然後把頭一抬，讓鐵石心腸的鞋匠用麵包刀挖出右眼。裁縫忽然回想起來，小時候媽媽發現他偷吃食物櫃裡的派時說：「該享受就享受，該受苦就受苦。」

他吃了鞋匠給的那片薄薄的麵包，感覺好多了，終於又能站起身子。他繼續走，心想，畢竟還有左眼可以看到這世界。

然而，第六天時，饑餓再度緊緊攫住他，而且比上次更加殘忍。那天晚上，他倒在地上，完全不能動彈。到了第七天早上，他虛弱得無法起身。他覺得死期不遠了。

這時，鞋匠說：「看你這樣，我就大發慈悲給你一片麵包吧。不過你不能白拿麵包，你還有一隻眼睛，我要你和上次一樣拿眼睛來換。」

可憐的裁縫覺得他這輩子完了。他到底做錯了什麼，才會淪落這個下場？他覺得自己一定不知在什麼時候冒犯了上帝，於是祈求上帝的寬恕，然後對鞋匠說：「可以動手了，挖出它吧！但是請你記得，上帝看著你，總有一天，上帝會因為這個邪惡的行為而懲罰你。日子好過的時候，我不是和你分享了我所有的一切？過去我輕輕鬆鬆就能穿針引線，一旦失去雙眼，我就沒辦法再當裁縫了，只能行乞。至少別把雙眼失明的我留在森林裡，不然我會活活餓死。」

鞋匠完全不在意他口中的上帝；他早就不相信上帝的存在。他拿出麵包刀，挖出裁縫的左眼，然後給裁縫一小片麵包，再遞給他一根棍子，讓他在身後跟著。

太陽下山前，他們終於走出了森林。裁縫感覺到久違的陽光灑在臉上的溫暖，但他什麼都看不到了，所以沒有發覺鞋匠正帶他走向荒原旁邊的絞刑台。鞋匠把他獨自留在這裡就離開了。可憐的裁縫，在擔憂、痛苦和饑餓的折磨下，就地躺下，沉沉睡著了。

他在破曉時醒來，冷得直發抖。他頭上的絞刑架吊著兩名罪犯，屍體的頭上各站著一隻烏鴉。

其中一個吊死鬼對另一個說：「兄弟，你醒了嗎？」

「我醒了。」

「好，我要告訴你一件你一定要知道的事。昨晚落到我們身上、又滴落在草地的露水，其實有神奇的功用。如果盲人用這露水來洗眼睛，就會恢復視力。你想，假如盲人知道這件事，每天會有多少人擠到我們的絞刑台前？」

裁縫簡直不敢相信自己的耳朵，他馬上掏出手帕，壓在草地上，等手帕沾滿露水，就用它來清洗眼窩。很快的，吊死鬼的話果然應驗了：裁縫的兩個眼窩立刻長出健康的眼睛。太陽即將升起，裁縫帶著喜悅和興奮看著第一道陽光灑滿眼前的山谷和平原。前方有個大城市，城市裡有高聳的城門和一百座高塔，陽光剛好照在教堂尖塔頂端的金球和十字架，讓它們在早晨明亮的空中閃閃發亮。他看見樹上的每一片葉子，看見每一隻飛過的鳥，甚至是在空氣中飛舞的每一隻小昆蟲。不過接下來才是最重要的測試：他從針線盒裡拿出一支針，剪下一段線材，像以前一樣，很快把線穿過針孔。他的心雀躍不已，充滿喜悅。

他跪下來，感謝上帝的仁慈，並開始晨禱，而且不忘為像鐘擺般在風中晃動的兩個可憐吊死鬼祈禱。隨後他背起背包，繼續上路，一邊唱歌一邊吹著口哨，彷彿不曾經歷過任何苦難。

他首先遇到的是在草地上自由奔跑的小棕馬。裁縫抓住馬鬃，試圖騎馬進城，但小棕馬求裁縫放了牠：「你看，我年紀還太小，即使像裁縫你這麼瘦，我也無法負荷，如果你想騎在我身上，一定會壓斷我的背。放了我，讓我有機會長大變壯，也許有一天我能回報你的恩情。」

「噢，那麼你走吧，」裁縫說：「我看得出來，你和我一樣調皮愛玩。」他拍拍小棕馬的臀部，那小傢伙開心的蹬腿一躍，跳過樹叢，跳過溝渠，一溜煙奔向遠方。

自從鞋匠前一天給他那塊小得可憐的麵包後，這個小個子裁縫就沒吃過任何東西。他說：「陽光充滿我的雙眼，我卻沒有東西可以填滿肚子。接下來看到的東西又不能吃……噢！那是什麼？」

草地上有隻送子鳥優雅的朝他走來。裁縫馬上撲過去，抓住牠的一隻腳。

「我不知道你吃起來是什麼味道，」他說：「不過我馬上就會知道。你站好，讓我把你的頭割下來，把你的身體烤來吃。」

「不，請別這麼做，」那隻送子鳥說：「這眞的不是好主意。你看，我嚇壞了。我是大家的好朋友，沒人會傷害我。如果你放過我，我一定會有機會報答你的。」

「噢，你走吧，長腿兒。」裁縫師說著就把送子鳥放了。這隻大鳥張開長長的翅膀，優雅的飛走了，兩隻細腿垂在身體下方。

「這樣沒完沒了，何時才能結束？」裁縫自言自語：「我越來越餓，都餓得前胸貼後背了。好吧，接下來不管碰到什麼，都是注定的。」

這時，他經過一個池塘，池塘裡有兩隻小鴨游了過來。其中一隻游得比較快，裁縫馬上抓住牠。

「來得正是時候！」正當他準備扭斷小鴨的脖子時，池塘另一頭突然傳來淒厲的嘎嘎聲。原來，蘆葦叢中有隻母鴨穿越池塘，急切的朝裁縫半游半飛而來。

「放過我的孩子！」她大聲懇求：「想像一下，如果有人要把你吃了，你可憐的母親會多難過？」

「噢，冷靜點，」好心的裁縫說：「把你的孩子帶回去吧。」

說著，他把小鴨放回水裡。

他轉身準備重新上路，發現自己站在一棵空心的老樹前，幾十隻蜜蜂正在樹洞裡飛進飛出，看起來很忙碌。

「蜂蜜！」他馬上想到：「感謝老天！這是我放過小鴨子的獎賞。」

沒想到他還沒朝蜂窩前進一步，蜂后就飛出來了。

「如果你敢動我的子民，或搗毀我們的窩，你會後悔的。」她說：「到時候，你就會知道，上萬支燒紅的針插進皮膚是什麼滋味。不過，如果你離開，不打攪我們的生活，改天我們一定為你效勞當作回報。」

裁縫又空手離開了。「三個空盤子，這第四個盤子還是一樣，這頓晚餐吃得眞痛苦。」

他只好拖著腳步，帶著饑餓不堪的胃進城。這時，鐘聲正好敲了十二下，他走進的第一家客棧剛準備好飯菜。他坐下來，狼吞虎嚥大吃了一頓。

等他終於吃飽了，他對自己說：「好，該去找工作了！」

他在城裡走著走著，發現了一家裁縫店，很快就替自己找到一份工作。由於他手藝精湛，沒多久就變得非常有名，城裡注重穿著的人都希望擁有一件小裁縫製作的新大衣或外套。漸漸的，他的名聲越來越響亮了。

「我沒辦法變得更聰明，」小裁縫說：「只好讓自己變得更成功。」

當國王指定他擔任宮廷裡的皇室裁縫師時，他的事業攀上了巔峰。

不過，世上的事還眞奇妙。他接到皇室任命的同一天，他先前的旅伴也受命爲皇室鞋匠。鞋匠看到裁縫，發現他竟然還長出了健康的雙眼，大吃一驚，也深感威脅。鞋匠心中暗想：「在他向我報仇前，我得先挖個洞讓他掉下去才行。」

不過，挖洞給別人跳的人，往往自己會先掉進洞裡。一天傍晚，天色逐漸變暗時，鞋匠來到國王面前謙卑的說：「國王陛下，我不愛道人是非，不過，那位裁縫師一直誇口說他能找到您遺失已久的金皇冠。」

「哦？他眞的這麼說？」國王說。

第二天，他召來了裁縫。

「聽說你誇下海口，說你能找回我的金皇冠？」國王說：「你要不就立刻動身，證明自己不是隨便說說，要不就立刻離開這個城市，別再回來。」

「咦？」小裁縫心想：「我感覺情勢不太對了。如果他要我去辦這不可能完成的事，我也沒理由留下來了。不如直接離開吧！」

他收拾好行李，朝城外走去。不過，才剛走出城門，他就因爲不得不離開這個度過許多美好時光的城市而難過。他一邊走一邊想，不知不覺來到遇見小鴨的池塘。這時，他看到那隻母鴨在草地上用嘴梳理自己的毛，而且母鴨也馬上認出他來。

「早安，」她說：「怎麼了？爲什麼看起來悶悶不樂？」

「噢，鴨子，」裁縫說：「聽完我的故事，妳就明白了。」他把事情的來龍去脈告訴了母鴨。

「嗯，就這樣？」母鴨：「那你不用擔心。那頂皇冠掉在池塘底下了，我們幫你拿上來吧。把你的手帕攤平，放在草地上，坐著曬曬太陽吧！」

她召來她的十二隻小鴨，一起潛進水裡，很快消失了蹤影。過了幾分鐘，母鴨又出現了，翅膀底下夾著一個金皇冠。

「小心點，」她對小鴨說：「你們有的扶著這邊，有的扶著那邊……」

小鴨們游開來，以母親爲中心，一起用嘴撐起沉重的皇冠，朝裁縫的方向緩緩游來。不到一分鐘，皇冠已經放在裁縫的手帕上了。多美麗的畫面！陽光灑在金色皇冠上，閃閃發亮，看起來就像有幾萬顆紅寶石似的。

裁縫謝過鴨群，把手帕的四個角綁緊，帶著皇冠回去見國王。國王喜出望外，在裁縫的胸前掛上一條金項鍊。

鞋匠發現第一個計謀沒有得逞，又想出了另一個。他跑去對國王說：「國王陛下，我不得不告訴您，那個裁縫又在吹牛了。最近他誇口自己能用蠟做出皇宮的模型，不管宮裡或宮外，不管是房間、家具或裝飾配件，全都做得出來。」

國王又把裁縫召來，命令他用蠟打造一個和皇宮一模一樣的模型，所有的家具和裝飾都不得馬虎。

國王說：「如果你漏了牆上任何一根釘子，我就會把你關進地窖，讓你在那裡度過下半輩子。」

裁縫心想：「事情越來越不妙了。這種事誰受得了？」

他又收拾包袱，離開宮廷，走了很長一段路後，來到那棵有蜂窩的空心樹旁。裁縫非常沮喪，跌坐在地上，頭垂得低低的。飛進飛出的蜜蜂想必告訴蜂后裁縫出現的消息，因爲蜂后很快就飛出樹洞，停在裁縫身旁的樹枝上。

「你脖子不舒服嗎？」她問。

「噢，妳好。我垂著頭，是因爲沮喪。」

接著，他把國王命令他完成的不可能任務告訴蜂后。蜂后聽完後飛回蜂窩，和伙伴們討論了一下，又飛回來找裁縫。

「你先回城裡，明天帶一塊大一點的布來。別擔心，一切會沒事的。」

裁縫轉過身子，朝城裡走去。這時，一大群蜜蜂也飛到皇宮，在每扇窗戶間穿梭來回，仔細看過皇宮裡的每一處，又成群飛出皇宮，回到蜂窩，開始用蜂蠟製作皇宮模型。牠們的動作非常敏捷，模型簡直就像自己長出來似的，天還沒黑就大功告成了。第二天早上，裁縫回來一看，簡直不敢相信自己的眼睛。模型完整呈現眼前，從屋頂的磁磚到庭園裡的鵝卵石，包括牆上的釘子，完全沒有遺漏任何細節。更不可思議的是整座宮殿像雪花般潔白精緻，還散發著蜂蜜的香氣。

「噢，蜜蜂，我眞不知該如何感謝你們！」

他把模型輕輕放在那塊大布料上，盡可能小心翼翼包好，準備帶它回宮。他一路上百般呵護，深怕不小心撞壞或失手掉在地上，終於平安將模型送進宮裡。他慢慢把布一層層掀開，在國王眼前展示模型。國王繞過來繞過去，看著一扇扇窗戶，盯著一個個小巧的崗哨亭，爲陽台精美的雕花鐵欄杆讚歎不已。

他不只讚歎，還把這個模型放在最大的廳堂裡，並賜給裁縫一座雄偉的石造房子當作獎賞。

鞋匠的計謀又告吹了，但他不死心，又跑去對國王說：「國王陛下，我實在不願多管閒事，但那個裁縫又說大話了。他聽說皇宮庭院底下沒水，吹噓這件事對他這樣的人來說根本不是問題，只要他願意，他可以讓庭院中央噴出像人一樣高的噴泉，流出像水晶一樣剔透的水。」

國王聽了立刻召見裁縫。

「聽說你可以讓皇宮的庭院噴出泉水。如果我沒叫你做這件事，我就和笨蛋沒兩樣，但我不會是笨蛋。所以，你現在就去弄個噴泉，而且就像你說的那樣，讓它流出水晶般剔透的水。否則我就叫劊子手砍掉你的頭，讓你的血像噴泉一樣。」

可憐的裁縫一聽，趕緊逃出城門。這回他連命都保不住了。淚珠不斷滾落他的臉龐。裁縫漫無目標的走入鄉間，完全不知該如何達成國王的新要求。當他走過寬闊的綠草地，之前從他手中獲得自由的小馬朝他奔馳而來。這時，牠已經變成一匹栗色的駿馬了。「現在是我報答你的時候了，」牠對裁縫說：「不用告訴我你在想什麼——我早就知道了，而且也辦得到。跳上我的背吧，我現在夠壯了，可以載好幾個裁縫呢！」

裁縫重新振作勇氣，跳上馬背，抓緊馬鬃。駿馬朝城市全速奔跑，衝過城門，朝皇宮前進，路上的行人紛紛讓開。他們不在乎崗哨亭，一路奔上台階，進入庭園。馬兒繞著庭院快跑了一圈又一圈，速度越來越快，裁縫用盡全身力氣緊緊抓著馬，然後「砰」的一聲，馬兒倒在庭園中央的地上。就在這一瞬間，凌空一聲響雷，一大塊泥土和碎石猛然往上衝，飛上皇宮屋頂。隨後，泉水朝空中噴湧，像水晶般晶瑩剔透，高度和人騎在馬背上差不多。那泉水如此清澈，在陽光映射下閃閃發亮，還形成了幾道美麗的彩虹。

國王站在門口看到這一幕，驚訝不已。駿馬重新站起身來，裁縫心有餘悸的爬下馬，手腳還在發抖。這時國王跑了過來，當著眾人的面緊緊擁抱他。

國王又對裁縫另眼相看了。可惜好景不常，壞心眼的鞋匠觀察皇室成員，又在心裡盤算著怎麼陷害裁縫。國王有好幾個女兒，女兒一個比一個更美麗，但就是沒有兒子。所有人都知道，國王一心希望有個兒子能繼承他的王位。鞋匠來到國王跟前說：「國王陛下，您恐怕不會喜歡我接下來要告訴您的事，但我不能再隱瞞了。那個狂妄的裁縫竟然說，他可以憑空爲陛下變出一個兒子來。」

國王果然受不了，立即召來裁縫。

「我聽說你提到了我的繼承人的事，誇口能幫我變出一個兒子。很好，你有九天的時間，如果九天之內你能爲我找出一個兒子，就可以娶我的大女兒。」

裁縫心想：「這的確是難以抗拒的獎賞，爲了她，我什麼都願意做。不過，這櫻桃對我來說高度太高，如果爲了櫻桃爬得太高，一定會弄斷樹枝。這下我該怎麼辦？」

他回到自己的工作室，盤腿坐在長凳上，左思右想，究竟怎麼做才好。最後他決定放棄。「沒有用的！」他大聲對自己說：「這是不可能的事。這次我非徹底離開這裡不可，否則沒辦法好好過日子。」

他收拾包袱，再次上路。當他經過一片草地時，看見他的送子鳥朋友緩緩來回漫步，看起來就像個哲學家，而且時不時停下腳步，盯著青蛙看，然後叼起青蛙，一口吞下肚。

送子鳥看到裁縫，慢慢走過來打招呼。

「我看你帶著家當，準備離開城市了嗎？」

裁縫把他遇到的困難告訴送子鳥：「他不停給我一些難如登天的難題，幸好在朋友幫忙下，我一一完成了。可是，這次的要求根本就是不可能的任務。」

「別爲這件事白了頭髮，」送子鳥說：「這可說是我們送子鳥的特殊專長。嬰兒都是井裡蹦出來的，不用幾天，我就能從井裡叼出一個小王子來。回家吧，親愛的裁縫。九天是吧？九天後你到皇宮去，我們在那裡碰面。」

小裁縫走回家，心情愉快多了。他在約定的那一天來到皇宮，才剛抵達，就聽見送子鳥輕敲窗戶的聲音。裁縫打開窗子，讓送子鳥進來，牠嘴裡叼著小包袱。裁縫接過包袱，小心翼翼走過滑溜的大理石地板，來到皇后寢宮，將包袱輕放在皇后腿上。皇后打開包袱，看見一個可愛極了的小男嬰對她伸出雙手。她抱起寶寶，輕撫他，親吻他，欣喜若狂。

送子鳥飛走前，把嘴上叼的另一個包袱遞給了國王。包袱裡裝著梳子、鏡子、緞帶等送給幾位公主的禮物。不過其中沒有大公主的禮物，因爲她的禮物就是她的夫婿——裁縫。

「對我來說，我得到了最棒的禮物，」裁縫說：「我的老媽媽是對的。她總是說，相信上帝的人不會迷失，永保好運。果然沒錯。」

鞋匠必須幫裁縫製作他婚禮上的舞鞋，而且做完後就被逐出城門，永遠不得回來。他滿懷憤恨，一路垂頭喪氣的朝森林走去，來到絞刑架旁。這時他耗盡了體力，又累又餓，又苦又氣，疲憊不堪的倒臥在地。當他快睡著時，吊死鬼頭上那兩隻烏鴉飛了下來，分別啄出他的一隻眼睛。他發狂似的跑進森林，消失無蹤，後來想必餓死在森林裡了，因爲再也沒人看過他。

◆ ◆ ◆

童話類型——ATU 613，〈兩個旅人〉（The Two Travellers），以及ATU 554，〈報恩的動物〉（The Grateful Animals）。

故事來源——格林兄弟的學生緬因（Mein）和奇耶樂（Kiel）的口述故事。

類似故事——阿法納西耶夫的〈是與非〉（Right and Wrong，收錄於《俄羅斯童話》）；布麗格的〈鯡魚國王〉（The King of the Herring，收錄於《大英民間故事》）；卡爾維諾的〈兩位趕騾子的老兄〉（The Two Muleteers，收錄於《義大利童話》）；格林兄弟的〈蜂后〉（The Queen Bee）、〈海兔〉（The Sea Hare）和〈白蛇〉（The White Snake）（《格林童話》）。

這則童話直到一八四三年才收錄於第五版《格林童話》中，它也是其中最富生命力且令人愉快的故事之一。故事的敘述流暢自然，前後性質不同的兩個故事銜接得如此乾淨俐落，看不出鑿痕。相信小裁縫也會爲這個完美縫合手法感到自豪。而爲格林兄弟口述這個故事的學生緬因，想必也有同感。

故事裡的裁縫個頭不高，總是開開心心的，而且運氣很好，就和其他民間故事裡的裁縫一樣。傑克・載波指出，小裁縫和格林童話的其他主角一樣，「大部分出身農夫、工匠或商人階級。在故事結尾，這些主角無論男女都會有幸運的收穫，例如贏得妻子或丈夫，或累積了財富與權力……。作者藉由這些中下階層角色勤奮、聰明、坦率和識時務等不可或缺的特質，爲他們獲得權力的過程提供合理化的理由。」（《格林兄弟》，第一一四至一一五頁）載波確實描述了小裁縫這個角色的重點，運氣也有重要影響。至於鞋匠，他自始至終都是個反派，算他倒楣。

38

Hans-my-Hedgehog

漢斯－我的刺蝟

從前有個農夫很富有，想要多少錢財或田地都能如願。不過，儘管他這麼有錢，生活還是有缺憾——他們夫妻沒有孩子。他在城裡或市集遇見其他農夫時，他們經常取笑他，問他和妻子爲何不能像他的牲口那樣頻繁生下後代，難道他們不知道怎麼生孩子嗎？有一天，他氣過了頭，回家後對著妻子說：「我一定要有個孩子，哪怕是個刺蝟也沒關係。」

沒多久，他的妻子果然生了個孩子。那孩子從下半身看起來是個男孩，但上半身卻是刺蝟。她看見兒子的模樣，簡直嚇壞了。

「看你做了什麼好事！」妻子大叫：「都是你的錯。」

「那有什麼辦法？」農夫說：「他找上我們了。他還是得像一般孩子一樣受洗，只是不知道能找誰當他的教父。」

妻子說：「還有，我想我們能幫他取的名字就是『漢斯－我的刺蝟』了。」

當他受洗時，牧師說：「不知道你們會幫他

準備什麼樣的床。他不能睡普通的床，因為會把床墊刺得到處都是洞。」

農夫和妻子覺得牧師說得有道理，在火爐後面鋪了一些麥稈，讓孩子睡在上面。這位母親試過了，但還是無法親自餵他喝奶，因為刺得她痛極了。這個小生物在火爐後面睡了八年，他的爸爸越來越受不了他，心想：「如果他死了就好了。」但「漢斯－我的刺蝟」沒有死，就只是在那裡躺著。

有一天，城裡有個市集，農夫想去走走，於是問妻子要不要帶些什麼回來給她。

「帶點肉排和六塊麵包吧。」她說。

他接著問家裡的女僕要什麼，她請他帶一雙拖鞋和幾雙美麗的長襪。最後，他對兒子說：「你要什麼？」

「漢斯－我的刺蝟」說：「爸爸，我想要風笛。」

農夫回家時，為妻子帶了肉排和麵包，給女僕一雙拖鞋和美麗的長襪，然後走到火爐後面，把風笛拿給「漢斯－我的刺蝟」。

這時「漢斯－我的刺蝟」說：「爸爸，到鐵匠那裡請他幫小公雞做幾雙鐵鞋。有了鐵鞋，我就會騎著公雞離開，永遠不再回來。」

農夫很高興終於能擺脫兒子，於是帶著公雞到鐵匠那裡，請他幫忙打造鐵鞋。等他帶著公雞回到家，「漢斯－我的刺蝟」跳上公雞背上，帶了幾隻他想在森林裡養的豬，就這麼離開了。

他們來到森林後，他要公雞飛到一棵高高的樹上。他在那裡坐了下來，一邊看著豬，一邊練習吹奏風笛。過了幾年，他的父親不知道他的下落，但他養的豬越來越多，吹奏風笛的技巧也越來越好。事實上，他吹奏的笛聲非常迷人。

有一天，一位國王騎馬來到附近，在森林裡迷了路。國王聽到優美的樂聲，非常驚訝，停下來仔細聆聽。他不知道音樂是從哪裡傳來的，所以派僕人去找出這位音樂家。

僕人在附近找了又找，最後回來告訴國王：「國王陛下，樹上有隻長相奇特的小動物，看起來很像一隻坐在公雞上的刺蝟。演奏風笛的就是這隻刺蝟。」

「那麼去向他問路吧！」國王說。

僕人走到樹下，抬頭對樹上大聲說話。「漢斯－我的刺蝟」停止吹奏風笛，爬下樹，對國王鞠躬說：「國王陛下，我能幫上什麼忙嗎？」

「我迷路了，你能告訴我如何回到我的王國嗎？」

「這是我的榮幸，國王陛下。如果您願意寫下承諾，答應把回到皇宮遇到的第一樣東西送給我，我會告訴您怎麼走。」

國王看了看他，心想：「這個承諾沒什麼困難，何況這個怪物應該不認識字，我愛寫什麼就寫什麼。」

於是他拿出筆和墨水，在紙上寫了一些字。「漢斯－我的刺蝟」按照約定為他們指引道路，國王很快就回到自己的王國。

國王有個女兒，她見到父親回來了，喜出望外，立刻迎上前去又摟又親。她是國王回到皇宮第一個遇到的人，國王想起「漢斯－我的刺蝟」，告訴女兒，他差點就得把她送給一隻騎公雞、吹風笛的奇怪動物。

「不過女兒妳別擔心，」他說：「我在字據上寫的是其他字，那個刺蝟怪物反正看不懂。」

「幸好，」公主說：「因爲我不才想跟他走呢。」

這時，「漢斯－我的刺蝟」還是在森林裡快活的養豬、吹風笛。森林非常大，不久之後，又來了另一個國王，他帶著僕人和信差，也在森林裡迷了路。他和第一個國王一樣，深受優美笛音吸引，於是要信差找出音樂是從哪裡傳來的。

信差抬頭看到「漢斯－我的刺蝟」在樹上吹奏風笛，問他在做什麼。

「我在看著我養的豬。你在找什麼嗎？」

信差對他說明情況，「漢斯－我的刺蝟」從樹上下來，告訴老國王，他願意幫忙指路，但國王必須用一個承諾來交換。這個條件和前一個國王一樣：老國王必須把回到皇宮後遇到的第一樣東西送給他。國王答應了，也在紙上寫下了承諾。

一切談妥後，「漢斯－我的刺蝟」騎上公雞，在前面帶路。等他們來到森林盡頭時，他向國王等人道別，又回去照看自己的豬。國王一行人平安回到家，舉國歡欣。這個國王同樣也只有一個女兒，她長得非常美麗，也是第一個跑出來迎接她親愛的父親的人。

她摟著父親，親吻他，問他爲什麼耽擱這麼久才回來。

「親愛的，我們在森林裡迷路了，」他說：「不過在森林深處，我們遇到一件奇怪極了的事：有個半身是刺蝟、半身是男孩的生物，坐在公雞身上吹風笛，而且他吹奏的音樂非常迷人。他還幫我們指路，但條件是……啊，親愛的，我答應他，我必須把回家後第一個遇到的東西送給他。噢，親愛的，我眞對不起妳。」

公主深愛父親，她說，絕不會讓父親失信於人，如果「漢斯－我的刺蝟」來找他們，她願意跟他走。

這時，「漢斯－我的刺蝟」回到森林，仍在照顧他的豬。這些豬生了更多小豬，這些小豬又生了更多豬，最後，森林裡到處都是「漢斯－我的刺蝟」養的豬。這時候，他不想繼續住在森林裡了。他發信通知父親，請父親把村子裡所有豬圈空出來，因爲他會帶著大批豬群回去，到時候，想要豬肉或培根的人都可以自由取用。

他的父親聽到這消息有點煩惱，他一直以爲「漢斯－我的刺蝟」早就死了，不在人間了。不久，他的兒子趕著豬群回到村子，出現在他面前，村子裡傳出此起彼落的殺豬聲，連兩英哩以外的地方都聽得見。

事情告一段落後，「漢斯－我的刺蝟」說：「爸爸，我的公雞需要新的鐵鞋。如果你帶牠去鐵匠那裡再訂做一雙，我會騎上公雞離開，這輩子不會再回來。」

農夫照辦了，而且鬆了一口氣，心想，至少這是最後一次看到「漢斯－我的刺蝟」了。

公雞的鐵鞋完成後，「漢斯－我的刺蝟」跳到公雞背上離開了。他騎著公雞不停的走，來到第一個國王的國家。那個國王違背了承諾，早已下令全國，只要看到有人騎著公雞、吹著風笛，立刻射殺他、刺殺他、炸死他、擊斃他或勒死他，任何方法都行，無論如何就是不能讓他進城。

當「漢斯－我的刺蝟」騎著公雞出現，一組衛兵奉命來到城外用刺刀收拾他。「漢斯－我的刺蝟」的動作很快，立刻駕著公雞躍過士兵頭頂，飛越皇宮圍牆，來到國王的窗旁。

他們停靠在窗台上，「漢斯－我的刺蝟」大聲說，他來拿國王許諾給他的東西，如果國王想敷衍他，他會讓國王和女兒付出他們的性命當作代價。

國王告訴女兒，她最好照「漢斯－我的刺蝟」的話去做。公主穿上白色洋裝，國王匆匆為他們備好一輛六匹駿馬拉的馬車，還有成堆的金銀財寶、幾個農場的地契，還讓二十幾個最好的僕役陪他們一起離開。

當馬匹上好馬鞍，僕役排隊等候，公主上了馬車，「漢斯－我的刺蝟」也在公主身旁坐下，並且讓公雞坐在膝蓋上，把風笛放在大腿上。他們和國王道別後就啓程了。國王以為自己再也看不到女兒了。

不過他錯了。一行人出城後，「漢斯－我的刺蝟」命令公主下車，要求僕人往後走，背過身子看其他地方。隨後他將公主的白色洋裝撕破，用身上的刺戳得她渾身是血。

「這就是你們想欺騙我的下場，」他說：「現在一切扯平了。回去吧，妳配不上我，我不要妳了。」

就這樣，公主帶著僕役、金銀財寶等所有東西乘著馬車回家，名聲掃地。這眞夠她受的了。

「漢斯－我的刺蝟」則帶著他的風笛，跳上公雞，來到第二個王國。這個國王和第一個完全不同。他早就命令全國子民，如果看到一個長得像刺蝟、騎著公雞的人來到王國，應該要上前招呼，列隊護送並揮旗歡迎他，讓他備感尊榮，再護送他到皇宮。

國王當然早就告訴過女兒「漢斯－我的刺蝟」的長相，但當她親眼見到他時，還是嚇了一大跳。不過，事情已經無法改變，既然父親承諾了對方，她也會遵守諾言。她誠心向「漢斯－我的刺蝟」表達歡迎之意，兩人隨即舉行了婚禮，在婚宴上一直併肩坐在一起。

到了晚上，就寢時間到了，他看得出來，新娘非常害怕他身上的刺。

「妳用不著害怕，」他說：「我絕不會傷害妳。」

他請老國王在壁爐裡升起大火，並且派四個人在房門外守候。「我一進房就會把身上的刺蝟皮脫掉，」「漢斯－我的刺蝟」向他解釋：「這四個人必須立刻緊緊抓住刺蝟皮，把它丟入火中燒掉，並且要守在一旁，直到它完全燒成灰燼為止。」

鐘聲敲了十一響時，他走進房間，脫下刺蝟皮，把它放在床邊。門外的四個人立即衝進房裡，緊抓著刺蝟皮，然後丟進火中。他們站在壁爐四周，等候刺蝟皮銷毀。當最後一根刺燒成灰燼時，漢斯得救了。

他躺在床上，恢復了人形。然而，他的全身又焦又乾，就像他也讓火燒過似的。國王立刻找來皇室的醫生，醫生為他清潔全身，抹上特殊的藥膏和香膏。沒多久，他看起來就像一般年輕人了，而且比大多數小伙子更加俊美。公主內心非常歡喜。

第二天早上，他們在寢宮裡愉快的起床。當他們享用早餐時，再次興高采烈慶祝兩人的新婚之喜。這時，「漢斯－我的刺蝟」也繼承了老國王的王位，成為這個王國的國王。

幾年過去後，他帶著妻子回去見他的父親。老農夫當然認不出他來。

「我是你的兒子。」「漢斯－我的刺蝟」說。

「噢，不，不可能，」老農夫急忙否認：「我確實有個兒子，但他生下來就像隻刺蝟，身上全是刺，而且很久以前他就離開去周遊世界了。」

漢斯告訴父親，他就是那個周遊世界的兒子。他還告訴老農夫很多關於自己的細節，農夫終於相信了他的話。這個老人喜極而泣，和兒子一起回到他的王國。

◆◆◆

童話類型——ATU 441，〈漢斯－我的刺蝟〉（Hans My Hedgehog）。

故事來源——多洛希雅・維曼的口述故事。

類似故事——卡爾維諾的〈克林王〉（King Grin，收錄於《義大利童話》）；喬凡尼・法藍切斯科・史特拉帕羅拉的〈豬王子〉（The Pig Prince，引自載波編輯的《童話故事傳統》）。

這個故事可以遠遠追溯到「丘比特和賽姬」（Cupid and Psyche）這則古老的神話，而義大利的兩個改編版本，故事說得平淡無奇。我採用的這個格林版本則具有許多吸引人的細節。它有維曼流暢明快的敘事特質（參見頁一七五〈謎語〉篇的筆記），還有，故事中那位不合常理但精采萬分的主角，不只英勇、具有耐心且性格迷人，更具有音樂天賦，可說是格林童話中最令人難忘的角色之一。

39

The Little Shroud

小壽衣

從前有個小男孩，他七歲大，又漂亮又可愛，每個人看到他都情不自禁喜歡上他，他的母親更是愛他勝過世上的一切。有一天，他不知爲什麼突然生病了，然後就死了。他的母親傷心欲絕，終日以淚洗面。

男孩下葬後不久，竟然每天夜裡出現在生前坐過和玩過的地方。母親哭，他就跟著哭，到了早上，他就消失。

儘管如此，母親還是不停的哭。一天晚上，男孩來找母親，身上穿著下葬時穿的白壽衣，頭上戴著當時放在棺木裡的小花圈。

他坐在母親床邊說：「親愛的媽媽，請別哭泣，否則我無法安心入睡！你的眼淚一直滴在我的壽衣上，它總是濕濕的。」母親一驚，不再哭泣。

第二天夜裡，男孩又來到母親床邊，手上拿著一支蠟燭，說：「您看，我的壽衣快乾了。我可以在墳裡安息了。」

他的母親把悲傷交給上帝，默默忍受喪子之痛。從此，這孩子安睡在地底小床，沒有再出現。

◆◆◆

童話類型——尚未歸類。
故事來源——來自巴伐利亞（Bavaria）地區的故事。口述者不詳。

請參閱下一篇的筆記。

40

The Stolen Pennies

偷藏的錢幣

從前，有個父親和妻兒圍坐在桌前吃午飯時，一位家族好友正好上門拜訪，因而也和他們一起坐下來用餐。當時鐘敲了十二響，訪客看到前門突然打開來，一個臉色慘白、穿著白衣的孩子走了進來。孩子沒有四處張望，也沒有開口說話，逕自走進隔壁的房間。不久，他走出房間，還是什麼都沒說，又從大門走了出去。

第二天，第三天，這孩子又回來了，同樣不發一語的出現，然後離開。客人忍不住，終於問那位父親，每天中午進出隔壁房間那個美麗的孩子究竟是誰。

「我沒看到什麼男孩，」父親說：「我不知道你說的是什麼人。」

隔天，那個孩子又來了，訪客指給父親看，但父親、妻子和其他孩子什麼都沒看到。客人站起身來，走到房門旁，打開一道縫隙往裡看，發現男孩坐在地上，用手指使勁的挖地板裂縫，一看見訪客就消失無蹤。

客人告訴這家人他看到的一切，還仔細描述

了孩子的模樣。母親一聽，立刻恍然大悟：「噢，那是我親愛的兒子，他四個星期前死了。」

於是他們撬開地板，找到了兩枚硬幣。那是母親給孩子的，原本希望他用來濟助窮人，但當時孩子心想：「我可以幫自己買一塊蛋糕。」於是把錢藏在地板下。

就因爲這樣，他在墳裡不得安寧，每天中午都來找那兩枚錢幣。他的父母把錢幣給了一個窮人，從此以後，那個孩子再也沒有出現過了。

◆◆◆

童話類型——ATU 769，〈孩子的墓〉（The Child's Grave）。

故事來源——葛雷琴．威樂德的口述故事。

這故事顯然和〈小壽衣〉（頁三八五）非常類似，所以我把兩篇的筆記放在一起。〈小壽衣〉在ATU的故事索引中尚未歸類；在這類故事當中，唯一列入ATU系統當作例子的只有這一篇，而且以〈孩子的墓〉來命名。

這兩則故事的敘述都相當直接，同時充滿對宗教的虔誠。它們是單純的鬼故事，但用意不是令人恐懼，而是點出單純的道德寓意。其中的信仰體系大約出自基督創立前的時期：亡者應獲得安息，生者應提供協助，讓亡者安息；過度悲傷是一種自我沉溺；有罪，就必須贖罪。只要生者採取行動，亡靈就能得到安息，不再流連人世。

這類故事的影響，是爲故事本身注入了傳統理想鬼故事的特質。收錄於著名的《哈利法克斯勳爵的鬼故事》（*Lord Halifax's Ghost Book*, 1934）的眾多故事，以及較近期的彼得．艾克洛德（Peter Ackroyd）的《英國鬼魂》（*The English Ghosts*, 2010）都是個中翹楚。這類鬼故事爲了營造眞實氣氛，必須在相關角色的名字和事件發生的地名下功夫。例如，關於故事的起源，巧妙的用第一個字母外加破折號來表示人名或地名，讓製造的想像更加完整：「姓氏A開頭的D鎮官員極受人尊崇。當他至H國旅行時，聽到了這樣的故事……」

41

The Donkey Cabbage

驢子高麗菜

從前有個年輕獵人到森林去打獵。他心情愉悅，興致高昂，一邊走，一邊用樹葉吹出哨音。

途中，他遇見一個窮困的老太太。老太太說：「早安，年輕善良的獵人。看得出來你心情很好，不過我又渴又餓，你可以施捨我一點零錢嗎？」

獵人聽了於心不忍，掏了掏口袋，把僅有的幾枚硬幣給了老太太。當他準備離開時，老太太抓住他的手臂。

「聽著，好心的獵人，」她說：「你這麼善良，我想送你一個禮物。你繼續往前走，不久就會看到一棵大樹，樹上有九隻鳥，牠們的爪子抓著一件披風，彼此爭奪不休。你用獵槍朝牠們中間開一槍，牠們會立刻放開披風，讓它落下，其中一隻鳥也會跌落在你的腳旁死去。撿起披風帶在身邊，因爲那是一件可以許願的披風。把它披在肩上，你想去哪裡，轉眼之間就會去到那個地方。還有，記得取出那隻死去的鳥的心臟，一口吞下肚裡。只要這麼做，每天早上你都會在枕頭下發

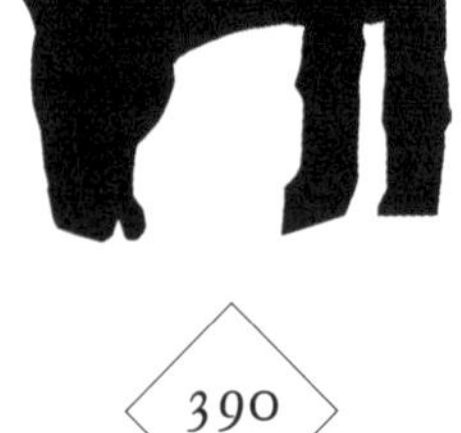

現一枚金幣。」

獵人謝謝這個會預言未來的老太太，心裡想：「她給的這些禮物當然都很好，希望她說的都是眞的。」

他往前走了大約一百碼，聽到頭頂的樹枝傳來嘎嘎叫聲，還有翅膀鼓動的聲音。他抬頭一看，發現一群鳥兒用尖嘴和利爪在搶奪一件披風，每一隻鳥都想將它占爲己有。

獵人說：「嗯，怪事，還眞的像老太太說的那樣。」

他拿起槍，瞄準鳥群中央開了一槍。牠們發出尖銳叫聲，幾乎全都飛走了，只有一隻掉在地下死了，披風也落了下來。獵人依老太太的交代，用刀剖開鳥腹，取出鳥的心臟吞下肚裡，然後把披風帶回家。

第二天早上他醒來時，第一件想到的事就是老太太的預言。他摸了摸枕頭底下，果然有一個閃閃發亮的金幣。隔天，他又發現了另一枚；再隔天，以及接下來的每一天，他起床時同樣都有一枚金幣。沒多久，他累積了一堆金幣，心想：「收集這麼多金子，只是留在家裡有什麼用？我要出去看看這個世界。」

於是他告別了父母，背著獵槍和行囊出發了。他走了好幾天，在走出一大片濃密的森林時，看見前方開闊的鄉間矗立著一座美麗的城堡，後方樹木成蔭。他走近一看，看見兩個人站在其中一扇窗旁，往下看著他。

那兩人當中，年紀大的是巫婆，年輕的女孩是她的女兒。巫婆告訴女兒：「剛走出森林的那個年輕人身上帶著不得了的寶貝。親愛的女兒，我們必須得到它，因爲我們比他更能好好利用那個寶物。還有，他吞下一隻特別的鳥的心臟，所以每天早上都能從自己的枕頭下發現一枚金幣。」接著，她把獵人和那個指點他的老太太的故事告訴了女兒，最後還說：「親愛的，如果妳不按照我說的去做，妳會後悔的。」

獵人逐漸走近城堡，把這兩個人看得更清楚了，心想：「我流浪好一陣子了，身上也有不少錢，不如在這座漂亮的城堡歇腳一兩天，好好休息休息。」

當然，眞正的原因是那個女孩實在太美麗了。

他走進城堡，她們歡迎他並慷慨招待他。他很快就深深愛上巫婆的女兒，除了她，心裡容不下其他事。他的眼中只有她；她要他做什麼，他都會照做。他爲她神魂顚倒。

巫婆看見這個情景，告訴女兒：「該採取行動了。我們必須取得那顆鳥的心臟。他甚至不會發現自己失去了它。」

她準備了一劑魔藥，倒入杯子裡，讓女孩送去給年輕人。

「親愛的，」她對他說：「你能爲了我的健康喝下這杯飲料嗎？」

他很快喝下飲料，一喝完就感到噁心，然後吐出了那顆鳥的心臟。女孩扶他躺下，輕聲細語的安慰他，然後回去拿起鳥心，用清水洗淨後呑進肚子裡。

從那天開始，獵人再也沒有在枕頭下發現金幣，他也不知道金幣出現在女孩的枕頭下，還有，巫婆每天早上都會去拿金幣，然後藏起來。他深深爲女孩著迷，成天只想和女孩在一起。

巫婆說：「我們得到了鳥心，但這樣還不夠，我們必須拿到那件神奇披風。」

「那件披風可以留給他嗎？」女兒說：「那可憐的男人已經失去他的財富了。」

「別這麼心軟！」巫婆說：「我可以告訴你，這樣的披風價值連城，是難得的珍寶。我一定要得到它，而且我也會擁有它。」

她告訴女兒該怎麼做，還告訴她，如果她不照做，一定會後悔莫及。女孩不得不照著巫婆的話去做。她站在窗邊眺望遠方，一副憂傷的模樣。

獵人見了說：「爲什麼妳一臉憂傷的站在這裡？」

「噢，我的寶貝，」女孩說：「遠方那是寶石山，山上長滿無數最珍貴的寶石。一想到它，我就好渴望能得到那些寶石，偏偏得不到，忍不住難過了起來……但是又有誰能去那裡拿到那些寶石呢？恐怕只有會飛的鳥兒才有辦法吧，人類是不可能辦到的。」

「如果這是妳唯一的煩惱，」獵人說：「交給我，我很快就會讓妳開心起來。」

他拿出披風，圍在自己和女孩肩上，讓它包圍他們兩人，接著許下願望，希望能到寶石山。一轉眼，他們已經坐在寶石山山頂，四周都是閃閃發光的美麗寶石。他們從來沒看過這麼迷人的東西。

不過，這時巫婆施了法術，讓獵人昏昏欲睡。獵人對女孩說：「我們坐下來歇一會兒吧。我好累，腳都站不直了。」

他們坐了下來，他把頭枕在她的腿上，不久就閉上了眼睛。女孩等他一睡著就解下獵人肩上的披風，圍在自己身上，還拿了許多紅色寶石和其他珍寶，許下心願，讓披風帶她回家。

獵人醒來後，發現荒涼的山上只剩下他一人，披風也不見了，於是明白自己最愛的人背叛了他。

「噢，」他歎了一口氣，說：「原來世界上有這麼多背信忘義的人！」

他坐在那裡，痛苦不已，沒辦法行動，也不知該有什麼行動。

這座山的主人是一群凶猛的巨人，他們非常殘暴。獵人坐沒多久就聽見巨人的腳步聲朝他走來。他立刻躺下來，假裝熟睡。

第一個巨人用腳趾戳了戳獵人，說：「這條蚯蚓在這裡做什麼？」

「踩扁他！」第二個巨人說：「讓我來。」

不過第三個巨人說：「不用麻煩了。這裡什麼都沒有，他活不了太久。況且，就算他爬到山頂，天上的雲也會把他捲走。」

於是他們不管他，一邊聊天一邊走遠。獵人聽見他們的對話，等他們的身影一消失就站起身子，爬到山頂。山頂雲霧繚繞。

他坐在寶石山的頂端，許多雲飄過來撞到他，最後終於有一朵捲住他，帶他離開。那朵雲在空中飄浮了好一段時間，獵人感覺非常舒服。他從雲朵邊緣往外看，看見許多有趣的景物。最後雲朵開始朝地面降下，不久，他落在某人的菜園裡，菜園四周圍著高牆。

那朵雲再次往上飄，留下獵人在高麗菜田和洋蔥田之間。

「可惜這裡沒種水果，」他對自己說：「我好餓，如果有顆蘋果或梨子就好了。不過我可以吃高麗菜，雖然不怎麼好吃，但能讓我恢復精神。」

菜園裡種了兩種高麗菜，一種是尖頭的，一種是圓頭的。獵人先拔了幾片尖頭高麗菜的葉子，大口嚼了起來。高麗菜嚐起來很美味，但他才吃幾口就感到不對勁，感覺奇怪極了：他全身皮膚發癢，長出長長的毛髮；他的背脊往前彎，手臂變長且生出毛髮，前面更長出了蹄子；他的脖子變得又粗又長，臉也拉長了，頭的兩側豎起一對長耳朵。他還搞不清楚發生什麼事，轉眼已變成一隻驢子。

鮮美多汁的高麗菜，現在當然更對驢子的胃口，他吃起來更津津有味了。接著，他又去吃圓頭高麗菜，但只嚼了幾口就發現身體又有了變化，只是這回反了過來。他還沒意識到發生什麼事，已經再度變回人形。

「嗯，」他說：「眞想不到！這下子我可以拿回屬於自己的東西了。」

他拔了一把尖頭高麗菜和一把圓頭高麗菜，放在行囊裡收好，翻過圍牆就出發了。他很快就認出自己所在位置，接著朝巫婆住的城堡前進。走了幾天，他看見了城堡。爲了不讓人認出來，他把臉抹成咖啡色，即使是他媽媽也認不出是他。

他敲了敲門，來應門的是巫婆。

「請問我能在這裡借住一晚嗎？」年輕人問：「我累壞了，走不動了。」

「親愛的，你是誰？」巫婆說：「怎麼會到這裡來？」

「我是皇室的信差，國王派我去尋找世界上最美味的高麗菜。我運氣很好，還眞的找到了，而且它眞的很好吃。可惜天氣太熱，鮮嫩的菜葉開始枯萎，我不知道是不是來得及帶回去。」

巫婆聽到美味的高麗菜，很想吃吃看。

「可以讓我和女兒嚐一點嗎？」巫婆說。

「我採了兩把，你們這麼仁慈，讓我在這裡過夜，當然要讓你們嚐嚐。」

他打開行囊，將會變成驢子的高麗菜拿給她。她迫不急待接過，急忙走進廚房，一邊嘛著口水。她燒了一鍋開水，將高麗菜仔細切片，燙幾分鐘後，灑些鹽，拌上奶油。那味道好香，巫婆實在難以抗拒，還沒端上桌就吃了一小口，接著又吃了一口。當然，她一吞下高麗菜，身體就開始起變化，幾秒鐘之內就變成一頭老驢子，跑到院子跺蹄子去了。

接著廚房的女僕進來了，她聞到奶油高麗菜的味道，忍不住也吃了幾口。這個愛偷吃的壞習慣，當然也讓她的身體起了變化，新長出來的蹄子無法再拿著手中原來拿的碗，碗摔落在地上，她也變成一頭驢子，跑到外頭去了。

這時，巫婆的女兒坐著和信差聊天。

「她們怎麼去這麼久？」她說：「聞起來還眞香。」

獵人心想，神奇高麗菜應該起作用了。

「我去看看，」獵人說：「順便把菜端出來。」

他一走進廚房，看到兩隻驢子在屋外的庭院奔跑，心想：「很好！一切依計畫進行，他們罪有應得。」

他把掉在地上的高麗菜舀起來，放入碗裡，送到女孩面前。女孩立刻吃了一些，也變成驢子，跑到外頭去了。

獵人把臉洗乾淨，讓他們能夠認出他來。他拿著一條長長的繩子，走到屋外的庭院。

「對，」他說：「是我。妳們背信忘義，現在得到報應了。」

他用繩子把三匹驢子拴在一起，把牠們趕出城堡，拉到一座磨坊前。他上前敲了敲門。

「你要做什麼？」磨坊主人問。

「我有三隻又醜、脾氣又壞的牲口，牠們對我沒什麼用處了，我想處理掉。如果你願意收下牠們，並且按照我說的做，只要你開個價錢，我會照付。」

對磨坊主人來說，這是難得的優渥報酬，立刻就答應了。

「那麼，你要我怎麼對待他們？」他問。

「那隻老驢子，每天鞭打三次，餵一次。」（那是老巫婆。）「稍微年輕一點的那頭，每天打一次，餵三次。」（那是女僕。）「最年輕的那隻，她沒那麼壞。每天餵三次，但別打她。」他不忍心讓人鞭打女孩。

接著他回到城堡裡休息。過沒幾天，磨坊主人來找他。

「那隻老驢子原本狀況就不好，已經死了。另外兩隻還活著，但非常消沉，我不知道怎麼辦才好。」

「噢，好吧，」獵人說：「我想他們受的懲罰也夠了。」

他請磨坊主人把另外兩隻驢子趕回城堡，接著，他在地上鋪了一些圓頭高麗菜，讓她們吃下後變回人形。

巫婆美麗的女兒跪在他面前說：「噢，我的最愛，原諒我對你做的一切可怕的事！是我的母親逼我這麼做的，但我從來沒想過背叛你，因爲我是眞心愛你。許願披風掛在大廳的衣櫥裡，至於鳥的心臟，我會喝下特殊飲料，把它還給你。」

「妳不需要這麼做，」他發現自己重新愛上眼前的女孩：「留著吧，你的或我的都一樣，因爲我要妳做我的妻子。」

他們隨即舉行了婚禮，幸福的生活在一起，直到離開人世爲止。

◆◆◆

童話類型——ATU 567，〈神奇的鳥心〉(The Magic Bird-Heart)，以及ATU 566，〈三樣寶物和神奇的水果〉(The Three Magic Objects and the Wonderful Fruits)。

故事來源——來自波西米亞的故事，對格林兄弟口述者資料不詳。

類似故事——阿法納西耶夫的〈獸角〉(Horns，收錄於《俄羅斯童話》)；布麗格的〈佛圖那特斯王〉(Fortunatus，收錄於《大英民間故事》)；卡爾維諾的〈會下金蛋的螃蟹〉(The Crab with the Golden Eggs，收錄於《義大利童話》)。

這則故事由兩個不同類型的故事串成，這是格林童話常見的手法。獵人取得鳥心和許願披風，理論上就可以展開各種冒險。至於高麗菜（有人譯作「萵苣」）的故事，內容是吃下高麗菜的人會變成驢子，原本在邏輯上與第一部分沒有關連，但在這則故事裡銜接得非常好。

在阿法納西耶夫的俄國版故事裡，吃下食物（兩種蘋果）的人，頭上會長出獸角，或獸角消失，敘述比變成驢子簡單，不過解說起來並不容易。

這則故事裡，我特別喜歡年輕獵人樂天良善的本質。故事當中沒有太多他言行舉止的細節，但他的性格卻相當鮮明，這一點眞了不起。

42

One Eye, Two Eyes and Three Eyes

一隻眼，兩隻眼和三隻眼

從前有一個女人，她有三個女兒。她把大女兒叫作「一隻眼」，因爲她只有一隻眼睛，長在額頭正中央。二女兒叫「兩隻眼」，因爲她和一般人一樣，有兩隻眼睛。最小的女兒叫「三隻眼」，因爲她有三隻眼睛，第三隻眼和大姊一樣，長在額頭中央。

由於「兩隻眼」看起來和其他人沒什麼不同，她的母親和姊妹老是挑她毛病。

「妳這個雙眼怪物，」她們說：「以爲自己很了不起嗎？傻女孩，妳一點都不特別，和我們是不同類的。」

她們讓「兩隻眼」穿最破爛的衣服，讓她吃掉在桌上的剩菜殘渣，一有機會就折磨她。

有一天，「兩隻眼」必須出門去放羊。這天她和平常一樣，早餐沒有東西吃，只舔了舔她們煮燕麥粥的髒鍋子，更糟的是那鍋子還燒焦了。她肚子實在很餓，就坐在長滿青草的山坡上哭了起來。不久，一位面容慈祥的女巫師站在她身旁，讓她嚇了一跳。

「『兩隻眼』，妳爲什麼哭？」她問。

「因爲我和其他人還有妳一樣，長了兩隻眼睛。」「兩隻眼」回答：「媽媽和姊姊妹妹都討厭我。她們排擠我，只讓我穿破舊的衣服，讓我吃她們掉在桌上的殘渣。像今天，我就只能舔燕麥粥的鍋子，而且鍋子還燒焦了。」

「『兩隻眼』，現在妳可以擦乾眼淚了，」女巫師說：「我要告訴妳一個祕密，這樣妳就不會再挨餓了。只要妳對著羊說：

小羊兒，咩咩叫，
桌上擺滿好菜餚。

妳的面前就會出現放著各式美食的漂亮桌子，妳可以盡情的吃。等妳吃飽了，就對著羊說：

小羊兒，咩咩叫，
桌上碗盤收拾好。

桌子就會不見。」

女巫師說完話就消失了。「兩隻眼」心想，最好在忘掉咒語前試試女巫師說的是不是眞的，況且她實在太餓了。

於是「兩隻眼」說：

小羊兒，咩咩叫，
桌上擺滿好菜餚。

話剛說完，她面前就出現一張桌子，上面鋪著雪白桌巾，桌巾上有個盤子，搭配著銀色的刀叉和湯匙，一旁還有雪白的亞麻餐巾，當然，還有一把椅子讓她能坐下來。不過最讓人眼睛一亮的是食物！桌上有各式冷盤和熱食，有燉菜和烤肉，還有各式蔬菜，以及一個大蘋果派，全都剛做好，還熱騰騰的。

「兩隻眼」迫不及待想開動，於是做了最簡短的餐前禱告：「親愛的上帝，請您隨時光臨。阿門。」然後就坐下來痛快的吃了起來。食物美味極了，每一道菜她都嚐了一點。吃飽後，她依照女巫師教她的，對著羊兒說：

小羊兒，咩咩叫，
桌上碗盤收拾好。

轉眼間，桌子就消失了。

「兩隻眼」心想：「哇，這樣整理家務的方式，我喜歡。」這麼多年來，她從來沒有這麼快樂過。

那天傍晚，她趕羊回家後，發現姊妹留給她一個陶鍋，鍋裡只剩下一點點快見底的油膩冷燉肉。她碰都沒碰。隔天早上，姊妹留給她的麵包屑，她也沒吃。起初姊妹兩人什麼都沒發現，因爲她們總是不太注意她。不過第二天、第三天都是一樣情形，她們開始覺得不太對勁。

「『兩隻眼』怎麼了？她什麼都沒吃。」

「我猜她有事瞞著我們。」

「也許有人偷偷帶食物給她。這貪心的母牛。」

「貪吃鬼！」

她們認爲最好趕快找出眞相，因此，隔天「兩隻眼」準備趕羊去吃草時，「一隻眼」說：「我想和妳一起去，我覺得妳照顧羊的方式不太對。」

不過「兩隻眼」看出「一隻眼」在打什麼主意。她把羊兒趕到平常去的草地，讓牠盡情吃草，然後說：「坐下吧，『一隻眼』，我唱首歌給妳聽。」

「一隻眼」累壞了，因爲這天她走的路比平常幾個星期多，溫暖的陽光又曬得她昏昏欲睡。於是她在樹蔭下躺下來，「兩隻眼」開始唱歌：

一隻眼，妳醒著嗎？

一隻眼，妳睡了嗎？

「一隻眼」那唯一的眼皮越來越沉，終於閉上眼睡著了，還開始打呼。「兩隻眼」發現姊姊睡熟了，開口說：

小羊兒，咩咩叫，
桌上擺滿好菜餚。

那張神奇的桌子瞬間又出現了，桌上擺著韭蔥濃湯、烤雞，還有草莓佐奶油。「兩隻眼」大快朵頤，吃飽後又說：

小羊兒，咩咩叫，
桌上碗盤收拾好。

她一說完，桌子就不見了。

接著，「兩隻眼」搖醒「一隻眼」：「妳不是說要幫我放羊，結果卻睡了一整天！幸好我在，不然羊兒早就四處跑，說不定還掉到水裡去了。走，回家吧。」

她們回到家，「兩隻眼」還是沒碰那些留給她的剩菜——今天是焦黑的派皮碎屑。「三隻眼」和她們的母親迫不及待想聽「一隻眼」說明在草地上發生了什麼事，但「一隻眼」只說：「我不知道。天氣太熱，我睡著了。」

「沒用的傢伙！」母親說，接著她轉身看著「三隻眼」：「『三隻眼』，明天換妳去。那裡一定有什麼不對勁。」

第二天一早，「三隻眼」對「兩隻眼」說：「今天我跟妳去吧，我會睜大眼睛，看看妳在玩什麼把戲。」

兩人帶著小羊一起出發。「兩隻眼」立刻就明白「三隻眼」和「一隻眼」一樣打著什麼主意，等她們一到牧草地，「三隻眼」累癱在樹籬旁，「兩隻眼」就開始唱：

三隻眼，妳醒著嗎？

接下來，原本她應該要唱：

三隻眼，妳睡了嗎？

但卻唱成了：

兩隻眼，妳睡了嗎？

就這樣，她反覆唱著：

三隻眼，妳醒著嗎？
兩隻眼，妳睡了嗎？

「三隻眼」其中的兩隻眼皮越來越沉，漸漸闔上了，但在額頭上的第三隻眼還沒閉上，因爲「兩隻眼」的歌沒叫它睡覺。「三隻眼」讓第三隻眼的眼皮慢慢瞇成一條線，但那是裝的，她還是看得一清二楚。

「兩隻眼」以爲「三隻眼」睡著了，接著唱：

小羊兒，咩咩叫，
桌上擺滿好菜餚。

那張桌子又應聲出現。這次，桌上擺著甜菜湯、一個很大的肉派，還有一塊可口的蛋糕。「兩隻眼」開心的吃吃喝喝，吃飽後又唱：

小羊兒，咩咩叫，
桌上碗盤收拾好。

桌子又消失了。

「三隻眼」把一切看在眼裡，但是當「兩隻眼」過來搖醒她時，她趕緊把第三隻眼閉上。「醒醒吧，『三隻眼』！」「兩隻眼」說：「妳睡了一整天。還好有我在這裡看著羊。走吧，回家去。」

當她們回到家，「兩隻眼」還是拒絕了她們留給她的食物——一鍋煮過高麗菜的清湯。

母親把「三隻眼」拉到一旁，問她：「發生了什麼事？妳看到了嗎？」

「有，看到了。她想把我哄睡，但是我的第三隻眼醒著。她唱了一首歌給小羊聽，歌詞是這樣的：

小羊兒，咩咩叫，
桌上擺滿好菜餚。

然後她面前就憑空出現一張桌子，桌上擺著好吃的食物，她想吃什麼就吃什麼。吃完後她就唱：

小羊兒，咩咩叫，
桌上碗盤收拾好。

桌子就消失了。我說的是眞的，千眞萬確！我親眼看到的。她唱歌讓我的兩隻眼睛睡著了，但額頭上那隻還醒著。」

母親聽了「三隻眼」的話後勃然大怒，大聲咆哮：「『兩隻眼』！馬上給我過來！妳憑什麼認爲自己比我們優越？竟然還對羊兒施展妖術！好大的膽子！妳看著，我要讓妳後悔萬分！」

她從廚房裡拿出家裡最大一把刀，猛然刺進羊的心窩，羊倒在地上死了。

「兩隻眼」轉身往外跑，一路跑到放羊的草地，不斷流淚。她哭了又哭，爲無辜可憐的小羊哭，也爲自己而哭。

後來她才發現，那位女巫師又站在她的身旁。

「『兩隻眼』，妳爲什麼哭？」她問。

「我一點辦法都沒有，我的母親拿刀刺進可憐小羊的心窩，殺了牠。」兩隻眼說：「現在牠死了，我沒辦法請牠再爲我變出一桌食物了。」

「你不如聽聽我的建議吧。」那個女巫師說：「請求妳的姊妹把那隻羊的內臟給妳，妳把它們埋在家門前的花園裡。這麼做會爲妳帶來好運。」

她說完話就消失了。「兩隻眼」慢慢走回家，對姊妹說：「我想留一點東西紀念死去的小羊，妳們能把牠的內臟給我嗎？」

「好吧，如果妳要的只是這個的話。」「一隻眼」回答。「三隻眼」接著說：「給她吧，這樣也許她就不會再哭哭啼啼了。」

「兩隻眼」把小羊的內臟放進水盆裡，拿到門口的花園，把它們埋在一塊草皮下。

第二天，那塊草皮竟然長出一棵美麗的樹。它的葉子是純銀的，樹枝之間還生出數十顆像蘋果一樣大的黃金果實。不會有人見過比它更漂亮的樹了，當然，也沒人知道這棵樹是怎麼在一夜之間長出來的。只有「兩隻眼」知道，因爲樹長出來的地方，就是她埋葬山羊內臟的地方。

母親一看到這棵樹，說：「就是妳了，『一隻眼』，爬到樹上去，摘幾顆黃金果實下來。」

「一隻眼」往上爬，氣喘吁吁的，累得不得了，可是只要她伸手想抓金蘋果，樹枝就會變長，讓她搆不到蘋果。她試了這個，又試了那個，怎麼試，就是摘不到。

母親說：「沒用的傢伙！她根本看不清楚！換妳，『三隻眼』，妳上去。妳應該比妳姊看得更清楚。」

「一隻眼」從樹上下來，換「三隻眼」爬上去。她的視力雖然比較好，但摘果子的技術一樣不行。每次她伸手快碰到金蘋果時，樹枝一樣會變長，讓她怎麼也搆不到。最後，她不得不放棄。

「可以讓我試試嗎？」「兩隻眼」說。

「妳？妳這個怪物？」

「對啊，怪物，妳以爲自己比我們行？」

「兩隻眼」爬上樹，奇怪的是，金蘋果不但沒有躲開，還自動落進她的手裡。她越摘越多，圍裙滿滿都是金蘋果。等她爬下來，母親立刻把它們全部拿走。雖然她是唯一能摘到果子的人，但她們並沒有因此對她好一點，相反的，「一隻眼」和「三隻眼」越來越嫉妒她、輕蔑她，對她比以前更糟。

有一天，她們三人都在花園裡，一個年輕的騎士正好騎馬經過。

姊姊和妹妹一看騎士接近，立刻說：「『兩隻眼』，快躲到木桶底下去！他如果看到妳，會覺得我們全都醜極了。」

她們把「兩隻眼」推進樹下裝著金蘋果的木桶裡，然後站在樹旁，努力整理儀容，還帶著傻笑。騎士慢慢來到她們面前，她們看見他長得非常英俊，身上的盔甲也非常精緻。

「女士們，早安，」他下了馬，對她們說：「妳們這棵樹眞是美極了！竟然是金色和銀色的！是不是能折一段樹枝給我？妳們可以用樹枝和我交換任何東西。」

「噢，沒問題，這棵樹是我們的。」「一隻眼」說。

「這棵樹確確實實屬於我們，」「三隻眼」說：「我來折一根樹枝給你。」

可是就像摘果子一樣，「一隻眼」怎麼都碰不到。無論她們兩人用多快的速度朝樹枝伸出手，就是搆不到。

「眞奇怪，」騎士說：「妳們說樹是妳們的，可是它就是不讓妳們摘任何東西。」

「樹是我們的沒錯。」「一隻眼」說。

「它只是比較害羞，」「三隻眼」說：「可能因爲你看著它。」

「讓我再試一次。」「一隻眼」說。

他們說話時，「兩隻眼」稍稍抬高木桶，將幾顆金蘋果滾到騎士腳旁。騎士一看到金色果實，驚訝的退了幾步。

「請問，這果子是從哪裡來的？」

「喔，我們還有一個姊妹，但是她……」

「她長得有點怪，因爲她有兩隻眼睛，而且……」

「我們把她藏起來，以免讓家族蒙羞。」

「我想見她，」騎士說：「『兩隻眼』，不管妳在哪裡，出來吧！」

「兩隻眼」爬出木桶，站起身子。騎士看見她，大爲驚豔。

他說：「妳能從樹上折一根樹枝給我嗎？」

「是的，沒問題，」「兩隻眼」回答：「因爲這棵樹是我的。」

她輕鬆的爬到樹上，折斷一根有銀色樹葉和金色果實的樹枝，交給騎士。

「『兩隻眼』，妳想要什麼回報？」騎士問。

「噢，」「兩隻眼」說：「每天，從清晨到深夜，我總是又餓又渴，既悲傷又痛苦。如果你願意帶我離開這裡，我會萬分感激你。」

騎士將她抱上馬，帶她回到父親的城堡。他讓她換上美麗的衣服，讓她盡情吃喝，因爲騎士深深愛上了她，決定娶她爲妻。他們舉辦了婚禮，整個王國籠罩在喜慶的氣氛中。

英俊騎士帶走「兩隻眼」，她的兩位姊妹非常嫉妒。不過，她們想，至少我們還有那棵樹，雖然摘不了果子，人們還是會停下來讚歎它的美。說不定它會爲我們帶來意想不到的好運。

第二天早上，她們發現那棵樹消失了，兩人都嚇呆了，原本懷抱的希望也破滅了。這個時候，「兩隻眼」正好往寢宮窗外看，沒想到那棵樹也歡喜的矗立在城堡的庭院裡，讓她又驚又喜。原來，它趁著半夜將自己連根拔起，悄悄跟著她來到城堡了。

「兩隻眼」過著愉快的生活。多年後的某一天，兩個窮婦人來敲城堡的門，乞求施捨食物，因爲她們飽受貧窮之苦，不得不挨家挨戶討麵包吃。「兩隻眼」把她們迎進屋裡，親切的款待她們，兩姊妹深深懊悔過去曾經虐待她。奇怪的是，即使過了這麼多年，「兩隻眼」還是一下就認出「一隻眼」和「三隻眼」。

童話類型——ATU 511，〈一隻眼，兩隻眼，三隻眼〉(One Eye, Two Eyes, Three Eyes)

故事來源——席歐多・派謝克（Theodor Peschek）寫的故事，刊載於一八一六年出版的《歷史、藝術和中古世紀之友週報》第二卷（*Wöchentliche Nachrichten für Freunde der Geschichte, Kunst und Gelahrtheit des Mittelalters, vol. 2*）

類似故事——阿法納西耶夫的〈小紅乳牛布蘭努敘卡〉(Burenushka, the Little Cow，收錄於《俄羅斯童話》)；格林兄弟的〈灰姑娘〉(收錄於《格林童話》)

這是另一個〈灰姑娘〉(參見頁一六〇)，當然，其中增添了荒誕可笑的內容。女巫師、山羊、內臟和樹的出現，更證實了前面的說法：這幾個角色呈現了重要但在故事中缺席的好母親角色的多重面向；這些替代好母親的角色，在不同版本的「灰姑娘」故事中，會以各種樣貌和型態出現。

在阿法納西耶夫的俄國版故事裡，「兩隻眼」讓姊妹把頭放在她的腿上，以便幫她們除蝨。這個關於衛生的小細節也曾出現在〈魔鬼頭上的三根頭髮〉(頁二〇二)。

43

The Shoes that were Danced to Pieces

跳舞磨破的鞋

從前有一個國王，他有十二個女兒，而且女兒一個比一個更美麗。她們睡在同一個房間，床鋪排成一列，每天晚上就寢後，國王會爲她們關上門，並把門鎖上。儘管這樣，每天早上他來開門時，總會發現她們的鞋子都因爲跳舞而磨破了，而且沒有人知道發生了什麼事。公主們對這件事則什麼都沒說。

於是國王下令，如果有人能找出他的女兒晚上去哪裡跳舞，就可以挑選其中一位公主爲妻，並且能繼承王位。不過，如果三天內沒有找到眞相，就會賠上自己的性命。

不久，某國王子來到這裡，自願挑戰這項任務。他受到盛情款待，然後被帶到緊鄰公主寢室的房間，方便他觀察公主夜裡究竟去哪裡跳舞。他房間裡的床已經鋪好，而且爲了方便他執行任務，通往公主房間的門也沒有上鎖。

可惜，隨著夜越來越深，王子的眼皮也越來越沉，然後他竟睡著了。第二天早上當他醒來時，公主的鞋子已因爲跳舞而磨破了。第二天和第三天晚上，王子同樣睡著了，他的人頭也因此落了地。之後也有許多人賭上生命，前來挑戰這個危險的任務，但全都和王子一樣失敗了。

後來，有一名可憐的士兵因爲受傷不能再上戰場，正巧朝國王居住的城堡走來。途中，他遇到一位向他乞討的老婆婆，他心生同情，於是坐了下來，把身上僅剩的麵包和乳酪和老婆婆一起分享。

「親愛的年輕人，你要去哪裡？」老婆婆問。

「老實說，我也不確定。」士兵回答。接著他又說：「不過，我很想找出那幾位公主到底去哪裡跳舞把鞋子磨破了。如果找到答案，我就可以娶其中一位公主，還能當上國王。」

「這不太困難，」老婆婆說：「她們會在睡前端一杯酒給你，無論如何，千萬別喝下去。」接著，她從行囊裡拿出一件斗篷，告訴他：「只要穿上這件斗篷就能變成隱形人，你就可以跟蹤公主，知道她們去了哪裡。」

士兵謝過老婆婆，繼續上路。他心想：「看來我得認眞一點了。」

他來到皇宮，和其他人一樣受到熱情招待。他們帶他到同一個房間，讓他換上華麗的新衣服。臨睡前，最年長的公主爲他端來一杯酒。

他早就計畫好了，事先在下巴下方綁了一塊海綿，喝酒時讓酒流進海綿，自己一滴都沒沾。然後他躺下來，閉上眼睛，故意發出鼾聲，讓她們以爲他眞的睡著了。

十二位公主聽到鼾聲，大笑說：「又一個來送死的。」

她們下了床，打開衣櫥和櫃子，拉開抽屜，拿出禮服，試試這件，套套那件，梳理頭髮，盡可能把自己打扮得美麗動人，並且因爲要去跳舞而興奮不已，不停蹦蹦跳跳。只有年紀最小的公主有點不安。「妳們現在又跳又笑，」她說：「但我卻有不祥的預感。」

「妳這個傻丫頭，什麼都怕。」最年長的大公主說：「你忘了嗎？有多少王子為了知道我們跳舞的祕密而送命？這個士兵，我敢打賭，就算我沒給他那杯催眠酒，他應該也睡得不省人事了。」

當她們梳妝完畢，大公主又去看了看士兵，發現他看起來已經熟睡，她們心想，現在沒問題了。大公主走到自己床邊，敲了敲床鋪，床應聲沉入地下，她們一個接一個爬進地洞裡。士兵暗中看著這一切，等她們全都進入地洞，他套上斗篷，趕緊跟在她們身後。他擔心沒跟上，走得太靠近，不小心踩到小公主的裙角。小公主發現後大叫：「是誰？誰在拉我的裙子？」

大公主回頭說：「噢，別傻了，只是勾到釘子之類的東西吧。」

她們沿著樓梯一直往下走，最後來到一條林蔭大道，兩旁的樹閃閃發亮，就像月光似的，原來，樹上的樹葉全都是純銀做成的。士兵心想：「我最好帶些東西回去當作證明。」於是隨手折斷一根樹枝。

沒想到那發出很大的聲響，小公主嚇壞了。

「妳們沒聽到那聲音嗎？事情不太對勁……」

「妳這個膽小鬼，」大公主回答：「那是他們歡迎我們的禮炮聲。」

銀色大道漸漸變成了金色大道，兩旁樹木的葉子全是金色的，最後來到的大道，樹葉全是鑽石做的。士兵每一種都折下了一段樹枝，每次都發出很大的斷裂聲，小公主害怕得不得了，但大公主還是認為那只是禮炮聲。

她們繼續往前走，來到一個大湖旁，湖岸停著十二艘船，每艘船上都有一個王子握著槳。他們一看到公主，全都站起身來協助公主登船。沒有人察覺，士兵也跟著小公主上了同一艘船。

划船的王子說：「不知道為什麼，今天船特別重，我都快划不動了。」

「我想可能是天氣太熱了，」小公主說：「我快窒息了。」

湖對岸有一座美麗的城堡，一千盞燈籠照得城堡亮晃晃的，喇叭聲和定音鼓奏出的愉快音樂飄盪在空中。王子把船划到岸邊停好，扶著公主下船，然後他們就開始跳舞。士兵也和他們一起跳舞，每當公主拿起酒杯準備喝酒，士兵總會搶先一步把酒喝完。年紀較大的幾位公主只覺得困惑，小公主卻驚嚇不已，大公主不得不一直安撫她，讓她平靜下來。

她們在舞會待到午夜三點，鞋子都已磨破，不得不離開。十二位王子再次划船把公主送到對岸，這一趟，士兵搭的是大公主的船。等船一到岸，士兵趕緊跳下船，在她們之前跑回皇宮。等公主疲憊的回到自己房間時，士兵早已在自己床上呼呼大睡了。

「安全了。」公主們說，接著換下心愛的禮服，把磨破的鞋子放在床下，上床睡覺。

第二天早上，士兵什麼都沒說。他想再看看那座漂亮的城堡，還有兩旁有珍貴樹木的林蔭大道。第二晚和第三晚，他都穿著隱形斗篷跟著公主出門，這兩個晚上發生的事和第一晚一樣，公主的鞋子也同樣磨壞了。不過，在第三天晚上，他另外帶回一個高腳杯，當作另一項證據。

最後一天早上，他必須提出答案了。於是他帶著三根樹枝和高腳杯去找國王，公主們全都站在門後聆聽。

國王問：「你待了整整三個晚上，我的女兒究竟去哪裡跳舞，把鞋都磨破了？」

士兵回答：「國王陛下，地點是地底下的一座城堡。那裡有十二個王子替她們划船過湖。」

他把事情經過全都告訴國王，還拿出銀樹枝、金樹枝和鑽石樹的樹枝，以及他從城堡裡帶回來的高腳杯，交給國王。國王請女兒出來。

「我想妳們都聽到這個年輕人說的話了，」國王說：「告訴我，他說的可是事實？」

公主們別無選擇，只好坦承一切。

「你完成任務了，」國王對士兵說：「很好，你想娶我的哪個女兒為妻？」

「我已不再年輕，」士兵說：「請讓我和大公主結婚吧。」

「現在，她就是你的妻子了。」國王說，並且立刻為他們舉辦婚禮。

國王也承諾士兵，未來會把王位交給他。至於地底下的王子，他們被施了魔法。他們和公主跳了多少天的舞，就中了多少天的魔法。

童話類型——ATU 306，〈跳破的舞鞋〉（The Danced-out Shoes）。

故事來源——珍妮・凡・朵絲特－赫雪夫（Jenny von Droste-Hülshoff）的口述故事。

類似故事——阿法納西耶夫的〈祕密舞會〉（The Secret Ball，收錄於《俄羅斯童話》）。

這個故事有時又稱爲「十二個跳舞的公主」，它具備所有地底故事特有的迷人特質，尤其是小船、炫麗的燈光、長出寶石樹葉的樹、音樂和舞會。當然，最出色的還是描述優美的景象。除了讓老婦人送給士兵禮物（忠告和隱形斗篷），當作對他善心的回報外，我幾乎沒怎麼改寫這故事。

44

Iron Hans

鐵漢斯的故事

從前有一個國王，他的城堡附近有一大片森林，森林裡有各種野獸。有一天，他派了一名老練的獵人去森林獵捕一隻鹿，獵人一去不回。

「也許他發生了什麼意外。」國王說。第二天，他又派兩名獵人去尋找失蹤的獵人，但他們同樣也失蹤了。

第三天，他召集所有獵人，對他們說：「把森林徹底搜查一遍，一定要把他們三個找回來，絕不能放棄。」

沒想到，這次所有獵人都消失了，連和他們一起出發的獵犬也沒有回來。從那天開始，再沒有人敢去那裡了。森林一片死寂，遺世獨立，人們唯一能看到的生物，是偶爾在樹梢盤旋的鷹或隼。

就這樣過了許多年，有一天，一個默默無聞的陌生獵人來到國王面前。他告訴國王，他需要工作，因此自願進入那片危險的樹林。不過國王沒有答應。

「那裡有不尋常的東西，可能被施了魔法。」

國王說：「我不知道你是不是比其他人更擅長打獵，擔心你會和他們一樣有去無回。」

不過獵人說：「國王陛下，我願意冒險試試。我不知道什麼叫作害怕。」

就這樣，獵人帶著他的獵犬朝森林出發了。沒多久，獵犬察覺了某種氣味，他們跟著氣味走，但走沒幾步就來到一個很深的池子旁，無法繼續前進。

接著有隻胳膊伸出水面，一把抓住獵犬，把牠拖進水裡。

獵人看到後馬上返回皇宮，找了三個人和他一起提著水桶，打算把池裡的水舀出來。池水快見底時，他們發現有個野人躺在池底。他的皮膚是棕色的，像鐵鏽一般，頭髮遮住了臉，長達膝蓋。他們用繩子把他綑緊，帶回城堡。

所有人看到野人都大為驚訝。國王下令把他關進庭院的鐵籠裡，嚴禁任何人打開籠子，違者處死；他還將籠子鑰匙交給皇后親自保管。從此以後，人們又可以安全進出森林了。

國王有個八歲大的兒子。有一天，他在庭院玩球時，金色的球穿過了野人籠子的柵欄間隙，彈進籠子裡。

男孩跑過去對野人說：「把球還給我。」

「你幫我開門，我就把球還你。」野人說。

「不行，」男孩說：「爸爸不准我們這麼做。」

男孩說完就跑開了。第二天，他又回來請野人把球還他，野人只說：「開門。」男孩再次拒絕了。

第三天，男孩趁國王出門打獵，跑到籠子前對野人說：「就算我想幫你開門，也沒有鑰匙。」

野人說：「鑰匙在你媽媽的枕頭下，要拿到鑰匙一點都不難。」

男孩一心想拿回球，其他事全拋到九霄雲外。他拿到鑰匙，費了一番功夫才把門打開，連手指都受傷了。門一開，野人從籠子裡跑了出來。他把金球還給男孩，急著離開。

男孩嚇壞了，大喊：「野人，你別走！你走了，我會挨揍的！」

野人轉過身，把男孩舉起來，讓他坐在自己肩上，大步朝森林迅速走去。

國王狩獵回來後看見籠子空了，問皇后怎麼回事。皇后也不知道，趕緊去找鑰匙，這才發現鑰匙不見了。接著，他們發現兒子也不見了，大聲喊他的名字，但沒人回應。國王和皇后派人四處尋找，無論是城堡周圍的皇家花園，或是更遠的草地或原野，都沒看到男孩蹤跡。這時，國王和皇后大概猜到是怎麼回事了，宮廷籠罩在深沉的悲傷中。

野人一直走到森林深處才放下男孩，對他說：「你再也見不到你的父母了，我很抱歉，但我會照顧你，因為是你讓我重獲自由的。只要照著我的話做，一切都會沒事。況且我擁有的金銀財寶比世界上任何人多。」

他找來青苔，幫男孩鋪了床，男孩很快就睡著了。第二天早上，野人帶他來到一處湧泉，對他說：「看到了嗎？這是我的黃金泉，既清澈又純淨，我希望它永遠保持這樣。你的任務就是坐在這裡守著泉水，別讓任何東西掉進去，因為我不希望泉水受到污染，明白了嗎？每天傍晚，我會回來看看你是不是有照我的話去做。」

男孩坐在泉水旁，全心全意守著它。偶爾，他會看到金色的魚或金色的蛇在深水處游動。他小心翼翼，不讓任何東西掉進泉水裡。他坐著坐著，突然間，打開籠子時受傷的手指開始痛得不得了，他只好把手指伸進水裡，立刻又抽出來，沒想到手指變成金色，不管怎麼擦就是擦不掉。

那天傍晚，鐵漢斯回來了，看著男孩說：「泉水出了什麼事？」

「沒事，沒事！」男孩握著手指，把手藏在背後，不讓鐵漢斯看見。

不過鐵漢斯說：「你把手指浸到泉水裡了？好吧，這次就算了，但你得更小心，任何東西都不能掉進水裡。」

第二天一大早，男孩準備妥當，來到泉水旁守護它。他的手指又痛了，這回，他把手指放在頭頂上搓揉，但有一根頭髮不小心掉進泉水裡了。他很快就把頭髮挑了出來，但頭髮已經鍍成金色了。

他一回到家，鐵漢斯立刻就知道發生了什麼事。「你讓一根頭髮掉進泉水裡，是嗎？再放過你一次。如果再有東西掉進去，讓泉水受到污染，到時候你就不能再待在這裡了。」

第三天，男孩小心翼翼坐在泉水旁，不管手指多痛都不敢動一下。不過時間實在過得很慢，他不知道該做什麼好，於是彎下身子，看著水中的倒影。他想看清楚自己的眼睛，頭越來越低，後面的長髮滑了下來，掉進泉水裡。他趕緊站直身子，但來不及了，他的頭髮全染上了金色，像太陽一樣閃閃發光。可以想像這男孩有多驚恐。他唯一想得到的方法，就是掏出手帕把頭包起來，希望能躲過鐵漢斯的眼睛。

當然，他一回家，鐵漢斯就注意到了，也明白是怎麼一回事。

「把手帕解開。」他說。

男孩只好照做。一頭金髮披散在肩上，他找不出任何藉口。

「你經不起考驗，」鐵漢斯說：「所以不能再留在這裡了。你必須出去世界闖一闖，知道貧窮是怎麼一回事。不過你本性不壞，我希望你平安，所以答應你會幫你忙：如果遇到眞正的危險，你就回來對著森林大叫『鐵漢斯』，到時候我就會來救你。我的能力很強，比你想像的更強，金銀財寶也比想像的多。」

男孩就這樣離開了森林。他漫無目標的走，不管有路沒路，一直不停往前走，最後來到一個大城市。他想在城裡找個工作，但沒有任何機會，因爲他沒學過任何可以維生的手藝。最後他來到皇宮，問他們是否能讓他在這裡工作。

皇室官員不知道有什麼工作適合男孩，不過他實在討人喜歡，還是讓他留了下來。後來，廚師說他有些工作讓男孩做，要他去森林裡撿柴火和挑水，還有清理爐灰。

有一天，其他僕役都忙得不可開交，廚師吩咐男孩把菜端到國王的餐桌上。男孩不想讓人看到他的金髮，一直戴著帽子。國王覺得很訝異，對他說：「小伙子，在國王面前，你必須拿下帽子。」

「國王陛下，我想我還是不要脫帽比較好，」男孩說：「因爲我頭上全是頭皮屑。」

國王找來廚師，數落他怎會讓這樣不懂皇室規矩的男孩爲國王上菜。他必須讓男孩離開。不過，廚師很同情男孩，就讓他和花園裡的小園丁交換工作。

男孩在花園裡的工作包括種花、澆水、鋤地、鬆土，而且必須忍受風雨。夏天到了，有一天，他獨自在花園工作，天氣實在太熱，他拿下帽子，讓微風帶來一點涼意。陽光照得他的金髮閃閃發光，金色光芒甚至映照在公主的寢宮。

公主跳起身來，想看看發生什麼事，看見了男孩。她對著他喊：「小伙子，摘一束鮮花給我！」

男孩趕緊戴上帽子，摘下一把野花，捆成一束。他走上台階準備走出花園時，花園總管看見了，說：「怎麼可以把這麼平凡的花送去給公主？快丟掉，幫她挑些珍貴稀少的花吧。粉紅色玫瑰才剛開，剪一把帶給她好了！」

「噢，不，」男孩說：「玫瑰花沒什麼味道，但這些野花卻香味撲鼻，公主一定會喜歡。」

男孩走進公主寢宮後，公主說：「摘下你的帽子，在我面前戴帽子是不禮貌的。」

「公主殿下，我沒辦法這麼做」男孩說：「我頭上都是頭皮屑。」

他還沒說完話，公主已經上前摘下那頂帽子了。他的一頭金髮披散在肩上，非常好看。男孩轉身想逃，但公主一把抓住他的手臂，給了他幾枚金幣才放他走。他拿了金幣，但並不想要，就把金幣全送給園丁。

「這些東西給你的孩子玩吧。」

第二天，公主又叫了他，要他再摘一束野花給她。他才踏進公主房間，公主立刻伸出手想摘下他的帽子，但這次他緊抓著不放。公主同樣又給了他一大把金幣，他也同樣把金幣送給園丁的孩子。第三天，同樣的情況又發生了一次，公主沒法摘掉他的帽子，他也不想要公主的金幣。

沒多久，這個國家捲入了一場戰爭。國王找來朝臣商議，但他們無法決定要開戰或直接投降，因爲敵人的軍隊人數多，兵力強。

在花園工作的男孩也想上戰場。他說：「我已經長大了，給我一匹馬，我要上戰場保衛我的國家。」

其他年輕人都笑了，說：「別擔心，我們離開後會留一匹馬給你，到時候去馬廄找找吧！」

他們走了以後，男孩果然在馬廄看到一匹馬。他發現這匹馬的腿瘸了，走起路來一拐一拐的，發出雜亂的腳步聲。

儘管如此，男孩還是騎上馬，朝幽深的森林前進。他來到森林邊緣，停下來大喊三次「鐵漢斯」，叫聲非常響亮，回音在森林裡迴盪。

野人立刻就出現了。他說：「我能幫你什麼忙？」

「我要上戰場了，」男孩說：「需要一匹好馬。」

「你可以得到一匹馬，而且還有其他的。」

野人轉身走進森林，沒多久，一個少年馬夫牽著一匹馬從森林走出來。那是一匹高大英挺的馬，一邊呼呼噴氣，一邊跺腳，不受控制的模樣。接著，駿馬後面跟著一團騎士，個個身穿鐵盔甲，手上的寶劍在陽光下閃閃發亮。

男孩把瘸腿馬交給馬夫，騎上駿馬，領著騎士出發。當他們來到戰場時，發現國王的士兵大多已經陣亡，剩下的也潰不成軍。男孩和他的鐵甲騎士兵團像暴風般橫掃敵軍，所向披靡。敵軍搞不清楚怎麼回事，節節敗退，但男孩毫不留情，直到敵軍全都陣亡或逃走才停下來。

戰爭結束後，男孩沒有回去找國王，帶著鐵甲兵團，來到通往森林的交叉路旁，又把鐵漢斯叫了出來。

「你想要什麼？」鐵漢斯問。

「馬和騎士還給你，請把那匹瘸腿馬還給我。」

鐵漢斯照他的要求做了。男孩騎上瘸腿馬，一路拐呀拐的走回皇宮。

至於國王，當他從戰場返回皇宮時，女兒跑出來迎接他，恭喜他大獲全勝。

「勝仗不是我打的，」國王說：「一位陌生的騎士救了我們。他帶著一支鐵甲士兵前來援救，我們才能脫離危險。」

公主很想知道這位神祕的騎士是誰，但國王也不清楚。

「我只看到他去追趕逃走的敵人，後來就消失不見了。」國王說。

公主跑去找園丁，打探男孩的消息，園丁笑著說：「他才剛騎著那匹三腳馬回來。其他人還取笑他：『看，一拐一拐的男孩回來了。』他們問他：『打仗時，你躲在哪個樹籬下睡覺？』他說：『我可比你們都行。要不是我，你們早就輸了！』大家聽了都捧腹大笑。」

國王對女兒說：「我準備公告舉行『馬上比武大會』。比賽會一連舉行三天，妳各拋出一顆金蘋果，讓騎士來接。也許那位神祕的騎士也會來參加。誰知道呢？」

男孩聽說了這項比賽，又走進森林，大喊鐵漢斯的名字。

「你需要什麼？」鐵漢斯問。

「接住公主拋出的金蘋果。」

「沒問題，」鐵漢斯說：「還有，你該穿上紅色盔甲，騎著雄赳赳的栗色馬。」

比賽開始的那一天，男孩騎馬飛奔而來，和其他騎士站在一起，沒有人認出他來。接著，公主出現了，朝騎士拋出一個金蘋果。男孩接住了蘋果，但一接到就立刻騎馬快速離開。

第二天，鐵漢斯給男孩一匹雪白的馬，以及一身全白的盔甲。他又接到了金蘋果，同樣揚長而去。

這下國王生氣了，於是下令：「如果那位騎士再次沒留下姓名就離開，其他人必須追上去。如果他不肯回來，我允許他們用矛或用劍對付他。我無法接受這樣的行為。」

第三天，鐵漢斯給男孩黑色的盔甲，還有一匹像夜一樣黑的馬。男孩依然接到了金蘋果，只是這一次其他騎士都追了上去，其中一位更靠近他身邊，刺傷男孩的腳。不過，騎士應該也刺傷了馬，因為男孩為了控制高高跳起來的馬，頭盔鬆脫了，掉在地上，所有人都看到這位騎士有一頭金色的頭髮。

第二天，公主去找園丁問起男孩的事。

「公主殿下，他在花園裡修剪玫瑰。他還真奇怪。他去參加比賽，昨天晚上才回來，還拿了三顆金蘋果給我的孩子看。他說那是他贏來的，真把我弄糊塗了。」

國王召喚男孩進宮。他來的時候還戴著帽子，公主走過去摘下帽子，他那一頭金髮披散在肩上，看起來如此英俊，所有人都目瞪口呆。

「年輕人，連續三天都來參加比賽，而且每天穿不同顏色的盔甲，還接住了三顆金蘋果的騎士，就是你嗎？」

「是的，」年輕人說：「蘋果都在這裡。」他從口袋裡拿出三顆金蘋果，還給國王。「國王陛下，如果您還需要更多證明，」他接著說：「可以看看我身上的傷，是昨天另一位騎士追趕我時留下來的。還有，我也是在戰場上為您打敗敵人的騎士。」

「既然你能做出這麼了不起的事，肯定不只是一個園丁，」國王說：「告訴我，你的父親是誰？」

「我的父親是個了不起的國王，我的國家有很多金銀財寶。」

「我明白了，而且我應該好好向你道謝才對。」國王對他說：「有什麼是我可以爲你做的？」

「確實有，您可以把女兒嫁給我嗎？」王子毫不猶豫的說。

公主聽了大笑說：「他還眞直接！不過，第一眼見到他，我就知道他不只是個園丁。」

接著，她上前親吻了王子。

婚禮舉行那天，王子的雙親也滿懷喜悅的出席了。他們早就不敢奢望這輩子還能見到自己的兒子。

婚宴最熱鬧的時候，音樂突然停了下來，大門打開了，一位威武的國王在大批隨從簇擁下走了進來。他直接走到王子面前擁抱他說：「我就是鐵漢斯，過去被施魔法變成野人，但是你讓我重新獲得了自由。從現在起，我所有財產都是你的了。」

◆ ◆ ◆

童話類型——ATU 502，〈野人〉（The Wild Man）

故事來源——來自哈克斯豪森家族的口述故事，亦是佛萊德蒙・凡・亞寧（Friedmund von Arnim）的《百則山林民間故事》（*Hundert Märchen im Gebige gesammelt*）的其中一篇故事

類似故事——阿法納西耶夫的〈伊凡王子和瑪莎公主〉（Prince Ivan and Princess Martha，收錄於《俄羅斯童話》）；布麗格的〈一鍋裝三個〉（Three-for-a-pot，收錄於《大英民間故事》）；安德魯・蘭格的〈長毛人〉（The Hairy Man，收錄於《玫瑰童話》〔Crimson Fairy Book〕）

這則故事在九〇年代早期因爲羅伯特・布萊（Robert Bly）《上帝之肋：男人的眞實旅程》（*Iron John: A Book About Men*, 1990）一書而頗富盛名。這本書在書店歸類爲身心靈書籍，屬於男權運動的核心論述。布萊在書中指出，現代男性因生活方式改變而逐漸帶有女性氣質，遠離實際可靠的心智發展模式，因而急需具男子氣概的典範，引導他們重拾男性本色。故事中的野人顯然就是這樣的榜樣。

這個故事或許確實有其用意，但我認爲，只有在讀者不知道的情況下，這樣的意義或許才能眞正發揮作用。如果讓讀者知道，充滿驚奇的故事背後隱含了這麼沉重的意義，只會把他們嚇跑。姑且不論這個故事有什麼樣的意義，它本身就是個很棒的故事。

至於那隻可憐的瘸腿馬，走起路來一拐一拐的狀聲詞，我將眾多英文版裡使用過的描述詞，羅列如下：D. L. 阿胥里曼（D. L. Ashlimann）的《英語民間故事指南》（*A Guide to Folktales in English Language*）使用「higgledy-hop」、雷夫・曼海姆（Ralph Manheim）在《企鵝版格林童話全集》（*The Penguin Complete*

Grimms' Tales for Young and Old）中使用「clippety Clop」、瑪格麗特．杭特（Margaret Hunt）在《格林童話全集》（*The Complete Grimm's Fairy Tales*）中用了「hobblety jig」、傑克．載波在《格林兄弟：童話全集》（*Brothers Grimm: The Complete Fairy Tales*）翻譯爲「hippety-hop」，而大衛．路克在《格林兄弟：童話選集》（*Brothers Grimm: Selected Tales*）中則使用了「hobbledy-clop」。其中，以大衛．路克的翻譯最爲傳神，因此我把它偷來用。

值得一提的是，這狀聲詞的德語原文是hunkepuus。

45

Mount Simeli

澤姆西山

從前有兩個兄弟，一個富有，一個貧窮。哥哥雖然有錢，卻沒有對賣玉米餬口的窮弟弟伸出援手。弟弟的經濟情況越來越不好，有時連讓老婆小孩吃麵包皮都沒有辦法。

有一天，窮弟弟推著推車經過一片森林，發現路的另一邊有一座高聳的岩石山峰。他以前從來沒見過這座山，因此驚訝的站在路邊張望著。就在這時候，他看見十幾個外表粗獷的人走了過來。他懷疑這些人是強盜，趁他們沒看到，趕緊將推車推進灌木叢裡，自己爬到樹上躲起來。

那些人走到不遠處的山腳下，大聲喊著：

「澤姆西山，澤姆西山，請開門！」

岩石發出隆隆聲響，山間的洞穴立刻打開，那十二個人走進去後，洞穴又關上了。

賣玉米的窮弟弟坐在樹上，還在想接下來該怎麼辦，不過他在樹上沒有待太久，又是一陣隆隆響聲，洞穴再度打開，那些人背上扛著沉重的袋子走了出來。

他們一走出明亮的洞穴外，又大聲喊：「澤

姆西山，澤姆西山，請關門！」

洞穴入口又完全封閉起來，從外面完全看不出來。接著，那十二個人循原來的路走了回去。

窮弟弟一直等到看不見那些人的身影後，才從樹上爬下來。他很好奇洞穴裡有什麼東西，於是走向山腳，大聲喊：「澤姆西山，澤姆西山，請開門！」

那座山打開來，他走了進去。山洞裡滿滿都是銀幣和金幣，還有一大堆一大堆的珍珠、紅寶石、綠寶石和鑽石，堆得比賣玉米的他看過的穀物堆還高。他站在那裡想，該怎麼辦？是不是該爲自己拿一點寶物？最後，他無法抗拒，塞了一些金幣在口袋，把寶石留在原地不動。

他小心謹慎的看看洞外，躡手躡腳走出去，又大聲喊：「澤姆西山，澤姆西山，請關門！」山門應聲關上，賣玉米的窮弟弟推著空車回家。

他度過一段快樂的日子，有足夠的金幣爲家人買麵包，還可以買些肉和酒。還有，因爲有能力可以救濟窮人，所以他伸出了援手。就這樣，他的生活正直而愉快，也做了不少好事。錢快用完時，他向哥哥借了一個量斗，再到澤姆西山去。他在量斗裡裝滿金幣，但和上回一樣，讓寶石原封不動留在原處。

當他第三次又想拿金幣時，再次向哥哥商借量斗。這一回他的哥哥非常好奇：他想不出賣玉米的窮弟弟哪來那麼多錢把自己的家裝潢得那麼漂亮，日子過得那麼好。於是他心生一計，在量斗底部塗了瀝青，當他拿回量斗時，發現上面黏著一塊金幣。

他立刻去找他的弟弟。

他問：「你到底用我的量斗去量什麼東西？」

弟弟說：「和平常一樣，就是小麥和大麥。」

這時，哥哥拿出了金幣。

「那麼，這是什麼？小麥還是大麥？快說實話！如果不老實告訴我你究竟做了什麼，就讓你接受法律制裁！」

賣玉米的窮弟弟只好全部告訴哥哥。哥哥聽到澤姆西山有金銀財寶，馬上將驢子套在車上，駕車出發，打算比弟弟拿更多的金幣，同時也想拿一大堆珠寶回家。

他來到山丘旁，大聲喊：「澤姆西山，澤姆西山，請開門！」

山門打開，他走了進去，看著眼前的金銀財寶，目瞪口呆了好一陣子，不知該先從哪一樣下手。最後他選擇珠寶，拿了一把又一把的珠寶塞滿口袋，打算搬到洞外的車上。他一心一意只想搬更多的寶物，卻忘了最重要的事。等到準備打開山門離開時，他大喊：「澤枚里山，澤枚里山，請開門！」

他喊的山名是錯的，當然山門動也不動。這個富有的哥哥開始感到驚慌，又試了幾個名字：「澤薩克山！澤西克山！澤比伯姆山！澤伯尼克山！澤維茲山！」

當然，這些都沒用。他越困惑就越害怕，越害怕就越困惑。

時間一分一秒過去了，他想在岩石間找出山門打開的地方，把指甲都弄斷了，一邊也繼續試著找出正確的山名：「喀嚓魚山！醬汁馬山！蛇醬山！凹陷香腸山！西卡皮底克斯山！」

口袋裡的財寶對他完全沒有用；他細數自己的房子、地產、銀行帳戶、股票，這時也沒有一樣幫得上忙。

接著他聽到外面的喊叫聲，嚇了一大跳：「澤姆西山，澤姆西山，請開門！」

對啊，就是這個名字！他怎麼會忘了？

山門打開，十二個兇惡的強盜看著他。

最高大凶猛的強盜說：「終於抓到你了。難道你以為我們沒發現你來過兩次了嗎？」

「那不是我！那是我弟弟，真的！他偷了這些珠寶，我只是來把東西放回來的！我發誓！」

不管他怎麼說、怎麼乞憐哀求都沒用。那天早上，他好端端的走進山洞，到了晚上，身體被大卸成好幾塊。

◆ ◆ ◆

童話類型——ATU 676，〈四十大盜〉(The Forty Thieves)

故事來源——魯道溫・凡・哈克斯豪森(Ludowine von Haxthausen)的口述故事

類似故事——《天方夜譚》的〈阿里巴巴和四十大盜〉(The Story of Ali Baba and the Forty Thieves Killed by a Slave Girl)；卡爾維諾的〈十三個強盜〉(The Thirteen Bandits)

這顯然是家喻戶曉的《天方夜譚》其中一個故事的前半段。至少，它來自安東尼・加蘭(Antoine Galland, 1646-1715)翻譯的法文譯本，只不過內容有點不一樣，因爲在加蘭版之前的阿拉伯文版本中沒有「阿里巴巴」和「阿拉丁」，學者懷疑那是加蘭自己編造出來的。卡爾維諾的義大利文版則與這個故事相似。

那麼下半部呢？我想念哥哥破碎的屍體被縫合、強盜藏在油罐裡，還有忠實的奴隸把他們燙死的情節。這個部分連魯道溫・凡・哈克斯豪森也不清楚(卡爾維諾參考的故事來源也一樣)。或許格林兄弟決定捨棄這部分比較好，但其實並不然。加蘭版故事中有許多奇妙的異國元素，若要再添些德國風味，讓它有個美滿的結局，應該不是難事。

46

Lazy Heinz

懶人海因茨

海因茨是個懶骨頭。他每天要做的事只有把羊趕到草地而已，但每晚回到家他總是抱怨個不停。

「說眞的，每年日復一日的趕羊去吃草眞是個鬼差事，不像有些工作，可以偶爾閉上眼睛，打打瞌睡。趕羊的工作不行，責任重大，分分秒秒都得注意羊是不是啃了小樹、穿過籬笆闖進別人院子，或逃走了不再回來。究竟怎樣我才能休息一下，翹起二郎腿，享受一下人生呢？」

他坐下來反覆思索。思考對他而言不是難事，因爲沒有太多事可想，而且想的全都是同一件事——他的生活負擔太重了。他坐著發呆了好一會兒，突然，他直起身子，拍了一下手掌。

「我知道該怎麼做了。我要娶大杜林娜。她也有一隻羊，所以她可以同時照顧我的羊，這樣就能幫我節省麻煩。眞是棒極了的主意！」

他站起身來，辛苦的走到大杜林娜父母住的地方，請他們同意讓他娶他們善良勤奮的女兒。杜林娜的父母沒有考慮太久，因爲他們早就想擺

脫女兒了。

他們同意了兩人的婚事，心想：「物以類聚。」

就這樣，大杜林娜成爲海因茨的妻子。每天，她趕著兩人的羊去吃草，海因茨則過著逍遙的日子，沒有什麼事要做。偶爾他也會和她一起出去，那是因爲一想到隔天可以休假，就讓他覺得更快樂。

他說：「如果不是這樣，我會失去休假的樂趣。變化是生活最好的調劑。」

問題是，大杜林娜和他一樣懶。

有一天，她說：「親愛的海因茨，我一直在思考。」

思考對她而言，費力的程度和漢斯差不多，漢斯理解這種感覺，專心聽她說話。

「妳在想什麼？」

「那些羊，牠們每天一大早就咩咩叫，把我們吵醒。」

他說：「妳說的非常正確。」

「我在想，要不要用羊和鄰居交換蜂巢。只要把蜂巢放在院子後面向陽的角落，就什麼都不用管了。你不用趕蜜蜂出門去吃草吧？牠們會自己飛出去採花蜜，再自己飛回來，而且牠們時時刻刻都在採蜜，我們什麼都不用做。」

海因茨說：「這是妳自己想出來的嗎？」

她謙遜的說：「是啊。」

「我認爲這眞是聰明到極點的主意。我眞的這麼想。我們馬上行動。嗯，或許等到明天吧。明天我會再告訴妳其他的事。」海因茨很起勁的說：「蜂蜜嚐起來比羊奶好多了。」

她補充說：「而且可以放得比較久」

「噢，親愛的杜林娜，如果妳靠過來的話，我會親妳。」

她說：「或許晚一點。」

「好啊。」

隔天早上，他們向鄰居提出這個建議，鄰居立刻就答應了。他把羊牽回去，把蜂巢放在海因茨和杜林娜後院向陽的角落。就這樣，蜜蜂不停的勤奮工作，從早到晚不停飛進飛出採集花漿，讓蜂巢滿是蜂蜜。到了年底，海因茨已經可以採收一大罐蜂蜜了。

他和杜林娜把蜂蜜罐放在床頭上的架子。杜林娜很擔心小偷進來偷走它，或者老鼠闖進罐裡弄壞了蜜，所以找來一根堅固的榛木棍放在床旁，這樣一來，不用起床就能隨手拿起棍子趕走老鼠或小偷。

海因茨覺得那眞是另一個好點子。他對妻子有遠見的想法表示敬佩；因爲要想一些還沒發生的事總是讓他覺得很累，而且他也不習慣在中午之前就起床。他說：「早起眞是浪費床。」

一天早上，他們兩人躺著吃早餐，這次換海因茨想到新的點子。

他把土司放在床罩上說：「知道嗎，妳和大部分女人一樣喜歡吃甜食，如果妳再這樣吃蜂蜜，蜂蜜很快就沒了。我想在妳把蜂蜜吃光之前，把蜂蜜拿去換一隻大鵝和小鵝。」

杜林娜說：「一隻大鵝和一隻小鵝？可是我們還沒有小孩啊。」

「這跟有沒有小孩有什麼關係？」

「當然有關係，因爲要他來照顧鵝啊！照顧鵝的事我可不幹，我怎麼會有時間趕鵝呢？」

海因茨說：「沒錯，我沒想到這一點。可是妳覺得小孩會照妳說的話做嗎？現在的小孩不會，他們對父母一點都不尊重，一天到晚都可看到這種事。」

大杜林娜說：「我會讓你看看他不聽話的下場。」她一邊說，一邊從床邊拿起棍子。「我會拿著棍子打他，好好痛打他一頓。看看我會不會這樣做，像這樣！」

她一次又一次用力打在床上，灰塵、羽毛和麵包屑都彈到空中去了。不幸的是，當她最後一次揮木棒時，不小心打到架上的蜂蜜罐，把罐子打成碎片，蜂蜜沿著牆滴到地板上。

海因茨說：「這下好了，大鵝、小鵝都沒了，牠們也不需要照顧了。幸好罐子沒有掉在我頭上。土司到哪裡去了呢？」

他在地板上找到土司，塗奶油的那一面朝下。他用土司擦抹沿牆滴下的蜂蜜。

他說：「拿去吧，親愛的，這是妳最後一塊土司。」

她說：「謝謝，親愛的，我嚇到自己了。」

「我們需要休息，現在能做的就是這個了。比平常晚點起床也無所謂。」

她嘴裡塞滿土司說：「是啊，時間多的是。就像受邀參加婚禮的蝸牛，牠一大早就出發，剛好趕上第一個小孩的受洗典禮。他慶幸自己趕上了，才說著『欲速則不達』，就跌到籬笆下了。」

童話類型——AT 1430，〈空中樓閣〉（Air Castles）

故事來源——來自尤加利爾斯・艾爾林（Eucharius Eyering, 1520-1597）的《諺語故事集》（*Proverbiorum Cpoia*）其中一篇故事

類似故事——伊索的〈擠牛奶的姑娘〉（The Milkmaid and her Pail，收錄於《伊索寓言》）；阿法納西耶夫的〈做白日夢的人〉（Daydreamer，收錄於《俄羅斯童話》）；布麗格的〈酪奶傑克〉（Buttermilk Jack，收錄於《大英民間故事》）

關於做白日夢的人的老梗有許多翻版，例如賣牛奶的女孩想把牛奶拿到市場賣，想著會買到好看的洋裝，想像自己揚起頭看起來多麼高貴，一不小心卻打翻了頭上的牛奶罐，辛苦擠出來的牛奶全泡湯了。這個故事的場景設定可以有很多種方式，劇情發展可以很多元，可是在這個故事裡，我喜歡這對懶骨頭夫妻對彼此的愛，還有他們對自己懶散生活方式的滿足。

47

Strong Hans

勇敢強健的漢斯

有一對夫婦住在遙遠的山谷中，那裡除了小兒子外，沒有其他人。有一天，妻子走進林中撿拾松枝當作柴火，她還帶著年僅兩歲的兒子漢斯一起去。當時是春天，小男孩喜愛花朵的鮮亮顏色，她不知不覺中和他一起來到森林深處。

突然間，兩個強盜從灌木叢中竄出來，抓住這對母子，帶著他們來到林中最陰暗的地方，這裡一年到頭都不會有外人經過。可憐的婦人乞求強盜放他們走，但說了也是白說，因爲強盜對婦人的哀求充耳不聞，而且殘酷的強迫她在長滿荊棘與刺藤的路上走了兩個小時，最後來到一塊巨石旁，巨石上還有一扇門。

那兩個強盜敲敲門，門開了，他們沿著黑暗的步道走，來到一個很大的洞穴，洞裡的壁爐裡有火。牆上掛著劍、軍刀與一些致命的武器，劍柄在火光裡閃閃發亮。洞穴中央還有一張黑色的桌子，另外四個強盜圍著桌子坐著，正在擲骰子。強盜頭子坐在桌子的前端，一看到這對母子就站起來對婦人說：

「不要哭了，只要妳肯留在這裡打掃，什麼都不用擔心。只要掃掃地，將這裡的一切打點得乾淨舒適，我們會善待妳的。」

強盜頭子一邊說，一邊給母子兩人麵包和肉，然後帶他們到他們可以睡覺的地方。

就這樣，這對母子與強盜們一起生活了好幾年，漢斯也越長越強壯。母親不時講故事給漢斯聽，教他閱讀她在洞穴裡發現的一本關於武士與騎士的舊書。

當漢斯九歲時，他從強盜的木堆中偷了一根松枝，做成厚重的棍子，藏在床後，然後走向母親問：「媽媽，請告訴我，誰是我父親？我得知道。」

婦人什麼都沒說。她不想告訴兒子他們進入洞穴前的日子，因為這樣可能會讓漢斯得思鄉病，而且強盜也不會讓他離開。然而，一想到漢斯永遠無法與父親見面，她又覺得傷心不已。

那天晚上，強盜們幹完一票回來後，漢斯拿著那枝棍子，走向強盜頭子問：「我想知道我父親是誰。我母親不肯告訴我，所以我來問你，如果你不說，那我就敲昏你。」

強盜頭子大笑，給了漢斯一拳，他跌倒在地，還滾到了桌下。不過漢斯沒有哭，也沒出聲；他心想：「再等一些時間，等我再長大一點，他最好小心一點。」

又過了一年，漢斯拿出他棍子，吹掉上面的灰塵，試著揮揮棍子，心想：「這眞是一支結實的木棍。」

強盜們隔天一早回來，酒興大發，乾了好幾缸酒後，開始低下了頭。這是漢斯的好機會，他拿起木棍，站在強盜頭子前面再次問他：「我的父親是誰？」

強盜頭子像上一回一樣，又打了漢斯的頭一拳，漢斯再次跌倒，但是這次他馬上跳了起來，握緊木棍，用力敲打強盜頭子和其他強盜，打得他們頭昏眼花，動彈不得。漢斯的母親在洞穴角落看著這一切，對漢斯擁有如此的力氣和勇氣而驚歎不已。

漢斯停手後，轉頭對母親說：「現在妳知道，我是真的想知道我父親是誰了吧。」

母親說：「我勇敢的漢斯，走吧，我們去找你父親。」

母親在強盜頭子皮帶上找鑰匙時，漢斯在麵粉袋裡儘量塞滿金銀珠寶，然後他將麵粉袋甩至背上，跟著母親離開了洞穴。

當他踏出幽暗，走進天光裡，看見樹、花、鳥，以及晴空中的太陽，非常驚訝。他站在那裡，腦袋似乎完全空白了，瞠目結舌看著這一切。這時，他的母親四處尋找回家的路。不久，他們上路了，幾小時後回到了山谷的小屋。

漢斯的父親正好坐在門口。當他認出婦人是他的妻子，魁梧的男孩是他的兒子時，高興得哭了起來，因爲他早已放棄希望，以爲他們已經不在人世。

年輕的漢斯個子比父親高一個頭，也比父親強壯得多。他們走進屋子，漢斯將麵粉袋放在爐火邊的長椅上，馬上就聽到碎裂聲——先是長椅垮了，然後地板裂了，袋子重重掉進地窖裡。

父親說：「天啊，孩子，你在做什麼？拆房子嗎？」

漢斯說：「父親，不必擔心，袋子裡的黃金和珍寶，蓋一棟全新的房子還綽綽有餘。」

果然，漢斯和父親很快建造了一棟新的房子，而且還買了房子周圍的地和一些牛，打造了農場。漢斯在犁田時，將犁具深深耕進土裡，牛幾乎不需用力拉。

隔年春天，漢斯說：「父親，我想離家去看看世界。請你保管所有的錢財，然後請鐵匠爲我製作一個一百磅重的走路用手杖，有了手杖，我就出發。」

手杖做好後，漢斯就離家了。他走得很快，沒多久就到了一座山谷。山谷裡傳出一陣怪聲，他停下來，仔細聆聽。那聽起來像什麼東西撕裂或碎裂的聲音。漢斯環顧四周，看到一棵松樹從上到下像繩索般扭曲，而扭曲松樹的人是個大個兒，他用雙手輕易將松樹扭成一捆燈芯草狀的長辮繩。

「嘿！」漢斯喊：「你在做什麼？」

大個兒說：「我昨天砍了一些木材，想做一條繩子把木材帶走」

漢斯心想：「這眞是我的同類。他不是弱者。」接著朝大個兒喊：「不要管木材了，跟我走吧，我們在一起會很愉快的。」

大個兒爬下樹來，漢斯雖然個子也不小，但他還比漢斯高出一個頭。

漢斯告訴他：「我就叫你扭松人吧，很高興認識你。」

說著他們就一起上路了。不久，他們聽到一陣搥打聲，音量大到腳下的地面也震動了起來。他們轉彎後發現，原來那是一個巨人站在峭壁前用拳頭敲碎大石塊發出的聲音。

漢斯說：「你好，朋友，爲什麼要敲石頭呢？」

巨人說：「嗯，我沒辦法睡覺，因爲只要一躺下，閉上眼睛，五分鐘後，熊、野狼和狐狸就會來嗅嗅聞聞，我根本無法入睡。我想蓋一間房子，這樣就能得到平靜。」

漢斯說：「哦，是嗎？我有個好主意，不要管蓋房子的事了，加入我和扭松人吧。」

「你們要去哪裡？」

「不知道，我們想去冒險。」

巨人說：「好主意。」

漢斯又說：「那我就叫你碎石人吧。」

巨人同意了，他們三個人一起上路，經過森林時，嚇壞了所有的動物。到了晚上，他們在廢棄的城堡裡躺下來睡覺。

隔天早上，漢斯起來後，觀察了一下荒蕪且長滿刺藤的花園。當他在附近走走看看時，一隻野豬竄出灌木叢，朝他直奔而來。漢斯揮動重棒，用力在野豬頭上狠狠一擊，那頭野獸就倒在地上死了。他扛起豬，將它帶回城堡，同伴們把牠架在烤肉叉上用火烤，做成美味的早餐。他們達成輪流打獵與做飯的協議，每天兩個人外出打獵，另一個留下來煮飯，估計每人每天若吃九磅肉，日子還過得去。

第一天是漢斯和碎石人去打獵，扭松人留在城堡準備餐點。扭松人忙著做醬汁時，一個又乾又癟的小老頭走進了廚房。

「給我一點肉吧。」

扭松人說：「走開，你這個乞丐。你不需要肉。」

乾癟的小老頭聽見後，跳到扭松人身上用力擊打他，扭松人完全無法還手，倒在地上。但小老頭沒有停手，繼續又打又踢，直到氣消爲止。扭松人從來沒有碰過這種事。

另外兩人打完獵回來時，扭松人稍微清醒了，決定不提小老頭的事，畢竟這樣的經驗不怎麼光采。扭松人心想，看看他們碰到那個小怪物後會怎樣。

隔天輪到碎石人煮飯。同樣的事情也發生在他身上：碎石人拒絕給小老頭肉，於是得到一頓毒打當作回報。另外兩人回來後，扭松人仔細看著碎石人的臉，知道他也有了同樣的經歷。不過他們兩個人都沒提，因爲他們很想看看漢斯的下場如何。

隔天，另外兩個人外出打獵，漢斯留下來煮飯。他站在火旁撈出湯汁裡的油脂，這時，小老頭進來向他討一塊肉。

漢斯心想：「眞可憐的小老頭，我把我的這份給他好了，其他兩個還有肉吃就好。」他切下一塊肉給他，小老頭立刻狼吞虎嚥吃了起來，吃完後又想要多要一些。漢斯很和氣的再切一塊給他，並且說：「這樣很多了，應該夠你吃了！」

小老頭又貪婪的吃了起來，然後又說：「還要！還要」

漢斯說：「你愈來愈厚臉皮了，應該吃夠了吧！」

小老頭撲向他，但這次他找錯人了。漢斯沒有使出全力，反手給他一拳，將他打倒在地，再朝他後背補上一腳，踢得小老頭飛下台階，滾進大廳。漢斯追了過去，但滑了一跤，小老頭在他起身前趁機逃進森林裡。漢斯全力衝刺追趕，看見小老頭身體一縮，擠進巨石上的洞裡。漢斯在那裡做了記號，回去繼續撈肉湯上的油脂。

另外兩人回到城堡後，發現漢斯精神很好，驚訝不已。漢斯告訴他們發生了什麼事，他們也把前兩天發生的事據實以告，漢斯痛快的大笑。

漢斯說：「你們太小氣了，活該。還有，這麼壯還讓那樣的瘦皮猴打，眞丟臉。不過別介意，我們給他一點教訓吧。」

他們找到一個籃子和一條繩子，來到森林裡小老頭溜走的那塊岩石旁。那個洞往下延伸至很遠的地方。他們把繩子綁在籃子上，讓漢斯與他的重達百磅的手杖先下去。

漢斯發現洞底有一個門，他打開門，第一個看到的，就是宛如畫裡走出的美麗少女。她被鏈條束縛在牆上，表情充滿嫌惡與絕望，因為那個小老頭就站在她身旁的椅子上。小老頭斜眼看著少女，不懷好意地伸出細長手指要撫摸她的頭髮和臉頰。

小老頭一看到漢斯，就像猴子似的一邊發出尖叫聲，一邊跳開。漢斯把門甩上，以免他脫逃，然後試著想抓住小老頭，沒想到小老頭在牆壁之間跳來跳去，哀號叫囂。漢斯沒辦法碰觸到他，那就像用鉛筆打蒼蠅一樣難。最後，漢斯把他逼到牆角，然後在小老頭頭上揮動手杖，用力把這個小魔鬼敲扁。

小老頭死後，銬在少女身上的鏈子掉了下來，她重獲自由。漢斯簡直不敢相信自己的眼睛；他從來沒見過這麼可愛的女孩。少女告訴他，她是國王的女兒。

漢斯說：「我不訝異，看得出妳是一位公主，可是妳怎麼被鎖在這裡呢？」

她說：「有一個野蠻的貴族想娶我，但他無法接受被拒絕。他為此氣瘋了，就綁架了我，把我囚禁在這裡，還叫小老頭監視我。不過那老頭卻越來越過分，你看到他是怎麼對我的，如果不是你出現的話……」

漢斯說：「嗯，別再提那件事了。我們得讓妳離開這個洞穴。外面有個籃子，上面有我的兩個同伴，他們會拉妳上去。進去籃子裡吧。」

他幫她爬進籃子，用力拉拉繩子，同伴們開始將她往上拉，然後又把空籃子垂下來。不過，漢斯不確定是否能相信那兩個夥伴。他心想：「他們沒有告訴我小老頭打他們的事，現在不知道他們會不會有什麼計畫。」於是他先把棒子放在籃子裡，再拉拉繩子，籃子上升不到一半，那兩個人就放開手，讓它掉落在地，假如裡面坐的是漢斯，那他當場就摔死了。

漢斯想：「這兩個人我果然猜得沒錯，可是現在該怎麼辦才好？」

他在狹小的洞底走來走去，越走越絕望。他想不出任何逃離的方法，心想：「死在這可惡的地洞，這結局太悲慘了。我的命運不該是這樣。」

這時，他發現小老頭手指上有個閃閃發亮的戒指。他想：「這是不是有魔力的戒？不試不會知道。」

他從老頭屍體的手指上拔下戒指，戴在自己手上，立刻就聽到頭上迴響著嗡嗡聲。他抬頭一看，看見數千或更多的空氣小精靈在空中盤旋。小精靈看到漢斯看著他們，全都向漢斯鞠躬，其中最大的精靈說：「主人，我們在此聽您差遣。您希望我們做什麼呢？」

漢斯愣住了，但很快回神說：「帶我上去，離開這該死的洞，就這樣。」

「馬上辦，主人！」

每個空氣精靈抓住漢斯的一根根頭髮，開始往上飛。漢斯覺得自己好像浮了起來，大約過了十秒後，他已經站在森林裡。他環顧四周，沒有發現碎石人、扭松人與少女的蹤影。

漢斯說：「那兩個無賴去哪裡了？」

空氣小精靈快速飛入天空，很快又俯衝下來，像一群友善的小蟲盤旋在漢斯面前。

精靈王說：「主人，他們乘船走了。」

「已經走了嗎？那少女也跟他們在一起嗎？」

「是的，主人，他們把她綁起來，以免她跳船。」

「可憐的女孩，如此多災多難！好吧，我會儘快收拾這些惡棍。海在哪個方向？」

「那裡，主人。」

漢斯動身了。他跑得飛快，不久就來到海邊。他踮起腳站在沙丘上，迎著夕陽向遠方眺望，認出小船的黑影。

「那是他們嗎？」

「是的，主人。」

「嗯，我要讓他們知道背叛朋友的下場！」

漢斯義憤塡膺的跳入水中，打算游到船上奪走船。如果不是扛著百磅重的手杖，他可能眞的可以游到船上，但手杖將漢斯拉向水底，水波驚動水裡的海星和章魚。

漢斯咕嚕咕嚕的沉入水裡，他大聲呼救，但沒有用，這時他想到那只魔戒，於是用另一隻手轉動了戒指。這時，一陣泡沫突然朝他沖來，原來空氣精靈應他的呼喚前來救他。他們把他拉往水面，速度非常快，讓水裡充滿泡泡。

幾秒鐘之內，漢斯已站在船的甲板上。碎石人和扭松人跌跌撞撞想逃走，扭松人像松鼠般竄到桅桿上，碎石人試著躲在裝滿貨堆的船艙裡。漢斯把他拖出來，用手杖猛打，直到他失去知覺。接著漢斯搖晃桅杆，讓扭松人跌落駕駛室的狹角裡。漢斯把他們丟出船外，這是他們最後的結局。

漢斯讓美麗的少女恢復自由，問她：「妳父親的王國在哪個方向？」

少女說：「西南方。」漢斯要求空氣精靈吹動船帆。在他們的吹拂下，船很快來到港口，漢斯把公主送回她的父母身邊。

公主告訴父母漢斯的英勇事蹟，當然，接下來就是漢斯迎娶公主了。國王和皇后很喜歡這位女婿，他們也永遠快樂的生活在一起。

◆　◆　◆

童話類型——ATU 301，〈三個被偷走的公主〉（The Three Stolen Princesses）

故事來源——威廉・瓦肯那格（Wilhelm Wacker-nagel）的口述故事

類似故事——布麗格的〈小紅毛仔〉（The Little Red Hairy Man）、〈湯姆和巨人蠢蛋〉（Tom and the Giant Blunderbuss），以及〈勇士西卡夫特〉（Tom Hickathrift）（《大英民間故事》）；卡爾維諾的〈金球〉（The Golden Ball，收錄於《義大利童話》）；格林兄弟的〈地精〉（Gnome，收錄於《格林童話》）

這是則東併西湊、鬆散的故事。強盜的存在只是爲了讓人可以逃離；扭松人、碎石人這兩位天賦異稟的同伴，沒有機會發揮他們特有的能力；那位綁架公主的野蠻貴族，在故事中出現的功用只是爲了把公主關進洞穴，然後再也沒有出場。這位貴族忘了公主嗎？在另一樁野蠻行爲中遇害？難道就不能再出現一次，讓漢斯可以好好奮戰一場，贏得更像英雄一點？

換個角度來看，爲什麼故事不讓小老頭變成捉公主的人，而不只是看守她的人？這樣劇情不是更簡單明瞭？

還有那個召喚空氣精靈的戒指，在無處可逃的洞穴裡發現那樣的東西，聽起來不正是「阿拉丁」的故事？爲什麼小老頭不藉著指環的力量來打敗漢斯？

問題可以繼續下去。不過，一旦開始想「改善」這樣一個故事，故事可能會在你手中輕易瓦解。

48

The Moon

月亮

很久很久以前，有一個國家到了晚上總是一片漆黑。每天太陽下山後，月亮不會升起，也沒有在黑暗中閃爍的星星，天空就像一塊黑布般籠罩一切。在更早以前，世界剛誕生時，原本萬物會散發柔和的光芒，讓人能看清周遭事物，可惜那光芒黯淡消失了。

有一天，這個國家的四個年輕人出門旅行，在太陽下山時來到另一個國家。當太陽完全消失蹤影，一顆發光的圓球高掛在橡樹枝頭，柔和的光芒照著四周，四個年輕人看見後，驚訝得站在原地不動。那光芒不像太陽那般耀眼，但能夠讓人看見及分辨事物。四名旅人從沒見過這樣的東西，於是攔下駕車經過的農夫詢問那是什麼。

「噢，那是月亮，是月亮啦，」他告訴旅人：「我們的市長買來的，他付了三塊銀幣。他每天必須爲它添油，幫它保持清潔，這樣它才能一直閃閃發亮，我們每星期交給市長一塊銀幣，讓他完成這項任務。」

農夫駕車離開後，其中一個年輕人說：「對

了，我們家鄉也可以用這個叫作月亮的東西。我爸的前院裡也有一棵這麼大的橡樹，我打賭他會讓我們把它掛在樹上。以後就不用在黑暗中跌跌撞撞了，這樣不是很好嗎？」

第二個年輕人說：「眞是好主意。我們去找一輛車和一匹馬，把這個月亮帶回去，這裡的人可以再買一個。」

第三個年輕人說：「我很會爬樹，我上去拿。」

第四個年輕人找來了一輛車和一匹馬；第三個年輕人爬上樹，在月亮上鑽一個洞，用繩子繞過洞，把月亮拖下來。他們將這顆發亮的球放在馬車上，蓋上防水布，以免其他人撞見，接著就上路回家。

回到家鄉後，他們把月亮掛在高高的橡樹上。所有人看到這盞新出現的燈散發出光芒，灑在所有田野與每扇窗戶上，全都開心不已。連小矮人都走出山洞來看看它，穿著紅夾克的小精靈也來到草地上，在月光下跳舞。

這四個朋友負責照顧月亮；他們讓它保持乾淨，爲它修剪燈芯，確保燃油總是足夠。他們每星期都會從人們的捐款裡獲得一枚銀幣當作酬勞。

他們持續這項工作，也逐漸變老。有一天，其中一人覺得大限即將來臨，於是找來律師，把遺囑更改爲：他擁有月亮四分之一的權利，死後要帶它進墳墓。他過世後，市長依照他的遺囑，爬上樹，用大剪刀剪下四分之一個月亮，把它放進棺材裡。剩下的月亮發出的光雖然略爲暗沉，但人們還是可以認得出四周的路。

後來第二個人死了，另外四分之一的月亮也隨他入土，月光更黯淡了些。第三個人死後的情形也一樣；等到第四個人下葬後，再也沒有月光了。人們外出若沒有帶燈籠，都會像以前一樣跌跌撞撞。

那四塊月亮在原本一片黑暗的陰間重聚後，亡者變得躁動不安，紛紛從長眠中醒來。他們因爲重新看見世界而驚訝；也因爲他們閉著眼睛好長一段時間，太陽光對他們來說太過強烈，月光的亮度則是剛剛好。

他們非常開心，爬出墳墓，重享往日美好時光，有的玩牌，有的跳舞，有的去酒館買醉，有的吵鬧或掄起棍子打架；他們的吵鬧聲越來越大，甚至傳到天堂去了。

掌管天堂大門的聖彼得以爲發生革命，召喚天上諸神一起驅逐魔鬼和魔鬼爪牙。然而，眾魔沒有現身。聖彼得駕著神駒來到陰間，看看到底出什麼事了。

他大喊：「躺下，你們這些禽獸！全部回到墳墓裡！別忘了，你們早就死了。」

聖彼得發現問題出在哪裡了：月亮重新結合在一起，讓亡者睡不著。於是他解下月亮，把它帶回天上，並高高掛在天空，讓人拿不到。從此之後，月光照在每一個國家。聖彼得每天拿走一小塊月亮，等月亮只剩一點點，再一塊塊放回去，每個月都重複這樣的過程。他用這樣來提醒所有人，誰才是老大。

至於他暫時拿走的小塊月亮，他沒有拿到陰間，而是放在一個特別的壁櫥裡。陰間依然和以前一樣黑暗。

◆◆◆

童話類型——未被歸類

故事來源——海因里奇．普勒蕾（Heinrich Pröhle）的《青年故事集》（*Mächen für die Jugend*）中的一篇

威廉．格林將這則故事收錄於一八五七年的《格林童話》第七版和最後一版當中。這則故事的性質與大多數童話略有不同；它原本是創世神話，後來轉變成荒誕的童話。故事以聖彼得將月亮高懸天上作爲結尾，具有令人難以抗拒的趣味性，儘管有點倉促，我認爲只要稍加潤飾即可。

49

The Goose Girl at the Spring

泉邊的牧鵝女

從前有個老婦人，她和鵝群住在山中小屋，四周環繞著濃密的森林，人煙稀少。她每天早上拄著手杖蹣跚走入森林，忙著撿拾餵鵝用的草料，摘採她搆得到的野果。她把收穫背在背上帶回家，如果在路上遇到人，總會說：「日安，老鄰居！今天天氣不錯呀！對啊，這是我撿到的草料，能帶多少就帶多少，我們窮苦人家身上的擔子可不輕啊！」

不過，不知爲什麼，人們不喜歡遇到她。他們看見她走過來時，總會改走其他的路，刻意避開。如果父子同行遇見她，父親總會對兒子輕聲說：「小心那個老女人，她很狡猾，如果有人說她是巫婆，我也不會驚訝。」

一天早上，有個英俊的年輕人正好經過森林。陽光普照，鳥兒歌唱，清新的微風吹動葉子，年輕人感覺愉快，心情很好。那天早上他還沒碰到任何人，就這樣遇見了跪在地上用鐮刀割草的老巫婆。地上的草都割得差不多了，草堆旁還有兩個裝滿蘋果與梨子的籃子。

他說：「天啊，親愛的老太太，妳該不會打算把它們全部帶走吧！」

她回答：「是啊，我得這麼做呀，先生。有錢人不需要做這樣的事，但我們窮人會這麼說：『別回頭，你只會看到自己的腰彎得多低。』你可以幫我嗎，先生？你有挺直的背和強健的雙腿，相信一定可以勝任。我的小屋不太遠，放眼看去再遠一點就是我家了。」

年輕人為她感到難過，於是說：「好吧，我必須承認我就是所謂的有錢人，我父親是貴族，但我很樂意讓妳看看不是只有農夫才能搬重物。來吧，讓我幫妳把那整捆東西搬到妳家吧。」

她說：「先生，你眞好心。從這裡步行的話大概需要一小時，不過我相信你不會介意的，你還可以幫我拿那兩籃蘋果和梨子。」

年輕伯爵聽到需要一小時路程，內心猶豫了一下，但老婦人很快接受了他的善意，讓他沒有後悔的餘地。她用布把草料裹起來，再把整包東西綁在年輕人背上，接著又把籃子放在他手中。

她說：「你看，眞的不太多吧。」

年輕人說：「可是眞的很重，這裡面眞的是草嗎？感覺像磚頭！水果拿起來也像石頭。我快不能呼吸了！」

他很想把東西放下來，但又不想面對老婦人的嘲弄，因為他見識了她無情的挖苦。

「看看這個年輕人，這樣大驚小怪，這可是一個老太太每天要搬的東西！你不是很會說話嗎？說什麼農夫不是唯一會搬重物的人，等眞的要動手了，第一關就過不去。快點！還杵在那裡做什麼？往前走！沒有人會幫你的」。

在平地前進時，他只能勉強扛起背負的重量，一到上坡，他的腳好像有自己生命似的，在石頭上滑來滑去的，幾乎不聽使喚。他的臉上冒出豆大的汗珠，冷汗與熱汗不斷流到背上。

他氣喘吁吁的說：「我走不動了，我得停下來休息一下。」

老婦人說：「不，別想。等我們到了目的地，你就可以停下來休息，但現在你得繼續走。說不定這麼做會爲你帶來好運，誰知道呢？」

年輕伯爵說：「這實在太過分了，太不講理了！」他想把那包東西丟下不管，卻拿不下來。它緊緊貼附在他背上，好像從他的背上長出來似的。他不停蠕動和扭動身體，老婦人卻拿著手杖跳上跳下的嘲笑他。

她說：「生氣是沒有用的，年輕人。你的臉像公火雞一樣紅。耐著性子背著吧，到家後，或許我會打賞你一點東西。」

他還能怎麼辦？只能踉蹌著腳步儘量跟在婦人身後。奇怪的是，年輕人身上的重擔越來越重，她看起來卻似乎越來越輕盈。

接著，她忽然就跳上了年輕人背的包袱上，再也不肯下來。她瘦得像棍子似的，卻比最壯的農婦還重。年輕人的雙腳開始搖晃，肌肉不停顫抖，到處都痛了起來。每當他想稍微停下腳步，老婦人就用帶刺的蕁麻鞭打他。他一面呻吟、嗚咽，一面掙扎著往前走，就在他覺得快要倒下時，他們轉過一個彎，終於來到老婦人的家。

鵝群看到婦人，全都伸長了脖子和翅膀，一邊咯咯叫，一邊朝她跑過來。跟在鵝群後面的是另一個婦人，手上同樣拿著棍子。這婦人不像老太太那麼老，身形高大強壯，有一張厚重、醜陋又死氣沉沉的臉。

她對老婦人說：「媽，妳到哪裡去了？妳離開那麼久，我還以為妳出事了。」

老婦人說：「沒事，我可愛的寶貝。我在路上遇到這個善良的年輕人，他伸出援手幫我扛東西。看，我走累了，他還提議要背我。我們聊得很愉快，所以時間很快就過了。」

老婦人終於滑下年輕人的背，拿下那一大包東西和籃子。

她說：「我們到了，坐下來歇歇腳吧。你為自己掙來了一點小小的報酬，而且也該擁有它。」她又對另一個女人說：「妳最好進去，和精力充沛的年輕人獨處不太恰當。我太了解年輕男人是什麼德行，他或許會愛上妳。」

伯爵不知該哭還是該笑，心想，就算她再年輕三十歲，可能也無法在他心裡激起一絲漣漪。

老婦人先對鵝群噓寒問暖一番，彷彿在照顧孩子，然後才隨女兒走進屋裡。年輕人在蘋果樹下的長椅上伸展四肢。這是個美麗的早晨，陽光和煦，空氣溫暖，草地朝四周延伸，長滿驢蹄草、野生百里香及上千種花。清澈的小溪映射著陽光，從綠地中央流過；白鵝四處搖擺走動，或在小溪上划行。

年輕人說：「眞是美麗的地方，可是我實在太累了，眼睛都睜不開了。我想我該打個小盹。我的腿現在像火絨一樣無力，希望風別把它們吹走了」。

等他回復意識，發現老婦人搖著他的手臂。

她說：「醒醒，你不能待在這裡。我承認我沒有善待你，不過你還活著，這是你的報酬。我說過會給你報酬的，是吧？你不需要錢或土地，所以我給你其他東西。好好看顧它，它會帶給你好運的」。

她給他的是用祖母綠寶石雕成的小盒子。伯爵跳了起來，感覺睡一覺後精神恢復了。他謝謝老婦人的贈禮，頭也不回的上路了，也沒多看那個美麗的珍寶一眼。他走了好遠，還是聽得到鵝群歡樂的叫聲。

他至少漫步了三天才走出森林，來到一座大城市。這個城市有個習俗：外地來的人必須被引見給國王和皇后，因此他被帶到宮廷，來到國王和皇后寶座前。

年輕伯爵很有禮貌的屈膝行禮。他沒有準備禮物，於是從口袋裡拿出那個祖母綠的寶石盒，將它打開，獻給皇后。皇后示意他把盒子拿近一點，讓她看清盒裡的東西，沒想到她一看就昏了過去。侍衛立刻上前緊緊抓住伯爵，準備將他送進牢裡，這時，皇后睜開了眼睛。

皇后大喊：「放開他，所有人都離開，我想私下和這個年輕人說說話。」

當殿內只剩他們兩人時，皇后開始悲傷的哭泣。

她說：「有這樣華麗的宮殿有什麼用？每天早上醒來時，痛苦如洪水般朝我湧來。從前，我有三個女兒，最小的女兒長得非常美麗，所有人都認爲她是神蹟。她像雪一樣白皙，臉頰像蘋果花一樣粉嫩，髮絲如陽光般亮麗。她哭泣時流下的不是眼淚，而是珍珠和寶石」。

「她十五歲生日那天，國王召喚三個女兒來到他的王位前。你應該無法想像，第三個女兒出現時，所有人都不停眨眼，就像看見太陽出來似的。

國王說：『女兒啊，我不知道大限之日什麼時候會來，我打算現在就分配我死後妳們會獲得的財產。妳們都愛我，但最愛我的人，可以獲得王國內最大片的領土。』

「每個女兒都表示自己是最愛國王的人，不過國王想聽的不只這些。

「國王說：『告訴我到底有多愛我，我才能明白妳們的心意。』

「大女兒說：『我愛您，就像我對最甜的糖的愛。』二女兒說：『我愛您，就像我愛我最漂亮的洋裝。』

「三女兒什麼都沒說，她的父親於是問：『親愛的，妳有多愛我？』

「她說：『我不知道，我的愛無法跟任何東西相比』。

「國王繼續追問，終於，三女兒找到能與她的愛相比的東西。她說：『不管食物多好，沒有鹽巴就嚐不出它的美味，我愛父親一如鹽巴。』

「國王聽了很生氣的說：『如果妳的愛就只是這樣，那麼也只能得到相對應的報酬。』

「國王把王國分成兩半，交給兩位姊姊，但命令妹妹只能在背上綁一袋鹽巴，並且要兩個僕人將她送到森林最深處。我們都向國王乞求饒恕，但國王不為所動。小公主被迫離開，哭得很傷心，她走過的路都覆蓋著珍珠。不久，國王後悔自己的決定，派人找遍森林的每個角落，就是找不到小公主。」

皇后說：「一想到她可能在野地裡遭受動物啃食，我就悲傷的不能自已。有時，我為了安慰自己，會想像她在洞穴裡找到棲身的地方，或遇到善心人士照顧她。可是……

「因此你可以想像，當我打開寶石盒子看到珍珠時，內心有多麼震撼。現在請告訴我，你在哪裡拿到這個盒子的？你為什麼會擁有它？」

年輕伯爵告訴皇后，為什麼森林裡的老婦人會給他這個盒子，還有那個老婦人讓他感覺非常不舒服，他認為她是巫婆。不過，公主的遭遇他是第一次聽說。國王和皇后聽了後，決定立即啓程去找老婦人，希望她或許能為他們提供女兒的消息。

那天晚上，老婦人坐在小屋裡用織布機紡紗。夜幕低垂，屋內唯一的光線是松木在壁爐中燃燒的火光。此時鵝群已從牧草地回來，外頭突然傳來大聲的喊叫。過了一會兒，老婦人的女兒進了屋子，不過老婦人只是點點頭，什麼都沒說。

女兒在老婦人身旁坐下，開始紡紗，她織線的技巧像年輕女孩一樣嫻熟。兩人就這樣坐在一起，整整兩個小時沒說半句話。

最後，窗外傳來一陣窸窣聲，她們抬頭一看，發現兩隻火紅的眼睛盯著她們。那是一隻老貓頭鷹，牠大聲喊著「嘟嗚－嘟嗚」，一共喊了三次。

老婦人說：「好吧，小女兒，你該到外面去做你的工作了。」

女兒站起身來。她要去哪裡？她走過草地，走下山谷，來到泉水旁的三棵老橡樹下才停下來。當時正值滿月，月亮高掛在山頭，月光非常明亮，足以讓人在地上找到針。

女兒卸除脖子上的皮膚，從頭上拉起臉皮，再把假臉浸到泉水裡，擰乾後，放在草地上讓它乾燥褪色。她的改變多麼大！讓人不敢相信的是，取下死氣沉沉的厚重假面與假髮後，她的頭髮像陽光般流瀉而下，她的眼睛如星星般閃亮，臉頰如最新鮮的蘋果般粉嫩。

女孩雖然漂亮，卻非常悲傷。她坐在泉水旁痛苦的哭泣。一顆顆淚水從長長的睫毛滾落草地。她原本一直坐在那裡，突然間，附近樹梢傳出窸窣聲，讓她像受獵槍驚嚇的小鹿般立刻跳了起來。這時，烏雲遮住了月亮，在這突如其來的黑暗中，少女套上舊的臉皮，就像蠟燭火焰讓強風吹熄似的，轉眼消失無蹤。

她像山楊樹葉般發抖，跑回小屋，看見老婦人站在門前。

「媽媽，我……」

「噓，親愛的，我知道，我知道。」老婦人溫和的說。

她將女孩帶進屋內，在火爐裡添上柴火。不過她沒有繼續織布，拿起掃把開始掃地。

她說：「我們要讓裡裡外外看起來都很乾淨整齊。」

「媽媽，時間不早了！爲什麼現在要打掃？發生了什麼事？」

「妳不知道現在幾點嗎？」

女孩說：「還沒午夜，不過應該過十一點了。」

「妳難道不記得，妳是在三年前的今天來找我的？時候到了，我們不能繼續住在一起了。」

女孩非常害怕：「啊，親愛的媽媽，您不是眞的想把我趕出家門吧？我能去哪裡呢？我沒有朋友，無家可歸。我做了您吩咐的一切，您也一直滿意我的工作，請不要趕我走！」

老婦人沒有正面回答，只是說：「我的時間到了，在我離開前，這個屋子必須乾乾淨淨的。不要妨礙我，也不要太擔心。妳會找到棲身之處的，妳也會滿意我即將給妳的回報。」

「請告訴我發生了什麼事？」

「我告訴過妳，現在讓我再告訴妳一次：別妨礙我工作。回妳房間去，拿掉臉上的假皮，穿上剛來時穿的絲質洋裝，等我叫妳時再出來吧。」

這個時候，國王和皇后仍繼續尋找給伯爵寶石盒子的老婦人。伯爵與國王皇后一起出發，但在森林裡走散了，不得不獨自行動。他以爲自己找到了路，但陽光逐漸變弱，他決定最好不要再往前走，以免眞的迷路。他爬上一棵樹，打算在樹枝間過夜，確保自己的安全。

月亮出來時，他看到草地上有東西在移動，在皎潔的月光下，他認出那是之前在老婦人家中看到的牧鵝女。她往樹的方向走來，他想：「啊，如果我抓到這個巫婆，就能捉到另外一個。」

不過她在泉水旁停下來，卸除假的皮膚，伯爵差點驚訝得從樹上跌下來。當她的金髮垂散在肩上，就著月光，他看得一清二楚，發現原來她比任何他見過的女孩更美麗動人。他幾乎無法呼吸了，不由自主想再靠近一點。樹枝斷裂的聲音驚動了女孩，她馬上跳了起來，戴上假皮。這時，雲層遮住了月亮，她趁著突如其來的黑暗溜走了。

伯爵立刻爬下樹去追趕她。他來到草地後，看到兩個人影往屋子方向走去。那是國王和皇后，他們看見了窗中的火光。伯爵追上他們，告訴他們他在泉水旁看到的奇蹟。他們相信，那就是他們的女兒。

他們三人滿懷喜悅和希望趕緊來到小屋前。鵝群全將頭塞進翅膀裡睡著了，動也不動。他們朝窗內看去，看見老婦人靜靜坐著紡紗，隨著紡車輪的轉動不停點著頭。屋內的東西都很乾淨，好像不沾染塵埃的霧中精靈在這裡住過；不過，他們沒看到和公主有關的痕跡。

國王和皇后看了一、兩分鐘，終於鼓起勇氣敲了敲窗戶。

老婦人好像在等他們似的，很和善的起身大聲說：「進來吧，我知道你們是誰。」

他們一行人進屋後，老婦人說：「知道嗎，如果三年前你們不曾這樣無理的處罰你們的女兒，就可以免除這樣的痛苦，也不會有這趟旅程。不過，她沒有受到傷害。她照顧鵝群三年，把工作做得很好。她沒有學壞，依然保有純善之心。我認爲你們的不快樂已足以成爲你們的懲罰了。」

老婦人走向房門說：「出來吧，我的小女兒。」

房門打開了，公主走出來，身穿絲質洋裝，金髮閃亮，眼睛明亮，就像從天而降的天使。公主朝父母走去，擁抱、親吻他們。他們情不自禁的喜極而泣。公主看到站在一旁的伯

爵，臉頰變得像玫瑰般紅，她自己也不明白爲什麼。

國王說：「我親愛的孩子，我已經把王國給別人了，現在我還可以給妳什麼？」

老婦人說：「她什麼都不需要，我會把她爲你們而哭的眼淚給她，每顆眼淚都比海裡的珍珠更珍貴，比你的王國更價值連城。還有，我會把這個房子送給她，當作她照顧鵝群的報酬。」

老婦人說完就消失了，房子的牆壁發出隆隆聲響，開始搖晃。國王、皇后、公主和伯爵環顧四周，發現房子變成了美麗的宮殿，還有一張桌上也備好了帝王級的大餐，許多僕人聽他們的命令忙進忙出的。

故事還沒結束。問題是告訴我這個故事的奶奶失去了記憶，忘記了後面的故事。我認爲故事的結局就是美麗的公主嫁給伯爵，幸福快樂的生活在一起。至於雪白的鵝群，有人說牠們都是老婦人照顧的女孩的化身，可能會重新變回人形，一起服侍新的皇后。如果結局是這樣也不令人意外。

至於老婦人，她不像人們以爲的壞巫婆，應是心存善念的女巫師。爲什麼第一次見面時，她對年輕伯爵這麼壞？沒有人知道。或許她看出他個性帶著些許傲慢吧。如果是這樣，她是用對方法了。

最後，幾乎可以確定的是她在公主出生時也在場，而且賜給公主在哭泣時會流下珍珠而不是眼淚的天賦。這種事也不曾再出現了，否則窮人很快就都變富有了。

童話類型——ATU 923，〈如鹽一般的愛〉（Love Like Salt）。

故事來源——由安德列．舒馬克（Andreas Schumacher）以奧地利方言所寫的〈放鵝女〉（D'Ganshiadarin, 1833）

類似故事——布麗格的〈燈芯草斗篷〉（Cap o'Rushes）和〈糖和鹽〉（Sugar and Salt，收錄於《大英民間故事》）；卡爾維諾的〈愛父親如鹽〉（Dear as Salt）和〈老人皮〉（Old Woman's Hide，收錄於《義大利童話》）；莎士比亞的〈李爾王〉。

這是所有童話中最精緻複雜的故事之一。故事核心是個老梗：公主告訴父親，她愛他就像愛鹽巴一樣，卻因爲說實話而受父親處罰。這類故事有很多版本，《李爾王》就是其中一例。

不過，看看這個文學性極高的童話如何鋪陳故事。這個故事的的開場不是誠實公主的不幸遭遇，她直到故事進行到相當後面才出現。率先登場的是那個老巫婆（或女巫），而且她出現時沒有安排任何事件，只是先簡單勾勒她的日常生活、生活習慣對她的行爲的影響，以及她與其他角色的互動關係。還有，她到底是不是巫婆？童話故事通常會直接明確告訴我們，但這個故事只是呈現其他人對老婦人的看法，並讓這個問題一直懸而未決，沒有明確的答案。故事精靈在這個故事裡忽然賣弄起現代主義，因爲故事裡沒有絕對權威的敘述聲音，而且除了透過那對父子的眼睛所傳遞的訊息外，我們也無從得知其他觀點。然而，人的觀點往往是片面的，那位父親或許對，也可能是錯的。

其次是那位伯爵，故事的幾個重要事件

從他身上展開：老婦人以近乎蠻橫無理的嚴苛方式對待這個年輕人；他遇見比老婦人年輕的另一位女子，但她醜陋且死氣沉沉；老婦人給他一個裝著某物的盒子當作謝禮，當他來到另一個城市時，皇后打開盒子後昏倒了。說故事的人帶給我們的是一則充滿謎團與懸疑的童話，直到這裡爲止，我們還沒眞正進入故事的核心。

接下來一連串皇后說的話（故事精靈再次出現，他只讓我們知道故事角色知道的事），才帶出這則童話的眞正核心，也就是女孩誠實說出對國王的愛如同鹽巴的情節。皇后說，女孩流的淚是珍珠，而放在盒子裡的正好是珍珠。這時候，我們才看出敘事者如何

將這些神祕的事件串在一起，也從這裡開始，故事很快進入高潮：牧鵝女在月光下掀開假皮（同樣的，我們看得到這一幕，是因爲伯爵看到了），露出她隱藏的美麗；老婦人溫柔的對待女孩，要她穿上絲質洋裝；最後所有角色團聚，故事眞相大白。

故事另外也提醒讀者對故事的了解可能會產生偏頗：敘事者表示，故事還沒結束，只是提供故事的老奶奶失去記憶，忘了故事的後續，儘管如此，情況或許會像這樣進行……等。這則精采的故事讓我們看到，在最簡單的基礎上也能建立複雜的結構，而且同樣能讓讀者快速理解。

50

The Nixie of the Millpond

池塘水妖

從前有個磨坊主人和妻子過著美滿的生活。他們有足夠的金錢，還有一些土地，而且一年比一年富有，生活過得相當舒適。然而，不幸沒放過這對平凡的夫婦，噩運接二連三降臨，讓他們的財富逐漸減少，最後連磨坊都保不住了。磨坊主人憂心忡忡，輾轉難眠，越來越焦慮。

一天早上，同樣因憂慮而難以入睡的他很早就起床，走到戶外，希望新鮮空氣能讓自己稍微寬心。他沿著磨坊的水堤走，雙眼迎接了第一道陽光，好像也聽到了嘩啦啦的水聲。

他轉過身，看見一個美麗的女人從磨坊的水塘裡緩緩出現。她用細緻的雙手理了理肩上的亂髮，那一頭長髮像絲一般垂下，披散在白皙的身軀四周。磨坊主人很快就知道那是池塘水妖。他害怕極了，不知該逃走還是留在原地，沒想到水妖用輕柔的聲音呼喚他，問他爲何如此悲傷。

起先磨坊主人嚇得說不出話，聽到水妖的聲音如此輕柔，便鼓起勇氣告訴她，他曾經非常富有，但財富卻一點一點的流失，如今窮得不知該

怎麼過日子。

水妖說：「別擔心，我會讓你比以前更快樂、更富有，只要你答應我一件事：把在你屋子裡出生的東西給我。」

磨坊主人心想，應該是指剛出生的小狗或小貓吧，於是答應了水妖的要求。

水妖回到水裡，磨坊主人感覺心情舒坦多了，急著回磨坊，但還沒進門，就看到女僕跑了出來，滿臉笑意的說：「恭喜您，夫人剛生下一個男孩！」

他像遭閃電擊中般愣住了，站著動也不動，這才明白水妖騙了他。他低垂著頭，心情沉重的走到妻子床邊。妻子說：「為何你看起來如此悲傷？我們的小男孩不是很可愛嗎？」

他告訴妻子事情經過，以及水妖如何欺騙他。

「我早該猜到的，相信那樣的怪物一定沒好事。有錢有什麼好？如果必須失去小孩，有黃金財寶又有什麼用？可是我們又能怎麼辦？」

連前來祝賀的親戚聽了都不知怎麼安慰他。

也就在這時候，磨坊主人的運氣開始有了轉變。他的每一筆生意都很成功，農稼的收成豐碩，有充足的穀物可以輾磨，售價也不斷上升。看起來他做什麼都很順利，錢箱不知不覺就快滿了，保險櫃也塞爆了。沒多久，他就比以前更有錢。

儘管如此，磨坊主人無法開心。與水妖的交換條件讓他痛苦不堪；他不喜歡靠近磨坊水塘，以免水妖現身提醒他兩人之間的交換條件。他當然也不讓兒子接近水塘。

他告訴兒子：「靠近水邊時一定要小心，而且要馬上離開。水裡有惡靈，只要碰到水，水妖就會把你拉下去。」

幾年過去了，水妖始終沒再出現，磨坊主人也開始逐漸放鬆。

男孩長大後，跟著獵人學習狩獵。他學得又快又好，於是村長雇用了他。村裡有個美麗、誠實又善良的女孩，這個年輕獵人很喜歡女孩，村長知道後，送這對年輕情侶一間小屋子當作結婚禮物。他們兩人情投意合，在小屋裡過著平靜快樂的生活。

有一天，年輕獵人追捕一隻鹿時，鹿忽然改變方向，跑出森林，來到廣闊的草地。年輕獵人一看清鹿的蹤影就開了槍，將鹿擊倒在地。這個成果讓他大爲興奮，一時間忘了自己人在哪裡。他很快剝下鹿皮，取出內臟，然後到附近的水塘洗手。

那水塘就是他父親磨坊的蓄水池。他的手才剛伸進水裡，水妖就破水而出，一邊大笑，一邊用仍在滴水的手臂一把摟住他，很快把他拖進水裡。轉眼，水波就將他們淹沒了。

到了傍晚，獵人沒有回家，他的妻子感到不安，於是出門尋找。她記得丈夫說過，他必須小心磨坊的水塘，內心猜到可能發生了什麼事，匆忙趕到水塘。她發現丈夫的袋子放在池邊的草地上，這下更加確定了。她放聲大喊，緊握雙手，一邊啜泣，一邊聲聲呼喚丈夫的名字，但沒有回應。她跑到水塘另一頭，再次呼喚丈夫名字，狠狠詛咒水妖，同樣也沒有任何回應。水面映照著暮色，如鏡面般平靜，她只看到半個月亮的倒影。

這個可憐的女人沒有離開水塘。她繞著池邊走了一圈又一圈。有時，她以爲自己看見水塘另一頭有什麼東西漾起了水波，於是加快腳步走過去；有時，她慢慢的走，仔細看著腳旁的池水深處。無論快走或慢走，她不曾停下腳步。有時，她大聲喊出丈夫的名字，有時她低聲嗚咽。夜已深，精疲力盡的她坐在草地上睡著了。

她很快就進入夢鄉。在夢裡，她爬上滿是岩石的山壁，又驚又恐。荊棘和刺藤割破她的雙腳，雨水像冰雹般痛打她的臉，狂風來回鞭打她的頭髮。當她抵達山頂，一切都不一樣了。天空湛藍，空氣溫暖，平緩的斜坡通往綠色的草地，草地上長滿花朵，還有一間乾淨的小屋。她走到小屋前，打開門，看見一個白髮老婦人對她友善的微笑。這時，這可憐的妻子醒了過來。

天剛破曉，她無心留在家裡，決定追尋夢境。她知道那座山在哪裡，於是立刻出發；當她來到山邊，天氣變得和夢裡一樣，狂風吹拂，雨如冰雹。她吃力的爬上山頂，一切就像夢中看到的一樣：藍色的天，覆滿花朵的草地，乾淨的小屋子，還有那位白髮老婦人。

老婦人說：「親愛的，請進，坐在我身邊。看得出來妳受苦了，爲了尋找我這間孤獨的小屋子，也盡了所有的力。」

年輕妻子聽到老婦人仁慈的話語，開始啜泣，但很快回過神來，告訴老婦人發生了什麼事。

老婦人說：「別擔心，我會幫妳。拿著這個金梳子，下次月圓時，到磨坊水塘邊坐下，用這個梳子梳妳的黑色長髮。梳完後，在那裡躺下來，看看會發生什麼事。」

年輕的妻子回到家裡，接下來的幾天感覺非常漫長。終於，滿月高懸樹梢。她走到磨坊水塘，坐在長滿綠草的池邊，開始用金色梳子梳理頭髮。梳完後，她把梳子放在池邊，躺了下來。這時，水面立刻泛起波紋，一波波湧向池畔，等到水面恢復平靜後，水流已帶走了梳子。接著，水面分開，獵人的頭浮現，痛苦的凝視著妻子，但她只來得及看他一眼，一股波浪又將他帶回水底。等到池水完全恢復平靜後，除了滿月的倒影外，什麼都沒有。

年輕的妻子回家後心痛不已。當晚她又作了同樣的夢，於是她再次出發去尋找群花遍布的原野小屋。這一次，老婦人給她一支金笛子。

老婦人說：「下次月圓時，帶著笛子到水塘去，坐在水邊吹奏一首好聽的曲子。吹完後，把笛子放在草地上，看看會發生什麼事。」

獵人妻子照老婦人的話做，吹了曲子，然後把笛子放在草地上。這時，水波湧向池邊，將笛子帶回水底，不久，水塘中央池水翻湧，水分成兩半，這次浮出水面的是獵人的頭和上半身。他朝妻子奮力伸出雙臂，就在她快要碰到他的手時，池水又把他拉下水底，再次留她一人獨自在岸邊。

她想：「眞讓人心痛！看到親愛的丈夫兩次，卻又再次失去他，眞讓人難以承受！」

等她睡著時，她作了同樣的夢，於是她第三次來到山上，老婦人安撫她：「親愛的，不要太悲傷，事情還沒結束。妳必須再等到月圓，帶著這個金紡車到水塘去，坐在水邊紡紗，當捲筒裝滿紡線時，把紡車留在那裡，看看會發生什麼事。」

年輕的妻子照老婦的話做，月圓時在水邊織滿了一捲筒的亞麻線，然後留下金紡車，走到一旁。這時，池水翻攪起泡，比之前更猛烈，然後一股巨浪衝向岸邊，把紡車捲入池裡。接著另一股水柱噴湧而出，這次隨著水柱浮出水面的是獵人的頭、手臂和全身。他跳上池畔，緊抓著妻子的手，一起逃命。

他們身後的池水劇烈震盪，水面越來越高。洶湧的水衝出水塘，淹沒遼闊的草地，帶著驚人的力量追趕著逃命的夫婦，沖毀了樹木和叢林。他們兩人眼見命在旦夕，妻子在驚恐中大聲向老婦人求救，轉眼間，他們變成了一隻蟾蜍和一隻青蛙。浪潮雖然淹沒了他們，卻無法溺死他們；不過大水也將他們分開，兩人相隔遙遠。

洪水消退後，這兩隻小動物留在乾燥的地方，再次變回人形。他們所在的地方是陌生的土地，周圍全都是陌生人。他們不知對方在哪裡，兩人之間相隔許多高山和縱谷。他們都找到放羊的工作來維持生活，在田野與林間放牧羊群，就這樣過了很多年，但無論身在哪裡，兩人心中總是充滿悲傷與思念。

有一天，春天再次來臨，空氣清新溫暖，他們兩人都趕著羊群出門，巧合的是都往同一個地方前進。獵人看見遠方山坡上有一群羊，帶著自己的羊也往那裡移動。在這個分隔兩人的山谷裡，兩群羊和兩個牧羊人相遇了。他們沒有認出對方，但很高興在這麼孤單的地方有人作伴。從此他們總會把羊趕到這裡，儘管沒有太多交談，但看到對方出現，總讓他們覺得心安。

一天晚上，滿月高掛天空，羊群安然聚在一起。獵人從口袋拿起笛子，吹了一首哀傷優美的小曲子。當他放下笛子時，看見牧羊女在哭泣。

他說：「妳爲什麼哭？」

她回答說：「噢，上次我吹奏這首曲子時，也是像這樣的滿月，我親愛的丈夫的頭從水裡浮了出來……」

他看著她，就像遮住眼睛的薄紗掉落似的，終於認出了妻子。當她在月光下看著他的臉時，也認出他來了。他們相互擁抱親吻，接著又相互擁抱親吻。沒有人會問他們幸不幸福。的確，他們終其一生都很幸福快樂。

童話類型——ATU 316，〈磨坊池塘水妖〉（The Nix of the Mill-Pond）。

故事來源——摩利茲・霍普特（Moritz Haupt）所寫的故事，出版於一八四二年《德國上古史雜誌》卷二（*Zeitschrift für Deutsches Alterthum*, vol. 2, 1842）

水妖、水精靈、美人魚，無論稱呼是什麼，他們代表的都是麻煩。這個故事裡的水妖也不例外，不過，故事中妻子展現的愛打敗了她。故事最後關於夫妻兩人重逢的描述非常感人。還有，故事前面設計的月亮意象，讓兩人認出對方的時機也必須是在滿月，這樣的安排兼顧了藝術性與視覺性。在其他夜晚，他們無法清楚看見對方。

我想知道他們用笛子吹奏的是什麼曲子。或許，德弗札克一九〇一年的歌劇《水精靈》（*Rusalka*）中的〈月之頌〉（Song to the Moon）很適合。

51

The Twelve Huntsmen

十二個獵人

從前有一個王子，他和心愛的公主訂了親。有一天，他和公主幸福的坐在一起時，皇宮傳來他父親病危的消息，國王希望能在死前見兒子最後一面。

王子接到噩耗後，轉頭對心愛的公主說：「親愛的，我必須離開一陣子。拿著這個戒指，想著我。等我成爲國王，就會回來娶妳，讓妳成爲我的皇后。」

隨後他騎馬奔回皇宮，來到老國王病床前，這才發現父親病得很嚴重，即將不久於人世。

國王對他說：「我最親愛的兒子，我想在死前見你最後一面。你能答應我一件事嗎？」

「父親，任何事我都會答應！」

「好，答應我，迎娶我爲你挑選的公主。」老國王說出另一位國王的女兒的名字。

王子太過悲傷，毫不考慮就做出了承諾：「好的，父親，您說什麼我都答應。」

國王聽了，滿意的閉上雙眼，安詳的離開了。

他的兒子繼承了王位，喪期結束後隨即舉辦

加冕禮，成爲國王。他想起對父親的承諾，於是派大使出訪父親指示的那位國王，請求他把女兒嫁給自己。雙方很快達成協議，他和那一國的公主訂了親。

訂親的消息傳遍各國，自然也傳到他第一個未婚妻的耳裡。她對他的不忠感到震驚，面容日漸憔悴。

「親愛的女兒，妳爲何如此憂愁？」她的父親問：「我能做什麼讓妳開心一點？只要妳告訴我，我都會替妳辦到。」

她想了想，說：「親愛的父親，我最想要的，是十一個跟我長得很像的女孩。」

國王說：「沒問題，我馬上派人找來。」

他說完話就差遣使者前往全國各地尋找與公主相像的人。不少女孩被帶進皇宮，由公主親自挑選出與她相像的人，可惜各方面完全吻合的人並不多。公主從中挑了十一個女孩，並派人爲這十一個女孩和自己訂製獵人服裝。

十二個女孩都穿上特製的獵人服後，公主向父親道別，騎馬來到她仍舊深愛的無情未婚夫的宮殿。她問王子是否需要十二名專業獵人的服務。

「我和同伴精通各種狩獵的技術，」她向他說明：「如果我們十二位獵人爲您效勞，您狩獵時會所向無敵。」

國王並沒有認出公主。不過這十二位獵人穿著得體，看起來英姿煥發，所以他欣然同意，任用了他們。他們開始爲皇室服務，所有人都稱他們是「國王的獵人」。

國王有一隻神奇的獅子，牠非常聰明，頭腦比國王的其他獅子靈光，甚至比人類還有智慧，可以識破隱藏在表面下的祕密。有一天，獅子對國王說：「你那十二位獵人……」

「他們看起來很威武，是吧？」國王說。

「他們看起來或許威武，但他們不是獵人。事實上，他們根本不是男人，而是女人。」

「怎麼可能？我不相信！」

「不相信也罷，恐怕這是事實。」

「證明給我看。」

「好，」獅子說：「拿些乾豆子，灑在前廳的地板上。男人腳步穩健，如果他們是男人，踩過豆子依舊不動如山。女人腳步輕，踩過豆子時會踮著腳輕跳著，豆子被踢開，滾得到處都是。」

「這點子眞不錯。」國王決定照獅子的提議去做。

然而，國王的一名僕人很喜歡這十二位獵人。他聽到國王即將用豆子測試獵人，馬上去告訴他們。

「太感謝你了！」公主說完後，趕緊告訴十一個同伴這個消息：「請牢記，走過前廳時要不爲所動，穩穩的踩過豆子。」

第二天早上，國王刻意召集獵人進宮。十二位獵人走過灑滿豆子的前廳時，表現得比男人更像男人。他們步伐穩健，沒讓任何豆子飛滾出去。

獵人退下後，國王馬上把獅子找來。

「你眞是個好參謀！」國王說：「獵人們走起路來個個充滿男子氣概，是你搞錯了吧？」

「他們應該從哪裡得知即將測試的消息，所以做足了準備，」獅子說：「我有個更好的主意。這回，派人在前廳放十二部紡車。女人可以走路像男人，卻無法隱藏自己眞正的感覺，每個女人都喜歡紡車。她們看到紡車，一定會不由自主上前賞玩。她們受不了這種誘惑的。」

「啊，」國王輕呼：「眞是個巧妙的點子，我喜歡。獅子，做得好！」

他派人在前廳裡放了十二架紡車，但那位仰慕獵人的僕人又把獅子的計畫告訴了獵人。

「聽到了吧，」公主對伙伴說：「妳們看到紡車時，草草瞄一眼就好，要克制自己，假裝什麼都沒看到。」

第二天，獵人踩著男人的步伐進宮時，連正眼都沒瞧紡車一眼。國王有些惱怒，把獅子找來興師問罪。

「我對你的建議眞是失去耐性了，」國王生氣的說：「你的意見根本不值得參考。」

「一定是有人透露了我的計畫，」獅子說：「她們事前知情，才會做好準備。」

「噢，別再瞎扯了，」國王說：「回動物園去吧！」

國王不願再聽獅子的意見，繼續和十二個獵人到森林狩獵，而且越來越喜歡他們。有一天，他們一起在野外狩獵時，一個信差策馬飛奔而來，告訴國王，他的未婚妻即將前來與他聚首。眞正的未婚妻在一旁聽了，心臟噗通噗通跳，隨即暈了過去，跌下馬躺在地上。

國王看到最喜愛的獵人發生意外，立即上前扶起他，脫下他的手套，想摸摸他的脈搏，沒想到發現了獵人手指上的戒指，那是當初他送給未婚妻做紀念的那枚指環。他端詳獵人的臉，這才認出她來。

他無助的吻了懷裡的公主。當她睜開眼睛，國王對她說：「妳是我的，而我是你的。這是沒有人可以改變的事。」

他派信差回去告訴另一位公主，請她返回自己的國家，因爲他已經有了新娘。既然找到了這把舊鑰匙，他就不需要任何新的鑰匙了。

於是他們開開心心舉辦了一場盛大的婚禮。那頭獅子又重新受到國王的信任；雖然牠的建言沒有揭發祕密，但畢竟牠對獵人的判斷是正確的。

◆ ◆ ◆

童話類型——AT 884，〈被遺忘的未婚妻〉（The Forsaken Fiancee）
故事來源——珍妮特．哈森弗魯格（Jeanette Hassenpflug）的口述故事
類似故事——卡爾維諾的〈葡萄牙國王的兒子〉（The King of Portugal's Son，收錄於《義大利童話》）；格林兄弟的〈眞正的新娘〉（The True Bride，收錄於《格林童話》）。

格林童話當中，這是唯一連訂了親的美麗女孩都能忘掉的健忘王子。這是不是屬於王子的通病，我們不得而知。王子很幸運，有聰明的獅子當軍師；不過從另一個角度來看，要不是獅子的建議如此愚蠢，王子可能會更幸運一點。有些故事的單一元素比故事情節本身更令人印象深刻（十二個帥氣的獵人、會說話的獅子）；有些故事的快樂結局，則完全是由一連串的意外串連起來的。這個故事就是其中之一。還有，如果這隻獅子的建議不是那麼愚蠢且老套，王子也許早就發現誰是自己眞正的新娘了。

52

The Buffalo-Hide Boots

水牛皮靴子

勇敢的士兵不怕任何的危險。然而，士兵要面對的事情，不只是敵人所發出的戰火。從前有一對兄弟，他們是農夫之子。哥哥率先加入軍隊，驍勇善戰，運氣又好，服役期間參與過的戰役全都獲得勝利，因此很快就被拔擢爲將軍。

然而，晚他一、兩年入伍的弟弟雖然和他一樣勇敢，卻沒這麼幸運。戰爭結束後，一個正直的騎兵除了站哨、踢正步、看起來很英勇外，沒有其他事情可以發揮。即使看起來聰穎機靈，卻苦無晉升的機會。

有一天，將軍正在舉辦宴會，士兵被派到將軍的住處外擔任守衛工作。一位賓客看到士兵愁眉苦臉的模樣，就問他：「小老弟，你怎麼了？」

「宴會的主人……是我的親哥哥，」士兵說：「但是他不想理我，好像忘了我這個弟弟的存在。」

賓客進到會場，把這番話告訴將軍。

將軍勃然大怒說：「別相信那個蠢蛋！他在說謊，我要賞他幾鞭才行。」

於是士兵被鞭打了一百下。現場有位老中士很同情他，等他受鞭打的傷口好轉後，老中士跑來對士兵說：「來，我教你一個把戲。這把戲很有用，我沒告訴過別人。誰知道，也許以後你派得上用場。」

就這樣，他把這個獨門絕計傳授給士兵了。不久，士兵收到退伍令，這才發現，老中士教他的把戲竟然是他軍旅生涯唯一的收穫。這時，他除了一件羊毛斗篷和一雙水牛皮靴子外，全身上下一無所有，也沒有任何一技之長。這下子他連謀生都出了問題。

有一天，他在森林裡遊蕩，遇到一個穿著綠色狩獵制服和一雙亮皮靴的男人。獵人坐在一棵倒下的樹幹上，滿臉困惑。

「這雙靴子看起來眞不錯，」士兵上前搭訕：「你一定花了不少時間，才把靴子擦得這麼亮吧！你看，我這雙水牛皮靴穿了很長的時間，擦也擦不亮了，不過它可是陪我上山下海，我看，它再撐個幾個年，應該沒問題。對了，老兄，你要上哪兒去呢？」

「不瞞你說，我迷路了。你知道這條路通往哪裡嗎？」獵人說。

「我只知道，每一條路最後都會到達一個城鎮。」士兵說：「你我處境相同，不如我們就一起找路吧！」

「我不介意與你同行。」獵人說著，便和士兵一同出發了。

他們走沒多久，天色就漸漸暗了。

「我們還在森林裡繞不出去，」士兵說：「不過你看，前頭有亮光，我們過去看看能不能要點東西吃。」

他們來到一間破落的石頭屋前，敲了敲門。一位老婦人開了門，說：「你們想做什麼？」

「我們兩個很正派，別擔心，」士兵說：「我們又餓又累，能不能給我們一些食物填填肚子，還有可以睡覺的地方？」

「千萬別住在這裡，」她說：「這是一個強盜窩。如果你夠聰明，就會在強盜回家前走得遠遠的。如果被他們發現，你們就沒命了。」

「老實說，」士兵接著說：「餓死在森林，或被強盜捅心臟一刀斃命，對我來說沒有什麼不一樣。我已經餓了兩天，胃已經不能再等了。妳看起來很仁慈。請行行好，救救我和我的同伴吧。」

「噢，這……」她說。

獵人不太想進門，但士兵拉著他的袖子說：「快進來吧，我們在腦袋被轟掉之前，應該還能夠吃點東西。」

「我聽到他們回來的聲音了，」老婦人說：「快！躲到爐子後面，我會偷塞一點東西給你們吃。」

士兵和獵人才剛躲到爐子後面，十二個強盜就闖進屋來。他們全都是大塊頭的壯漢，拿著武器，看上去十分凶惡。他們擠在餐桌邊，對著桌子大敲特敲，迫不及待想吃晚餐。老婦人端上一大盤烤牛肉，強盜頭子用匕首分切牛肉，所有人開始津津有味的吃了起來。牛肉香味撲鼻，士兵快要忍不住了。

「我受不了了，」士兵小聲對獵人說：「我要坐上桌跟他們一起吃。」

「這麼做，我們兩個都會喪命的。」

「別怕，這事包在我身上。」

他從爐子後爬出來，對著一桌強盜說：「大家晚安！」

強盜們嚇一大跳。

「你在這裡做什麼？」強盜頭子朝他大吼。

「他竟敢監視我們！」另一個強盜叫嚷著。

「把他吊死，切成碎片。」第三個強盜建議。

「注意你的態度，」士兵說：「難道你們沒聽過，千萬別殺一個餓鬼嗎？挪個位子給我，讓我坐下。」

強盜們從來沒見過膽子這麼大的人，強盜頭子對士兵的冷靜相當佩服，說：「好，你過來坐著，吃點烤牛肉。不過好處到此爲止。接下來，我們會讓你後悔沒忍住饑餓，遠離我們。」

「這大餐來得正是時候。」他一邊說，一邊撕下一大塊牛肉，大快朵頤起來。「嘿，亮靴子兄弟！」他對著爐子大喊：「快出來享用大餐吧。你肯定跟我一樣餓壞了。你家鄉應該沒有這麼好吃的烤肉啊！」

獵人從爐子後走出來。強盜們大喊：「竟然還有一個人！」

「來一起坐，跟你的同伴一起吃吧。多吃點，等下我們才會玩得更盡興。」強盜頭子不懷好意地招呼獵人。

「不用了，我現在不餓。」獵人說。

強盜們帶著驚訝的眼神看著士兵。他瓜分了他們的食物，鎭定的把烤肉慢慢吃完後，又拿了另一塊來吃。

「這食物太美味了，」他說，嘴裡塞滿食物：「我還可以來點飲料。把那瓶酒傳給我。唉呀，酒瓶空了。真可惜。」

士兵的舉止讓強盜頭子看得很樂。他吩咐老婦人：「去地窖拿瓶酒來，要最好的。」

士兵「啵」的一聲拔掉瓶塞，然後小聲的跟獵人說：「兄弟，你看好，我保證你沒見過這把戲。」

他站起身，把酒瓶舉得高高，痛快的大喝一口，然後拿著酒瓶在強盜頭上晃來晃去，說：「我來爲你們的健康乾杯！舉起你們的右手，張開嘴巴，來，一起來！」

獵人看得目瞪口呆，因爲所有強盜都照做了。他們舉起右手，張開嘴巴，就此停住。他們一動也不動，就像石頭一樣。

「我的老天，你是怎麼辦到的？」獵人問。

「催眠術，」士兵說：「我在軍中學到的小把戲。」

「這實在太神奇了！」獵人說：「不過，我們是否該就此撤退？」

「還沒。等我們把這桌好菜吃完再走也不遲。我已經好幾個月沒看過這樣的盛宴了。來吧，坐下來，把肚子撐飽。這幾隻小猴子沒經過我的允許，是動不起來的。」

老婦人又拿了一瓶好酒給他們，接著是蘋果塔，外加一大罐鮮奶油。士兵大概吃了三人份的食物後才準備起身。

他終於呼了一口氣，把椅子往後拉，起身說：「現在我們該撤退了，進城去找軍營。城市離這裡不遠，請老婦人幫我們指路吧！」

到了城裡，士兵馬上找到駐紮的軍營。他把強盜的事情告訴負責處理強盜事務的軍官。然後他轉頭對獵人說：「你也跟我一起回去吧，我想看看那夥人大夢初醒的模樣。」

這時，軍官派了一群士兵，團團包圍那幫被催眠的強盜，準備在他們醒來後馬上逮捕。

「我還需要一瓶酒，」士兵對老婦人說：「要最好的。」

他把瓶塞打開，馬上灌了一大口酒，接著又把瓶身在強盜的頭上晃了一晃，說：「祝你們身體健康！」

一瞬間，強盜們紛紛醒了，開始活動筋骨。不過他們還來不及拿起武器，就被包圍的士兵制伏了。士兵綑綁強盜的手腳，將受制的強盜一個個扔到車上。

「讓他們吃牢飯去吧！」士兵說。

說完，士兵便把瓶塞塞回酒瓶，那瓶酒被丟進背包裡。這時，獵人把軍團中的其中一個士兵叫到一旁，悄聲說了一些話，士兵聽完後就騎上馬，趕在其他士兵前回到城裡。

「亮靴子兄弟，」士兵說：「今天我們做得可真不少，不是嗎？我們擊退敵人，而且還飽餐一頓。現在我們就幫忙押著這些窮凶惡極的強盜進城去吧。」

他們一行人抵達城門時，發現城門擠滿了搖旗吶喊的民眾。皇室衛兵一見他們走進城門，立刻起身向他們致敬。

「這是怎麼一回事？」士兵吃驚地問獵人。

「難道你不知道嗎？」獵人回答：「國王離開他的國家好長一段時間。今天他要回來，所以大家都來迎接他。」

「國王在哪兒？」士兵問：「我沒看見他呀。」

「就在你面前。」獵人一邊回答，一邊解開他的獵人制服，露出背心上的皇室勳章：「是我派人去通報說我要回來了。」

士兵嚇得慌了，一腳跪在地上。

「喔，天啊，國王陛下，」他求饒的說：「請原諒我，我不該叫您亮靴子老兄的。我應該對您尊重一點。」

國王握住他的手說：「你是個優秀的士兵，而且還救了我一命。我會確保你往後的生活受到最好的對待。」

當國王聽說士兵的哥哥如此無情鞭打他時，馬上把將軍降職，由弟弟取代他擔任將軍一職。

「國王陛下，您對我實在太好了，」士兵感激的說：「但我恐怕不是當將軍的料。遊山玩水比較適合我的個性。」

「那就順你的意去做吧，」國王說：「往後，如果你想飽餐一頓，儘管到皇宮的廚房裡來吧。他們會爲你準備上好的烤牛肉。不過，如果你想爲某人的健康而乾杯的話，應該先取得我的同意。」

◆◆◆

童話類型——AT 952，〈國王和士兵〉（The King and the Soldier）

故事來源——來自佛萊德蒙・凡・亞寧的《百則山林民間故事》的其中一篇故事

類似故事——阿法納西耶夫的〈士兵與國王〉（The Soldier and the King，收錄於《俄羅斯童話》）。

這則故事中的「魔法」以催眠的形式出現。在格林兄弟的年代，催眠被稱爲「梅茲梅爾氏催眠術」（mesmerism），此一學說名稱來自催眠鼻祖，德國醫生法蘭茲・梅斯麥（Franz Mersmer, 1734-1815）。格林兄弟（或提供故事的亞寧）沒有替士兵的催眠技術提供解釋，所以我爲它找個理由。催眠在當時是相當有趣而時髦的現象，難怪格林兄弟的讀者對催眠術並不陌生。催眠在當時受歡迎的程度，就如同當今達倫・布朗[1]的表演受電視觀眾青睞一樣。無論如何，催眠在這篇故事扮演相當有趣的角色。

催眠也出現在格林兄弟的另一篇故事〈雄雞馱木樑〉（The Chicken Beam）裡。故事講述一名魔術師耍了伎倆，讓群眾以爲一隻啣著麥稈的雞馱著粗重的木樑。漫畫主角「魔術師曼德雷克」（Mandrake the Magician）於一九三四年開始打擊犯罪，他利用「催眠手勢」，讓罪犯或瘋狂科學家等一些不受歡迎人物以爲自己被變成石頭。當我年紀還小時，曾如法炮製，可是沒有成功。

故事中哥哥成爲將軍的點子來自阿法納西耶夫的版本。他的故事情節緊湊，敘述完整，只是沒有催眠，取而代之的是士兵把強盜的頭一一砍下，擊敗了守哨時不小心睡著的國王。

1 Darren Brown（1971-），英國著名的幻術師，素以「心靈操控師」馳世。主持眞人實境節目《布朗啓示錄》（*Darren Brown: Apocalypse*）。

53

The Golden Key

金鑰匙

有一年冬天，當大地鋪滿厚厚的積雪，一個窮人家的男孩被叫出門，到森林去撿拾柴火。他收集到一些枯枝，把它們統統擺上雪橇之後，發現自己不斷地發冷，便想先生把火，取暖一下再回家。

他清出一塊地以便生火。當他把積雪撥開時，地上出現一枚小小的金鑰匙。

「有鑰匙的話，」男孩對自己說，「那附近必定有一把相對應的鎖。」

所以他繼續在四處挖掘，後來，在積雪下層摸到一個鐵盒子。他奮力把盒子四周的雪翻開，最後把盒子整個抽出冰凍的地面，心想：「盒子裡一定有什麼寶物，希望這鑰匙能把盒子打開。」

起初，他找不到鎖眼，畢竟這鑰匙迷你得很，小到快要看不見它。而且男孩的手凍僵了，差點握不住鑰匙。終於，他把鑰匙插進鎖眼裡，試著轉動它。現在，我們只能耐心地等待，等男孩把鑰匙轉到底，打開盒蓋。到時，我們就會知道，盒子裡到底藏著什麼令人眼睛一亮的寶藏。

◆ ◆ ◆

童話類型——AT 2260，〈金鑰匙〉（The Golden Key）

故事來源——瑪麗．哈森弗魯格的口述故事

這是許多未完成故事的其中一篇。這些未完成故事都有標準橋段，有些未完成故事提到牧羊人要帶一大群羊通過一座很狹窄的橋，但一次只能帶一隻過去，「所以他帶第一隻羊過橋，然後第二隻，接著第三隻……」；有的是一隻螞蟻用一顆顆玉米把整座穀倉塡滿的故事：「牠扛著一粒玉米進去，然後又一粒……」

這類故事也常以這個著名的方式開頭：「這是一個黑暗的暴風雨之夜。」緊接著，通常會出現一位講故事的人，他會說，從前有個人在講故事，而他講的故事裡又有個人在說故事，以此類推。

〈金鑰匙〉這個故事並不依賴重複敘述，而是著重於如何在故事結束前爲故事畫下句點。許多令人氣惱的小說、電影或戲劇，常常沒有提供重要答案就讓故事戛然而止。例如，這類故事裡的角色收到一封信，卻沒提到某人是否在大學謀得教職、懷孕測試的結果或陪審團的判決，故事就莫名其妙結束了。

這麼做會引發某種臆測，認爲作者根本不知怎麼爲故事收尾。這是便宜行事的作法。

然而，在格林童話中收錄這個故事卻是個饒富趣味的決定。格林童話自一八一九年的第二版開始，總是把這則故事放在最後一篇，暗示未來會發現更多令人驚奇的故事。儘管他們這套偉大的選集已收錄諸多精采童話，我仍願意相信，如寶藏般珍貴的故事還會源源不絕出現在我們眼前。

〈金鑰匙〉同時也是喬治．麥克唐納

（George MacDonald, 1824-1905）創作童話集當中的一篇。這部童話集出版於一八六七年，這篇〈金鑰匙〉是此類童話中的標竿作品。它剛好也沒有結尾。故事中的主角青石

（Mossy）和小蓬（Tangle）在尋找影子落下的國度，「而當我們說故事的現在，我相信他們已經到達了」。

Bibliography

參考書目

本書所採用的版本是由雅各和威廉・格林（Jacob and Wilhelm Grimm）所編寫的德文版《格林童話》（*Kinder-und Hausmächen*）第七版，一八五七年由威廉・高德曼・維拉格（Wilhelm Goldman Verlag）出版，這也是目前最容易取得的版本。我在每則故事後所提供的故事類型編碼來自《國際民間故事編碼》（*The Types of International Tales*）。這部偉大的故事類型索引首先由安提・阿爾奈（Antti Aarne）編輯，一九一〇年出版；斯蒂斯・湯普森（Stith Thompson）於一九二八年和一九六一年再行修訂；最新的增訂版是由漢斯—約爾格・烏特（Hans-Jörg Uther）於二〇〇四年出版。此編碼系統以三位作者姓氏開頭ATU爲名，早期則使用AT。以下則另外收錄了我認爲最有幫助、最饒富趣味的作品。

Aesop, *The Complete Fables*, tr. Olivia Temple (London: Penguin Books, 1998)
Afanasyev, Alexander, *Russian Fairy Tales*, tr. Norbert Guterman (New York: Pantheon Books, 1945)
The Arabian Nights: Tales of 1001 Nights, tr. Malcolm C. Lyons with Ursula Lyons, introduced and annotated by Robert Irwin (London: Penguin Books, 2008)
Ashliman, D. L., *A Guide to Folktales in the English Language* (New York: Greenwood Press, 1987)
Bettelheim, Bruno, *The Uses of Enchantment* (London: Peregrine Books, 1978)
Briggs, Katharine M., *A Dictionary of Fairies, Hobgoblins, Brownies, Bogies and Other Supernatural Creatures* (London: Allen Lane, 1976)
—— *Folk Tales of Britain* (London: Folio Society, 2011)
Calvino, Italo, *Italian Folktales*, tr. George Martin (London: Penguin Books, 1982)
Chandler Harris, Joel, *The Complete Tales of Uncle Remus* (New York: Houghton Mifflin, 1955)
Grimm, Jacob and Wilhelm, *Brothers Grimm: Selected Tales*, tr. David Luke, Gilbert McKay and Philip Schofield (London: Penguin Books, 1982)

—— *The Penguin Complete Grimms' Tales for Young and Old*, tr. Ralph Mannheim (London: Penguin Books, 1984)
—— *The Complete Fairy Tales*, tr. Jack Zipes (London: Vintage, 2007)
—— *The Complete Grimm's Fairy Tales*, tr. Margaret Hunt, ed. James Stern, introduced by Padraic Colum and with a commentary by Joseph Campbell (Abingdon: Routledge, 2002)
Lang, Andrew, *Crimson Fairy Book* (New York: Dover Publications, 1967)
—— *Pink Fairy Book* (New York: Dover Publications, 2008)
Perrault, *Charles, Perrault's Complete Fairy Tales*, tr. A. E. Johnson and others (London: Puffin Books, 1999)
Philip, Neil, *The Cinderella Story* (London: Penguin Books, 1989)
Ransome, Arthur, *Old Peter's Russian Tales* (London: Puffin Books, 1974)
Schmiesing Ann, '*Des Knaben Wunderhorn* and the German *Volkslied* in the Eighteenth and Nineteenth Centuries' (http://mahlerfest.org/mfXIV/schmiesing_lecture.html)
Tatar, Maria, *The Hard Facts of the Grimms' Fairy Tales* (Princeton: Princeton University Press, 1987)
Uther, Hans-Jorg, *The Types of International Folktales: A Classification and Bibliography Based on the System of Antti Aarne and Stith Thompson*, vols. 1–3, FF Communications No. 284–86(Helsinki: Academia Scientiarum Fennica, 2004)
Warner, Marina, *From the Beast to the Blonde: Of Fairy Tales and their Tellers* (London: Vintage, 1995)
—— *No Go the Bogeyman: Scaring, Lulling, and Making Mock* (London: Vintage, 2000)
Zipes, Jack, *The Brothers Grimm: From Enchanted Forests to the Modern World* (New York: Palgrave Macmillan, 2002)
—— *Why Fairy Tales Stick: The Evolution and Relevance of a Genre* (New York: Routledge, 2006)
—— (ed.), *The Great Fairy Tale Tradition: From Straparola and Basile to the Brothers Grimm* (New York: W. W. Norton and Company, 2001)
—— (ed.), *The Oxford Companion to Fairy Tales* (Oxford: Oxford University Press, 2000)

格林童話
故事大師普曼獻給大人與孩子的 53 篇雋永童話
Grimm Tales: For Young and Old

作　　者　菲力普．普曼（Philip Pullman）
譯　　者　柯惠琮
剪　　紙　古國萱
封面設計　倪旻峰
內頁版型　黃暐鵬
內頁構成　高巧怡
行銷企劃　蕭仰浩、江紫涓
行銷統籌　駱漢琦
業務發行　邱紹溢
營運顧問　郭其彬
協力編輯　周宜靜
責任編輯　張貝雯
總 編 輯　李亞南
出　　版　漫遊者文化事業股份有限公司
地　　址　台北市103大同區重慶北路二段88號2樓之6
電　　話　(02) 2715-2022
傳　　真　(02) 2715-2021
服務信箱　service@azothbooks.com
網路書店　www.azothbooks.com
臉　　書　www.facebook.com/azothbooks.read

發　　行　大雁文化事業股份有限公司
地　　址　新北市231新店區北新路三段207-3號5樓
電　　話　02-8913-1005
訂單傳真　02-8913-1096
初版一刷　2023年12月
定　　價　台幣580元

ISBN　978-986-489-867-1

國家圖書館出版品預行編目 (CIP) 資料

格林童話：故事大師普曼獻給大人與孩子的53 篇雋永童話/ 菲力普. 普曼(Philip Pullman) 著；柯惠琮譯. -- 二版. -- 臺北市：漫遊者文化事業股份有限公司：大雁文化事業股份有限公司發行, 2023.12
面；　公分
譯自：Grimm tales : for young and old
ISBN 978-986-489-867-1(平裝)
873.596　　112017214

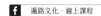